盐镇

易小荷 著

新 星 出 版 社　NEW STAR PRESS

新经典文化股份有限公司
www.readinglife.com
出 品

箭口村，行政上隶属于仙市镇，村子沿河的部分，形状就像是颗鲜活的心脏，每年一月份前后，这里的油菜花都会大面积盛开。

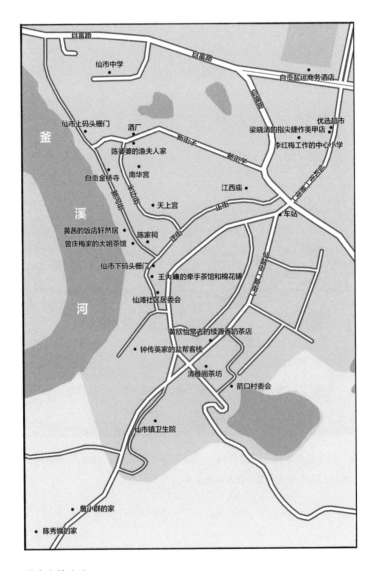

仙市古镇地图

目录

古镇被划为旅游景区之后，住在这里的还是以当地人为主，但是为了不浪费，他们大多在一楼做生意，居住在二楼。他们依然保持了原来的生活方式，每天敞开大门，和邻居交往也是吼一嗓子替代敲门。

四川的主妇们最擅长自己腌制各种咸菜、泡菜，小镇也不例外，处处可见这种晾晒场景。

古镇一角的风景

序言

　　古镇也就是随处可见的那种古镇的样子，青色的石板路把两旁青瓦白墙的民居分开，夜晚时分进入田间湿地的人们，手里需要紧紧握着驱蛇的棒子；全身大花颜色的妇人一到出太阳，就连忙抬出簸箕晾晒粮食和咸菜。在当地，至今人们都相信只有脾气最怪异的人才能做出味道最辣的冲菜；把内衣裤挂在陈家祠门口的妇人，也能种出最吸引游客的昙花。在这个地方，每逢春节前后，金黄色的油菜花把整个小镇包裹起来，那也是一年一度街上飘洒榨菜籽油味道的时候；暗沉的天空下，所有的街景都呈现出来水墨的颜色，长年居住于此的人，表情闲散，那种表情仿佛从童年开始就似曾相识。

　　2010 年，我在万米高空闲翻航空杂志，里面介绍的竟然是故乡自贡下面的一个原生态的古镇，叫作仙市古镇，古镇始建于 1400 年前的隋朝，是我此前从未听闻过的一处地方。自贡，于我从来都只是少年时一直想要出走的起点，这个川南小城天色永远灰蒙，街道永远高低起伏。长大后我的脚步越走越远——大江大河自不必说，海洋和天空的庞大让故乡彻底沦为手机地图上的一个像素大小。于是我也只是默默地感叹一下，也就翻过去了。

每一个出走故乡的人，或许都会在某个时刻重新打量所来之处。砖瓦泥墙，一花一树在抽离之后，生发出许多从前无从发现的奥义。恰如彩色照片被调成黑白，斑斓色彩遮蔽的光影和明暗调子就凸显出来。

抵达古镇的那天是 2021 年 7 月 14 日，我在纸质日历上对这一天勾画良久，当时我所在的上海，新冠病毒尚未肆虐。我远赴千里之外的故乡，最终决定在一间河边的屋子居住下来。

古镇离自贡市区仅有 11 公里，和城区的生活却是千差万别。我曾经尝试用 Google Earth 来看它的实景图，然而不知道是不是由于过于偏远孤僻，根本查询不到。古镇的时间黏稠而缓慢，仿佛流体，乏味得可怕，一过晚上七点，整个古镇便陷入黑暗，街道两边的红色灯笼光线晦暗，且只能增加几分诡异的气氛。除了日常做生意，古镇上的所有人差不多都在打麻将，不分场合，也无所谓时间。

我抵达的前几天，离这里五六分钟车程的高铁刚刚开通，古镇曾经是自贡"东大道下川路"运盐的第一个重要驿站和水码头，也是自贡至隆昌和荣昌的陆路要冲。如果说当初自贡这个城市是因盐设市，古镇则是因盐设镇——这也是后来我给这本书取名为"盐镇"的缘故。四川产天下之盐，自贡以"盐帮菜"闻名天下，我以"盐"冠镇，同时也来喻意人生的滋味，自觉也殊为熨帖。

去往古镇的路上，会路过大片的农田，还能看到成群的白鹭，所有的三轮车、农用车都在用生命狂摁喇叭，阳光冷峻，铁匠铺打铁的火花，和棉花铺里面的片片飞絮却如此充满活力。一个撑着长竿的摆渡人刚刚抵达码头，把河对面的村民带上古镇街头，头顶笼罩着的天空泼上了几片云束，大部分时候，天空和这片土地的人们一样，拥有得并不多。

古镇中心其实很小，若画个圆圈直径距离也就一公里有余，当地人的形容说："点根火柴的工夫，就能在镇上逛一圈。"釜溪河蜿蜒流过古镇，如此数十百千万年，外来的人看来，河流平平无奇，但居于其岸边的仙市人，自然知道它的潮汐、枯竭和洪流。

规模宏大的制盐产业逝去已久，旧日的财富化为云烟，自贡从曾经的"川 C"沦为现在的一个五线城市，在镇上，人们的生活更是介于贫困和温饱之间。曾经的工厂变成了路边的废墟，年轻人几乎没有什么像样的工作机会，这里找不到任何关于"文化"的痕迹，我不会因为腋下夹着一本余秀华的诗集受人尊重。这里的人几乎不关心什么宏大命题，他们把眼光放在最近的地方，只有金钱才能意味着一个人的尊严。而古镇也只是依靠旅游者的好奇打量，才勉强连接到互联网和现代经济之中。

上天把这样一片宁静的土地赐予他们的同时，贫穷或者灾难也时常降临在他们头上。河水运走井盐，带来财富，河水也常常变成山洪，成为对财产的威胁，地震、雷暴、火灾更是不一而足。这里没有教堂，寺庙的师父大部分时候一个人寂寞地做着早课、晚课。每当一家人遭遇了什么都解决不了的问题，他们最常做的事情就是去请教附近村里的仙婆，她用他们在地下亲人的声音告诉他们：这个世界还有人在记挂他们，一切都会好起来的。

这样的小镇，特别适合作为一个样本，用以管窥更广阔的真实中国的面貌。对于西方人而言，它的位置似乎可以等同于"锈带"——

二十世纪之初的伯明翰或者二十世纪后期的底特律。

我在当地陆续住了一年，采访了近一百位当地居民，和无数人做朋友。这里面的女性，尤其让人动容。古镇的辖区总人口约为四万，女性占到其中一半。然而在21世纪的今天，我们在北京、上海高谈阔论女性权利的时候，她们仍旧重复经历着古老时代的轮回。我请她们吃饭，参加她们的婚礼坝坝宴，看她们做葬礼的道场，甚至和她们一起去请仙婆，尽一切可能感受她们的感受，从她们的角度打量世界，最后，不断"打捞"女性的幸存者。

贫困始终是古镇女性必须时刻抗争的敌人，而伴随贫困的是见识的狭窄和环境的逼仄，更重要的是随之而来的次生灾害——来自家庭男性成员的欺压和剥削。这是一个男性相对游手好闲，不事生产的地方，婚姻和贫困成为套在女性脖子上的双重绞索——我目光所及的古镇女性，无一例外都在挣扎着求生，从十六七岁的辍学少女到九十岁的老妪，所得固然各不相同，努力却都一般无二。而生活本身的重压之下，她们还要遭受来自男人的普遍歧视和无休止的暴力。

书中大部分女性，或者目睹过母亲遭受父亲的暴力殴打，或者自身就是家庭暴力的受害者。当她们通过努力工作改变生活处境的同时，还必须击败来自男性家人的"父权"和"夫权"，才能掌握自己的命运。

史景迁在《王氏之死》中写道："中国人对国史和县史的撰写至为周备，地方记录却多半未见保存。我们通常找不到验尸官验尸、行会交易、严密的土地租赁记录，或教区出生、婚姻、死亡记录之类的资料——而正是这些资料，使我们能对欧洲中世纪后期的历史，作极其周密细致的解读。"

古镇自然没有地方志，也没有比较成文的大事记，我费尽心力找到几本与古镇相关的书，其中只有一本"富顺作家文丛"系列下面有《神奇的仙市古镇》，里面介绍到了"川报第一人"宋育仁、"传奇武林高手"罗跛三爷，以及各种神话传说，但是其中并无任何关乎女性的记载。她们默默无闻，终其一生被人忽略、被人遗忘。没有人知道她们如何存在、如何生活——不是她们不存在，而是她们被忽视、被遗忘。而我只想给这满街的女人做个见证，让她们的悲喜被记录，让她们被听见，被看见。

盐约

1

天刚蒙蒙亮，翠鸟叫了几声，陈婆婆睁开眼，看到大儿子站在床边，她忍不住怄气，用手指头隔空戳他："你哟，渔船卖了九万块钱，也不分给你妈一点，你忘咯，粉刷的三千块钱，都是我出的哒……"儿子没有回答她，依旧站在床边默不作声。然后她真正地醒过来，连忙去蹲在自制的尿桶上，在稀里哗啦的声音里她望向空荡的屋子，才想起来大儿子两年前就得癌症死了。

陈婆婆这一生足够漫长，足够她送走身边所有至亲的男人。漫长的一生之间，阴天落雨，晴日刮风，河边野地的油菜花开了谢了，隔壁檐下的月季开了败了，古镇的新街子街空荡死寂，仿若一座遭受废弃的墓园，往来的鸟雀都不愿落脚。

对于仙市人来说，"陈婆婆"这三个字像是古老的咒语，人们提到时声音会不自觉压低，脸上露出神秘的表情："就是那个开猫儿店的陈婆婆？"

她实在太矮小了，皱纹和老年斑攻占了她的每一处皮肤，半年前的一场梗阻性黄疸手术差点要了她的命，她也因此瘦脱了相，手臂上的皮肤如同布袋一样，松散地挂在骨架上。手术过后，她不得不整天在腰间挂上一个黄疸引流袋。天气再热，她都会用一件长衣服遮住那个袋子。她长时间地坐卧在躺椅上，嶙峋瘦骨，给人的感觉如同摞在躺椅上的另一张躺椅，但一旦有动静她就会睁开眼睛："要买点啥子？"

陈婆婆门框上的牌匾写着"渔夫人家"，卖冰棍、矿泉水和塑封的小玩具、不怎么耳熟能详的袋装食品。前些年主要卖茶水，暗地里容留妇女从事性交易。没有人记得住"渔夫人家"这四个字，虽然它们明晃晃地写在招牌上。这里的人们叫的是另一个名字：猫儿店。

"猫儿"，是自贡地区对于性工作者的称呼。

"一辈子有什么难忘的事情？"我问她。

"没有，没有，啥子都差不多，一辈子都为了要吃饭。"她把头摇得像拨浪鼓一样，摸索半天，最后从一个陈旧的木头箱子里掏出身份证，那上面的名字叫作"陈炳芝"。她说上面的出生日期是错的，她今年已经90岁了，而不是按身份证推算的88岁。有时候，陈炳芝的一只手会紧紧抓住一根晾衣竿，就像是她衰弱肢体的延伸，收拾床铺，撑着自己，或许对她而言，晾衣竿是比拐杖更让她感到有尊严的依靠。

1990年，陈炳芝通过熟人担保借贷了些钱，租下半边街的一个门面，又去镇上首富高森林家央告，借钱买了台黑白电视机，开了一个茶馆。这年她58岁。

陈炳芝的茶馆一碗茶水卖五分钱，一天下来，收入也没有多少。据《富顺县物价志》记载，1988年的学费是初中每人每学期八块钱，小学是每人每学期五块钱。但陈炳芝的六个子女没有一个读到初中——"还不是因为穷"，她说。

茶馆开张没多久，从前卖牛的黄居光来给她帮忙，招揽了一群卖牛的贩子，见天在茶馆喝茶、摆龙门阵。90年代的某天，黄居光跟她说："你这样做生意不行的，啥子钱都赚不到。我帮你想了个赚钱的办法。"

那天大概就是"素"茶馆开始变成猫儿店的肇始。但直到现在，若有人问起这事，陈炳芝还是会对自己经营猫儿店的过往语焉不详，她坚称："是小姐自己找过来的，至于是不是黄（居光）叫来的，我也没有问过他。"

2019年，陈炳芝被"扫黄打非"抓了，判了个"组织卖淫嫖娼"的罪名，因为年龄太大，两年刑期监外执行。陈炳芝比较忌讳谈论这个话题，但并不是因为羞于启齿。"我没得办法的。要吃饭，要养娃儿。"她的一只眼睛总是不受控制地流出眼泪，但是很快，就消失在皱纹的褶皱之处。她唯一担心的是，"将来要影响孙子的升学就业"——在中国，一个人刑事犯罪留下案底，可能会影响到三代之内的亲属参加公务员考试、征兵、银行、国企、事业单位、军校和警校等的政审。而她的一个儿子正在为政府工作。

2

20世纪90年代中期，四川各地的乡镇陆续出现了卡拉OK、桑拿房、歌舞厅等场所，自贡开始流行"想逮猫儿，去田湾儿"的谚语。

自贡的火车站所在地田湾附近，各种各样的歌舞厅星罗棋布。逮猫儿的意思就是找小姐。仙市镇也有了好几处地下色情场所，陈炳芝开的猫儿店，是其中最简陋的一家。

镇上最开始出现的是卡拉 OK。何四娃和楚哥都把各自的地盘装修得富丽堂皇，打门口过，就能瞥见浓妆艳抹、年轻漂亮的小姐。后来何四娃赚到了一点钱，就搬回乡下去；而楚哥因为干这个事，把他老婆气得跳河，送进了精神病院，楚哥的手也在若干年后摔断了一只，现在吃着低保。"做这种事一定会有报应。"正街上的徐四孃说，"好人家没有干这个的。"

"他们两处的女人要周正点，我呢就是捡着那些不三不四的。人家不要的小姐，就往我这里来。"陈炳芝并不在乎小姐的质量，她提供的是场所，获得的是几块钱的抽佣，"我想管他妈的，进两块钱是两块钱的事。床铺反正又睏（睡）不烂的。"

家里所有人都反对她开店，但是陈炳芝笃定主意："我说管我的，你们又不给我一分钱。"附近乡镇许多老、弱、残、穷的男人，他们路过装修得金碧辉煌的卡拉 OK，那里面年轻漂亮的女人，近在咫尺又遥不可及。然而他们到了陈炳芝的房子里，只要付出二十块钱，甚至十五块钱，就能换来和一位小姐睡觉的机会。

陈炳芝的低价策略非常彻底，她从不曾为了提高猫儿店的营业额而添置任何家具或者装饰。有的床坐上去摇摇晃晃，有的床是板凳垫起来的，她也将就着使用。"很多人喜欢往我这里跑，就是都晓得我收费便宜，有时候三块、两块都在收。"

她现在住的这个屋子实在看不出来曾是个淫窝，就连她自己睡的床，都是用几个木头板凳搭起来的。她说一辈子都没有睡过床铺，早先是买不起，后来觉得也没有必要。房间里光线阴暗，一股潮湿的气息使人疑心墙角长满了青苔。这间房既是客厅也是卧室，既是小卖铺也是厨房。放在门槛位置最显"气派"的透明冰柜装满饮料，然而其实并未插电——"想着好看点。"缺胳膊少腿的粗木家具胡乱堆在一起，陈旧、过时，委顿于地。

无论成交价格多少，陈炳芝每单生意都只抽五块钱，如果没有生意她就不收钱，却依然给小姐们提供一天三餐。

陈炳芝一个人煮饭、洗衣、赚钱，五块五块地攒起来，养大所有的孩子，给所有的儿子买房子。她的一辈子跟了几个男人过日子，却没有一个真正可以依靠。

时间退回到1932年，陈炳芝出生在富顺县鸡公岭。她的父亲陈细蓝是教"鸡婆学"的蒙学先生，学生拿一些谷子就可以跟着学习一年；母亲毛淑芬是个老实巴交的乡村女人。陈细蓝嫌弃她没有生出儿子，就抛妻弃女，和"小妈"一起从她们的生活中消失了。毛淑芬带着四个女儿艰难生活，只能在深山挖一些橛子菜或者砍柴卖钱。卖得一点钱，就买一棵青菜，放两粒盐巴在水里，煮一下就吃；卖不到钱的时候，把盐巴直接炒一下就着米饭也是一顿。

陈炳芝18岁离家，她没有文化，连自己的名字都不会写，帮工是能换口饭的唯一活路。她先是离开瓦市去富顺县少湖路，帮一个叫何怀壁的人家带十个孩子，后来又在瓦市区里面的黄支书家帮工，再后来去帮一个老师。因为常年没通过信，也没钱回家，妈妈毛淑芬以为她淹死在河里了，就沿着富顺的河坝头走，一边喊一边哭——人家说如果人淹死了，亲人去喊，人就会浮起来。那之后没过多久，毛淑芬就饿死了。

陈炳芝在富顺去茶馆帮工，有天来了个川剧团在茶馆演出，他们唱《柳荫记》，也唱《一只鞋》《萝卜园》《陆文龙》《张羽煮海》《陈三五娘》等剧目。人声鼎沸中，她在干活的间隙偷眼望去，那个唱花脸的也正好看向她。

花脸叫邓修玉，结过婚，有过孩子，那又能怎样？陈炳芝觉得自己没有任何"条件"挑选。他们遇到了，在一起了，但并没有如同当时的习俗那样成婚：如果两个人欢喜，男的要拿一两个大洋去算八字，合适就在一起，不合就算了，当然大洋也不用退。他们就是简单地住在了一起，没有仪式，也没有大洋。

旧时代戏班漂流四方，戏子不仅被划入"下九流"之列，收入也不固定，请的茶馆多，才能挣到一点吃饭钱。稍不留意还会碰上"砸戏台"的厄运。据《自贡文史资料选辑》记载，自贡"品玉科社"有一年在资阳临江寺演出，会首点唱《破单于》一戏，有一位丑角佚名唱道："天黄黄，地黄黄，人黄黄。天黄有雨，地黄有灾，人黄有病……"会首认为这几句台词含沙射影，挖苦这个地方，于是叫狗腿子们向台上抛砖头、掷石子，演员和锣钵匠被打得头破血流，有的甚至被打成重伤。

邓修玉随着戏班四处唱戏，一走就是很长时间，也没给老婆留下一分钱。1957年，陈炳芝肚子大了就快生产，通知不到邓修玉。居无定所的她，就在仙市的河边找了间废弃房子栖身，连草席都没有一张，只能把谷草铺在地上当床，所幸尚有一床薄被。邻居罗启看不过，拿来几个瓦盅、两双筷子送她。她自己又腆着肚子从野外搬来一坨石头做桌子，没有板凳就席地而坐。

陈炳芝一个人坐在黑暗的房子里，偶尔拿根棉线放在桐油碗里点上灯，等孩子降生，或者等丈夫突然回转。临盆时候天已黑透，身旁无人，她拿着把旧剪刀惊慌失措，隔着薄薄的墙壁，问邻居冯大嬢："这脐带咋子剪嘛？"

冯大嬢生过五个女儿、两个儿子，隔着墙壁教她："剪刀比起磕膝头儿（膝盖）剪起，然后用线来套起。"

"这娃儿落下来，耙嗒嗒（软绵绵）的，咋子包起来哦？"

"莫慌，你拿裙子来兜起嘛。"

她小心翼翼地拿裙子裹起婴儿，抱在身上睡了一会儿。醒来她顾不上痛，就起来打扫、给自己做吃的。

几年以后，生下第二个儿子没多久，邓修玉离家再也没有回来。有人说他死了，也有人说他投机倒把被逮进了监狱，总之这个男人从此在陈炳芝的生命中消失不见。30岁的陈炳芝拖着两个儿子，跟了一个叫作张运成的渔民。

张运成是退伍军人，打过仗，离过婚，性格暴烈，在抗美援朝战争中被打断了左手。那时候还没有退伍转业费，国家能提供给这位残疾退伍军人的唯一福利，就是可以去供销社打招呼，预留他想要的东西，比如肉和酒。

张运成嗜酒如命，每天要喝一两斤酒。看到陈炳芝和哪个男人多说了一句话，拖过来就打。张运成身材高大，即使只剩下一只右手，力气也大得很，身高不到一米五的陈炳芝经常被打得鼻青脸肿。"他把我按到地上，我躲了一下，他的手敲到咸菜坛上，都能留下很长一条血口。打一次架，我头发都能被他扯脱几攥。"

陈炳芝挨打是家常便饭，他酒喝多了打，推船推得累了就按到河边打，把她的头浸在水里面，直到她气都出不过来，才又把她拉起来。周围的渔民看见了喝止，他才住了手。

"那时候不像现在，可以报官，可以离婚。很多夫妻都那样。"陈炳芝说。

既然"都那样"，日子也就可以忍着过下去。在陈炳芝给张运成生下了儿子小俊和女儿小红之后，她忍无可忍跑掉了。张运成就来找她赔小心、说好话，陈炳芝一辈子也没听到过几句甜言蜜语，俩人就又在一起，生下了第三个孩子小五。

打架之外，两个人便在釜溪河上撒网捕鱼，又上岸到很远的地方卖鱼。那个时候人们没什么钱，改善生活通常是割猪肉，很少有人吃鱼，把鱼卖掉也是件难事。很长时间他们才回一次家，几个孩子在家自己做饭喂饱自己，自己哄着自己入睡。

仙市小学的老师古四和陈炳芝的女儿小红从小是同学，经常放了学去她家玩，却几乎没有见到过陈炳芝夫妇。"她哥哥和她好像永远没人管。每次去她家都没有大人，也没有饭吃。她常年脖子都是黑黢黢的，还是我们去她家给她烧水，督促她洗澡。"

1969 年，陈炳芝生下小五，坐月子第七天，张运成喝了酒去鱼洞捕虾，脚在崖上没踩稳，摔下来断送半条命。陈炳芝求两个邻居去帮忙抬，谁料想刚到河边拐弯处，绳子断了，又把他摔了一下。到家后找赤脚医生拿了药吃，转天睡醒，陈炳芝发现男人已经断了气。

第二个男人也死了，陈炳芝又在世界上无依无靠了，张嘴要吃的孩子倒是有五个，其中一个还在襁褓之中，没办法，只好把和张运成生的大儿子让张家领回去养。

"后来张家把张运成抬回玉河坝去埋的，再后来，他兄弟也死了，妈妈也死了，嫂嫂也死了，全家都死光了。"

"他死了，你哭没哭？"我问。

"还在月子头，他就打我，我才没有哭。"

陈炳芝的第三个男人叫袁新历，两人生了一个女儿，这是她的第六个孩子，也是最后一个孩子。

那个年代没有避孕这个说法，国家鼓励"人多力量大"。袁新历是个跛子，走路一瘸一拐，也靠打鱼赚点零钱。与张运成相比，这是一个堪称温柔的男人。小红回忆说"见他打过我妈"，陈炳芝却断然否认这一点。

在一起没几年，袁新历就得癌症死了，这时候陈炳芝四十出头，在粮站搬运重物养活五个孩子。生活当然仍旧是惨淡的，几个孩子都没有正经衣服穿，一天基本只吃一顿，就是把一点点蔬菜煮进稀饭里。"那时候娃儿腿裤儿（里面有棉花或者衬裤的裤子）都没穿过一条，布鞋都没穿过一双。"妇女主任郭六孃看不下眼，给政府部门反映陈炳芝的困境，在别人捐助的衣物中分了一点给她的孩子。

这个残破家庭的所有孩子，都是自顾自长大的。小红说，父母从来没有教过她女孩该如何保护自己；二儿子小理翻遍记忆，也找不到任何一道"属于妈妈的菜"——在他的记忆中，童年就是自己带着幼小的弟弟、妹妹，给他们做饭吃。吃得最多的是稀饭，里面放了苏打粉，黏糊糊泛着绿色，时常连碟菜都没有。

最小的儿子小五也最不省心，他对父亲张运成——那个脾气刚烈的退伍军人——毫无印象，生下来才七天也不可能有印象，却把他的脾气遗传得别无二致。那些年在仙市，"小五"这个名字就意味着"能打架"。有次去瓦市看电影，有人占了他的位子，小五和人家打了一架；还有一次他看到有人偷吃别家的甘蔗，挽起袖子就把那人一顿打。这样的事情不知凡几，但陈炳芝从未为此数落过儿子。陈炳芝不觉得小五打架有什么错，她认定儿子就是"见不惯不公平的事"。

"我这辈子，打架都打伤（腻）了。"小五说自己十几岁的时候，和邻居罗聋子打牌，因为欠钱没给，罗聋子就出去到处跟人家说，正好被小五听见了，觉得伤了自尊。那天陈炳芝在家里，看见儿子冲进厨房拎着菜刀就往外跑，她吓得跟出去，就看见罗聋子一边的脸都被儿子砍掉下来了。

"脑壳上五刀，肩膀背上还有两刀，我看到血飙出来，才去自首的。"小五说起自己当年的鲁莽，记忆犹新。那时候陈炳芝在公社挑滫水，四处扯红苕藤，喂着几个肥猪。小五被公安抓走了，她只能把肥猪全部卖掉，凑齐了五六百块钱，拿去医院赔偿了人家。好说歹说，小五才被放回家。

"他后来当了兵之后，才好了很多。"陈炳芝从未从父母处得到任何教育，她自己也不知道如何管教小孩，只拼命赚钱喂饱他们，衣服破了帮他们补，小孩打架伤人，她也就一次次地掏空家底去赔偿。

如今的小五穿着交通辅警的制服，说话和气，满脸都是憨厚的笑容。当兵之前找不到工作，他就给邻居挑水，从湾湾那头挑到街上，几里路，一担水七八十斤，挑一趟五毛钱。

3

袁新历死后，陈炳芝开始尝试做小生意，煎胡豆、豌豆卖，一分钱一勺；卖凉水，一分钱一杯。她守在小学门口的黄葛树下，等放学的时候学生来买。

后来陈炳芝陆续做过各种小生意，她乐于投入，曾经托人花了两千多块买煎花生的机器，一天能卖出去十几、二十斤花生。"可惜现在没人要，只能当废铁卖几块钱。"她也买过绞肉机，一千多块钱买的最后三百多就卖了，还有绞糖机等各种机器。她还特别敢于尝试，但凡听到或者看到可以赚钱的小生意，就毫不犹豫去做。

做生意需要投入资金，镇上的人都靠民间借贷，彼此约定好利息、期限，便可放贷。陈炳芝在这点上极具魄力，她做生意的设备和本金全是借贷而来，只要约定了还钱期限，到期之后即使没有赚到钱，她也会从另外的邻居那里再拆借，多付利息也要履行承诺。这使得她的信用极高，邻居们都愿意借钱给她。

在仙市小学的钟老师心中，陈炳芝做生意敢想敢为，就是"仙市上的董明珠"；媒婆王大嬢也把陈炳芝称为"仙市的女强人"。镇上的人都见识过她开猫儿店生意兴隆的"盛况"：茶馆的门敞开着，每个桌子面前都坐满了老头，他们挨着那些小姐，嬉笑放松，叶子烟的味道浓郁呛鼻。茶馆的门廊处，陈炳芝也支了一个摊子，卖些鱼线、渔网等渔具——她不会浪费任何能赚钱的可能性。

90岁的陈炳芝身上，精于算计的女强人形象在打牌的时候就会表现得非常明显。"那是她唯一的娱乐活动。"二儿子小理说。菜市场附近的一个茶馆，坐满了乡镇赶来的中老年人。这种茶馆投入极低：简易的桌子，塑料板凳，几副麻将就行。陈炳芝显然受到了特殊的待遇，她是整个茶馆唯一坐木头靠椅的人，老板还给她特意垫上了棉垫。

陈炳芝坐在一群年龄比她小二十多岁的老头中间，身量瘦小，几乎有点小学生上桌的感觉。她身上穿着明显用于节假日的笔挺外套，白头发一丝不苟梳到脑后，用发夹钳住鬓间的碎发，甚至穿了双干净的黑布鞋。和趿着拖鞋、露出粗糙脚后跟，满不在乎的老头们相比，她的妆扮堪比女王。坐在对面那个浑身印满"Boss"花纹的老头今年也 70 岁了，他是陈炳芝第二任丈夫张运成在和她结婚之前的孩子，陈炳芝一言不发，没有一点寒暄的意思。她只死死盯着桌上的纸牌。

这是一种只在沿滩乡下流行的纸牌游戏"猫儿牌"，一副牌去掉一对黑 8 和一对黑 9，保留 2 到 7，再加上四张 K，也就是所谓的"金"，一共三十二张，四个人打。打法有点类似于比大小，到三轮后才可以"拖金"，就是出的牌大过于其他家再加上手头的 K，就可以直接赢钱。当然最后出的"接牌"也很重要，就是如果手头只剩下两张，一张大过其他家，一张是 K，那也可以稳赢。

老头们嘻嘻哈哈、东拉西扯、出牌随意，陈炳芝目光锐利，戴着手表的手腕不管不顾地在牌桌上翻动，她终于忍不住跟"Boss"花纹老头说："你是头家，前面出过一条'金'，肯定还有三条'金'在外面，你明明有一对，就应该尽量出一对嘞！出个这么小的单牌，让他逮住机会拖了三条'金'，你咋子这样不讲究，不然我们输不了这么多……"

那一刻，好像有另外一个人从她那个弱小的皮囊里钻出来，那是一个经验丰富、察觉一切的猎人，随时可以在变幻莫测的牌局中运筹帷幄。

陈炳芝的茶馆几易其址，最早位于仙市镇汽车站旁边，守着通往自贡市区的公路，本地人和往来客流都可以截住。自从汽车站旁的菜市场搬到更里面一点的十字路口，这个位置才失去了最中心的地位，照相馆、副食商店和一家音响震耳欲聋的垃圾回收站如今取而代之。

兼营猫儿店之后，陈炳芝秉承着成本最小化的原则，除了最初开茶馆就有的黑白电视机之外，并不添置任何固定资产，连床铺都是用竹子砍的——把竹子劈成四片，排排摆在一起做床板，下面用板凳缠好做床脚，再铺上棉絮，这样一做就是七八张床。

"不像别家都买的是席梦思。我这里的女人尽是四五十岁，一个个很丑的。收费十五块的我就抽两块，二十块就抽五块。最年轻的也就是三十块。做得到，就抽点钱；做不到，就不收钱。不管有没有生意，我都要管她们的一日三餐。"陈炳芝说，她的茶馆都是收留"别人不要的"小姐，仙市上的很多人至今记得那些女人的粗腰和拙劣的腮红颜色。

"比如'姚排骨'没有奶（乳房），别个嫖客都嫌，她赚不到钱。可是她要吃饭啊，至少在我这里还可以帮补她点伙食。我说我不抽你的钱，你来吧。我这个人心善，看到人家难过，钱都不要她的。都要吃饭嘛。"陈炳芝回忆说。

在陈炳芝的描述中，她更像是一个"场所提供者"，多过于是一个"组织经营者"。小姐不愿意去打针，她也不会强迫她们；小姐喝酒惹事，她也管不到她们。20世纪90年代生意兴旺的时候，最多有七八个小姐在陈炳芝的茶馆里讨生活。也有政府部门（防疫或者其他什么机构，陈炳芝记不得了）一年会给她们发两三百块钱，还免费发避孕套。隔一段时间来查一下小姐有没有性病，有病就给她们打针。

90岁老人的记忆有时候并不太靠得住，陈炳芝声称她早就不记得那些女人的名字和事情，叙说的过程中她时常就摆摆手，"记不到咯，记不到咯。"不过有时候个别细节又灵光一现，比如一个叫小梁的，个子也高，头发浓密，"屁股登登的"，很勤奋地做生意，一天接二十来个人，再加上有时候包夜的一两百（"我也只抽十块钱"），可以赚到四五百。赚到了钱之后，她就在自贡买了门面和房子，然后很快就金盆洗手去做包租婆了。

也有完全不会做计划的小姐，比如那个做了几天就跑了的"新疆姑娘"。"新疆姑娘"是个绰号，她的真实姓名无人知晓，人们都说她是从新疆被拐卖过来嫁人的，实际是哪个地方的人，任谁也不知道。刚来仙市镇的时候她才十几岁，长得就像外省人，鼻子很尖，个子不高，身材一般。她跟着一个所谓的"干妈"在卡拉OK做皮肉生意，赚到的钱都交给那个干妈。后来年纪渐长，就到了陈炳芝的茶馆继续做。

新疆姑娘脾气不好，喝多了酒就开始闹。陈炳芝觉得新疆姑娘看着就像是傻的，因为她连钱都不会认，十块和一百块分不清。她看到一个人觉得很亲热，就抱着人家亲嘴。"我说你不要对我恁亲热。我帮不到你。"

陈炳芝有一次跟她说，你为什么不让派出所送你回老家呢？她回答说派出所也没办法——她太小离开家，压根就说不清家里的位置，

14

没上过户口，更没有身份证。

2022年3月的一个周末，新疆姑娘路过"渔夫人家"，拖出张板凳坐在门口，喝了两瓶啤酒，又和别人要烟抽，有一搭没一搭地和陈婆婆聊着天。那也是新疆姑娘第一次跟陈炳芝提到自己的身世，她现在的男人姓赖，"他骂我卖×，但他自己又打牌又好色，我手头好不容易攒了一千块钱，都被他拿去输了。"

陈炳芝说："前些日子我生病你都不来看我。你有个装娃儿的背篼在我这里放了两年，你不来拿，我要是死了，娃儿伙可能就拿去丢了。"新疆姑娘说："那就不要咯。"

坐了一个多钟头，陈炳芝开始赶她走："你快走，我这里出了名的。一会儿派出所看到，又说我在做生意。"

新疆姑娘摆摆手，摇摇晃晃回家去，陈炳芝目送她的背影，就像无数次目送其他人离开一样。

过了几天，就有人顺口告诉陈婆婆，那天喝了点酒的新疆姑娘打算横穿高速公路——她家住在姚坝新湾，绕着走很远——她冒险穿这条捷径看来不是一次两次了。一辆小车把她撞到地上，车上的人下来刚打算去拉她，后面刹不住脚的一个大车又撞了过来。新疆姑娘头都给撞没了，只剩下两个脚杆。本来是她自己的错，不用赔钱，最后车主还是给了三万块。她留下了四个孩子：一个十几岁的孩子，早就送了人，一个女儿，还有两个小一点的儿子，由政府帮忙抚养。

陈炳芝到最后都不知道她到底叫什么名字，只知道两年前猫儿店生意关了之后，新疆姑娘说她也失业了两年，算起来今年应该是三十来岁。

"她在我那里也没干过几天，喝酒就骂人，有的嫖客和她对骂，她就拿刀挥来挥去。因为总闹事，（小）五儿还把她赶走过一回。"陈炳芝叹口气说，"死了也好。她这辈子，也造孽得很。"

4

每攒到一万块钱，陈炳芝就买下一间房子。她倒未必有什么高瞻远瞩的投资眼光，或许只是出于从小就居无定所的不安全感。随着古镇的开发，那些房子升了值，除了抱出去的张家老大，三个儿子每人都分到了一套，就连她现在的这间店面也是许给了大儿子的。"等我将来死了，就留给大儿媳。"

陈炳芝一辈子跟三个男人生了四个儿子、两个女儿——感谢老天爷，他们全都被养活了。邓家的两个儿子和她感情亲密一些。邓家老大从小跟着父母打鱼，十几岁交了女朋友就出去自立门户，凑些钱买了条渔船在河上讨生活。好不容易，他年纪大了，生活条件好转起来，就赶上古镇禁渔，两年前又得癌症死掉了。

邓家老二小理，被其他孩子公认是"妈妈最爱的一个"，2022年也已经62岁。据说陈炳芝唯独分给他两套房子，这个决定让其他孩子觉得"他就应该多照顾点妈妈"，尽管陈炳芝否认了这个传言。而小理自己觉得是因为他脾气好，老人家不免啰唆，他耐得下性子而已。他个头不高，身材敦实，说话的同时就能瞬间组织好脸上的笑容，不管外人说什么，都是一副唯唯诺诺的样子。他指给我看河边的旧房子："以前过的日子，说艰苦都不足够。"就像镇上大部分的子女，陈炳芝叮嘱的事情，他会照做，没有什么抱怨，却也没有特别地亲密。他离婚之后一直在努力寻找第二春，每天早上过来陈炳芝这里报到之后，就要立即回家洗衣服、做饭，伺候新交的女朋友和孩子。

早些年，小理一直都以开摩托车载客为生。2001 年 8 月，一天晚上酒后送好朋友古华回家，到田湾那里瞥到条狗，鬼使神差就摔到旁边那条很小的河沟里。古华没什么大碍，小理不仅摔断了肋骨，手臂至今都弯不过来，手术过后的伤疤触目惊心。他因此被评了个残疾，现在一个月拿着两百多的低保。

陈炳芝和张运成生的大儿子被抱回张家养，因为父母都不在身边，他从小在外面流浪，自己养活自己。古镇有人说他学坏了，从仙市到火车站跟着人家做"撬杆儿"（小偷）。现在他就住在离陈炳芝不到一里地的仙市中学附近，据说他恨他妈，母子之间基本没有来往。

女儿小红的境遇在六个孩子中算是比较顺遂的，19 岁和邻居家孩子结了婚，婚后生了个儿子。丈夫是做老师的，她在古镇开了个"红姐餐馆"，虽然经营惨淡，好在丈夫的工作稳定，儿子成年后也早早结婚生子，后来离了婚，又再结再生。

小儿子小五做辅警，每个月一两千块钱，媳妇一直在家，最近才去找工作。他的孩子生得晚，每月工资除了他自己要抽烟喝酒，还要供儿子上高中。小五每天早上上班，开着电瓶车"嗖"一下就从小店门口飞过去，母子二人也不打招呼，他说跟母亲一见面就吵，"说小声了，她听不见，大声了，她说我在吼她。"

90 年代中期，随着最小的女儿远嫁泸州，陈炳芝的"人生任务"

基本完成。虽然没了压力，她依然将猫儿店经营下去，谁都没想到，它会成为仙市镇维持得最久的卖淫场所。

她一生中只去过小女儿家一次。面对牢笼般的楼房，她百般不自在，不能敞开门窗通风，也不认识楼上楼下的邻居。早上六点，她就起床到附近的菜市场转，琢磨那里的母鸡多少钱一只，小菜多少钱一斤，烟多少钱一盒。后来回到仙市的时候，邻居笑她："怎么弄回一大堆扫把？"因为泸州的扫把才三块钱，仙市要卖十块钱，她就带了一堆扫把放在门口卖，把路费赚了回来。

除了泸州，她没有踏足过其他城市，她人生后几十年的活动范围，就是从出门左转二十米的河边，到出门右转的电线杆，然后回到那间光线阴暗的小屋。精神利索的时候她会去看看附近的广场舞，为了省电，电视机一年也难得打开一次。

陈炳芝在第三任丈夫袁新历死后，再也没有跟过任何男人，或者说她原本对任何男人都没有什么指望，问她如果她的男人也出去嫖，她怎么办。她说："看每个人咋个想，反正我觉得只要他把家庭照顾好，拿钱回来用，让家里有得吃有得穿就行。"

开茶馆的时候，牛贩子黄居光来帮忙将茶馆转型做猫儿店。"他卖了牛或者做生意赚了钱，也会时不时帮补我一点。而且他是一个特别喜欢讲道理的人，嘴巴很来得，一五一十地把事情跟你分析清楚。"

镇上的人都说黄居光是陈炳芝的情人，但她断然否认："人家有婆娘的，不要去惹，闹起来很恼火。"没过几年，黄居光得了肺病死了，她原来想去看看，祭拜一下，最后也是作罢。"人家家里有大娘，我这样子去不太好。"

黄居光死后，陈炳芝再也没有找过帮手，始终自己一个人经营茶馆。

生命中的最后一个男人出现在她80岁那年，只有在提起这段感情的时候，她的脸上会出现一丝温柔的表情，男人的名字也是张口就来："他叫张明辉。"

张明辉是庙里的一个居士，比陈炳芝小十几岁，做完事喜欢来茶馆喝茶。他性格内向，是个老好人，哪个邻居屋顶的瓦漏了，跟他说一声他就爬上去帮忙，偶尔得包烟抽亦是欢喜。

张明辉有一身好力气，给庙里挑水，一百块钱一个月，后来用水量大，庙里就给他涨到了一百五十块。在陈炳芝漫长却乏味的感情生活中，张明辉是对她最体贴的一个。"他会把饭煮好，舀到桌子上放好，洗澡水、洗脚水都给你放好。"她停顿了一下说，"可惜就是没得钱。"

俩人好上刚一段时间，张明辉开始吐血，隔几天又吐。因为没有钱，就没去医院，后来转成了肺气肿。他有个儿子，就把他接回家去照顾。从那之后，陈炳芝再也没有见过他，等后来得到他儿子通知的时候，张明辉已经死了一段时间了。"他才62岁，如果早点医，其实是医得好的，就是没得钱。"

张明辉死了，陈炳芝又重新过上了一个人的生活，每天摆摊、守摊、收摊，每周去自贡市里进一次货。小理要叫她一起生活，陈炳芝说："我一个人生活惯了，算了吧。"

5

陈炳芝每天早上六点醒过来，撑到八点开店，小理有时候给她代买点油或者急需的生活用品，帮她清理头天的便桶，然后就要匆匆赶回去给女人孩子洗衣服、做饭。她坐在店里守着，卖点小东西出去，如果需要搬运重物，她也会拜托过路的行人帮一下忙。下午五六点，小红过来帮她收摊，遇到她打麻将赢了钱，她就让小红给自己买一袋苞谷粉。

一个人的生活如此安静，简单到连一只猫都容不下。隔壁养的母猫生了小猫，她只喜欢小的，不喜欢大的，因为"小的不乱跳桌子，也不会拖走吃的"。木质房子容易招老鼠，一到入夜，它们就会在房梁上肆意奔腾，这种时候她就会去借一下猫。那种对猫的喜欢当然也是有限的喜欢，她甚至不曾伸出过手抚摸一下猫，或是轻声呼唤它们——在她眼中，猫和猪、马、牛的作用本质上差不多，都算是家畜。

她每天都盼着天亮，也许就是单纯地沉迷于做事，从表面上看起来，她是一个连掏出一块钱都要哆嗦半天的人。去年开始，为了游客的方便，她的小卖柜上也开始立起微信支付的二维码，那其实是她长孙的，卖出去十块钱，她就往墙上的塑料袋里放入一颗大花生，卖出去一块钱，就放进一颗小花生，到周末再根据花生的总数统一跟孙儿索要现金。

有天来了一个年轻女人——"我把她认错了，以为是我的幺女从泸州回来了。我问她，你回来了？她答应我说，啊我回来了。"——女人买烟，拿了一张一百块钱的，陈炳芝补她八十五。"那会儿我有个钱箱箱，里面有八百块钱，她跟我说，你把钱搁回去，我说要得嘛，结果后来钱箱里的钱全都不见了，手镯、两个戒指也被她摸走了。最后发现就连收的那一百块都是假钞。"

陈炳芝清醒过来，那个女人已经消失得无影无踪。隔壁老太婆说记得这个人，监控器也找出来这个人，二十来岁，圆脸的，牵着个八九岁的娃儿。陈炳芝却不知道自己为啥整个人都是迷迷糊糊的，完全不记得当时的具体状况。

后来陈炳芝承认，那会儿还干着猫儿店的生意："年轻女娃儿说明天再来。我说要得，想着她长得漂亮，看她的意思，要来做个把儿生意也可以。等我醒过来才觉得，不对……"

那不是陈炳芝第一次上当受骗，毕竟年龄大了，她被假钞骗了无数次……这都还只是小小的损失。再后来陈炳芝把小五的房子给卖了，赚了十二万，给了小五七万，留下了五万。2016 年，又凑齐了十二万借给了江平。

江平也是仙市本地人，比新河街的黄茜高一个年级。读书的时候在仙市中学并不起眼，后来摇身一变成了个包工头，开个车整天晃来晃去。不知道从哪天开始他也参与到放高利贷的行列当中，江平揽储能给出五分利（在民间借贷中，几分利就是月利率百分之几的意思，五分利就是月利率 5%），也就是一万块钱一个月能拿到五百块钱，比银行高出不少，也有些人着实在他手头赚到了不少的利息，比如小红，借出去十万，一年就能拿到六万块钱的利息。

于是那些年仙市有钱的人都争相把钱借给江平，住在陈炳芝对面的邻居，也就是黄二姐的前夫松伯也借给他八十万，就连卖猪肉的笑平都凑齐了二十万借给他。

陈炳芝借出去十二万，刚刚收到三个月的利息，江平就失踪了。

债主们去乡下找他，才知道他早就和老婆离了婚。那些钱被他赌博全部输掉，于是他又不停地借，企图翻盘，又输，又借，直到累积到五百万这个天文数字，实在还不起了，就四处躲藏。

他唯一剩下的一辆车被先找去要债的人当了，松伯气不过找人去打他，还倒赔了四十万医药费。他们也打不了官司，借出去的钱连个起码的借条都没有，而且他也没说他不还。

就这样，陈炳芝手头的一点养老的钱也泡汤了，她自己倒是显得无所谓的样子，"多聪明的人都被骗了，狗日的（江平）死没死都不知道，拿不回来还能咋子办？"

陈炳芝将手头的最后一套房子卖掉，几个孩子想把卖房所得的三十万分掉，小五说留着将来给妈妈住院、办后事。

一天三餐她自己煮给自己吃，因为"娃儿些吃得淡、吃得硬，我吃得咸、吃得粑"。偶尔隔壁"徐大姐餐馆"客人吃剩下的菜，她看着可惜，要过来也是一顿。对面酒厂扔掉一坨塑料袋，黄二姐跟她说是冰箱里放的猪儿粑，时间太久了，她也从垃圾桶里捡回来热一下，又是一顿。

她不记得什么"自然灾害"，但她记得年轻时吃过"白善泥"，把长在石头上的白色的颗颗锤下来，和着灰面烙粑粑，吃了以后便秘到都屙不出来屎。她大概因此一辈子都对食物匮乏有种不安全感，做生意就是为了要吃上一口饭。

偶尔她也会伤感起来，抱怨孩子们周末吃的好肉好菜也不给她端一点过来，这种时候多半她也要和自己强烈的自尊心作战，毕竟她独立了一辈子，没靠过男人，没靠过孩子。第一次动完手术，有天小红扶着她，慢慢走在回家的路上，遇到派出所的一位领导（后来知道是所长）亲切地问她多少岁了。她说："快90岁了。"所长吃了一惊："婆婆，等些天我去看你哈。"果然过了些日子，所长送来了二十斤米、一桶油，还有一根拐杖，前两样她舍不得吃拿去卖了，至于拐杖，她小心翼翼放到了一旁，够不着的时候宁可使用晾衣竿——她可不愿意用这根看上去就是拐杖的棍子。

"拿那个多让人笑。"她说，似乎完全忘记自己是一个刚动过手术，已经有点颤巍巍的老人。

6

直到 2019 年，猫儿店依旧在营业。有个姓王的女人找到陈炳芝，她家住在瓦市那边的村里，四十几岁，老公生了病，有两个娃儿，上面还有个八十几岁的老婆婆。她是从很远的地方嫁过来的，和男的打工认识了就跟了过来，也是刚刚出来做，只收二十五块钱一次。"看着就很造孽。"

客人们都说她很温柔，无论说话还是做事都是个靠谱的人。

那个时候派出所已经开始严打，一开始他们就在门口骂，"喊你莫做了！赶紧走！"，把小姐们都吓走了。陈炳芝也没太在意，以为还像原来那样只是做做样子。

那天早上六点多，门没关。陈炳芝还躺在靠大门的床上，姓王的女人和那个嫖客在里面的床上，突然，警察破门而入，据说是有邻居举报，就这样他们被抓了现行。

陈炳芝被判处管制两年，姓王的女人被派出所审问了一天，送到乡下去了解家里情况，发现她的情况确实很困难，就没有处罚她，但是需要随时听通知去派出所报到。

陈炳芝也需要每个月去派出所报到，和很多人一起开会，有的时候陈炳芝还会忍不住就哭起来："早晓得这样赚不到什么钱，又怕小五的孩子受影响。"直到生病了才没有继续去报到开会，而猫儿店也就此彻底停摆，警察也不再上门来吼。

陈炳芝从来都不懂也不了解她的猫儿店"是否违法"。她只知道自己要吃饭，而且仙市也开了好几家，此前许多年没有人来找过她的麻烦，个别的领导问起她的情况，知道她靠这个养孩子，也就睁一只眼闭一只眼。

她一辈子连报纸都不懂得看，又怎么会察觉到时代的变化，也不知道新上任的领导要狠抓狠打，不懂得新闻媒体上提到的"扫黄打非"，更不懂得"完成任务"这四个字的含义。

她的低保也因此被取消了。大儿子刚刚死的时候，陈炳芝去找过一回社区的罗主任，他说我帮你反映一下。后来他就跟小五转告说不行，你妈妈毕竟有几个孩子。

"他们就是针对我。"以陈炳芝的自尊，问了一回被拒绝了，也就不会再问第二回。

那一年什么都不太顺利，年底的时候武汉暴发疫情，即使整个仙市都没有出现过一例，古镇却封闭了一段时间，几个入口都有人把持，居民凭借出入证进出。

听到几个过路人闲聊疫情，她完全不懂，"以我这么大的岁数来说，只有猪瘟鸡瘟，没听过还有得人瘟的。"

陈炳芝一生都活在自己的螺蛳壳里面，她从不关心政治，只能认出自己的名字和简单的数字，除了自己那条街道上的老街坊，连多走出去两步距离的仙市老人都认不全，晚上收完摊偶尔打开电视看看电视剧，座机或者手机都没有一部，更别说像古镇的孃孃们去录那些抖音视频了。

偶尔，对门的黄二姐过来坐个几分钟，两人扯一点闲篇，这就是她新闻的主要来源。黄二姐给她说哪个国家又打赢了。她插嘴说打得赢啥子嘛，毛主席都解放几十年了，打得赢啥子嘛。她关心得更多的是听说米也涨了价，油也涨了点价。

陈炳芝的记忆库里面，只有"毛主席"，她并不知道现在的国家主席是哪个。她觉得现在的日子挺好的，因为过去"一个人造孽（可怜）就一辈子造孽（可怜），没得一个月的一百多块钱的低保，而现在田土占了的，还拿养老保险给她。哪里又不好了嘛？"

她一天书都没读过，不懂什么叫作"文化大革命"（得说"文革"），也不知道当年的"红卫兵""造反派"，她没有听过周璇的《天涯歌女》，也不知道阮玲玉、邓丽君，她唯一耳熟能详的歌曲就是"东方红，太阳升，中国出了个毛泽东……"她只是凭借升斗小民的简单生活来感受大环境，一旦提起某些那个年代的专有名词，或者"批评"政府时，陈炳芝就会像那个年代的许多过来人一样，压低了嗓门。

唯一让她惴惴不安的，是从前衣服破了，补了就接着穿，现在随便一件衣服都比那会儿的好，却穿一件丢一件。而好好的饭菜，吃不完就那样倒了。"看着心痛，浪费太严重了。"她说。

2020年疫情肆虐的时候，政府号召大家打疫苗，瓦市的一个老姐妹，坐着车专门来接她，说打一针新冠的疫苗能得两百块钱的补贴。她没想到还有这么好的事情，完全不考虑自己快90岁的身体有没有副作用，并且一直对此念念不忘，打完之后还盼着，直到听说第二针没有任何补贴了才作罢。

在人生的绝大部分时间里，病魔大概已经顾不上她了，她就连感冒发烧都不曾有过，就如同鸡公岭的一棵野草，风吹雨打都影响不了它的野蛮生长。如果说她有什么养生秘诀，那就是从不让自己闲下来。卖东西给别人的时候，她说话的声音都是生动而活泛的，即使没有生意，她也会挑出来一条围裙、一条裤子，一针一线慢慢缝制。

"你帮我一个忙行吗？"那天她小心翼翼地说，"娃儿们都说忙，没一个愿意帮。"她从床铺的最里面翻出一个掉漆的红木盒子，里面是各种黏糊糊的陈旧硬币，她想去银行换钱，又担心被银行的人嫌弃。

第二天当她拿到五十块钱的纸币的时候，整张脸都笑开了，她说这两年收入锐减，一个月能赚个几百块钱都算大钱。这间房子早就划给了大儿媳妇，每个月还需要向她额外支付房租。

不管怎么说，这半年她的生活似乎过得比之前更好，有一天不认识的一个游客非要给她两百块钱。"这是哪里来的菩萨哦。"她把纸币小心翼翼收藏到了红木盒子里，里面还有一张70岁时领到的免费乘车证和一张旧身份证。

"你要啥子？"她突然站起来，走到门口的柜台前。一个期期艾艾的老头站在那里，躲躲闪闪的目光扫射进来，他穿着陈旧，一看就是久居乡下，没有和时代接轨的那种老年人。"你赶紧走，你走。"陈炳芝突然强硬起来，也不解释为什么，挥着手，如同对方是个讨厌之极的人。

"早都不做那种生意了……"看到老头走出去两步，还在恋恋不舍地回头看看，陈炳芝嘟嘟哝哝地抱怨说，"哪个不晓得我这里出了名的……"又伸出手来摆摆，"你快点走，你走。"

坐下来又歇了一会儿，一如之前每天那样，她都要自我总结一下："今天又只卖出去一包烟，一下雨，冰棍一支都没有卖出去，还有那个玩具不好卖，人家宁可去陈家祠那边的广场去买，回头再也不进了。"

这一天是周末，门口一共过去了十个游客，其中有两个去对面酒厂打了瓶酒，其他的人都只是匆忙地经过了而已。

天很快就黑了，有的时候躺在床上，听见房间里窸窸窣窣的动静，她一点都不害怕。不管怎么说，只要不是冬天，日子都比较好过一些。这间房子没有空调或者暖气，每年一月份的时候四面漏风，只能用三床旧棉絮压在身上保暖，晚上睡觉就会被压得喘不过气。

她也有自己夜晚的小快乐，比如，头天晚上做梦看到死人，和死人摆龙门阵，拉屎在茅房，或者看到红色的东西，她早上起来就喜滋滋的。果然当天生意就会好一点，烟都多卖两盒。

"拉卡拉到账，五元钱。"——这就是 90 岁这一年她认为的"人生意义"。

7

2022 年 4 月 16 日，因为胆道感染，她再一次入院治疗，这一次和四个月之前的手术大同小异，并不是什么大手术，她购买过的"城乡居民基本医疗保险"报销了八千多，只需要再支付四千多块钱，然而她对整个过程稀里糊涂的，只知道把手指上的金戒指，耳朵上的金耳环都委托孩子们卖了，大概一万多块钱，她手上抓着一把单据，嘟囔着"我又不认字"。

1 月和 4 月的这两场手术，把"陈炳芝"彻底地打成了"陈婆婆"。她如今苍老、衰弱、无助，一无所有。

作为古镇年龄最大的女性，陈婆婆很有可能随时离开这个世界。在镇上，几乎所有的老人都信奉土葬，认为保持躯体的完整，才能保持灵魂的完整。他们离开之后，子孙后辈也往往要通过"做道场"来表达对亲人的不舍和孝顺，否则就会被邻居朋友们数落，某种程度上，那些仪式复杂的道场几乎就是做给活着的人看的。

她一直觉得活人比死人更重要，"人死了和猪儿狗儿有啥区别，人家战场上战死的不也没有埋的？所以哪天走了就走了，烧成灰，装进坛子里扔河里就行了。"

她是如此透彻，却又活得如此具体。2019 年沿滩开庭审理她的案件那天，两个法警站在陈婆婆两旁，几个子女就坐在旁听席。审判长刚喊出一声"开庭"，陈婆婆就晕了过去，后来她跟小理提起此事："丢死个人，简直感觉像很多年以前的地主审判……"

陈婆婆因为"组织卖淫嫖娟"被判决了两年监外执行，罚款三千元。

"知道她的气性很大，我们几个子女就和法官说好，把这钱分摊了，也没有告诉她。"小理说。此后每个月，作为判决的结果之一，他都需要替陈婆婆填写一份"深刻"的思想认识报告交给检察院，表达她改过从新的态度。"还好，两年很快就到了。"

我就是这个时候认识陈婆婆的，好几个邻居都很不以为然地和我说，"她有钱得很，好几套房子"，"不要可怜她，她比哪个都更有钱"。他们对于陈婆婆的评价比较极端。大概他们并不觉得，在这一个人人收入都不怎么样的地方，这样一个瘦弱的老太婆需要什么特殊的照顾，或者换种说法，这样一个有那么多儿孙环绕的老太婆，需要外人的什么照顾？

在她的少女时代，有天晚上在蚊帐上发现一条菜花蛇，她吓得连连作揖，"你走吧走吧，莫要来找我"，从此她生命中再也没能出现任何与众不同的东西。

那段时间我时常去看她，每次都买瓶水，买些小吃冰棍，于是从不相信什么"人生启示"的她居然想起来："早就有人算过，我老了以后会出现贵人。"有个周末我比往常的时间去得更晚，她居然在半边街的坡底下望着，细微的身影弯成了一个圆点。

她没有任何信仰，尽管整个古镇最崇拜信奉的观世音菩萨供在离她咫尺之遥的河边。每年菩萨的三个重要日子（诞辰、成道、出家），河边的善男信女络绎不绝，几乎整个仙市镇的信徒们都会经过陈婆婆的屋前，赶去那里为菩萨进香烧纸钱。陈婆婆却一次都没有去过，她只是记得那会儿庙子里面（南华宫），正堂都不止这些菩萨，都被造反派销了的，打烂了扔了。现在的菩萨都是后来做的，"已经不是原来的那些菩萨了。"

这一年的 3 月 21 日是观世音菩萨的生日，也是镇上孃孃们的大日子。据说乡政府还是哪个政府部门看不惯河边那里长年香火过于旺盛，年前出钱，让镇上的傻子陈二娃把那里给推了……不料善男信女们很快又悄悄把菩萨请了回来，甚至还有一个聋子孃孃义务在那里守护着，进香磕头的人群依旧络绎不绝。

陈婆婆对此甚为不满，"那些人和文革时候的造反派比起来有啥区别……"她摇摇头，"你相信就相信嘛，不相信就算了，何必做这些讨人嫌的事情？想做啥子就做啥子。农民哪有这么大的权力，多半是政府、派出所才会做这种讨嫌的事，依我说，（他们就是）换汤不换药……"

除此之外，她真的就像镇上大部分的女性，只把眼光和精力注意到最微小的和自身相关的事情了。然而人生真的没有什么欲望了吗？她和熟人打招呼，最关心就是对方吃过了没有，吃的是什么。有一次听我提起镇上的羊肉汤，她后来忍不住抓住我的手说，晚上馋到睡不着觉："汤啊，煮过新鲜羊肉的汤啊……"提起小炒猪肝的做法，她也是津津乐道："把猪肝裹一点点豆粉，放葱、姜、蒜、辣椒、花椒、郫县豆瓣，一定要记得放一点料酒去腥味，爆炒一下赶紧捞起来，又香又辣又入味……"

手术过后，她反而把自己的饮食调整成了一天四顿，一两左右的米饭，配一份干胡豆就可以，或是一份辣椒拌皮蛋，一小碟红辣椒拌青海椒也可以……按照医嘱，她那个悬挂在腰间的胆汁引流袋要一直挂到死，她再也不能吃那些油腻的食物了。可她似乎完全没有什么禁忌——奉劝各位最好不要观察她吃饭的模样，她会缓慢而又郑重地把一块兔肉塞进嘴里，下嘴唇赶紧跟着向外兜一点，再慢慢咀嚼，眼睛眯缝起来，脸部的皱纹都在发力，这世间的美味啊——似乎她生命力的来源都在手中那小小的饭碗里了。

前些天陈婆婆问女儿今年多少岁，她说 57 岁了。这把陈婆婆吓了一跳，在她越来越衰弱的记忆中，女儿好像还应该是个年轻人，"人家都说她，小时候你妈妈拖起你，你才造孽哦，你妈妈去挑鱼哦，你跟着撵哦，拉你转来，你又朝坡上爬，拉你转来，你又朝坡上爬，憋得没办法，只好把你在肩膀上挑起，跟着一起走。"她认为大概是听了这些话，女儿这些年和她才愈发走得近了些。

她并不像大部分的老人，喜欢沉潜于往事之中，提起那些过往的买卖，她像个真正的生意人一样理智、客观。"我认识的那些老头，就是那些嫖客，死都死完了咯。小姐也死了很多个。"她掰着手指头说，"有个叫王丽的，身体很好，又高又胖，想着自己长得不好看赚不到啥钱，就开个场子请人管，她整天去打麻将，一来一去欠了不少钱。她在市里借了高利贷，回家的时候，家里人听说她借钱的事就骂她，一时想不通就上吊了……她还不到 30 岁。还有一个叫作李梅的，40 岁左右，也不晓得是得了病还是啥原因，下面大出血死了，还有得病死了的姚排骨，出车祸的新疆姑娘……"

那个猫儿店或多或少应该是她一生最深的烙印。"沿滩桥洞里都有七家，自贡波密湾还少了啊？到处都是，但都没得我们这里管得紧。我听嫖客说满世界都有，这里变成了古镇，就不让做了……"她最接受不了的就是这个，"为啥子别个可以做，我就做不得？"

因为在派出所被教育时，被指着鼻子吼来吼去，陈婆婆压根不敢提出心里的这个疑问，只是一直哭……她这一生，当众丢脸，就是那一次。而2022年1月份，她人生当中第一次发病住院，就是因为又急又气，倒在了派出所里。

她这一生是否为做过的这件事情有过反思？她很倔强地不肯正面回应，两只手把一张草纸拧成了麻花。"我从来都没有想过自己会有这样一天。"她说，一只眼睛又习惯性地分泌出泪水。

前两年路过青岩洞的时候，有个算命的人跟陈婆婆说："老人家，你最少能活到96岁。"她走了几步又找了一个算命先生，这位说"你能活到104岁。"说到这里是她难得嗓门提高，眼睛弯成一条缝的时候。她一生中曾经有过幸福的时刻吗？她说并没有，"都差不多，都造孽。"但是这次因为生病住院，"第一次躺着不用干活，吃得还比原来好一点点。这就已经活够本了。"

这一辈子她送走了父母亲、四个老公、兄弟姐妹，甚至自己的儿子。除了第二个男人，没有为任何人建过坟墓，送上过山，同时代的人当中只剩下一个妹妹还活着。2021年妹夫去世，她大老远找到富顺县的小溪庙，四处向人打听"陈炳芬"。她和妹妹见面的时候，彼此压根就认不出来了，"这么多年大家都各顾各，哪里有时间见面？"

端午节到了，路过"红姐饭店"，陈婆婆和她的一大家子人在一起吃饭，完全没有长辈的那种威严和"啰唆"，不给孙辈们捡菜，也不需要他们给她捡菜，她一言不发，默默地吃完一小碗饭就着急着回去看摊子——干脆、俐落得仿佛是这个家的过客。

最近这一年，尤其生病手术以来，医院开的消炎药有副作用，会不断拉肚子，她的夜晚被分割成无数碎片，梦境也接踵而来。过去的故人频密地出现在陈婆婆的梦里——指导她生孩子的冯大嬢、捏着小额钞票的嫖客、被癌症带走的大儿子……陈婆婆甚至还梦到过鬼魂来索命，可她一点都不怕，和它们激烈地对打，力气不够的时候，陈婆婆就喊人来，合力掐住鬼魂的脖子，直至胜利着笑醒。

她从来没有梦到过自己的母亲，早在七十年前，毛淑芬在走之前跟她说："你这辈子太不容易了，我走了也不会找你的，你好好活着。"

妈妈的话似乎成了她和这世界不可废弃的"盐约"，她一辈子都在拼命，让自己和家人好好活着，为此，她在梦里都不能输。

被弹起，也被掸落

1

"烂娼妇！"

怒气冲冲的孙弹匠紧跟着跑下楼。他嘴里大声咒骂着恶毒的字眼，几步追上王大孃，从后面搂着脖子将她摔倒在地，然后跨骑到她身上，劈头盖脸打过去。

这个场景发生在1995年8月，王大孃36岁，和孙弹匠结婚十四年。她不知道这种行为叫"家庭暴力"，是违法的。那是她生平第一次感受到恐惧，"他用拳头打，又用脚叉（踩），我觉得自己要死了。"

被打的原因是捉奸，不是王大孃被捉奸而理亏，她是理直气壮去捉奸的——孙弹匠跟庞阿婆的儿媳妇睡，镇上的人差不多都知道，但谁都没当回事，王大孃本来也应该这么想，但那时她还年轻，忍不下这口气。

王大孃叫王冠花，她和丈夫孙弹匠经营的棉花铺位于仙市镇的正街上，正街曾是整个镇的核心。1994年仙市车站新建菜市场之前，附近十里八村的乡民都到这里来赶场，车水马龙、人山人海。

1981年霜降那天，王冠花搭乘划子（小船）离开卫坪，嫁到易氏村的孙家，到最后搬到现在的仙市镇，隔三岔五就要挨骂、挨打。据她估算，至今四十一年间她挨打逾五百次（虽然她说自己是"随便乱说的"）。2019年去医院体检，报告说她"血小板减少"，孙弹匠得知结果却愈发理直气壮："你的肉就是那种肉，一碰就青。"

挨打久了也有规律——往往总是这样，孙弹匠第二天来找她，拿来舒筋活血的舒络油给她抹，两人若无其事一般，继续过日子。如此反复，并无新意。就像他们弹棉花的每日生活——孙弹匠身上绑着竹弹弓，手上拿着木槌持续击打，牛筋弓弦嗡嗡鸣响，上下震动着空气，王冠花六十几年的人生就如残破棉絮，被弹起，也被掸落。

2

1959年3月9日，中共县委向泸州专区各县发出万斤亩竞赛挑战书，决心在富顺县全县67万亩粮食作物中，有22万亩亩产实现万斤以上。是月，农村春荒严重，粮食耗尽，6172个食堂停炊，肿病出现。

8月沱江大水，持续六天，沿江农田码头被淹；11月13日，发生5级地震，震中在杨家山、毛桥一带。

是年农业大减产，全县粮食总产量为167275吨，农民年人均口粮164市斤。城乡人民口粮严重不足，营养缺乏，下半年浮肿病流行。

（据《富顺县志》，四川大学出版社，1993年。）

1959年，正是骇人听闻的"大饥荒"第一年，在当年降生的王冠花此后自忖，似乎自己一生都处于某种困境之中。她出生的新店镇红星五队，因为地貌特征也被称作"锅儿凼"，父亲王绍余当兵转业回家做生产队长，见过外面世界的他慨叹："故乡贫瘠的土地只适合养牛，不适合养人命。"

生下四个孩子之后，王绍余得了肝炎，终生不能从事重体力劳动。这个家再也未能获得支柱似的力量。

妈妈安淑芬不善言谈，一个字都不认识，只会做饭、割草，被人惹得急了也最多就是骂一句"鬼鬼儿"。兄弟媳妇当众骂这个婆婆，她也都不吭声。王冠花问她："你就这样忍着？"安淑芬就回说："我都是个老人咯，要死了，她是年轻人，就等她骂嘛。"

王冠花出生的那几年实在没有吃的，许多人都饿死了。安淑芬也没有奶水，王绍余只能晚上去田里偷人家的稻谷，回家在烧火凳下面挖个洞，在那里藏一些，等没人的时候熬一点喂给王冠花吃，她就是这样才好不容易幸存了下来。

一家六口住的是土瓦房，造得敷衍潦草，居中一个堂屋，分开左右两间卧室，父母一间，两姐妹一间，隔壁的三叔一辈子打光棍，老了去了敬老院，留下一间烂土房给两兄弟栖身。

土瓦房的墙壁是用泥巴糊的，夏天一逢暴雨就像人体中了霰弹枪，伤口淌出一摊摊脓水。冬天屋内的温度和外面并无多大差别——在这种房子久住的人，大概都会产生某种意识上的风湿病，潮湿阴冷的感觉，一辈子如影随形。

王冠花在家里是老大，从小就会下田，照顾弟妹，捉黄鳝、克猫儿（青蛙），打席子割草，都是她的责任。

每年八月收割谷子，日头毒辣酷热，男人脱去衣衫，光着背脊承受暴晒，常常晒起水泡，两三日水泡熟得差不多了就用针刺破，几天之后坏皮脱落，就变成一个个铜钱大小的圈圈。圈圈处的皮肤会变得"油光水滑"，下雨的时候，雨水甚至会从皮肤上面滚落，再不会被吸收了。

女人家不能打赤膊，就穿件背心在身上。一天割麦下来，背心就像从河里捞出来的一样，能拧出大把的水。谷叶边沿锋利如刀，倘若不戴手套，手上一会儿便会鲜血淋漓。为抢农时，也没人顾得上停下来止血包扎。

比割谷更痛苦的是挑粮。王冠花左边肩膀使不得力，只能单靠右边，几趟下来右肩膀血泡磨破，就用厚厚的草纸垫在肩上，继续挑担不止。

除了干活，母亲安淑芬从不和王冠花有任何话语交流，街坊里弄的女人们除了困苦的生活，还要被规训为符合传统的样子。这里并不会因为封闭落后，就少了节烈之类的教育。《富顺县志》上记载了很多"烈女"的故事：

　　——内江何学臣女，十九岁时和十七岁的先哲定了婚约，七月初三先哲拖牛在黑市嘴河边泡水，被牛拖拽入水淹死。她知道后伤心欲绝，想去他家哭奠，结果父亲不让，她又想去淹死的地方哭奠，父亲也不让。第二天她就上吊了，被救了回来。之后几天不吃，再次上吊了。死的时候眼睛还是睁着。

　　——李氏，十九岁嫁人，第二年丈夫去世，李氏支起门户，还要抚养丈夫前妻的儿子，给他娶媳妇。儿媳妇娶进门刚两年，继子也过世了，留下一个遗腹子。两个遗孀相依为命，被称为"一门双节"。

1976 年，王冠花初中毕业，出落得身材笔直，五官分明，留着短发而非千篇一律的大辫子，可惜那个年代少有人理解这种审美。1978 年 8 月，住在易氏村背后的姑妈过生日办酒席，席间顺便给她说媒，说有家人是弹棉花的，手艺傍身，吃喝不愁，"咋样都吃得起饭，家里有钱。你屋头恁造孽。跟他好了，你妈、老汉说不定还可以享点福。"

孙家的棉花房家具不多，窗户半开，光线明暗不分，空气里面飘着白色的棉絮碎屑。王冠花第一次见到孙弹匠。男人个子不高，皮肤黢黑。王冠花感觉自己喉咙一阵阵发干。"我不相信你只有 19 岁，户口本拿给我看一下。"这竟然是她对孙弹匠说出来的第一句话。

3

王冠花现在还是利落的短发，夏天穿旗袍，身材依旧凹凸有致。她说一点感觉不到自己已经 63 岁了。前两天，有个从前同生产队的人跑来看她，"哎呀，你是黑娃（孙弹匠的绰号）的婆娘吧？大家都晓得说黑娃的婆娘有多漂亮，你看你还是老了嘛，脸上都打皱皱了。"

年轻的王冠花脸上没有皱纹，当然更漂亮，追她的人也很多。姑妈给她介绍过一个比孙弹匠个儿高、好看的男人，她拒绝了。和孙弹匠第一次相亲的时候其实并不是一对一，当时有她，还有她的一个小姨、一个表妹，三个女人中孙弹匠一眼就"看上了她"。

在被拣选的骄傲和荣光之外，还有别的东西打动了她。她至今记得最初去孙家看黑娃弹棉花的场景——如同多年以后某个记者形容他的，"棉弓背在他身上就像背着什么乐器"，男人拿个木槌在弦上"嘭嘭嘭"有节奏地敲击，随着这弹奏，弓弦均匀地振动，棉花胚在这振动中渐次飞起，人的身上、头发上沾上了无数星点儿。翻新后的棉花看上去又白又干净，舒服到让人想把脸长久贴在上面——可以想象，男人专注弹棉花的样子像闪电，劈开了她初生的情窦。

孙弹匠之后来找王冠花，开玩笑问王家是不是盖蓑衣。他并不了解这句话对一个赤贫之家的分量。"我家冷的时候，真的是盖蓑衣。"多年后，王大嬢黯然神伤地说。

她起初不知道，自己只是孙弹匠众多的暧昧对象之一。她去找孙弹匠，发现他和一个姑娘亲昵地坐在一起，她扭头就走了。两家相隔三十几里，她后来知道，自己每回前脚一走，就有女人立马跟过来填空。

当时有个很火的电影叫《一江春水向东流》，里面有个情节是女主角素芬给男人张忠良洗衣服时发现了一封情书。张忠良是个负心汉，同时周旋在几个女人之间。农村的婆婆、嬢嬢们都是一边看、一边骂。

"你要咋子嘛，我和她没得啥子的。"孙弹匠笑嘻嘻地往她身边蹭，王冠花扭过头去不看他。

"你要跟她耍，你就跟她耍噻。"

"真的没得啥子的，我屋头是开团员会的地方嘛。"

"你又跟她要，又来和我要！我们两个就算了——你老汉都说你的席子底下都是信——几十封！未必不是又出现了一个张忠良啊。你以后都不要再来找我了！"

次日，孙弹匠又背着背篼，假装路过去赶场，赖在王家吃晚饭，变着法儿逗王冠花开心。如果王冠花读过《诗经·卫风·氓》，她一定会指认当年的孙弹匠和几千年前的那个"氓"几乎别无二致：

> 氓之蚩蚩，抱布贸丝。匪来贸丝，来即我谋。

王冠花当然更不会知道，《卫风·氓》的后面几句也恰恰是她婚后生活的写照：

> 三岁为妇，靡室劳矣，夙兴夜寐，靡有朝矣。言既遂矣，至于暴矣。

4

王冠花出生的第二年，1960 年 5 月 9 日，美国食品及药物管理局宣布批准使用一种安全的女性口服避孕药。1968 年，在席卷欧洲的学潮中，女人们还喊出了"要做爱，不要作战"的口号——女性要成为自己身体的主人。这些事情离她太远。回到 1982 年，即将生产的王冠花和几乎所有的中国农村妇女一样，希望自己头胎就可以生个儿子。

王冠花和孙弹匠在1981年腊月初八结婚。1982年的冬月间，有天晚上她梦见一条大蛇，她拼命去打它，蛇死了尾巴还在不断抽动。没多久她就生下了大女儿大芳，大芳长到七个月，头上生个红色的痣，检查下来是血管瘤，动手术缝了十几针。

1986年，因为大女儿的血管瘤，孙家申请到一个二胎名额，但生下来又是个女儿。这两个女儿是王冠花九次怀孕的仅有留存，此外她七次怀孕，四次被强制引产，三次流产——其中四次被强制引产的都是男婴。

1982年9月，中共中央指出，"计划生育是我国的一项基本国策"，并且强调"计划生育工作千万不能放松，特别是农村"。

大芳十七个月的时候，有一天王冠花去外面洗衣服，她估算了出门要有六七根绳子那么远，就把女儿放在凳子上。洗完衣服回来一看，凳子、小毯子都变得秽臭，娃儿抓着屎在吃，里屋的婆婆看都不看一眼。

"就因为是姑娘，如果是儿娃子早就抱起来了。"王冠花抱起了女儿，一边给她清洗一边咬着嘴唇哭，然后才慢慢去晾衣裳。

孙弹匠一直想要儿子，王冠花很快又怀上了。然而按照计划生育政策要求，她当然不能生。怀孕之初，她依旧天天弹棉絮，给丈夫打下手。等到显怀了，她就躲了起来。

彼时富顺的计划生育执行得如火如荼，卓有成效，在附近几个县市中居于前列。据《富顺县人口和计划生育志》："1988—2005年间，富顺县人口出生率、死亡率、不符合政策生育率均低于荣县、自贡。"

隔壁的视障女人"杨瞎子"先于王冠花被抬走引产。1982年在生下大女儿之后，她二婚的老公"王瞎子"让她接着生，直到生出儿子。

1985年，肚子里的孩子只差十几天就要出生了，杨瞎子收到风，有人会来抓她。男人出门忙碌去了，她就跟女儿说："幺妹，今天有坏人来抓我们，我们一起睡觉躲起来。"多年以后她都记得那天中午煮了不到一两肉，怕肉煎出来的油被浪费掉了，还泡进了稀饭里，母女俩吃了之后，用砖头顶好门，悄无声息地躺在床上。

下午那些人来，敲了半天门没开。邻居蓝五嬢的婆婆说："在屋里呢，昨天还看到她和她的女捏着一把油菜从这路过。"他们于是就跟铁匠铺借了一把长火钳，意图强行把锁拧开未果，就把窗户拆了跳进屋内。

"我当时只穿了一条内裤，想着你总不能碰我吧，没想到他们就连着被子把我裹着，一起塞进车上了。"杨瞎子说。

杨瞎子两岁的时候摔了一跤，从此世界漆黑一团。1982年再婚，嫁到仙市，此后从未离开过新河街。杨瞎子不恨政策，也不恨执行的人，她唯一抱怨的是举报她的邻居："人家有任务，被人点醒了，不去执行也不可能。"

杨瞎子家被破门那天，王冠花也看到了。当时她也又怀孕了，因为此前三次被强制流产，她决定藏得更隐蔽一点。（王冠花的回忆中，关于怀孕的时间线有些混乱，也有一次说是在北京亚运会的那一年——几次都说得并不一致，大概对于她来说，她并不想记得那么清晰。）这次的反应强烈，她喜滋滋地跟孙弹匠说："肯定是个儿。"为了保住这胎，她故意去栽秧子、割谷子，推平了秧田来撒谷子，以为抢着干活，就不会引起别人的注意。

她也想过躲到外地去保胎，但因为顾虑到孙弹匠疑心病很重，"他觉得你出去就有可能乱来"，就躲在了孙弹匠的姨妈家里。

那天呼啦啦一下子冲进来十来个人，大肚子的王冠花被押上车拉到沿滩区保健院，被监督着当场堕胎，顺带着把刚买的两把藤椅、被子，作为罚款都一把搂走，同时被抓走的还有一只肥母鸡。

那种疼痛之前已经经历过三次，但王冠花还能记得两只手死死抓住床铺的痛苦。每次都是医生先给她打上一针，把胎儿引产下来之后，把死婴给她看一眼。但是那次她闭上眼睛，感觉到一坨东西从下体出来了，伴随着"哇"的一声。

"当时医生打引产针的时候应该是打到孩子的脚板，没打到脑壳。慢慢扯出来之后，那个娃儿还是活的，差一点七个月，指甲都长全了，团脸团脸的，长得像大芳。孩子一边哭，一边拼命抓着我的手臂。"王冠花一直都能记得那双小手留在手臂上的温度，四十年后说起"那娃儿"的时候，仍旧心痛不已。

"医生看到孩子活着，就往他嘴巴里弄了一个啥东西，他就死了。"

医生把死婴扔进了一个桶里，闻讯赶来的婆婆没看她一眼，对着那个塑料桶一直哭："是个儿娃子啊，是个儿娃子……"一会儿哭罢，婆婆咒骂着："狗日的，给张德芳提回去！"张德芳是王冠花的堂叔娘（她的爷爷排在第六，王冠花的爷爷排在第二），也是大队妇女主任，和王冠花的公公有矛盾，所以婆婆怀疑是张德芳专门等着王冠花六七个月肚子大起来的时候举报，一击即中。

就在同一天，新河街包三孃的儿媳妇生下一个儿子，还有乡里有个叫青伦的男孩也是那一天生的。"那一天出生的娃儿都是儿娃子，都很会读书。"王冠花说。

至于孙弹匠，当天仍旧在街上弹棉花，对发生的事情一无所知。以前几次王冠花被强制引产的时候，医生还会命令孙弹匠把亲生骨肉扔进桶里带到后院，在泥土里浅浅挖个坑，埋进去。

5

1986 年，王冠花二胎生出女儿后，孙家上下大失所望。婆婆坐在屋檐下，一边缝衣服一边大着嗓门说："整天只晓得生杷（软）蛋，年年都在坐月子，一年要坐几个月子。七角五分钱都可以买得到十个寡蛋，有的人还不如一只鸡。"孙弹匠更是公开地通知她："老子要去找一个更年轻漂亮的婆娘，好生个儿子。"

二女儿出生不久，王冠花又怀上了。计生委找上来，她独自一人去医院流产。回家发现孙弹匠去了釜溪河对面他的表亲张小芳的家，王冠花早就察觉出来——他们之间不清不楚。

夜幕降临前，天空泛出猪血色，王冠花穿上了防蛇的长筒靴，深一脚、浅一脚地出了门，河水哗啦啦响，她问撑船的人："孙弹匠是不是刚过去了？"对方点点头。她攥紧了手上的棍子，带上这样东西只是为了预防路上扑出的野狗。

乡村四下寂静，雾蒙蒙的并不真切，张小芳的那间平房蹲伏在雾里。王冠花上前砸门，孙弹匠怒气冲冲地走了出来。王冠花揪住他："走，烂鸡儿屎！我跟你两个用绳子绑起，去河里头淹死了，不要在这世间丢人现眼。"

"你这个狗日的，烂娼妇。"孙弹匠寸步不让，也对她吼，脸孔抽动。两人拉拽到了凌晨五点，王冠花又倦又凉，终于等到了第一班船开动的时间。王冠花跟在孙弹匠身后回了家。那天回到家里，是王冠花平生第一次挨打。

第一次被打的细节已经完全被时间稀释了，但家庭暴力只有零次和无数次的分别，从那以后不分时间地点和场合，"一句话不对就打"，王冠花挨打就成了家常便饭。大部分镇上的老邻居几乎都见过，孙弹匠的拳头、耳光、他触手可及的任何一样物品，雨点一般落在王冠花的身上。

一开始挨打，就知道哭，后来有一次，王冠花哭完之后万念俱灰，想去死。婆婆知道后收起了平日的阴阳怪气，来解劝她："你不要急，易解人生万解难。你管他的哦，把这两个娃盘好才对嘛。"

王冠花说："都怪你的儿，又跑到人家那去了，我和他一起去死！"王冠花去买了耗子药，洗完衣服做好饭，发现药不见了。

"你找啥子？"孙弹匠问她。她没有回答，还在翻箱倒柜。

"找个屁，老子甩（扔）都甩了。"

两个人吵架的时候才有对话，除此之外几无交谈。可是镇上的哪对夫妻不是如此呢？除了徐九孃那对夫妻是难得的和风细雨，大多数的家庭都吵吵打打，永无宁日。从大吼大叫到掌掴拳打并没有一条清晰的分割线，人们都把这称为"人家别个屋头的事"。

陈七儿和老公打架，婆婆还帮着打陈七儿。曾二嫂家里也是夫妻经常对打。甘三姐两口子打架，男人拿着杀猪刀在后面追她，王冠花还去拖。几乎每个女人都被男人打过，"这条街上都打"。

——杨瞎子早上刚说合孙弹匠和王冠花。晚上回去就被丈夫王瞎子打，儿子在一旁吓得瑟瑟发抖，也不敢去拉劝。

——新街上的余群玲是附近坳电村的人，2019 年才跟着女儿一起搬来镇上。余群玲嫁给了同村的梁茂华，年轻的时候男人不但不拿钱给她管家，同样也是说急了就开始动拳头。

在坳电村，余群玲也看过很多女人被丈夫打，"有一次住隔壁的男人，明明很矮小，女的比他还高大，但是男女打架肯定是女的吃亏，那个男的扯着女人的长头发，在床边去撞。"

"当年在生产队的时候，男人打女人还有组织批判，在土里干着农活，队长会停下来说，哪个哪个又打架了，以后不准这样做，不然拉去拘留。现在反而没人管了。"余群玲说，"我们女人再会干力气活，只要一动手，肯定还是吃亏。"

"男人力气大，怎么也打不赢。"王冠花说，一旦发生冲突，她就是孙弹匠手中的棉絮，只能任其揉搓。几十年过去，她的身上依然会被打得青一块紫一块，不过她再也不想去自杀了，"不值当，他就是那种人。"

孙弹匠到底是哪种人？他八岁开始学习弹棉花，又是家里的幺儿，一辈子随心所欲、刚愎暴戾。他个头比王大嬢还显矮一些，不到一米六。长年弹棉花，使得右手臂比左手臂粗壮不少，另外一边的肩膀因此无力地向下倾斜，小肚腩和年龄一起逐年扩张，唯独从他的"猎艳"名单上可知，他在性方面精力旺盛，一辈子都想以短小的身材，征服阵容浩大的婆娘。

结婚前，王冠花找过著名的卦师钟三爷合两个人的八字，老头七十来岁，精神抖擞，看了一下两个人的八字，眯缝起了眼睛："哎呀，哎呀，以后你就晓得了。"钟三爷把两张纸还回去，"你们都到挑日子结婚的地步了，还说啥子嘛？"他一边说，一边忍不住摇头叹气。

34岁那一年，王冠花被打得受不了，拜托一个老同学算八字，问"可不可以离婚"。同学就说离不脱，"你们离了也要复婚。他就是那种德性，你不要理他，就能多活几岁。"再后来她去隆昌县又找人算了两次八字，说法都是一样的："你们婚姻的卦象属于'鸡飞狗跳'，一辈子都要打打闹闹。"

38岁那一年，孙弹匠出去打工。他打给王冠花的公用电话显示是成都的区号028，但王冠花问他在哪里，他说自己在昆明，要去考察一下生意。王冠花挂了以后，让大女儿查了一下电话号码，打了114发现就是华西医院那边。王冠花赶过去，发现有个叫胡平凡的女人动心脏病手术，孙弹匠在医院整整陪护了二十八天。

王冠花没哭没闹，转头回家。再过了一段时间，大女儿从成都回到仙市，他们那时候在茶馆后面的房子还没有卖，一边是厨房，后面是卧室。晚上十一点过，女儿说饿了想吃点东西，王冠花去给女儿做饭，一走到卧室，发现孙弹匠和一个陌生女人并排坐在床上，举止亲昵。之前屋头找到过很多她的照片，王冠花全部烧了，但她记得她的模样，孙弹匠承认过，那个就是他想找来生娃儿的胡平凡。

王冠花破口大骂："哪里来的骚婆娘哦?！"

女人没说话，她的脸埋在阴影中看不清表情，也有可能是把脸别过去了。

"你哟，去找单身汉，找那种有钱的，你找这种拖斗娃娃的，就不怕有报应啊？你这一世有心脏病，女儿是掰子（瘸子），下一世还会有心脏病，娃儿还是掰子，你良心都没有起好，来勾引我的男人！"王冠花接着骂，近乎歇斯底里。

孙弹匠"噌"地站起来，王冠花下意识腿往后撤，空气中弥漫着敌意，果然他开始追着她打，或许碍于另一个女人，他才没打到。王冠花就喊："老天爷哦，你有眼睛，你在看哦！看这个烂账和这个骚婆娘哦！"

夜深了，月光越发沓嵩，这样的夜晚，走在路上，人的影子投射到青石板上，几乎都会虚弱到变形。"砰"的一声，摔门用力过猛的声音，在古镇空荡的街道回弹。孙弹匠当天晚上就拉着胡平凡去了自贡。

6

王冠花不知不觉变成了"王大孃"。在镇上，一个女人在跨过四十岁之后，基本就可以被称呼成"大孃"，它不仅仅是一种称呼（类似于阿姨），也是一种明晃晃的提示，被称呼为这样的女人，似乎从此已经失去了性别的特征，也似乎是一种命运盖棺的终极定论。

这些年，王大孃卖过电影票，做过猪肉中介，卖过菜，在辅助孙弹匠弹棉花的同时，她还经营着茶水铺（麻将馆），甚至还抽出时间撮合了十几对男女组建家庭——当然不是免费的，据说每成功一对，就能得到一千块钱左右的红包。她凭借这个小副业成为镇上远近闻名的媒婆。

王大孃这一生都被"干活"填得满满当当——在中国的农村，说一个女人"能干"，是指这个女人勤快什么都能干，另外一方面，就是一个女人"命苦"的同义词。

然而，在古镇，哪个女人不是这样呢？只是王大孃的头顶上，"孙弹匠"这三个字始终是笼罩其上的乌云。

尤其是2019年之前的那十年，她额头、脸颊、胳膊、后背、身上都有过大小不一的青紫，有的时候别人问起，她就说是磕碰所致，"还啥子手嘛，再说如果我打坏他，就没得人干活了。"

王大孃每次被打完，只有一路哭一路还继续干活。心里就想着，挨打就是因为自己是生了两个女儿，肚皮不争气。想死的时候死不了，不想死的时候就自救。王大孃引产过四个，还流产了三次，不管流再多血、肚子再痛，她都是自己提前喂好鸡，从床上爬起来给自己煎蛋吃——那是她能给予自己最好的照顾。

孙弹匠越发肆无忌惮，就在同一条街上，和孙弹匠搅过的女人都不止一两个。有一年他把王大孃支到乡下去干活，王大孃有天晚上回来，四处没找到他，最后又一次在邻居女人家捉奸在床。女人怕王大孃宣扬出去，写了保证书，保证再也不和孙弹匠乱来。

写保证书的时候，女人盯着王大孃说："他不和我，也会和别人。不是我要找他，是他总要来找我。老子睡在楼上，你那个男人搭起楼梯爬上来的。"

保证当然是不管用的，王大孃后来又堵上了一次。那女人的婆子妈抱着胸口，冷淡地说："你说孙弹匠和我儿媳妇两个整在一起，那你们是不是该拿好多钱给我？"

"从此以后我不管他们了，随便他俩怎么样。"王大孃被堵得胸口发闷，扭头就走，孙弹匠以为她要去干仗，怕打到那女人，就用身体把王大孃死死地挡在弹棉花的机器下面。王大孃咬牙切齿："把老子掐死了，你狗日的肯定没有好下场。"

从来没有人试图了解过王大孃的切身体会，她以前在镇上有过一个特别要好的朋友王大娃，在药店工作，和她几乎无话不谈，王大娃儿子一岁多认了王大孃做干娘。后来王大孃听说弹棉花那间屋要对外出售，无意间跟王大娃说了以后，她却抢先以九千块钱的价格悄悄买了下来，租给王大孃，一年还涨三次房租。

"你把我当作认不到的外人，一年涨一次也就行了。"

"我都不晓得这种朋友拿来干啥子，越好的朋友越要整你。"王大孃这样的说法倒是和杨瞎子、陈婆婆不谋而合，她们都觉得在这镇上生活并不需要有什么朋友，因为根本不会有人真心诚意帮助你。和孙弹匠搅在一起的邻居女人，也是王大孃在镇上曾经真心以待的朋友。

大概只有住在这条街的另一个邻居，做过村支书的陈相林为王大孃说过公道话。他对孙弹匠说："你喝茶叶水，不要把茶叶都整干了哦。"意思是劝他不要下手太重，没有必要为了外面的女人把自己的发妻打成这样。

时间久了，连小女儿也开始看她不起："你怎么会那么不中用？你为啥子不去打死那些女人？"王大孃也不敢指望孙弹匠的爸妈，他们比自己的儿子还厌恶她这个生不出儿子的儿媳妇。

一次回娘家被家里人追问："听说他打你？"王大孃若无其事地低着头，几不可闻的声音嗫嚅着："没得，没得事。"她清楚，父母亲从来就没有喜欢过孙弹匠，孙弹匠也对岳父母毫无尊重。王大孃的爸爸过来，就在棉花铺对面的角上蹲着，看着女儿在那里牵线、轧棉花，穿梭于棉花铺和隔壁的茶馆之间。"他可能看我生意好，也不来和我说话，看一会就回去了，我喊他住这里，他说不，就回了。"

有一次她讲给自家兄弟王四听，王四气不过，就去找孙弹匠兴师问罪，两个人打成一团。王大孃连忙把王四拖开。从此以后，孙弹匠禁止她支援家里，他也不和她家人见面。王大孃唯一的一丝安慰来自两个女儿，每次他们一争吵，两个娃儿就站在中间，用小小的身躯护卫母亲。还有一次吵完架，小女儿夜半三更爬到桌子中间，蜷曲着，小小的身体微微起伏，就那样沉沉睡去了。

7

最狠的一次毒打是在 1995 年的 8 月，王大孃记得那就是一个最普通的天气，不冷也不热。她有些心不在焉，衣服都泡上了却没有洗。

孙弹匠又不知道野到哪里去了，她知道最近他和庞阿婆的媳妇小敏走得很近，有的时候那个女人来茶馆打麻将，两个人当众就能眉来眼去。大女儿大芳上初一，刚刚懂事的年龄，暗地里就和小敏说："你莫要再来我家屋头耍了嘛，免得我妈老汉又要打架。"

王大嬢思前想后，一个没忍住，去庞阿婆家堵人，大喊大叫地骂架，门口很快就围满了邻居，窃窃私语。有的开始左一句右一句地数落孙弹匠。孙弹匠铁青着脸从楼上下来，追着她回了家，关上门，两个人扭在一起，桌上的碗筷飞起来，盘子的碎片夹杂着冲菜，青中带白。一个打，一个躲，孙弹匠先是抡圆了拳头揍她，仿佛不解恨，把她按倒在地，骑在她身上，拳打、脚踩，紧接着一脚就重重地踹了过来。王大嬢只觉得肚子发紧，吐出口血来。

在数百次殴打之中，这一脚是最严重的一次，甚至引发了王大嬢对死亡的恐惧："我不会要死了吧，我死了两个女儿咋子办？"

孙弹匠见到血分了神，乘着这片刻的呆滞，她站起来忍住痛，一口气跑到观音阁，她跪下，她哭诉："我这辈子没有做过对他不起的事情，他这样对我……菩萨你历来搭救受苦受难的人，你要搭救一下我，我不能死啊。"

仙市镇过了晚上八点，就是一片死寂。王冠花不能哭得太久，哭累了，还得轻手轻脚踩着黑暗回家。女儿们都睡了，她还有衣服要洗。

说来那都是近三十年前的事情了，许多细节都莫名地模糊到了一起，再次叙述的时候，事情发生的原因情节都差不多，只是时间又变为了上午发生的。唯一能确定的是，王大嬢当年挨的这顿毒打，和那一个又一个暗黑的日子。

而她也像这镇上的几乎所有没有接受过太多教育的女性，她们人生的里程碑事件往往是孩子出生那一年，因而在她们的叙述当中，不会有"文革"的时候、"大跃进"的时候、"改革开放以来"，和那些十分精准的历史刻度，她们往往是依照类似"女儿出生的那一年""女儿小学毕业的时候"这样的时间脉络。她们就是家庭这棵乔木上主动攀缘的藤蔓。

为了不再挨打，她向邻居求助。隔壁的杨瞎子却说："你教她一些方法，如何防止被她男人打，转过头，人家两个好得很，还啥子都告诉她男人，结果整得人家都来恨你……"

王大嬢试图去队里找人说理，大队妇女主任却转过头去说："不关事，孙弹匠也打不死你。"那次吐完血，王大嬢生平第一次找到镇政府妇联主任谢利英，说她挨了打。至于打得有多凶？"我当时穿着条裙子的，身上到处瘀青，哪个看不到？"谢利英却说："这是你家里的事，家庭纠纷要自己解决。"

二十七年后的今天，也就是 2022 年，当年的"仙市乡"变成过"公社"，最后又变成如今的"仙市镇"，政府也从金桥寺的位置搬到了原来的中心校小学的位置。门前 24 小时的滚动屏和高扬的国旗算是它的标志。和古镇还有新街感觉就是完全不相干的存在。镇政府离古镇的新街子走路只需要二三十步，但却像是一座孤岛，多过于便利的办事地点。这里的领导干部、工作人员基本都不住在古镇，开车或者乘车往返于市区和仙市镇之间。

"妇联"依然存在，负责的人不知道换了多少茬。

如今负责妇联工作的徐媛露从 2013 年到 2017 年在镇政府待了四年，

2017年下半年调去区里工作，2021年五月份又被调回来，既负责党建，也负责妇联工作。她是八〇后，穿着整洁，谈吐大方，看上去就是那种基层组织里面做实事的人。

"我们妇联本身能做的就是调解，帮助她维权，帮她找派出所，对她家里的情况进行'警告'，不知道这个词合不合适。如果有需要，家里有困难的，我们可以帮助申请法律援助。家暴这种情况来找的其实不多。"徐媛露说，在她的接待过程中没有遇到正儿八经的家暴。这个说法也和女镇长余泽玲的说法雷同。

余镇长在仙市小学工作了十来年，用新闻通稿的方式来形容，就是"她的群众基础很好"。她于2021年5月31日上任，她说："在仙市较少有反响比较大的妇女遭虐待的事情反映，但偶尔有点家庭纠纷都很正常，牙齿和舌头还有打架的时候。"

她们都没有提起过王大嬢。

在古镇社区工作了一辈子的钟一姐记得王大嬢找过社区两三回，印象中，有一次王大嬢的手被打断过，具体哪年已经记不清楚了。她当时把孙弹匠喊到办公室说过，他似乎也听，但她觉得孙弹匠有时脾气上来就控制不住自己，"社区有啥办法？不外是教育劝解，我只能去教育一下他，要是不得行，你就报案，派出所才能惩罚。不过据我所知，王大嬢是没有报过案的。"

王大嬢说去年还是前年，接任社区主任的郭小红目睹了家暴的事，也把孙弹匠找过去数落了他。"他要跟斗打我，她就过去把他挡斗。帮了忙的，但是有啥用，当着人家的面，他说得多好听。"她摆摆手，"算了算了，不要去找人家了。"从此她再也没有向政府部门寻求处理。

在请教"如何应对可能的家暴"这个问题时，负责妇联工作的徐媛露说："如果有需要，家里有困难的，我们可以帮助申请法律援助。家暴这种情况，一般村里面找得比较多，街上的比较少。如果她不来找我们的话，我们一般不去介入，因为这个属于民事纠纷。"

当然，她也强调，在她工作中得到的经验来看："她们认为的家暴和我们认为的家暴，可能还是有一定的出入。她们认为那种'你打我，我打你'就是家暴，但是我们定义是否属于家暴行为，还是要有相关鉴定部门出具鉴定，没有明显伤痕，不属于虐待。"

8

最后王大孃认定，万般皆是命，半点不由人。归根结底，是菩萨救了她的命。

仙市镇上的中心位置有个福建会馆，也叫作"天上宫"，大殿横匾上写着"观音殿"，里面供奉着从缅甸请来的千手观音，传说有求必应。偏殿也有侧身而卧的玉佛，镇上的人也称作"观音"。其实，她们都不是观音，而是福建沿海普遍敬仰的"妈祖娘娘"。

和观音殿间隔五十米直径距离，位于正街头上残存的江西会馆的墙根下，有一口不易察觉的椭圆形水井。井虽然小却像是取之不竭，随取随涨，不取亦不盈。井水平时清澈甘洌，但一月中总有那么几天翻白而浑浊，且伴有异味。当地人的解释是，仙市镇传说是由仙女化身而来，古镇在仙女的两胯之间，而这口井所在的位置恰恰就是仙女胯下的私处，所以名叫"胯胯井"。每月井水变质的那几天，便是仙女的经血来潮。而仙女千百年来心甘情愿地让他们取用着从私处流出的水汁。

有了神佛，灵异的事情就多了起来。比如黄葛五队的一个娃儿，七岁还走不得路，他爸妈就提着油来拜一下观音菩萨。第二天，那个娃儿居然就能走了。还有街上卖东西的那个人，现在23岁，小的时候一直哭，屋头人就说："求求菩萨保佑让他不哭了，不哭了的话，我就来点一盏油灯。"结果油灯摆在菩萨面前，就真的不哭了。

说起这些因果报应的故事，王大孃的音量压低，仿佛有种神秘的力量就在左右，每逢农历的二月十九、六月十九和九月十九，是观世音菩萨的三个节日（诞辰、成道、出家），也是镇上孃孃们的大日子。王大孃也是当中三拜九叩的一个，这里的习俗是敬三支香、三支香柱还有一沓纸钱，并在跪拜的时候喃喃有词，祈求菩萨护佑，平安喜乐。

有一天，王大孃早上起床的时候，背上都是汗，她历来做梦很准，梦见过一条蛇，到茶馆来就真看到一条菜花蛇藏在树下，王大孃拿着棍子追出去把它打死了。又有一次她梦见回了新店镇娘家，正好和父母说话，孙弹匠追着进来要打她，王大孃气愤地说："我都回娘屋了，你还追来打。"早上起来刷牙，回忆起这个梦，牙膏"吧唧"掉在了地上，她心里一紧，不知道会有什么事要发生。

当天上午，她从新店镇赶车去何市卖棉花。搭乘的公车突然翻了，整个车体侧向一边，王大孃没有力气，没法从玻璃窗那里爬出去，"我扶着我的棉花，只顾着心疼，咋子办哦，我的棉絮？"这个时候她才发现只有司机和她完好无事。其他乘客都摔得头破血流，一个个血淋淋地去医院包扎去了。王大孃觉得，这是因为自己心诚，所以菩萨护佑。

人生当中两次接近死亡，最后都是观音菩萨搭救了王大孃。"车翻成那样，还能平平安安。他打我的时候，菩萨也在旁边保佑。"她对这样的神迹言之凿凿，身上到处都是被打的瘀青，她也没有去医院，"痛着痛着，居然就好了。"

9

仙市镇上有个习俗，大年三十当天，要杀一只鸡公，表示男人当家。没有杀母鸡的，否则要被笑话。37岁的曾庆梅从小在新河街长大，她记得在农村逢年过节，都是女人在厨房忙碌，只有男人们才能坐主桌，女人和小孩都得在厨房吃饭。

孙弹匠对王大孃的控制很严，就算自己在外面出轨一百个女人，回到家里他也绝对不允许王大孃穿长度在膝盖以上的裙子，不允许她和别的异性嬉笑聊天，除了在棉花铺和茶馆干活，她也不能拥有任何个人的时间。哪怕跨出仙市一步，都需要孙弹匠的同意。有一年去办理社保，对方动作慢，用时较长，她急得都快哭出来了，"再晚了回去，说不清楚，又会挨揍了。"

王大孃不仅向孙弹匠交出了自己人生的支配权，也有一种本能的自我约束。有天晚上孙弹匠打完她，第二天附近学校的校长，一个垂涎她很久的老男人来"安慰"她，说带她到市里去给她买项链。

"反正你们家孙弹匠都那个批样子。让我来心疼你。"

"我不是那种人……"

王大孃毫不犹豫地就拒绝了。

《富顺县志》民俗民风版块有一个词条叫"寡妇再醮"：

在封建社会时期，女人死了丈夫，要求居孀守节，从一而终。如寡妇再嫁，即被视为家丑，必遭到族亲的阻扰、干涉，如不听劝，则不许再进祠堂。改嫁时，不许带走夫家任何财物，不准坐花轿，而且只能从侧门、后门进入男家，甚至要从墙上爬入，或跳过火堆以除邪秽，免克后夫。富顺农村另有一种"转房"之俗，夫死后，经家人商定，将寡妇转嫁给其死夫的兄长或小弟，不管年龄是否适合，本人愿意与否，硬行强迫成亲，这样男家可以不再花钱另娶媳妇。

当地人随时可以告诉你"男性的地位"为何如此，就连车站跑黑车的王师傅闲聊的时候都会说："在农村，谁家有个什么事情，比如婚丧嫁娶，都是相互帮忙的。但去年我岳父走的时候，基本没什么人来帮忙，因为人家觉得你家没儿子，帮了你也还不回来，就都不太愿意来帮。"

孙弹匠一辈子都没能盼到个儿子，王大孃成功生下的两个都是女儿，被强制流产的倒个个是男娃，相好的女人胡平凡也怀过孕，但因为心脏病，生娃儿要死人，就又没有要成。

王大孃并不是不清楚街坊邻居怎么看她，好些人当她面说得很直接，说她被男人打成这样都不走，是个哈儿。闹得太多了，每次想分开，到最后她都是考虑女儿太小了，遂作罢。孙弹匠毕竟只打她，从没打过孩子。

王大孃知道自己不会离婚，杨瞎子也不会，余群玲、曾二嫂、雷七孃也不会，事实上，在这里已婚的 254,862 名女性当中，像王大孃这样出生于 20 世纪 60 年代之前的，从未认真考虑过离婚这种选择。在过去的千年间，她们的母亲、她们的祖母都不曾做出这样的选择，在未来的时代，她们的女儿，还有女儿的女儿，做出这样的选择也会无比艰难。这里是仙市，它的词典里没有"离婚"这个词。

时间来到 1995 年，四川人已经开始成规模外出打工，消费文化兴起，四川各地乃至乡镇都出现了卡拉 OK、桑拿等色情场所。仙市镇新开了好几个卡拉 OK，大家都在絮叨着那里面的陪酒小姐，就连王瞎子都叫人扶着去"见识见识"。孙弹匠也毫不意外变成了那里的常客。

有天孙弹匠还穿着一件陌生的手织毛衣回家了。王大孃趁他换衣服的时候不注意，拿剪刀给剪碎了。"去找小姐就算了，还把小姐织的毛衣穿上，（相当于）打到脸上了，不剪留着干吗？"

孙弹匠不但不承认，每天还对着王大孃各种乱骂："你狗日的娼妇，你狗日的烂蛇眼儿，一天到晚乱说老子。"

王大孃决定保持沉默。直到腊月的一天，天气很冷，她穿着放电影时买的细呢子大衣，天色很黑，大衣的紫红色也融化在了黑暗中，她悄无声息地躲在一个乡村中巴车的后面，等着。风吹得脸都没有感觉了，对面街道反射出彩色的光芒，胡乱地投在地上，凌晨一点多一个人影从卡拉OK厅闪现，王大孃跳出去："孙弹匠你个龟儿子，烂鸡儿屎，你不是没有吗？你不是乱骂我吗？你个狗日的……"

当时间来到2004年，仙市古镇从富顺县划到沿滩区的那一年之前，街道铺上了仿旧的石头，屋檐之上成为标准统一的青瓦，政府部门在屋檐下挂满了大红的灯笼。镇上的每一家人都在做生意，越来越多汽车喇叭声，这里活像一座充满了各种可能性的小镇。

那一年王大孃45岁，孙弹匠主动提出了离婚。

离婚之后，王大孃就感到没有男人，会受到别人歧视。2004年12月31日那天，雾浓天冷，早上王大孃带着大孙儿，刚走到坝子头，也就是原来被烧出来的那块空地，娃娃说想上厕所，王大孃就问宋孃孃，能不能用一下她屋头的厕所。宋孃孃却一直摆手："不得行，不得行，屋头的狗要咬你。"

后来，她去成都投靠大女儿，顺便在新川大的一个餐馆帮忙端菜端饭。才干了十天，也就是离婚仅仅十天，孙弹匠就天天打电话给她，哄她回来。

"既然你当初离婚那么坚决，哄我回来干啥子呀？"女儿也同样问孙弹匠，他解释说有不得已的难处——胡平凡怀起了娃儿，但吃了很多药，怕是畸形不敢要，结果一打下来又是个儿。胡平凡得了心脏病，再也不能生儿育女，孙弹匠离婚的理由像泡泡一样破灭。

孙弹匠就又黏着王大孃要复婚，不但自己算着时间每天给王大孃打电话，还去央求盘大孃、吴三孃、三妈等王大孃的牌友，让她们都给王大孃打电话说合。然后他当着大伙的面打开免提说："只要你回来，我保证再也不打你，钱都归你管，以后再也不出去乱走了。"

也有人给王大孃介绍过一位王师傅。两个人还只是在接触，孙弹匠就勃然大怒，和大女儿说："你妈居然另外找了一个！"女儿回说："你们都离婚这么久，妈妈才去找，你没离婚就去找了。"他怒斥女儿："你到底是谁的女儿？就只晓得支持你妈！"

最后一次，孙弹匠简直是在电话那头用吼的："你给老子转来（回来），你在哪里？回来！我在这等你，你赶紧去坐车。不然我跟斗撵起来了哦。"

话虽如此殷勤，他们离婚之后，棉花铺里很快就有了其他女人的身影，街上的人都能回忆起来，那个女人也来帮忙弹棉花，两个人毫无默契，并没有人可以像王大孃那样 365 天全年无休，还默默忍受孙弹匠的脾气。

大女儿也劝王大孃不要再理孙弹匠，但王大孃想起了教过女儿的陈老师。她老公被人拐走，离了婚。"管他妈哟，老子这回就找一个老一点的。"陈老师又找了一个大她十几岁的老头过日子，结果老头还是先死了。扶山的时候，老头的女儿说："今天你给老汉扶了山，以后咱们就各走各的路了。"她只好回头去找她的儿子："我可以回家住吗？"儿子说可以，儿媳妇却说，待一下可以，住不行。她只能转身回去住娘家老房子，房里尽是蜘蛛网，陈老师一边打扫一边哭。

"千万不要去找二婚的，才造孽，我先死还好点。"那是陈老师一字一泪地告诉身边朋友的。她无论如何都决定不再嫁了，其实到现在，陈老师也就五十六七岁。

王大孃害怕自己会重复陈老师的遭遇，她会劝告所有目所能及的女人都不要离婚："一定要找个家，不要像怎个飘起，要不得。"

10

王大孃的这种不安全感也来自于娘家的无依无着，爸爸得了肝炎，一辈子干不了重活，王家是村里最穷的一家，这一辈子都毫无底气。

成家以后，她和孙弹匠爸妈住在一起，那时候王大孃没有和孙弹匠独立出来，还是孙弹匠爸爸管钱。在大女儿七个月大小的时候，娘家有人过生日，王大孃回家，只要到五块钱。那一次她背着女儿，一路走一路哭，走了六七公里，哭得太伤心，半路上摔到了一个很大的坑里，娃儿身上都打湿了。路过的人好心给她拿了件干衣服换，后来女儿索性也就拜给了人家。

"五块钱咋子拿得出手哦，起码拿个十块钱（拿给我妈妈），在路上就觉得自己很造孽，一天到晚给你干活，割猪草、洗衣服、扫地下，啥子都干，娘家有事情五块钱就打发了。"

王大孃还有个命运多舛的弟弟王三，十岁的时候有一天突然脑袋就抽了，隔天似乎又好了，从此和他妈一样闷头无话。王大孃有回洗衣服，他跟着去，不小心滑进河边的一个洞口，王大孃眼疾手快给救了回来。

到38岁那一年，王三依旧单身。"这里没得找不到男人的婆娘，只有找不到婆娘的男的，如果38岁都说不到就没得了。"王大孃找人给他算八字，先说29岁那一年本来是有机会的，不然38岁就是这最后一次机会。

翌日她在街上看到一个婆娘在路边坐着，说要找人嫁，王大孃就把她拉过来问："你是真的出来嫁人还是骗人？如果你真的嫁人，我给你介绍一个条件很好的男娃儿，很会抠黄鳝泥鳅，一天三四百块钱没得问题。"

那个女的眼含热泪说："我是马边县的，从宜宾过去就是，是真的出来嫁人的。"王大孃当机立断，赶紧找了个两轮车，拉着她赶回娘家，推门进去，屋头尽是蜘蛛网，王大孃的妈妈一听这天降的喜事，立马把屋子收拾了出来。

脏乱差的房屋状况没有什么影响，马边县的婆娘那年 29 岁，住下来几天，王大孃让弟弟隔天就出去田里逮黄鳝泥鳅卖钱，那几天他每天都能拿点钱回家来，那婆娘看着这日子应该过得下去，就留了下来。

生完两个儿子没多久，婆娘又跑了，嫁到了成都郫县，还是找了个残疾，另外又生了个儿子。不可能再回来了。

王大孃看王三呆呆的，像许多年来一样，不说话，也不会说话，大哭了几次。媒是她做的，她只能负责到底，就悄悄一直给弟弟的两个儿子拿点钱。"前半辈子是养我两个女儿，现在赚钱，就是为了这两个娃儿。"天可怜见，两个孩子倒是健康正常。

2018 年，有天王三的这两个孩子去摘龙眼，不小心碰到了树上的蜂窝，两个人一直跑，蜜蜂穷追不舍，跳到一个水沟里，蜜蜂在水面上疯狂冲刺。送到医院去，医生说小的还好，大的没有救了。

还是王大孃四处奔波，通过水滴筹给他捐了三万多，居然治好了。后来国家补助，给王三修了新房子，王大孃也终于把老大供到了职高，专业是学汽修，就等着毕业以后去北方工作。

老大上职高后，王大孃就去和他妈妈交涉："你虽然嫁了，但我六十几，以后也享不到他的福，我给他交学费，你出生活费。咱俩一人一半。"于是职高每年 12,800 的学费，也是王大孃给他交的。

另外一个兄弟王四年轻时和牛佛一个姑娘谈恋爱。那里离新店镇六十几里，两兄弟都经常去帮她干活，谈了两三年，那个女的突然嫁到重庆去，后来就死了。王大孃的妈妈就很郁闷，又不说出来，开始在家里抽烟。王大孃觉得这是母亲后来得上老年痴呆的原因。王大孃回去看望她，她躲在门背后，探出一点点头左右张望："冠花，你回来了？小声点，有人要整我们。"

两个弟弟不成材，父母从看病吃药到开刀动手术，又到最后买棺材扶上山，自从王大孃开始帮孙弹匠管钱，全是她主动负担起来。孙弹匠和她吵，她表面顺从，暗通沟壑。有天早上，王大孃在老街看见个卖柑橘的，看上去就是皮薄汁多，是好东西。她一边回头看，一边抹着眼泪就走了。唐姑妈的女儿在摆摊卖衣服，问她说，咋了。"我想给我爸买点水果，又不敢。"唐姑妈的女儿就说，我去给你买，你开钱就行了。

王绍余在 81 岁那年走的，死之前那天晚上，他突然跟王大孃外甥女馨馨说："让冠花来看我，不然明天看不到了。"王大孃弹完棉花洗完澡已经夜里一点多，担心孙弹匠骂她，就没敢去。第二天凌晨老头果真死了，安淑芬和他睡在一头都不晓得。孙弹匠连葬礼都没去参加。没过几年，王大孃的妈妈安淑芬也走了。

孙弹匠是个实用主义者，亲情意识比较淡漠，"从来没有人念过你的好，帮这些人有屁用！"不过王大孃却一直念着孙弹匠的好，他辛苦弹棉花得来的钱，还是会交给她保管。外面的女人都嫌弃孙弹匠抠门，连碗羊肉汤都舍不得请。有一年，有个"富婆"给了他三千块钱，但是他一转身就都给了王大孃。

这么多年，孙弹匠的性格就像四川话里所说的"犟拐拐"，那个"犟"字带有一个"牛"的部首，意思是可以拿牛的固执来做比较。王大孃却对这个说法有一点不赞同："我家小时候养过牛，牛至少吃苦耐劳啊。"

二女儿有天回来跟父母说，要和一个啥都没有的小子结婚，孙弹匠一拍桌子，表示他不喜欢那个女婿，他更不喜欢女儿已经决定了才来通知父母。王大孃劝他，你这么拦着，她一辈子都埋怨你。他还是摇头。最后女儿定下 1 月 7 日结婚。1 月 6 日那天晚上，有条大黄狗窜进茶馆，很多人在打麻将，几个男人用板凳把大狗卡到那里，一阵乱打。孙弹匠赶到的时候，空调、桌子、凳子、地上到处都是血，刺眼得让人睁不开眼睛。

"按照我们当地的说法，这样子见红，怕要出大事。"孙弹匠身体都软下去了。

"说到底他还是孵（护着）自己的娃儿……"他一开始说不准叫车，也不准出棉絮，经过这事，他终于首肯了。王大孃赶紧找了六辆小车，给准备了两床新棉絮，再拿红绸绸，一个一个车给套上。

接亲的队伍浩浩荡荡，一直开到东环路，这时穷小子的父母才收到了孙弹匠的电话，他说会赶过去参加婚礼。

11

2019 年的年底武汉爆发疫情，很快全国都参与到严防死守的防疫政策之中。尽管仙市镇几乎没有外地流动人口，也没有出现过一例感染者，但是疫情严重的时候，老街的几个出口都封了，家家户户都得凭一张号码牌去买菜，孙弹匠弹棉花的弓都要长霉斑了。

孙弹匠这一年也 60 岁了。王大孃发现他的鬓边开始有了星星点点的白色，除此之外人生并没有什么变化，她还是每天挨骂。

她发了点福，生活变得更加随意，经常一碗稀饭、头天一点剩菜就能应付。她每个月都能领到一笔固定的社保费用，感觉自己也有了底气，对生活的一切都有点看开了。

镇上这整整一年都是淡季。

有天姚坝有个熟人要弹四床棉絮，王大孃帮着孙弹匠弹棉絮去了。打牌和焖鸡的嫌棉絮乱飞，就把两间屋子中间的门关起来。

过了一会有个人走过来骂："狗日的孙弹匠鸡儿屎，老子过来打牌，连杯开水都不给老子倒。"

孙弹匠回说："你四点过才来，其他人五点就去接娃儿，马上都散了哟，我们在这边弹棉花，晓得个屁呀！你以为我开水都舍不得啊，我到底抽了你好多钱嘛？"

"好，你跟老子等斗！"

晚些时候受了气的男人和朋友聊起来，对方听着也就不服，两个人越说越口沫横飞，男人手一挥，说："你去整，（如果出了事）十万八万我来展扎（负责）。"

天黑下去的时候，孙弹匠和王大孃还在准备收拾店铺。按照王大孃的流程，平时都是把打牌的板凳收拾好再过去隔壁弹棉花房，王大孃那天看见一个男人空着手慢慢走上来，摞下板凳先过去找孙弹匠。

男人悄无声息站在了孙弹匠身后，摸到背后的裤子里面，抽出一把砍柴刀，一尺多长，巴掌宽，在孙弹匠颈子后面割下一刀，鲜血喷涌出来。孙弹匠捂着自己的后颈，懵掉了。王大孃听见自己嗓子眼放出一个尖锐的、颤抖的声音："有人杀人啦！"她吼叫一声，一下冲过去把刀给抢了下来。

"也不晓得为啥子，我哪来那么大的胆子？自己都不晓得害怕。救了他狗日的一命，不是我，他都死球了哦。"王大孃记得她还一边对那个男人喊，"你莫走，我报了案的"，一边去喊隔壁邻居帮忙。那个人慢慢走着说："我不得跑，把你杀到了，你敢咋子，以后你的后代我还要报复。"

孙弹匠用手按着后颈，被送到自贡的四医院，血都止不住，医生说差一点点就完蛋了。王大孃炖了乌鱼汤去医院看孙弹匠，他却莫名其妙发脾气把王大孃赶走了，回来的路上她一路哭："肯定是我挡到哪个骚婆娘去看他了。"

杀人的男人是个单身汉，婆娘跑了，就一个儿子，最后没跟他计较，也就赔了两万两千多的医药费。多一分也没跟他要，他那个撺掇的朋友也出了一半。

那一年的街上，这件事成为年度最大新闻，仙市镇的人给吓坏了。寻凶杀人？这不是香港电影里才有的戏码？这可是连条狗叫都会惊动各处的小地方啊。他们轮番排队轰炸孙弹匠的耳朵："如果不是王大孃，你狗日的命都没得了。"

孙弹匠从医院出来，耳朵没有那么好使，记性也没那么好了。破天荒的，他给王大孃买了双鞋。那双鞋也是她印象中结婚以来，丈夫唯一对自己的好。

12

王大嬢的五叔前些天给了她一张照片，那是他们夫妇年轻时候的合影。王大嬢那时皮肤白净，白衬衫掖进长裤里面，踩着低跟鞋，显得挺拔、有力。孙弹匠斜靠着她，两个人都没有笑，一副局促不安的表情——那个时候他们互相爱慕，这张照片也表明，他们曾经有过美好的时间。

如今她的皮肤已经被岁月磨损了，眼袋暗沉，脸部线条下垂，她喜欢穿着色彩鲜艳的衣服，搭配长款的珍珠项链，身材不胖不瘦，没有必要她从不伸出右手，她的食指被梳棉花的机器齿轮削走一点皮肉，大拇指曾经失去整个指甲盖，总之这是一双干活的手，比那张脸还要饱经沧桑。

她曾经热爱跳舞，还教过下乡来的知青，打谷子之前空闲的周末，她跳舞、转圈、抬手，就有异性的目光注视着她。

只要换上干净的裙子，她就能充满活力，外表就能胜过"好看"二字，但她一辈子都对这一无所知。王大嬢说，她管不了孙弹匠，但是只要别人谈起她，她不是那种人就够了。她们那一辈的人，一辈子不就活这么个"名声"？

偶尔她也会想起娘家那种安逸宁静的氛围，长那么大，爸爸就动手打过妈一回，妈妈也不生气也不急，把手头的娃儿拿给他抱着，冲上去也打他。有的时候湾子里面能听到别家父母气急败坏骂孩子，只有王家从来没有，父母亲之间的尊重，对她的疼爱都藏在平静的岁月之中。

和孙弹匠结婚之后，尤其是生下第一个女儿后，孙弹匠的妈妈天天骂这个儿媳妇，她不会骂人，只好哭，一回两回之后跟她依样还回去，这样才慢慢学会骂人的。

大女儿13岁的时候，王大孃觉得人生毫无意义，想着放弃这个家庭、这段婚姻，甚至是生命。张医生的妈妈——她觉得的镇上少有的真正为她着想的人——劝慰王大孃说："你就当他死了，他至少在弹棉絮，在赚钱，帮你把两个娃儿盘大，哪里有好的，都差不多。"

这话从此成为她抵御命运重击的人生哲学。她觉得这才是真正的好人。"所以孃孃活到了92岁走的。"不像镇口大部分的人，巴不得她的家散了，等着看她（离婚）的笑话。

2021年9月17日，高铁站有个清洁工自杀了，传言说她是捡了几根高铁站的钢筋，被派出所带去问话，第二天又叫去问话，也不让家人陪同，送回去的时候派出所的人半路上把她放下，那个女人就跳堰塘自杀了。

"他们几个村的人把尸体抬到派出所，说是闹了一晚上都没有解决。"

一个小时之内，这个消息就连新街最上面的菜市场都在讨论了，那两天四处都可以看见有人在窃窃私语，很快，女人五十几岁，一儿一女，老公身体不太好，就主要靠她这个劳动力，来自于芭茅村等细节，已经人尽皆知。

在古镇靠近新街的十字路口，也就是镇上人所说的"车站"的位置有一棵巨大的黄葛树，枝叶繁茂，老年人尤其是妇女喜欢坐在那个位置，再加上一排排好事之人，她们讨论着那个家庭的各种不幸，眼睛还盯着不远处的派出所路口，看看有没有再闹的可能性。

大多数的人只是用没有任何感情色彩的口吻讨论着这个新闻，也有一个男人表示不可理解："她的心胸怎么这么狭窄。"

王大孃表达了她照例的同情，但是她认为太不值得。"凭啥子。"她说，"好死不如赖活着，就应该活给他们看，无论如何。"

13

进入到九十月份的时候，光线转淡，温度也渐渐温柔了起来，弹棉花的时候，那种"哪哪哪"的声音，和打铁给听觉带来的硬度，完全不同，它是一种毫无侵略性的节奏感，尤其是在光线清浅的早晨，河流和田野一点点清晰起来，这种声音莫名会使人气定神闲，内心充满澄明的宁静。

孙弹匠和王大孃于他受伤的次年，也就是 2020 年复了婚。复婚的前几天，王大孃又去找了那个同学算命，其实就是和他求证那句话："这一辈子，你们是离不脱的，就算分开了，也还是会在一起。"

于是生活又滑回原来的轨道：她清早就过来，打扫好棉花铺，备好棉花。作为一项传统技术，弹棉花和打铁都成了古镇的特色代表项目，并且远近闻名，它的流程一样都不能少。

先用弹花机把旧棉絮或者新棉花打泡（弹松），然后就是弹棉花的重头戏"弹"，背着一个十多斤的弓弦，用木槌有节奏地打击，弓弦忽上忽下、忽左忽右，均匀地振动，使棉絮变成飞花后重新组合。孙弹匠八岁就搭着小板凳学习弹棉花。他说："用的全部是巧劲，一般人未必会。"王大孃一度想学习，但"一天都背着那个对女的来说太重了"，所以很少有女性做弹匠的。

接着两人要将纱布纵横成网状，用以固定棉絮。最后再用木制圆盘或者机器压磨，使之平贴、坚实、牢固。这套流程全部弄完大概需要两个多小时。

作为细致的售后服务，王大孃往往会在包棉絮的袋子表面写上数字：比如"3"表示是三斤的，"6"表示是六斤的。另外也要标识清楚是用于一米五的床还是一米八的床。另外一面有时候也根据客户的需求写上弹棉花的具体时间。

村里人一般嫁女儿置办嫁妆都会弹几床新棉絮。四床或者八床。四床表示"事事如意"，八床表示"处处发"。

弹棉絮如果用的是对方带来的旧棉絮，也就收五十块钱的加工费和一点线的费用；如果需要提供新棉花（他们的棉花都是长期从新疆的哈密购买的），那就是二十块钱一斤，再加上五十块钱的加工费，也就是一床三斤的棉絮需要收一百一十块钱。

除了背不动弹弓，王大孃能操作所有其他的流程。她每天早上不到七点就来棉花铺准备棉花，打扫茶水铺，中午和晚上也自己一个人躲在棉花铺随便弄点东西来吃，她把自己变成了一个包身工。

有天孙弹匠搜冰箱，发现了几斤羊肉，原本是王大孃打算买来拿过去（家里）吃的，就没（来得及）跟他说，他就认为是王大孃偷摸买来弄给自己吃的。

于是当天许多在门口摆摊的人都目睹了这个场景，孙弹匠疯子一样追着打王大孃，从茶馆门口一直追到（盐帮客栈门口）广场那棵黄葛树那里，两人跟着那棵树在转，眼看着孙弹匠要挥到一两下，王大嬢熟练地躲过去了。孙弹匠气急败坏，一边追一边骂，满嘴都是娼啊婊啊，烂蛇眼儿啊，社区的人跑出来去挡，奈何孙弹匠一定要揍到为止……那些平时小心翼翼看王大嬢"脸色"的菜农说："哎呀，没想到王大姐的日子浪不好过呀。"

这一年，他们都已经63岁了，最大的孙子都上中学了。而不挨打、绝对不担惊受怕的日子，似乎还是一个过于缥缈的幻想……

于是她开始"放开自己"，方式就是小声唱歌。因为被孙弹匠骂，过去几年的资料删掉了，"全民K歌"的app上只剩下了1394首歌曲。她也开始玩抖音，但她不像镇上其他的婆婆嬢嬢，以为就是把自己和邻居的日常录下来就上传，她可算得上是比较了解其中真谛的。比如，她会用些滤镜把皮肤磨得白皙光滑，哪怕软件给她化上浓妆，套好假发型，完全变成了另外一个人的面孔。"孙弹匠才玩不来这些呢！"她得意地笑，完全沉浸于那十几个亲友的点赞中。

她的朋友圈也是转发自己唱的那些歌，她喜欢一条一条翻给别人看，她唱得毫无技巧，但那嗓音中有一种质朴的、无所畏惧的东西，没人能理解她喜欢唱歌的原因，尤其是在这个年龄。而她其实是从来没有得到过任何机会表达自己啊！

和她聊起那个50岁自驾中国的女人（苏敏），她也流露过羡慕，忍不住一次又一次提起生命中唯一一次远足，多年前她去过一次越南，她在当地买过一瓶治疗蚊虫叮咬的膏药，夏天的时候她都装在随身携带的包包里，给别人用一次就会强调一下："这是在越南买的，很好用。"

那个家里，大女儿和她关系最亲密，最懂得心疼她，不会动辄就对她呼来喝去，也时刻照顾着她的感受。她也因此很想有机会去成都和她住。

7月份，自贡到成都的高铁刚刚开通，只需要一个小时，仙市古镇开车到高铁站也只需要五分钟。

但即使这么小的心愿，她也说了很久，一直未能实行。走了以后茶馆怎么办？租金会浪费了。小女儿的孩子咋办？最重要的是，王三那个在读职高的大儿子咋办？

她这一辈子从没有过自己的人生规划，她大概就像一朵过轻的棉絮，任何风吹，都既有可能被弹起，也有可能被掸落。

14

天气渐渐变凉的时候，打棉絮的人也多了起来，新开的高铁站并没有带来想象中的生意爆发，然而镇上的人都忙碌了起来，一年当中的旺季似乎慢慢到来，结婚的、开学的，需要棉花铺的人又多了，王大孃又重新成为棉絮的囚徒。

活着，分分钟都变得那么具体。前些天，一个很熟的老太婆很早就出来，王大孃六点开门就看见了她，还和她打招呼："这么热你还出来，小心点哈。"她说我晓得，我这下就回去，太热了。

第二天有人在王大孃那里称棉花，说老太婆在地下趴着，被家人发现的时候已经死了，好像才72岁。

"有没得意思嘛，没得意思的。"身边人的猝死使她想到了"老了"的事情，王大孃希望自己的年龄能像父母亲看齐，那样子就至少还有一二十年，而到了遥远的那一天，她百年归老的时候，她的大女儿能为她写一篇关于这辈子的祭文，让其他人知道，她是个什么样的人。

大概和"死亡"这个词语相比，王大孃更担忧的是"死后的去处"。她早早地就和大女儿叮嘱将来需要土葬，要做道场"破血河"。她说："如果去烧了的话，那个灰四处飘，最后埋的时候不齐全。只有埋了，才能让娃儿发得到财。"

47岁那年，王大孃开始给自己买了个体户的社保，一直交到52岁，花了2,3600。也就是从52岁那一年开始，她终于可以开始每月领钱了，从380元，领到了如今的1500元。

对于个人的生活，这完全足够了。她对于生活从来没有更深层次的想法，她没有看过更好的生活，就好像也因此放弃了。

每天中午，她匆匆忙忙用电锅煮点稀饭，每天晚上也如此，她手脚麻利，对饭菜的内容没有任何讲究。只要不要回到那个家，听孙弹匠日爹骂娘，不在他跟前，也就不用战战兢兢担心下一次挨打了。

她还是单纯地喜欢劝所有吵架造孽的家庭，在这镇上，只要给她看到，她都会放下手里的活路，上去耐心又小心翼翼地劝说："一个家屋头不容易……"

去年的8月份，王三挑着苞谷到王大孃茶馆门口卖，那天王大孃烧好开水想端出去，一不小心从台阶上摔下来，腿肿胀了起来，牌友好心给孙弹匠打电话，很快孙弹匠骑着电瓶车来了，看都不看王大孃的腿，劈头盖脸就是一顿："谁让王三在这卖苞谷？你还不是帮他才受的伤，活该！"说完扬长而去，最后还是人高马大的余大姐背着王大孃去医院做的检查，又再把她送回家。

她怨了一辈子，已经没什么别的可说了。如今周围的邻居朋友大概因为"哀其不幸，怒其不争"也都放弃劝她，甚而对她也像对待"祥林嫂"一样了。那天下午她听见小女儿和人家聊天："我那个妈妈，上午刚和老汉吵完架，下午一个人在楼上，抖音玩得山响。"她认为王大孃没心没肺，王大孃却知道，这是女儿不懂她。

王大孃并不是头一个沉迷于抖音滤镜中的人。实际上黄二孃、朱大孃、还有许多婆婆孃孃都开通了抖音，大概每天接送完小孩、做完家务活，只有录制视频这十几二十分钟，她们是为自己而活着的。

自然，她的两个女儿都不可能再重蹈她的覆辙，她们家庭和睦，夫妻之间互相尊重，当初被强烈反对的二女婿门窗事业也蒸蒸日上。"后一代强就比什么都好，不然我自己过得再好也没用。"

王大孃的茶馆门口就是从前运盐的码头，细长的釜溪河汩汩流淌，那里曾是"东大道下川路"，自贡运盐的第一个重要驿站和水码头，现在成为古镇的一个渡口，方便箭口村的人过到古镇这边来。

1938年，一位名叫孙明经的摄影师曾经专门来到因盐而设立的自贡，拍下了大量的历史照片，以后的几十年，釜溪河里都布满了密密麻麻运盐的歪脑壳船，如同鱼的鳞片，点亮整条河流。

现在从码头上望出去，只剩下了零星的几条船：船务管理用于清理河道的驳船、偶尔运营的旅游船和那条摆渡船。最近一次坐船，摆渡人吴长生还在跟人感叹，他知道河上有二十几对白鹭，知道它们在哪里歇息，知道回旋在泡沫里的是什么鱼，但他不知道以后他不摆渡了，还有没有接班人。

摆渡人、铁匠、弹匠都随着时间的变迁成了这镇上最后的手艺人。那些消亡的终将消亡，但之于人们的生活，似乎什么都不会有变化。除了王大孃自己家里，去年开始，她不再给孙弹匠洗衣服，就算他不会用洗衣机，她也不再管了。至少，这是她一生中第一次开始的小小反抗。

陈炳芝说话的时候，一只眼睛会流下浑浊的眼泪，有一次她跟我解释说，这是因为年轻时候坐月子坐坏了。但她应当也属于感情比较充沛的人，聊起往事，语气平淡，却总忍不住去擦拭眼角。

王大嬢的茶馆门口，因为紧邻着古镇的另一个出口，逢年过节，总会有附近的村民挑着自家的农产品来摆摊，有的时候风雨一来，货物会被吹得七零八落。

这就是最传统的那种小镇，多少年来都是以种地或是个体户经营为生，从没有人告诉过他们读书的重要。这个小镇一个书店都没有（曾有过也关闭了），没有图书馆，仅能看见的就是这种小人书和实用书。

这里的女人吃苦耐劳，走在镇上，处处可见身背重物的女性，尤其是赶场的时候。而背篼是她们的贴身工具。

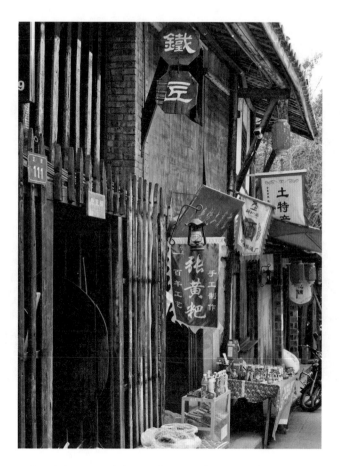

正街上的铁匠铺，和棉花铺、摆渡人一样，都是古镇行将消逝的行当。
站在高处，常能看见铁匠铺的炊烟，那是小镇唯一的炊烟了。

有时候踩在古镇的石板路上，不经意地一抬头，会发现天空并不宽敞，就像这里年轻人的出路，很少有长辈能身体力行地告诉他们，未来的路应该怎么去走。

雷电闪在不远处

1

　　盐帮客栈门前吵吵闹闹的，几个小孩嬉笑着跑来跑去，里面大概是谁的婚宴。这是镇上的"五星级酒店"，装修古朴典雅，带有雕花的门窗。几个工人模样的人还没有把标语挂好，地上也各种彩屑，一个女人走过来，指了指地上，又抬起头，指示着标语挂在什么位置，新人的海报挂什么位置……她条理清晰，温和但坚定地发号施令。在镇上，如果总能见到一个女人参与各种大小事务并且能够"指手画脚"，已经足以被称为"女强人"，只是在这里，换了个说法叫作"厉害"。

　　"厉害"这个词在四川话里面有双重含义，其中一种就是指这个人很有能力。但在仙市，对苦难生活的忍耐算不到其中之列。

　　59岁的钟传英如今住在和"盐帮客栈"相连但是独立的一栋房子里，靠近河边，与整个古镇隔了一个小广场。这是当时修建"盐帮客栈"的时候顺道修建的，五百平方米以上，装修也呈现出一种不差钱的金碧辉煌，差不多可以算是仙市的凡尔赛宫。

　　她在法律意义上的丈夫曾园是仙市镇有名的首富，古镇外整条街的新房都是由他一手开发，他名下还有"盐帮客栈"和"盐运商务酒店"等三家酒店，公司若干，一个儿子、一个女儿，以及传闻中的多个情人。

2021年9月16日的凌晨两点，住在古镇的韩三婆感觉有什么重物在地上滚，张三孃以为是一群耗子在推床，窗外飘泼大雨，电闪雷鸣。次日邻居们窃窃私语，原来是附近的泸州发生地震。加上一宿的暴雨，"盐帮客栈"下面的凉亭眼看着都要被淹到了，但是大家还是说："不要紧，人家有钱，运势好，上天保佑着人家全家的。"

和镇上大部分女人相比，钟传英的婚姻已经很让人羡慕了。他们提起"曾总"曾园，都说他礼貌周全，一看就是个好打交道的人，也没人听说他家暴、喝酒闹事。更何况钟传英到这个年龄，还保养得精致优雅，略微纤细的身材使她看上去比实际年龄年轻十岁左右，她还拥有一般人没有的财富，在自贡居住的儿子儿媳妇孝顺恭敬，孙儿孙女乖巧可爱，她也性格独立。婆婆孃孃们不知道有多羡慕："你还想咋子？"然而在她过去的岁月当中，处处都写满了"不甘心"三个字。她去年觉得自己胖，通过运动节食一年瘦了十来斤，每天精神抖擞地出现在盐帮客栈上班，绝不言退休——总让人觉得她如今口口声声的"放弃"或多或少有点口不对心。

2

1963年，钟传英在仙市镇下面的玉龙村出生，排行第五，因此仙市镇的人后来习惯称呼她为"钟五姐""钟五孃"。她家的经济条件比起一般的农村人会好一些，但她需要做的家务活却一点都不少。

孩子生得太多了又得不到很好的休养恢复，钟五姐的妈妈才40岁就一身病，动辄头晕或者不能动，有时候还需要到医院住院。

随着大哥去当兵，二哥去读高中，就剩钟五姐最大，从十岁开始，喂猪、收拾，给三个妹妹做饭，什么都靠她。从乡里走到仙市中学，要走四五十分钟。凌晨就需要起床，要把麦子打成粉，拿来喂猪……同样，下午放学了还要赶回去做家务。

四川的阴雨天气多，每个人有双雨靴，因为不舍得穿，钟传英宁可打赤脚，小心翼翼把鞋拎在手头，现在她回想起来那个时候的天寒地冻，都不知道自己是咋熬过来的。

生产队按照人头或者猪的数量分东西，比如分苕藤、红苕之类的，需要自己挑回去，钟传英一路从山上挑过来，也没人能帮忙，她就一路挑、一路哭，从七八十斤到一百斤，从小学直到高中。

更难的是从井里打水，用一根很长的竹竿，把桶把手上的绳子套进竹竿顶端的孔里面，深一点的井得有五六米，力气稍微小一点的，根本就拖不上来。

"只有我的堂哥子看着我造孽，偶尔也帮忙挑一下。"

她上面两个哥哥，下面两个妹妹。大哥是初中文化，二哥是富顺二中高中毕业。钟传英也是高中毕业，她不是不喜欢学习，她曾经发奋图强，但是后来发现自己在读书方面天赋平平，也就放弃了。

虽然高中只有两年，但那时候已经算难得的高学历，那也是仙市镇历史上仅有的两届高中。

像镇上所有的女人一样，她的生活按部就班，1985年她和仙市供销社的一个同事结婚，1987年生下了儿子。而她自己高中毕业后先去了沙溪公社，到了姚坝公社，最后才调回仙市。又先后在仙中供销社、畜牧兽医站上班。

根据《富顺县志》大事记里面的记载：

> 1992年4月17日，县化肥厂、丝绸厂、百货公司、电力总公司等单位开展转换企业经营机制试点工作，探索企业自主经营、人事和劳动用工管理、分配制度等改革措施。

在这样的大背景下，兽医站也开始搞改革，允许职工承包，钟传英抓住这次机会承包了兽药店的门市。赚了些钱，又去做其他生意，卖饲料、摆摊儿……农历逢三、六、九她去仙市赶场卖货，农历逢二、五、八则去瓦市卖货，主要就是卖给牲畜吃的药。

她也开始卖服装，去成都荷花市场拿货，只要能赚钱的都做。多年以后钟传英说，不知道当时自己哪来的干劲，仿佛不知疲倦，而积极上进的她也因此对打麻将度日的丈夫各种不满。

"二十一二就结婚了，24岁就生的儿子。和自身的认识有关，当时太年轻了，没什么感觉。"

时至今日，钟传英原来的那个夫家还住在正街上。古镇大部分的男人都是这样的日常：懒懒散散无所事事，生意可做可不做。下午两点以后踏入镇上，所有敞开的店铺或是茶馆都烟雾缭绕，在昏昏欲睡的宁静中，麻将的声音是唯一的喧哗，间或有人在不断抽烟、扔烟头——他们对生活没有野心勃勃的欲望，也完全满足于这个狭小的镇子，拒绝努力和改变，勉强蠕动几下，感到些许舒适就足够安逸。

3

仙市这个镇的由来有个传说：玉皇大帝的私生女八仙姑因向往人间美景，偷偷下凡，在古仙市一带乐而忘返，还醉卧于釜溪河畔，因此，她被追来的玉帝收回灵魂，但她的躯体却化为山水留在人间——除了这样的传说，历史传记中再也没有出现过女人的身影。这里形容女人的最高级词汇就是"能干"，但是这个词语的意思是指很会做家务，照顾家庭井井有条。从某种程度上说，这个词把女人的能力仅限在了家庭。

《自贡日报》曾经刊载过"罗跛三爷"外甥女的故事。

罗利田（1838—1907），号心丹，四川省富顺县（今自贡市沿滩区仙市镇）人，因其排行第三，幼年跛足，所以得到"罗跛三爷"的雅号。其出身武林世家，祖籍江西，先辈清初移民迁居到富顺县仙市场，逐渐形成一支大族，故仙市场也有"罗半场"之称。罗姓以武相传，祖辈罗士杰系清代康熙年间武举，叔外公是清代道光年间武解元，叔外婆也是武林高手。罗利田为人正直，扶正压邪，清代光绪年间在富顺及川南地区传授"字门"拳术。经数十年苦心钻研，罗利田成为"四川字门"拳术的开派人物。

"罗跛三爷"的外甥女姓李，名群英。她自幼随舅舅门下学习"神腿功"，家住自贡市沿滩区卫坪镇瑶塝村（现属高新区）。在沿滩区卫坪镇只要提起她的名字，长辈们总能聊得津津有味。

　　李群英出名于1937年。当年自流井武术界为抗日捐款，在王爷庙举行了一次武术擂台比赛，李群英作为观众看了好一阵。见台上一位五大三粗的拳师连连击败几位对手，李群英便轻如燕子般跃上高达二十四步的擂台。待通名报姓画押目视一阵后，就与拳师打起来。双方交手十来分钟后仍不见分晓。这时候，只见李群英拳似流星，腿似蛟龙，突然间来一招"拨云见日"，接着又是一招"鸳鸯双飞腿"。只听得"咚"的一声，男拳师应声倒下。当时正值爱国将军冯玉祥到自流井发动抗日捐款，冯将军知道后即称赞其"巾帼英雄"。

　　王爷庙打擂后，有一年李群英因生计关系在贡井某客栈投宿，夜间遇四个国民党士兵前来调戏。李群英当场用神腿踢死一人，用掌法打残三人。为避命债，李群英连夜赶路，云游四方，以行医为生。李群英晚年隐居家乡沿滩卫坪镇瑶塝村王丫坳。孩子们经常围住她，让她"耍个把戏来看"，她也从不推托。只见她坐在屋里八仙桌上，手拍桌子两脚一蹬，"嗖"的一声便取下几匹瓦片，然后又迅速放到房上，引得众人齐声喝彩。

　　这个故事是由一位叫作胡平原的人口述的，但也是古镇上有据可查的唯一一位"强女人"的故事。

　　我翻遍了地方志，问遍了古镇的老人，也再没有一个无法忍受现状，而选择摆脱的女性形象。唯一记录在案的女性形象是在陈家祠堂和古镇党群中心得到的一本《神奇的仙市古镇》中，里面虚构了一对金银花姐妹得道奇遇、劫富济贫的故事。

4

1981 年 1 月，富顺县成立城关镇个体劳动者协会，鼓励发展个体商业，搞活商品经济。1984 年，富顺县政府发布《富顺县人民政府关于进一步放宽政策搞活经济的试行办法》（富委发〔1984〕第 63 号文件），其中第二条就强调：全面实行经济承包责任制。

感受到时代气息的钟传英彼时在供销社上班，另一个女性秋子则在仙市镇下面的一个乡村呱呱坠地。尽管比钟传英年轻十九岁，秋子也是在那种虫绕蛾飞的阴暗房间长大，喂猪挑水，下田做饭，农村的环境变化再大，对于一个女性来说，也没有多大的改变。

1997 年的时候涨洪水，学理发只学了三个月的秋子在龙井一个偏僻的地方开了个理发店，第一次给人剪头的时候，她担心得都快哭了出来。

那一年的 6 月 27 日是自贡的特大洪灾，涨洪水的时候，桥上面有个米厂的桶掉下来，把理发店的墙都撞坏了，平时秋子就住在这里，被子里藏了她赚到的两千块钱。那天晚上她凑巧和爸爸去农村，才躲过一劫。

于是她就只有回到仙市再开理发店，开到一年多的时候，街上开客车的猛子开始追求她，他比她大五岁，跑仙市到自贡这条线。"起码十个人跟我说他是二流子，整天打架斗殴，大家对他的印象都不好。连我亲戚都说，幺妹你不要和他在一起。"年轻单纯的秋子却一直想着："他只要能改好了，就没有关系。"秋子19岁了，猛子追了她整整两年。

那些年"流行美"特别火，这个品牌通过帮人盘头发卖发饰赚钱。心灵手巧的秋子于是自学成才，在仙市，秋子是唯一一个会盘头发的人，十块钱一个，半天就可以盘三四十个。她还带几个徒弟。那个时候用蜂窝煤，没有电热水器，只能挂个桶，经常弄得地上全是水，每天下班需要打扫，猛子就过来帮她拖地，拖完地还用帕子抹，打扫完之后默默走掉，一副甘之如饴的样子。

猛子那时就已经到处跟人说秋子同意了和他谈恋爱，还跟其他年轻男孩说不要到秋子那里去玩。"在我理解的'混混'就是想和你发生关系的。我属于很简单那种，家教也很传统，周边的人都很传统，想着说虽然你和他没得啥子，但别人肯定都以为你们发生了啥子。如果他能改好最好。他又很勤快，每天打扫完卫生就都走了的，没有说非要到我这里做点啥子。就这样相处了两年，我就感动了，默认了。"

他们在一起没有多久。秋子不小心怀上了，但她坚持工作，一天都没有休息过。"本来就是不被父母祝福的婚姻，也不敢说不好。"她一直工作到生产的前一天。每天的反应都很强烈，"上天保佑"，唯独回老家的时候，和正常人一样，一点反应都没有，家里人都没有看出来。甚至在结婚的时候她才跟妈妈说怀孕（四五个月）了。"我妈那么老实的人，都跟我说，街上的人个个都说他不好，他到底好不好嘛？不好的话，就去把这孩子打了吧。"——事隔多年，秋子都不相信这话是从那么老实传统的妈妈嘴里说出来的。

秋子还在月子里，猛子就出去玩，和别的女人鬼混在一起，被秋子发现了。"我觉得我管都管他不到，管不了，但就是不甘心。"

有了女儿，秋子觉得自己应该给孩子一切最好的，猛子整天混吃等死，从没给过一分钱孩子的抚养费，秋子觉得靠他不如靠自己，继续把全部心思都扑在了事业上面。

秋子说，她做每样生意不一定大，但是人气都很旺，她租用婆家的地下室，把房子收拾出来开麻将馆。开了七年后，有个朋友在"一对山"有个服装店，她也从那里进货，在仙市开了个服装店，这也就是她生意最繁忙的时期。理发店开着、麻将馆（茶馆）开着（七年），服装店也开着（六年），门口还做了四年的夜宵，"运气好的是我做夜宵的时候，正好在修高铁，工程人员都舍得吃，也赚了不少钱。"

5

和大多数沉浸于工作的女强人一样，虽然在做家务方面是一把好手，但钟传英再也不愿意把时间浪费在这上面。"可能是小时候做够了，不喜欢做家务，不喜欢关在家里做全职，喜欢出去做生意，哪怕出去帮人，也不愿意在家里待着。"时至今日，她还是长年请着保姆做饭，儿子家里更是请了两个阿姨，一个帮着带孩子，一个负责家务。

她一门心思想赚钱。那时候承包兽医站卖药都是她一个人去成都拿药，晚上八点过后在自贡上车，到成都北站是早上四点过。当年的成都治安不太好，她不敢出站，也不想花钱住宾馆，就在火车站坐到天亮。她自己带着单子，一项一项去采购，前后花费两天时间，全是她自己一个人。

赶火车是最低成本的支出，但是那时候赶火车，经常遇到"摸官"（小偷），一个车厢、一个车厢地偷，钟传英做生意为了便利需要携带现金，她一般都死死地捆到腰上。那时候根本买不到坐票，有时候人多到整节车厢都站满了，要待到夜深人静的时候很多人下车了，她才敢靠着人家的座位，稍微睡上一会儿。

钟传英会全程保持警觉。直到现在，她都养成了不管去哪里先观察周边人的习惯。时间久了，她看一眼，就知道哪些人是"摸官"。她也摸清了他们有个原则，"只要你睁着眼睛就不会来摸你，但你只要打瞌睡，就会来动手。"钟传英一晚上都警告自己保持清醒，而那些进货的夜晚，她从来就没有踏踏实实睡一次。

20世纪80年代末90年代初的时候，钟传英转型做服装生意，也需要经常去成都。有一次她就觉得有人一晚上都在走来走去。她当时依然是没有票，只能坐在地上。"座位上有一个人洗脸去了，我去坐了一下，把脚跷到对面。摸官想去摸对面，就打我的脚让我让开，还骂了我一句，把那个男的的钱摸出来之后，发现只有几十块钱和一个本子，'啪'的一声给了他一踏耳（耳光），日你妈哟，你比老子都更穷。"那个男的都被打醒了。钟传英吓得一身冷汗："我才后知后觉，那两排座位的人全部都是摸官！"

那时候成都的荷花池批发市场也乱得不行。天亮走出去，在街上也会遇到两三个人尾随着她，走着走着，"啪"一下一个包包掉在地上。"走，姐姐，我们去分。"一个姑娘拉着钟传英的胳膊，挤眉弄眼地说。钟传英连连摆手："你要你要，都归你了，我不要哈。"

为了躲避尾随的人，钟传英看着路边有小店开着，灵机一动，就进人家小店里，从那里的后门出来，这才把那些骗子摆脱。

那些年的经历惊心动魄，回想起来，钟传英都有点佩服自己。而她很快赚到了钱，在新街的仙市小学斜对面，花了六万块钱，买了块地皮，修了一栋四层楼的房子。

赚到的钱越多，钟传英越对不求上进的丈夫有抱怨。他如果约人到家里打麻将，她甚至会推倒桌子。"我和前夫的感情很平淡。我很看不惯他懒惰、不求上进。他倒也不是天天打麻将，但就是得过且过、不求进取。"

闲话却落在了钟传英的身上。"你比人家能干、努力、多有点什么，人们都会各种说你，甚至骂你，她不会理解，即使你在奋斗，她就只会想你是用啥子方式赚的钱。"

但是钟传英才不怕这些，她也是镇上的女人之一，"我也可以很凶，对方用脏话，我就脏话还回去。你不凶就会被欺负。"

1994 年，她离了婚。还补了三万块钱给前夫，儿子也是她自己一手盘大的。

6

冬天的时候，镇上要差不多六七点才能天亮，这里的人都有日出而作的生活习惯。但是钟传英和秋子一定是起得最早的一批人。

1994 年，车站修了菜市场，1997 年，新街慢慢开始开发，曾园应该也就是在这个时候抓住机会发家的，钟传英也经历了和他一起创业的过程。新街当时的房价为 360 元一平方米，现在要 3800 元左右一平方米。而因为开发了整条街的房产，仙市的人口也增加了一倍，首富也从之前的高森林让位给了开发商曾园。

在秋子长大成人的过程中，她几乎目睹了曾园和钟传英的发家致富，如同仙市大部分的老百姓一样，在她心目中，"曾园就是个传奇"。多年以后，由于一些合作，秋子称呼曾园为"幺叔"，把钟传英称呼为"幺婶"。

最初是钟传英的邻居发现端倪的，清晨六点多，街上跑运输生意的曾园站在钟传英家门口，等着接她。

后来也有人说钟传英就是在修她那套房子的过程中和曾园"勾搭"上的。"钟五姐也不是个省油的灯，还有人见她那时候喜欢上自贡的舞厅跳舞。"闲言碎语不会少，虽然钟传英对于和曾园交往的时间线有点含糊，古镇的人都一口咬定她是婚内出轨。有的婆婆嬢嬢还当面就指着钟传英的鼻子骂。"人生中最大的压力，我自己选择的，就怕你不说，你指指点点的，我也无所谓。还有人说我赚了钱就把我前夫抛弃了。"

2006 年，钟传英和曾园结婚。钟传英说和他在一起的时候他并没有发家，他在做长途贩运，从这些地方买东西运去云南，比如说生猪、酒。他们这地方很落后，四周是高山，路都是盘山公路，很不好走，运输是拿生命来冒险的事业。钟传英至今都记得有一次和曾园差点出了车祸的事。

"我到现在都不喜欢唯唯诺诺、安于现状的男人。老公那时候家庭条件很不好，完全靠他自己，但他智商和情商都很高，很能吃苦，很有干劲和魄力。我自己也是这样的人。"

曾园又开始从事餐饮。新街那边有个"盐业商务酒店"，做了十年。等到"盐帮客栈"修了，那个才改成酒店。至今盐帮客栈都做了七年了。

"因为离婚，回家我老汉还打我。但我一点都不后悔。我内心深处看不起一事无成、安于现状的人。离婚需要很大的勇气，尤其在这种地方，如果是大城市，谁都不认识，就无所谓。"

钟传英从独立做事，到辅助丈夫经营酒店，家里的财富越来越多，日子越过越好。但没有想到的是，很快就有人打电话给她："你还不离婚啊？他都不爱你，他爱的是我哒。"

当年钟传英的性格依然火爆，"我会不会示弱？！我会拨回去，打到对方关机为止。只要你愿意接电话，我都要和你理论。我老公晓不晓得都不要紧，是你先来挑衅我的。"说到这一段的时候，钟传英语速有些加快，下颏微微上扬，那个姿态和她当年在篮球场上的运筹帷幄颇为相像。

"你偷归你偷，但你不要来挑战我。"

晚上回家，钟传英告诉曾园："今天又有人打电话来喊我离婚。我答应的，离婚可以，你要男人，我要钱，你就拿钱来买，我愿意卖给你。"

钟传英能从声音里辨别，觉得打来的应该不是同一个人，也绝对不是这镇上的人。

"所以你说这种女的有好大个聪明，或者本事？"

那些女人在电话里吵，但当面没有人敢来挑衅，"我就当你不存在，只要你别来挑战我。我又不是没有见识过……"

她一直以来颇为自豪的一件事就是，她和曾园一同白手起家，是因为感情，而那些女人和他在一起只是为了他的钱。

最大的伤害是来自于她的闺蜜，钟传英关系很好很密切的一个朋友，和她老公搅在了一起。而这件事情仙市镇更是说得沸沸扬扬。"曾园太牛逼了，过年的时候，前妻、现妻、现女友都坐在一个桌子上吃饭。"还有种说法说，有一天曾园把儿子曾西找过来，"你和×××结婚"，而那个女孩的妈妈就是曾园的情人。

7

女儿才半岁的时候，秋子的老公猛子又出了事。他和几个混混一起去为别人打架出头，把人家打成了植物人，他是主犯。

一开始怕判得太重，猛子出去跑路了两年多，秋子陪着他，然而找工作的时候，人家说他是网上通缉犯，不能找工作。

那是秋子最难忘的一段记忆：她连一块钱的早饭都不舍得吃，猛子不能出门，只能她去做凉菜师傅，赚的钱都给他，在那么困难的情况下，他还要抽烟喝酒。"我是个没有文化的人，都一直跟他说回来自首，不能躲一辈子，不然娃儿咋办。后来是被别人举报，他进去的。"

除了判刑，还被罚了两万块钱，这个钱都是秋子出的。等到猛子从监狱里出来，秋子找娘家以及朋友借了八万，给他买了个中巴车，这个钱在街上都可以买两套房子了，但是秋子觉得他应该有个自己的事情去做。

猛子在前面两年开车的表现也还说得过去，"可能是看我干这么多事，很辛苦了。那个时候的账已经快还完了，还差两三万的时候，他就又勾搭一个经常赶他车的、田湾的小姐。"

仅靠女人的第六感，秋子说她感觉到了，也抓到了现行。"他说我一天到晚钻进钱眼，说我就是个拼命三郎，不管他，没有顾及他的感受。但我这么拼命是为了什么呀？"

那个时候为了做生意留住客户，秋子每天还要送打牌的顾客回去，晚了还给她们煮荷包蛋，从第一天开茶馆到最后一天，每一场都有水果吃。"我做事一直这样，他们都是看着我的为人来的。"

有天晚上天空一片漆黑，还下着微微小雨，秋子把最后一个客人送到家，看到脚下忠心耿耿陪伴着自己的只有一条小狗，不由得悲从中来。"他和那个女的在一起的时候，我很想不通，以前包括你出去躲的时候，出了事，我都原谅你。那么艰难的日子我们都熬过来了，他真的还赶不上我的一条狗。"

而猛子就像着了魔。他经常喝醉，早上就把中巴车停在那里，秋子只好去敲那些顶班司机的门，给他们开高工资去顶替。

"朋友们都怪我一再忍让。我当时闹得很凶，都想去死。我还把他舅舅都喊下来，当着一大家人的面，让他承认了，还写了保证书……"

为了女儿，秋子才没有离婚。秋子的女儿特别可爱懂事，她不喜欢爸爸，多年以来甚至力劝秋子离婚。秋子心灰意冷，把其他生意慢慢关掉。

这个时候有人把秋子拉进了自贡的一个婚庆的群，秋子发现好多所谓的婚庆公司只有一个所谓的"门市经理"，拿到客户之后才去组合其他如化妆、策划等资源。而她本身自己就有技术和物资，还一直买各种道具工具。这种事其实琐碎又累，要统筹协调的事情特别多，一般人做不下来，有个自贡的人做下来都亏了十几万，秋子就乘机都揽下来，咬着牙赚辛苦钱。

她累死累活地慢慢还账，完全不去过问猛子的事，只当他死了。那个女人还来找过一次秋子，看到她累死累活的样子，回去跟猛子说："我不可能像你老婆那样累死累活。"而后就和猛子散了伙。

女儿这个时候上初二了，她就像是婚姻生活中唯一的补偿，成绩不是最拔尖的，但是和母亲关系密切，所有事情都和秋子分享。她不想要朋友，"如果要一个像我老汉那种没有责任心的，我都不晓得要把他踢起多远。"

好不容易把猛子第一个车的钱还完，猛子就说车子有问题，秋子又给猛子买了第二个中巴，不料他又和那个在中巴车上卖票的女人搅在一起了。那个女人还为了他离了婚。

秋子心如死水。猛子此时只是一个名义上的老公。五六年前开始，他们的生活就只是"得过且过"，各自经济独立，他们再也不睡在一起，彼此只是偶尔在家人聚会上才会合体。即使有人起哄拍合影，旁人轻易就能看到秋子脸上的疲惫和不耐烦。

"说为了娃儿不离婚可能是借口，他威胁过我，我怕和他提离婚，有可能家毁人亡。"

8

钟传英和曾园两个人为了"出轨"这些事情，吵过闹过，也提出过离婚。然而"离婚"这个词显然对于钟传英来说，要难得多得多。

曾园家大业大，让钟传英负责协助曾园的儿子曾西管理"盐帮客栈"，酒店现在有四十几个员工，都来自附近的农村。他们一个月工资两三千，每天晚上七点下班的时候，都有老公来接。有的时候钟传英看着两口子坐着个简陋的两轮摩托车，也心生羡慕。

第一次婚姻的解体，险些让钟传英被镇子上其他女人的唾沫星子淹死，即使她们也是女人，即使自己作为女性在婚姻中毫无过错。她说自己再也不敢轻言"离婚"二字，"有那种仗着自己年龄大的女人，更可恶，当面就指指点点，戳你。如果离开仙市去自贡和儿子住，那个小区里仙市镇搬过去的人也比较多，如果被她们看见，又会指着我脊背说，哎呀，钟五姐是不是又离了婚……"

古街上钟传英的一个老邻居则说，钟传英现在不愿意离婚，完全是为了帮她的那个亲生儿子"多占一点"。

钟传英离婚的时候，儿子才七岁，他变得很叛逆，放学不回家，钟传英要到处去找他，问他，也一句话不回。再婚后，有的时候儿子也会住在钟传英这里，有时候住在钟传英的妈妈那里，钟传英为此哭过很多次。"当时从我的角度看，很难，一方是儿子，一方是这边的家。"

儿子到了高中依然叛逆，考大学没考好，钟传英一开始想让他读技校，后来觉得那样的学校读出来也不怎么样，就让他去读理工学院，是个成人大学，学的是工程造价专业。

多少年以来儿子都很不愿意和她说话。直到高中毕业那个暑假，钟传英让他去自贡的茶坊打工。其实茶坊并没有给他开工资，是钟传英私底下出的钱，一个月拿得到一千多……也是从那个时候开始，儿子似乎才开始有所改变。

其后读大学的时候，钟传英也鼓励儿子暑假去打工，把他介绍到成都一个朋友的房地产公司实习。那可能是儿子第一次感受到要靠自己去奋斗。大学毕业后，又让他去几家公司历练了两年，现在他和钟传英的妹妹一起做了个公司。儿子自己切身感受到了在社会上的不容易，也开始慢慢学会了和妈妈去沟通。

"虽然他的吃苦耐劳精神不如我，但是眼光见识比我好，我比较外向，他比较内向。"

另一方面，钟传英也经常念及丈夫的优点：会做人，对他的亲戚、姐妹都很客气周到。他们说点什么，也不会发生什么冲突。虽然有的事情是看穿不说穿。在那个自家修建的大房子里，她和曾园的儿女也是和睦相处。

钟传英相信曾园也不会轻易提离婚的。"这种事情他很聪明，你和我离了，你和别人更难处，（这种家庭），再加上我还不管他。"她是完全看淡了，只要她老公不主动提出离婚，日子也没有什么不能忍的。

更何况环顾四周，她周围的男人都是如此。"他们会觉得（外遇）越多越好，越多越光彩，没有才不光彩，他们都是这样想的。我经营这个店也看到很多，我认识的老板，不认识的老板，他们带那种女的带得少吗？一次换一个。你咋个说，你怎么规避这种问题？"钟传英算是见识比较多的人，但她对于这种现象无可奈何。

钟传英生意上的一个朋友，三十多岁，她的男人长得很帅，很有气质，朋友就对自己男人说，你咋子要都可以，就是不要要感情。"但是这种事你怎么把握不是感情。所以他俩经常性地闹，分开又复合，分开又复合，已经无数次了。你说这种问题男的会改变吗？到80岁都改变不了。而且人家带的女的都是小姑娘，大学生之类，他找的女的，还有年龄大的。"

看得多了，有一天钟传英把目光重新投回曾园身上，她发现"除了那方面，他是个无比体贴的人"。他尊重她，在亲朋好友面前赞扬她，照顾她老家的人，出差回来送她礼物，"他出个远门都会给你买这样那样的东西，我的化妆品，雅诗兰黛、兰蔻，基本上都是他买的。还有衣服、包包，别人都说他眼光好。也会给我钱花，上万上万地给。"

相识至今三十年，曾园每天晚上回来，当天遇到什么事情，哪样事情不高兴，哪样事情没处理好，都会和钟传英分享。如果需要金钱支持钟五姐的儿子，他也不会多说一个字。说起这些事，钟传英就像是在说服自己，低下头，强调很多再婚家庭都做不到这样，处得很不好。"二三十年了，毕竟还有感情基础，某种意义上，人家没有对你不好，从其他方面也还是好。外面好多再婚的，比起他，一半都比不了。很多人都是为了经济，很计较。"

她也亲眼看到，上任首富高森林的前任老婆，离了婚以后被两个男的骗了很多钱。"像我们这样的走出去，肯定会被人认为有很多钱。而且他有一百个外遇，你都不可能有一个。这是他的原则。"

尽管提起婚姻各种苦水，钟传英总会忍不住维护自己的丈夫，比如无意中问她，曾园会不会和孙弹匠一样大男子主义，她的反应甚至有些过激。"拿孙弹匠和他比，简直没有啥子比头。我比较了解孙弹匠，他是一个心胸很狭隘的人。可能就是因为他想着王大孃生的是两个女儿，心头有个蹬蹬儿（疙瘩）。"

最近有一次，又有人在钟传英面前说，你老公咋样咋样，我看见他又和谁谁在一起了。"我就跟她说不要说了，有又咋子嘛，有都很正常，连杀猪匠都有。"钟传英说。

这些话，大概是为了安慰她自己。在"天眼查"上面搜索"曾园"，他担任许多家公司的法人、股东或者高管，这些企业无不和他的儿子曾西、女儿曾敏有关，却没有查到一家有钟传英的名字。

钟传英对此心知肚明，问她在不在乎，她摇摇头，没什么表情。

9

"盐帮客栈"客房部有一个员工小娟，她的丈夫之前脑梗瘫痪了很多年，现在才能慢慢走路，很多事情都做不了，家里基本全靠这个女人的工资。她每天早上八点半上班，晚上七点半下班。下班回家以后还要头顶戴个电筒，在土里弄菜。

每个月发工资的时候稍微迟一点，比如上午没有转到卡里，下午四五点钟她丈夫就会跑来酒店问为什么，又跑到银行去等着，生怕被谁弄走了。这个男人走路一瘸一拐，长得鼻歪口斜，动不动就歪着扭着要去打小娟，她不但不敢还手，连大气都不敢出一口。

钟传英有一次劝她，说你这样，还给他欺负，"怕离婚了找不到吗？"她就一直哭，也说不出一句完整的话来。"（她被欺负成这样）还是文化水平太低了。"

2021年，猛子又出事了：因为喝多了酒去开车，被交警抓了个现行，不但因为醉驾被关了三个月，还被吊销了驾照，而他此时的职业是驾校教练。

于是整整一年，秋子要做婚庆生意，操持茶馆，下午到晚上得拿出大把时间，代替猛子去驾校教学员开车。不然车就要被学校回收，还要退给学员七八万的学费。整个镇上都在嗟叹秋子的命苦。

回忆起来，在做婚庆生意最辛苦的十年间，都是爸爸在副驾陪着秋子，而去年，秋子爸爸脑梗，秋子吓得三个月都没有工作，现如今，家人就已经是她的一切了。

天气刚刚凉起来没有多久，街上四处都在传张二的老婆被杀了，她在成都做服务员，说可能是因为情杀，被捅了很多刀。

这件事情之所以这么沸沸扬扬街知巷闻，是因为张家三兄弟太有名了，从小没有父亲管教，他们学会了用武力保护自己，动不动就喊打喊杀。张家老二的老婆长得漂亮，惹了不少男人，有天张二把老婆和河边的赵大捉奸在床，三兄弟联合起来把赵大一顿暴揍，据说还逼着张二老婆在下体留了个什么"纪念"。那天以后张二老婆就失踪了。再也没有人见过她，后来据说去了成都打工……

张家老三就是秋子的丈夫猛子，提起姻娌被杀的这件事，她还心有余悸。"我这么大一家人在这里，事业基础在这里，客户在这里，我不可能自己一个人走，把妈老汉扔在这里。"

如今的秋子被认作是仙市数一数二的女强人，女儿读大学去了，她老家翻新了房子，家里的大小费用都是她支付，她也终于在 40 岁这一年给自己买下了一辆自己喜欢的车，二十几万一次性付清。但她形容自己还是一个传统保守的人，比如绝不轻易离婚，哪怕她认证了自己这辈子就是来给丈夫还债的，"我不希望将来有一天，有人指着我的孩子说，她妈老汉是离了婚的。"

10

《光绪叙州府志》记载过一个烈女的故事，这也是至今为止唯一记录在案的关于仙市女人的一个故事：

仙市古镇烈女徐杨氏

徐杨氏，名五英，仙滩场梓人女，归麻柳沱农民徐姓。仅数月，贼至，掳掠妇女。其时，翁与夫皆逃，惟留姑媳守屋。五英恐被辱，俟姑睡，潜赴沱死。邻妇呼姑往救，已无及矣。次早，尸浮水面，流至丁沱，回旋不去。薄暮，其姑寻至，雇佣收尸葬之，面如生，见者泣下，时年十六。

罗筱南诗

杨家有女十余龄，姿容端丽性幽贞。

于归半载苦避兵，堂上怨言耗选青。

闻之抑郁心不宁，其年庚申月新正。

且欣远道獇枭腾，仍作一双鸾凤鸣。

岂知秋至益纵横，逼近仙市凌妖氛。

晓夜捉人赴其营，妇女往往遭奸淫。

与其人世玷芳声，何若水滨全令名。

吁嗟哉！男儿取义能舍生。

不谓巾帼理亦明，况乎质美年尤轻。

天生烈性诚堪钦，红颜逐波肆扬灵。

扬侯诧异河伯惊，龟鱼负载潜游行。

苍水使者导前旌，丁字沱边去复停。

收尸傭亦涕为零，不意天壤有徐卿。

棺不一抚穴不临，翁姑怃馨橐中金。

体蔽嫁衣鬓檀簪，玉貌如生虫莫侵。

一棺旋葬酸人心，斜阳无色水吞声。

注：仙滩场即今仙市古镇，时属叙州府富顺县

（来源：《光绪叙州府志》卷三十八 列女）

事隔一百来年，封建社会早已结束。

我后来在《自贡文史资料选辑》1990 年 10 月第 20 辑找到一篇叫朱淑芬的作者写的《自贡女子参加运动会及游泳风波》。

自贡女子首次参加运动会，是在 1937 年五六月份举行的学生

运动会上。会场在自流井釜溪公园。当时的主办单位是"新生活运动会"，参加单位有"蜀光"和"培德"两所中学。记得当时都是初中的男女生，有几百人，我是培德中学女生部学生，项目是扔铁饼，成绩是19米多，名列第二，第一名也是培德的，叫李恕维，成绩是20米。

在此以前，自贡的运动会只是男生参加，这次有女生参加，《新运日报》还登载了消息，主要街道还贴了海报。吸引了不少看运动会的人，他们来自城区和近郊，还有附近县城的人，其中有些士绅盐商，有坐黄包车、有坐滑竿、有坐轿子来的，人流熙熙攘攘。当时公园没有围墙，人们从四面八方涌入，运动场边的人越来越多，有的挤进了跑道，只好抽调童子军站岗，还派警察维持秩序。女子参加运动会，在当时是独开风气，对相当封闭的社会来说，确是稀奇事。女运动员上身穿漂白布短袖翻领服，下穿黑色短裤，白色套袜，白力士鞋。这身服装，自是学生家长掏腰包。运动项目主要是田径和球类，女子参加了多项比赛，培德女生取得多项的名次，记得男女生部的排球都得了优胜。当时女生部的体育老师是张烈，初春到校，来校就组织女生参加体育锻炼，开展班与班之间的球类比赛，并从中选拔运动尖子。培德女生取得的运动成绩，是与他的努力分不开的。说起张烈，他为女子游泳之事，在自流井还遇了场风波。

那时自贡没有游泳池，张烈为了教女生游泳，只好先讲知识，纸上谈兵，后来把学生带到上桥河边，由他先下河探测水的深浅，再让学生下水学游。这还是第一次，没料到第二天《新运日报》

就登载了谩骂文章，说什么女学生下河洗澡有伤风化，男老师带女学生在河里洗澡不成体统等等。校长刘阶平见报后气得脸都红了，立即制止，不准女生下河游泳。从此中断了培德女生学习游泳的机会，也弄得张烈先生哭笑皆非。

在那时，莫说女生去游泳，有的家庭连女子跑跑跳跳也是不准的。

（责任编辑：蒙德铨）

问过镇上所有人一个问题，尤其是年过五十的，他们都确认日子越过越好了。只是这样的镇上没有电影院和书店，没有健身房、咖啡馆、小酒馆，就连一个坐着安静发呆的地方都没有。

新千年的经济带来了硬件设施的升级，但并没有人觉得吃饱喝足了之后，人还应该有点什么别的需求。

王大嬢发短信说，附近的大岩凼，有个农民家的鸭子生下来几枚奇怪的蛋，三个加在一起是个"问"字，尽管这句话从逻辑上就不通顺，也不妨碍这个传言街知巷闻，"大家都传开了，说那个农民准备拿到博物馆去卖钱，开个多少多少的高价。"

闲言碎语几乎就是镇上的日常体系。每个人都在评判别人，每个人也都在被评判，如同费孝通所说的"每一家以自己的地位作为中心，周围划出一个圈子"，而整个古镇就是这个人的全部圈子，足以拥有对这个人生杀大权一般的影响，它有多狭窄，人就有可能多狭窄。

秋子或许从钟传英那里"延续"到了如何经商，如何经济独立的能力，而不像许多女人那样买件花衣服都需要男人的同意。走在大街上的她们脸上有着类似骄傲的神情，她们也早已经不可能因为"受辱"而放弃自己，但她们千辛万苦让自己成为女强人，却依然害怕离婚。这里是仙市，在它的词典里，一个女人的"名声"始终排在第一位，这或许会压制女人很久很久。

有谁在釜溪河看见过鲑鱼

1

晚上临近七点，是釜溪河一天之中最与众不同的时刻，镇上一片寂静，天空和地面交界处有种观赏鲤鱼的绯红色，小镇路灯昏黄未明，得以延长了晚霞燃烧的时间，更映衬出釜溪河水的乌黑。钓鱼的人说，河里多是一些最普通的鲫鱼、鲢鱼，更多的是泥鳅、黄鳝。但是立在河边，经常会看到河中间有黑色脊背远远翻腾着，迅速从水底下升上来，搅动大团的泡沫，眼见着逆流而上。

电视里很好听的普通话说："无数鲑鱼挤在一起，从海洋直奔向河流开始的地方。"童慧一直很喜欢那节目的画外音，有时候她不禁疑心，那黑色逆行的孤单脊背，或许就是远道而来的鲑鱼吧。

童慧小时候见过最清澈的河水，自然也见识过它们躁动的时刻。对她而言，那些景色并没有什么出奇。如同她一辈子都不曾离开过的古镇，无论出现怎样新鲜的事物，她都能有一种本事，把自己"凝固"在自己的规律和节奏里。

她总是同一时间起床，早上七点半到单位，下午五点下班，每天经过仙市镇新街的同一段路程，数着相差无几的步数。她就像一台计算精准的机器，演绎着一样的程序，经年累月，螺丝从未松动。

1970年出生的童慧是古镇有名的美人，皮肤的黝黑也没有让五官的精致减损，从不化妆的缘故，仔细看就能看出眼角的细碎皱纹，大笑的时候微翘的小虎牙增加了一种别样的媚态。她的衣着基本是同一种风格，低调朴实，衣服的领子很高，甚至遮住了脖子，即使穿裙子，长度也都在膝盖以下。

童慧四岁的时候，家家户户都需要去粮站上缴一定的粮食，大多是挑着担子送去。在去粮站的路上，胆大的孩子乘人不注意，从人家的担子里面抓一把就跑，多偷袭几个，就能把衣服兜全部装满。这种原本每个孩子都引以为乐的游戏，她身旁的哥哥姐姐不但不参与，还你一言我一语地批评这种行为。那是她第一次体会到所谓的"有序"，此后一生她都特别注意自己的一言一行，且从不懈怠。

20世纪60年代末，中国正走向"文化大革命"的热烈之中：1969年的2月20日，富顺的一千六百多名知识青年赴宜宾、乐山等地插队落户"接受再教育"。1970年10月18日至29日，富顺召开活学活用毛泽东思想积极分子、四好单位、五好个人代表大会。

童慧对那个年代的细节完全记不清楚了，她的集体记忆只有古镇赶场的时候，那些靠近码头的船，青石板铺成的古镇街道，两旁是木头串架房一间接一间，人头攒动到把人都抬起来的景象。那时候一条街各行各业都有，各家也比比皆是五六个兄弟姐妹。

而她最好的朋友李红梅，只比她大两岁，和她的记忆却完全不同：她家曾经住在公社（戏台）楼上，隔壁的邻居就是地主、富农。她永远都记得，有一天走到庙子（现在的南华宫）那里，人山人海，"把欧阳成、罗运清押出来！"上面的人被强行戴上了尖尖帽，接着就是五花大绑，偷眼望过去，绳子把人的肉都勒出了血，下面全是红旗，所有人都在振臂高呼，相比较台上那两个人的面如死灰，那一切的喧嚣特别像做梦。

童慧的父母在供销社工作，李红梅的父母都算得上知识分子。"我妈每天早上第一件事情就是赶紧看大字报，生怕万一有自己的名字，那就完了。晚上根本睡不好，太害怕了，一晚上就可以改变（命运）。"李红梅说。

两个女人的家庭背景完全不同，性格也不相似，却在多年以后成为彼此最重要的人。她们住同一个房子，睡同一张床，常常肩并肩走在小镇的街巷之中，但她们从来不肯公开承认自己是"同性恋"。虽然镇上不像乡下是"男多女少"，但用著名的媒婆王大孃的话说："只有找不到婆娘的男人，没得找不到男人的女人。"因此人们背后使用"同性恋"这个词的时候都带有一种嘲笑的含义，童慧总是斩钉截铁地否认："不，我们不是。"

2

这天早上童慧刚刚走进新街，"酒疯子"就走过来了。酒疯子不是古镇里面的人。没有人熟知他有过什么往事。他经常穿一件军大衣在街上走，路人总让开他。他有子女，平时也还种菜来卖，除了早上弄点菜去卖的那阵子的短暂时刻，其他时候他都是一副喝了酒醉醺醺的样子，大家都说他有酒病。

"仙市你个狗日的地方，他妈的什么鸡儿屎政府……"他开始破口大骂。

童慧快步地走了过去，低跟鞋躲过酒疯子的一泡浓痰，脸上带着些许漠然冷峻的表情。这一生中，她从没有过情绪失控的时候，也不曾和人对峙，不曾红过脸，说过一个脏字。这在民风彪悍的古镇太标新立异了，大概她受母亲徐言秋的影响太深了。

她的父亲童世贵和母亲徐言秋是这镇上难得的恩爱夫妻，他们之间说话总是轻言细语，相互尊重。父亲2007年走的时候快90岁了，母亲还说，这辈子都没有过够。

2015年一个亲戚结婚，那时候徐言秋也快90岁了，她的一个老朋友上台讲话："很多年前就认识她（徐言秋），今天不怕说句得罪人的话，来了那么多人，大家穿得再如何，也没有一个人赶得上她的气质。"

徐言秋没有进过学堂。家里请过几年私塾，她能写会道、思维清晰，教育理念秉承着"以理服人"，哪怕是对于自己的孩子也尽量礼貌周全，从来没有碰过孩子们一个手指头，就算她的小儿子个性最强，属于那种只要有人惹到，就会变得很冲动的人，但只要徐言秋眼睛一瞪，他就会坐下来。"妈妈一生气，随便哪个都不敢动。"小儿子说。

童家的后院，相当于是个小湾子，住着好几家人。有家搬来的邻居李丽是整条街远近闻名的"吵架王"，语速快、嗓门大、脏话连绵不绝，每次都能让童慧听傻。邻居们都很怕这个人。有一次，也只有一次，"吵架王"又在骂人，徐言秋从屋子里走出来，平心静气却又一字一句地说："人家已经没吭声，你就不要骂了。"李丽立即偃旗息鼓。在"凶才是生存准则"的镇上，这是带给童慧极大震动和影响的一件事。

李红梅家则完全相反，妈妈林书芝什么家务事都不会做，全是几个孩子做，爸爸李建设热爱阅读，每天早上必看《人民日报》和其他一些报纸杂志，还要写下读书笔记。但他性格暴躁，动不动就把孩子拖过来一顿暴揍，甚至都不用竹片，而是用洗衣棒和扁担，除了孩子的头以外，哪里都打。李红梅至今都怀疑几兄妹的腰就是给他打坏的。后来大一点，看他拿洗衣棒，三哥和李红梅马上就跑，李建设扔都要扔到他们身上，林书芝有时候看他打得太重了去阻拦，李建设急了会拽过林书芝一起打。

2003年春节，红梅的姐姐在泸州搬了新家。红梅带着儿子去做客，让儿子记得带作业，贪玩的他就是不愿意带。李红梅追着自己儿子打，在她打得最凶的时候，他跑，她就追，一定要追到打到他为止，她有一瞬间体会到了父亲当年的暴躁。"很多年以后我才知道，就因为在'文革'中他不愿意说谎，只讲实话，我出生之后他就去坐牢了。我也才理解了他。"

红梅从小就很调皮，她玩的都是斗鸡、打烟盒这些男生的游戏，家里也把她当男孩子使用，没有自来水，就让她挑水。爸爸教育他们要胆子大，大晚上也逼着她出门去借盐巴。家里这种有意识的训练让红梅越发坚强，割草的时候手上经常被砍到，嚼一下铁见草抹在伤口上就继续干活，被狗咬了，也是找来土墙上的蜘蛛网捂在上面。"我家的女孩都像男的，性格刚强、脾气暴躁，男孩反而像女的一样温柔。"红梅说。

李红梅天天在河沟里泡着，早上去洗衣裳，和小学同学混在一起，边洗边换上，还要在河里游半天泳，直到吃饭的时候才恋恋不舍地回去。暑假爸妈都不在家，她更是去河里泡一天，在水里脱掉身上所有的束缚，快活得像个自由自在的野孩子。

13岁的时候，李红梅认识了童慧的姐姐童佳，几个女孩经常叽叽喳喳地在童家屋门前玩耍。有一次童慧从门口进去，同行的张三儿吓得马上噤声，李红梅至今都记得她说："童佳的幺妹看上去太凶了，她在我们就不要来耍。"

童慧对此一无所知，家里有六个兄弟姐妹，都比她的年龄大，那个年代家里孩子大多都是大的带小的，姐姐很早就出去工作，每月寄钱，帮着养家。衣服都是自家做的，而童慧永远都是最后一个穿的。最苦的时候春节买的胡豆，一个人只能分到一调羹的分量……但是再穷困，他们的生活永远充满秩序感，厨房里的每一只碗都整整齐齐，就连锅子也要按照大小摆放……多年以后童家的几个兄弟姐妹全都成了党员，她家的门口也是全镇唯一一个在"星级党员文明户"牌匾上打上了五颗星的人家。邻居们经过她家，都忍不住面带欣赏，啧啧称道。

小时候夏天的夜晚，一家大小睡着，大门敞开，父亲点上蚊香，大家横七竖八，却也都是乖乖地闭上眼睛入睡。没有偷过菜，没有下河摸过鱼，没有撒过野，在这样的家庭长大，童慧循规蹈矩、克制隐忍，生活得如同一根绷得很紧的皮筋。

3

童慧从小就是个文娱标兵、积极分子。成绩虽然普普通通，但她性格温和乖巧，会在课堂上用大眼睛盯着老师，属于那种很听话的好学生。

1985 年，初中毕业后，她觉得自己读书天赋有限，让人介绍去富顺的一个工厂上班，负责装酱油瓶子，那一年她 15 岁，厂里的人都喊她"童妹"。她需要日复一日在流水线上，靠人工一瓶一瓶地把酱油瓶装过去，有的时候玻璃瓶子可能是烂的，一不小心就把手划破流血。在那里一个月也就赚几十块钱，她却一待就是两年。

1987 年，有个机会可以做政府部门的临时工，因为镇里可供选择的工作机会太少，她关系最好的发小萍萍也想去，跟童慧也提过一嘴。但童慧的一个姐姐当时在乡政府工作，认识的人更多，"更有关系"，姐姐托人去说，人家肯定第一选择了童慧，两个小伙伴的友情就此破裂。

虽然是临时工，童慧从第一天开始就严格要求自己，不会电脑就利用午休时间学习，哪怕不吃饭也要学会。她永远都是第一个踏入办公室，最后一个离开的人。

从很小的时候，姐姐们带童慧出去玩，总有人说："这个妹妹长得真乖（漂亮）。"稍大一点时，她有一次攒钱买了一身白裙子，搭乘瓦市到自贡的公交车，一上车，司机就说："好像个演员啊。"整个车厢的人一路都在望着她。

她是这街上数一数二的漂亮姑娘，从成年开始，给她介绍朋友的人络绎不绝。邻居郭三孃至今都记得有高大帅气的男孩追求童慧，但她总是不屑一顾的样子。童慧似乎并没有把"恋爱"这种事情放在心上。看到身边的朋友十七八岁就谈恋爱，她心里就想："我要等到23岁，那时候才足够成熟。"

但她的内心也充满了自卑，没有正式编制，即使转为合同工，和正式员工相比，没有社保，一个月也只有几百块钱的工资。"我从来没有想过要靠哪个，我就想我一个人，要生孩子、养家，我的工资那么少，没有那个能力，工作又相当于一直没解决。"一旦结婚，她条件又不好，如果加上自己一家子人，她觉得根本负担不起。

她一辈子对待自己的工作都谨小慎微，对己对人都要求严格。1996年7月，她入了党，不管是否是正式编制，童慧都是那种共产党员中最单纯质朴的人。她最不喜欢那种不负责的人。姐姐的孩子在幼儿园，她去帮忙接孩子的时候，如果发现有些老师下午就只知道带着孩子做游戏，在坝子里赛跑，混时间，她就特别不高兴，而且会把情绪直接写在脸上。"这个班上还有很多孩子是从农村走过来的，有的时候还下雨，你要对得起人家那双脚。"

因为外表端庄、普通话标准，她也多次代表单位参加演讲比赛，在台上说起自己的工作经历，说起一个党员的职责，每每声情并茂、泪流满脸。童慧拿过全市的演讲冠军。只要她的记忆允许，她会熟记每一条党章，并且每年都能获得"优秀党员"的称号。

党员集体过组织生活，一起观看主旋律电影《跨过鸭绿江》。有一个场景，彭德怀到前线视察，看见许多志愿军战士身上缠着绷带、衣冠不整、面容憔悴。（"和人家对手相比，就跟小妈生的一样。"）彭德怀眼含热泪亲自赶去迎接这些勇士们，他哽咽地说道："祖国感谢你们！这是我见到最整洁的军容，最震撼的军威……"她能回忆起电影里所有的难忘细节，且忍不住热泪盈眶。

每天登录"学习强国"也是她生活当中必不可少的程序。她每天设定好闹钟，学习二十几分钟的"学习强国"，要做"两人对答""四人对答""每周答题"，把学分学满，每天学习了还要把截屏发到党委会。她现在已经累积到四万多分了，也是单位数一数二的"学习标兵"。

2005年仙市古镇划分给了沿滩区之后，童慧家找到关系，把她的情况去和领导讲了一下，说她除了在工作上一直兢兢业业，还拿过那么多次自贡市的优秀党员，获得过那么多次荣誉，等等。终于，2006年她在天时地利的情况下经过考核，转了正。

从转正前一个月只能拿到三百多，到转正之后的三四千，再到现在，月工资五千，童慧才终于觉得自己有了立足之本。

而在这个努力的过程中，她也谢绝了无数的介绍人，"我从没想过找个有钱的改变命运。我一直觉得结婚要养家，一想到我的压力就很大。她们没有那个意识观点，那时候我工资低，为啥要去找一个男的去依靠，那些'嫁一夫靠一主'的生活有意思吗？"

她目睹了父母亲幸福的婚姻，但她同样也看到了王大孃、梁瞎子、曾二孃、张三孃，还有各个同学朋友吵闹而失序的婚姻，她就不明白，大家都是平起平坐，为啥总有人想要去依靠另外一个人？

那天早上她看到了那个酒疯子，在这昏昏欲睡的小镇，多的是这种酗酒纵欲的男人。有的时候下班，天才微微黑，就已经能看到烟雾缭绕的饭店里面，游手好闲的男人在粗声大嗓地举杯，喝多了直接躺在路边的也有——这些人和她的生活有什么关系呢？

新街上住着的一个老邻居，五十几岁的一个男人，为了引起童慧的注意，七绕八绕也要把电瓶车绕到她面前来对她笑一笑，期盼童慧能和他打个招呼，童慧从来都是无动于衷，微微抬头，把眼神掠过人群，最后安放在遥远的一个虚无之处。

有天晚上童慧和李红梅一起经过陈家祠堂的时候，李红梅被一个邻居，一个口碑不怎么好的男人一把拉住，他大声地邀请："咱俩老同学，你怎么都得干一杯。"一边若无其事地补充一句："另外那位朋友我就不喊了。"最后那句话多半是为了掩饰尴尬，因为童慧不仅没有客套的敷衍，还站在远远的屋檐下，毫不掩饰地用对方听得见的声音催促李红梅："喝什么酒，赶紧走啦走啦！"完全不想遮掩脸上的嫌弃和不屑。

童慧的这种性格，一个邻居用当地的俗话形容她："觉得哪个都配不上她，衣服角角都要铲倒人（浑身每一个细胞都透露着瞧不起人的清高劲儿）。"

4

李红梅大概算得上是另外一种异类：她在古镇生活了五十二年，是一个不怎么在乎别人看法的人，不知道是不是和教师这个职业说话太多有关，如今她的嗓音像是不知道被什么东西磨平了，已经如同男人般低沉。她平胸，穿着中性的衣服，永远的长裤，裤带边缘甚至挂着一串钥匙，走路的时候有点含胸，略带点外八字，抽烟抽得很凶，一有时间就外出喝酒、打麻将。

李红梅出生的时候，父亲就被打成右派，妈妈对家务事完全不在行，所有的家务就都压在了她这个女儿头上，再加上弟弟很喜欢读书，她时常都是被忽略的一个。也正是这样的原因养成了她的坚韧果断，背五十斤的重物也好，洗全家所有人的衣服也好，她都从不抱怨。

李建设对她的教育颇有指向性，看到李红梅和成绩好的同学在一起就喜笑颜开，把成绩差的同学带回家玩，他会直接跟人家说："不欢迎来我家玩。"

不知道是不是因为在"文革"中被耽误了十年，父亲最喜欢对家里的孩子们强调"要做一个对社会有用的人"。即使家里买不起收音机，每天父亲也都要提醒孩子们记得收听广播："要听党中央的声音，要关心国家大事。"

李红梅记得小时候见过父亲抄写"天安门诗抄"（是一本革命诗词，沉痛悼念敬爱的周总理，声讨万恶的"四人帮"），什么邓小平如何、周总理如何。"我们这种闭塞的地方根本没有人知道那些事，我老汉当时喊我们戴白花，整个仙滩都没人戴白花，我们都不好意思。"

1976 年，毛主席死的消息传来，李红梅的学校要求集体默哀，她看到周围的老婆婆、老师都哭成一团，默哀一场接一场。镇上有个朱大嬢是做搬运的，小时候过得很苦，1949 年以后体会到了"无产阶级贫农"的好日子，她一个人哭得撕心裂肺，几乎晕厥过去，嘴里直呼："我的毛主席啊！"李红梅完全没有那样的政治敏感性，只觉得好笑，扫视了四周，才只好埋下了头。

1983年春节父亲平反，李家买了台12英寸的长虹黑白电视机。1984年奥运会，最热血沸腾的就是中国女排的比赛。中国女排在小组赛上先是不敌老对手美国队，决赛的时候再遇到美国队，那场比赛播出的时候简直是万人空巷，没有电视的人都挤在单位的会议室。更何况队员孙晋芳还是四川人——那是中国人"爱国情绪"慢慢高涨的80年代，中国女排也被宣传为和"爱国主义""民族主义"息息相关的一面旗帜。那场比赛是在夏天，一大群邻居挤进李红梅家，带着小板凳挤在她家的电视机面前看比赛，她当时穿的是短裤，看完比赛才发现大腿都拍红了。

隔天三哥和红梅回家，桌子上摆着《人民日报》，他们明白这是爱看报纸的父亲布置的任务——他总会把自己觉得值得阅读的文章摆在那里，作为一项任务，还要孩子们做读书笔记。那是李红梅第一次看到二传手梁艳的故事，关于她是怎么从一个普通人成长为国家队队员的，她第一次在心里告诉自己——我也要成为一名运动员。

李红梅加入了篮球队，她个头矮小，但是敏捷灵活，因此成了队里的组织后卫。她家门口就是篮球场，每天再晚都会出门练习投篮，她发疯一样地训练以提升自己的球技。1984年，她代表富顺县参加自贡市的农村运动会，许多球队的人因为李红梅是得分手，都会专门派人盯防，故意去冲撞她。至今撩开裤腿，李红梅腿上的伤疤还比比皆是。她们最终拿下了第一名。很多年以后李红梅展示了那张参加比赛的照片，作为中锋的钟传英也在照片当中。李红梅留着长马尾，皮肤弹性十足，杂乱的刘海也没能挡住饱满的额角，那是李红梅一生的高光时刻。

1985年，自贡大地震的那年，父亲因病去世，他临走的时候，不忘在女儿耳边叮嘱一句："要读书，记得读书。"

很多年以后，李红梅说："大概就因为老汉太关心国家大事，我就反而不关心了，我的心思只在我的下一节课。"她是一个对政治完全脱敏的人，从不和同事朋友讨论时事热点，也不爱看《新闻联播》《环球时报》，也没有超凡脱俗的爱好，她努力把自己培养成了一个普通人。

她也设想过，当年如果不做老师，要么继续读高中，要么就去深圳闯荡了。她为此一直抱怨妈妈，但是"那个年代的娃儿，再叛逆，最终还是要听父母的"。

当然，红梅接受工作安排，也是因为随着年龄的增长才发现，一米五几的个头对于做一个运动员来说，太"先天不足"了，她认清了现实，认为自己只能选择一份这样的职业。

17岁时，李红梅成为一名人民教师，她把长头发剪短，平时哈哈大笑的表情收敛起来，那时候的李红梅在照片上看上去就是个甜美的酒窝女孩。她按部就班，履行着一个普通女人的流程，上班、下班。她参加工作很早，也年轻，追的人很多，一天到晚不是这个就是那个来献殷勤，还有人因为追不到和她绝交，她一天到晚都为此而烦躁。

一开始她被分配去了乡下教书，虽然挨着仙市镇，但公交车班次并不多，凌晨六点就需要起床。通常她给自己还有家里人做好早饭，就在挤得水泄不通的乡际中巴车上打起了瞌睡。朦胧阴晦的车上，有时候也挤满了牲畜，和着恶臭的味道，在布满坑洼的路面，她得紧紧抓住座位的扶手……乡村教师的工作时间并不固定，晚上也不能准点下班，因为需要继续在办公室上班，一周有两天是政治学习，校长给大家念《人民日报》上的社论，念各种政策法规。老师们在下面批改作业，直到夜里的八九点下班。乡村小学条件并不怎么好，四周围连盏灯都没有，走出校门只剩下漆黑一片，还得随时小心附近的野狗、草丛里的蛇……李红梅因为这样的经历，也就练就了走夜路的本领。

那时候的乡村小学，一个老师需要通吃一切，李红梅是语文老师也是数学老师，是音乐老师也是体育老师。她后来自嘲说能力不够性格来补，她泼辣外向，学生们倒是很吃这一套。

又过了两年，她终于调回了仙市做语文老师，学校里除了几个四十几岁的老师，全是刚进来参加工作的年轻人，她也感觉自己成熟了一些，终于接受了一个同龄男生的追求。他们也有过稀里糊涂的好时光，但很快，结婚、生子。

1991年的一天，下课之后她照例在学校操场打了会儿篮球，远远地听见有几个人在边上聊天，还有人"咯咯咯"地笑得像只小鸟。休息的时候她走了过去，看到一个同事正在和一个陌生的女孩在聊天，那是她第一次见到成年后的童慧，就那一眼，她觉得胸口有股说不出来的东西汹涌而来。"她应该是我的女人。"她心想，"我是怎么了？我是怎么了？"

5

太阳在远处就像被盐浸透了一样，昏黄黯淡，仙市小学面积不大，但整齐的教学楼、塑胶跑道、教室配备的投影仪、整洁舒适的办公室，和城市里的学校没什么两样。夜色如同整面巨大的岩石，庄严凝重地降落到这里，东侧的一棵大树，每逢此时就会有喧闹的混响，有可能是鹰鹃，或者翠鸟，叽叽喳喳漫天盖地喧闹起来，掩盖了篮球砸在地上的声音。

我陪着童慧在那里跑过一次步，也试图感受一下李老师的学校有什么样的魔力和氛围，可以像她说的"一个瞬间就改变自己的人生"。

后来就发现，学校和政府都有种相似的氛围：就是在这里，不太能够感受到"镇"的存在。这里没有青瓦白墙，看不到河水上的白鹭，甚至遇不到背着背篼赶场的人。它们都是如此封闭的世界，自成一个体系，在那里，保守落后、任人评说的乡镇生活似乎根本就不存在。

而一门之隔，女人的一生大多应该是这样度过的：出生、干活、读书、初中或者高中毕业、工作、嫁人、生孩子……直到成为大孃，帮着带孩子，再直到孩子成家，才开始去打麻将，或是坐在那棵黄葛树底下一动不动，消磨时间直到死亡降临。

箭口村的詹玉芬，也就是詹小群的姑妈，因为两次流产不能生孩子，一吵架就被人说是"不能下蛋的母鸡"，王大孃生了两个女儿被婆婆数落了一辈子只知道生"趴蛋"，古街上曾经有个独居老太婆，经不住舆论压力，就领养了一个孩子，但所有人提到她，用的称呼都是"就是那个孤老太婆"。婚育在这种地方是一个女人的头等大事。

根据《富顺县志》中 1990 年的富顺县人口普查数据显示：

全县总人口为 1,111,387 人，其中男 575,047 人，女 536,340 人。文化结构为：中专 7,720，高中 25,899 人，初中 212,853 人，小学 535,430 人，文盲半文盲 202,323 人，大专仅为 3,576 人。

在这样文化结构的县城，和芝麻大小的镇上，怎么可能容得下一个同性恋？

李红梅在初中的时候有个好朋友，整天就是中性的打扮，看见漂亮女孩就去追，李红梅理解不了，和其他人一样觉得"脏""恶心"，还因为她纠缠过自己的另外一个好友，李红梅甚至于有一次差点动手打她。

但是那天童慧的笑像是给她打开了一扇门，23 岁的她仿佛第一次认清自己是什么人。

"想了很久，以前自己不是这种人，也想过自己是不是受了那个朋友的影响，后来想清楚肯定不是。那时候就一门心思想要和她在一起，我自己都不晓得咋子回事。"

一开始李红梅想方设法靠近童慧，送衣服、鞋子给她，童慧隐隐地察觉"这个人好怪哦"，有意识地回避她。某天童佳去瓦市耍的时候，回来就跟童慧说："红梅和我们聊天，说起你们以前关系那么好，现在莫名其妙都不理她了，还哭了，你不要不理她嘛……"

童慧心里想："你倒是不晓得她啥子动机哦。"李红梅像每个求偶的雄性动物一样，每天出现在童慧面前死缠烂打，给她端茶倒水，给她讲笑话。

那几年，李红梅陷入到了人生最大的自我怀疑中，她整夜整夜失眠，一边非常坚定自己爱那个女人，一边又不敢相信自己的性取向，怀疑自己是不是不正常，为什么和别人不一样。童慧的拒绝加重了这种情绪，她有天在家里吃了一大把安眠药，试图自杀，没想到昏睡了两天居然醒过来了。

有一次李红梅弟弟拿回家一本《小说月报》，里面有篇小说讲的就是这种同性之间的感情，那是李红梅第一次看到相关的故事，她偷偷看了两遍，把这个故事记在了心头，那也是她第一次感觉到："原来世界上并不是只有我才这样。"

在她的世界里，没有人会为了感情的事情去查阅相关资料或者寻找专业帮助。我后来问过李红梅，她从来没有听说过对同性恋情颇有研究的李银河，也从没看过李安那部超级有名的《断背山》，大概她们对世界的认知大多数都来自于口口相传和所谓的传统。

"那个时候觉得自己不正常，现在也都不认为自己是正常的。但那时候啥子都不顾了，就觉得这是生命中最强烈的感情。"

说出这些话的李红梅眼帘下垂，两只手下意识地交叉在一起，表情艰难，语速比平常慢了一倍。她性格外向，善于高谈阔论，也因为教师的职业深受尊重，但回去三十年前，年轻无助的李红梅，能向谁袒露心声？

也就是从那个时候开始，红梅学会了抽烟，专抽劲儿很大的烟，一天就能干掉一包"天子"。她也开始剪短头发，此后也再没有穿过裙子，打扮越来越中性，永远都穿看不出胸的上衣和裤子，从背影看已经很难辨别出性别。

童慧并没有完全接受她，只是碍于"这个人对我太好了"，和她以好朋友的身份相处。一天晚上李红梅被爱而不得的痛苦折磨，一言不发，拿起手里的烟头烫向自己的手腕。多年以后她毫不顾忌地展示出左手，手腕的地方有个圆形的疤痕，那是她"爱的痕迹"。

童慧差点吓哭了，她的内心也开始松动，她没有李红梅天生的能说会道，有的东西她是内心明白，表达出来却变成了干巴巴的，她不懂什么浪漫，只擅长最朴实的那种交流。"那是一个人把命放在你手上，你该咋子办？"

像童慧这样的人，最怕的就是"欠"人家的，年轻的时候有过一次，因为一个男同学太调皮总惹她，她把一本教科书卷成卷，打了对方的头一下。那是上午最后一节课发生的事，回家的路上她一直惴惴不安，中午饭都没吃完就跑去窗前观察，"他怎么样？有没有给我打坏？情绪好不好？"，并因此内疚了一整天。

大概接受一个同性并且和她在一起，对于当时不谙世事的童慧来说，并不算最大的困扰。她妥协的结果里面也有她对男人们的失望，毕竟她对这镇上的男性是一个都看不上的。

从1991年12月开始，李红梅天天晚上去找童慧。她去童慧在古镇的妈妈家吃饭，大多数时候也就索性住在那里。红梅也毫不犹豫地向丈夫提出了离婚。那时候的古镇，民风更为保守，这里容得下一对貌合神离的夫妻、贫穷的夫妻、打架的夫妻，唯独容不下离婚的夫妻，家里人在说，朋友也在说，连学校的领导、教导主任都跑来劝红梅不要离婚。

"一个地方小，相对不开放，周围一个离婚的人都没有。都会用异样的眼光看你。我妈妈当时想管我，不准我离婚，我说她，你能管我一辈子吗？你死了咋办？"

她没说原因，丈夫也没问。在这个古老的镇上，街头见不到亲吻的情侣，他们就是最传统的中国人，含蓄而保守。拉扯了两年，最后还是靠法院判决离的婚。多年以后那个男人和红梅近在咫尺，却再无联系，甚至于他们儿子的婚礼，他都拒绝参加。

她俩从此形影不离，更多的是红梅每天守在童慧身旁。两年以后，童慧有次送了张手帕给红梅，把红梅激动得快哭了，也许那才是她心目中两个人真正意义的"开始"。

两个人的感情也开始持续升温：一个人只是短暂地出差一天，另一个人心里都放不下。有一年冬天，童慧去荣昌培训，红梅上午改完卷子，天空开始下着刀子一样的雨点，红梅不管不顾，转了几趟公交车去找童慧，等她赶到的时候天都黑了……

曾经一度，李红梅也希望能够公开两个人的关系，以她坦荡直率的性格，她多么希望对全世界大声喊出自己的心声。

慢慢地，她清醒过来，和爱相比，这些都不算什么。童慧比她还小心谨慎，她俩之间的情书、小纸条阅后即焚，对外都说是"好朋友"。

经济在飞速发展，年轻人基本都开始外出打工或者求学，古镇也扩大了一倍的面积，游客越来越多，高铁开始修建，附近村庄的居民由于拆迁搬到了镇上，大家越来越只沉潜在自己的生活。受到时代冲击的古镇就像中国的大部分地方，它新旧掺杂，既传统又崭新，既浮躁又凝滞。

李红梅说："我们在外面从来不得罪任何人，没得啥子人当我面说。就算猜到我俩的关系，和你的生活轨迹无关系，说我们也不会当面说，最多背着摆几句。"

她们遇到的最大压力其实来自于各自的家庭。

红梅那边，父亲不在世，母亲从小就管不住她，也就任由她了，后来习惯了以后偶尔还会问她一句："今天吃鳝鱼，你把童慧叫来一起吃饭吧。"

童家从来没有把这件事情摆在明面上，妈妈也总是委婉地提醒她："你一天到晚和红梅在一起耍，人家倒是有娃儿的，你以后一个人咋子办？"

爸爸有一次为了件什么事情批评童慧，她一气之下就"离家出走"了，还能去哪里呢？红梅第一时间就找到了她。她在邓关的一个朋友家里，那是她唯一的好朋友，当年童慧去厂里上班的时候，她哥哥和那个朋友的哥哥关系很好，他们也因此结下了一生的友谊。

"我至今都会记得，我俩挤在一张床上摆龙门阵的场景，至今也还记得她身上的那种味道……"

2015 年 5 月 1 日，朋友被检查出了肺癌，国庆过后，是她旧历九月二十的生日，童慧去看她，才得知这个消息。此后每次看完朋友，从她家出来的路上，童慧都会大哭一场。

有一次去探望的时候，朋友的姐夫（是医生）和姐姐（是护士）

在给她抽腹水，她趴在那里，家人正在从她的脊髓里抽，看着就很痛苦。

"从前只要听人说，太造孽了，还不如早点走算了，我心里就不以为然，觉得那个人是不孝顺，不想多照顾……"但看到她抽腹水的时候，童慧终于理解了。

好朋友在次年元月去世，她老公打电话让童慧去"看她最后一眼"，童慧拒绝了："只想记住她最美好的样子。"

从此时起，童慧身边只剩下李红梅这一个"好朋友"。她有"洁癖"，要求完美，做她的朋友不是件容易的事情。

家里还在不停给童慧介绍男朋友，那些人都对童慧很心仪，童慧说："她（李红梅）要晓得了就不得了，那可是一条命在我手头。"时间流逝，童慧发现，她越习惯和李红梅在一起，就越容不下其他人。

6

镇上的人在喝酒这方面的教育是毫无保留的，李红梅至今都记得，从很小的时候开始，父亲偶尔高兴的时候就会给自己倒上一杯酒，拿出筷子蘸一下，也让几个孩子尝尝，直到后来干脆也给他们满上一点……红梅在成年以后也渐渐爱上了喝酒，而且只喝白酒。

红梅原本就是个真性情的人，在学校这种社交范围极其狭窄的地方，并不那么需要圆滑世故，她就更由着自己的性情。有次喝了酒，她走得慢落到后面，看着前面几个朋友不理她，就顺着原来镇政府面前的斜坡，直接把自己当作皮球滚了下去，还好下面的农田没有灌水，算是躲过一劫，第二天醒来发现身上到处都是擦伤。

酒似乎能带来一个和现实完全不同的世界，让人沉溺其中。古镇几乎家家户户都数得出来一个爱喝酒的男人，喝了酒家暴的、打架的、在大街上纵情纵性的，似乎早就让人见怪不惊了。

而就连学校门口的一个靠租房为生、无所事事的男人都知道关于红梅喝酒的八卦，"可惜了好好的一个童慧啊，听说李红梅总是喝了酒去闹，把童慧家里给她介绍的男朋友全都闹跑了。"

童慧说她不是不喜欢男的，而是看不上。没有遇到过合适的。如果那时候不是遇到李红梅，而是另外一个男的这样对她穷追不舍，说不定也有可能会在一起。

2022年端午节来临之前，几个老师聚在一起吃饭。语文组的林老师毫不忌惮地和大家分享谁谁谁酒喝多后发生的趣事："那个张大胆上次在外面喝多了，非要自己骑着两轮，从富顺骑回家，中间摔了一跤，也没管，第二天早上醒来觉得咋子手怎疼，整条胳膊上全都是血，其实头天晚上把车扶起来时已经摔断了……"大家一阵大笑，相互指认说："你还不是上次喝得东倒西歪，被背着去医院……"之后大家都不以为然地提起因为喝酒去卫生院打吊瓶的各种事例。李红梅也不例外，因为饮酒过量打过七八次吊瓶，近三年还有过让学校的校长背回家的时候。

而童慧这样的女人，在这样的镇上算是独一份：她不抽烟，有一次试过喝了三杯啤酒就摔倒在地。她从不和人起正面冲突，遇到不喜欢的人或者事就把头扭过去。她勤奋，有洁癖，自尊独立，但是却极其不喜欢表达和沟通，至今她的微信朋友圈通讯录也只有几十个人而已。

但无论是家教，还是后天的职业，都决定了童慧极其在乎自己的尊严，即使李红梅当众骂了她，她生了气，受了委屈，统统都是沉默以对。

童慧大概没想到，这段情感和其他异性恋越来越相似，李红梅变得越来越像这镇上的大部分男人，她身上所有的积习恰恰是她之前不能接受的"那些男人的坏毛病"。

2021年12月22日，童慧自己又去考了一个文凭，她为此准备了两年多。除了完成论文等基本要求，提前一个多月就背材料，每天晚上在镜子前练习，即使如此，还是每晚都在失眠。

同事觉得不可思议："你是表现那么好的人，这种答辩通过率是百分之九十八，一千个人里面最多只有一两个不能通过……"

童慧最怕的就是那个小概率，为了能通过答辩，她把鬓角的白发焗了油，特意穿了一身低调的黑色，羽绒服、牛仔裤。

答辩那天，她印象最深的一个细节却是排在她前面的一个人，也是个单身成熟女性，她知道她平时很讲究，在外面坐下都要掏出手帕垫着坐。"但是那天我看她头发花白，也没打理，一缕一缕的。"

她做人做得这么努力，往浅里说是爱面子，往深里说，她一辈子都在维护自己的形象和人设，想要"和她们不一样"。

7

用李红梅的话来说，童慧是个一辈子都焦虑的人。这样的人要求完美，某种程度也会给身边的人带来压力，自己也很容易没有安全感。

从很年轻的时候开始，童慧就对工资的事情很在意，也很看重没有保险这种事情。1991年就开始给自己买养老保险，并且和关系好的几个朋友采取了一种"转转会"的形式。比如，每个人每个月出300块钱，一个人这个月领1200，其他人就不领，领的那个人就可以拿着这钱去买保险。

2014年，外地工作的姐姐回来教大家跳坝坝舞，童慧跳完回来家澡，没吹干头发有点感冒，第二天有点蒙蒙的，乡村医生说让她捏着鼻子鼓气，结果就完蛋了，下午还没下课她就难受得去了医院。

那是童慧第一次感受到疾病的可怕。她被诊断得了神经性耳鸣，看遍了医生都治不好，发作的时候好像有个起重机在耳朵里疯跑，家里人甚至去请了仙婆，说她遇到了一个疯神，让她家人去七个坟前，分别捡一块石头，压在枕头下面，睡七天，再分别还回去。

她每天都过得很痛苦，睡着了，世界才安静，一醒过来耳朵就轰隆隆地响。

童慧在自贡四医院住了一段时间，同时还去中医院拿药，还是不见好，后来李红梅带她去泸州医院去看，吃了一种药，终于有所好转，但因为药里面含激素，童慧因此胖了十几斤。

得病的那个时候，童慧还没有转正，虽然未雨绸缪地给自己买了商业的医疗保险，那一次是拿了报销，但是如果还有下一次得同样的病，就不能再报销了。

住院那阵子，李红梅因为要上课没有办法时常相伴，那是她一生中第一次感觉到，自己不仅仅是孤独，也毫无安全感。

她听闻，有个乡政府的人，在姚坝当乡长，出了点事情被判了两年，后来出来以后没有工作，给他安排在社区干活，他之前买了十五年的养老保险，蹲监狱就没有接上，现在60多岁了，退休金才一千多块钱一个月。去年一退休就检查出来肺癌，他老婆在粮站工作，退休金两千多一个月，每个月治完病就没什么钱了。两口子不得已把丈母娘接过来一起住，其实就是为了老人家那三千多的退休工资。

2021年，她的六哥也检查出来肺上的问题，他能报销的就很少。如果遇到大一点的病，医个十几二十万，自己都可能要出十多万。

"一病致穷，这是我生活中最没有安全感的部分。"大概正是因为如此，童慧特别节俭，不舍得吃穿。

童慧说她从来没有幻想过所谓理想生活，对现在的生活方式很满足。她是如此节俭，"有时候发点钱，人家就开心，可以去买衣服，而我就想着，可以凑点钱存进来啰。"至今为止，童慧最贵的一件衣服，是多年以前的一件中长款的皮衣，价值一千元，心疼了很久，还是李红梅买给她的。

童慧不知道特别的人生会是什么样，她周遭的朋友，读书读得多的比较有出息也有那么几个，但是大部分人都过着平淡无奇的生活。

像萍萍初中毕业就去做生意，卖点百货，后来人家介绍了一个沿滩什么厂的工人，就结了婚，过着不见得多好的平淡日子，连聚会的机会都屈指可数。林四儿表哥是隔壁区的区长，给她安排了一些事，她不太喜欢，她爸爸妈妈是裁缝，就来跟着爸妈打过一段时间的衣服。后来有人给她介绍了在自贡一个比较有钱的、做服装生意的男人，两个人结婚以后，却因为她生了个女儿，让对方不太高兴。她当年就去广州打工，让她妈妈帮忙带孩子，而她老公从此一分钱抚养费不出。终于离婚了之后，她就西藏、云南四处走。

在这样的地方，平淡反而是一种福气，如同李红梅永远都记得那个同性恋好友，她对世俗的不在乎，和周遭环境对她的某种（眼光上的）排斥，"我们这种地方太小了，平凡一点融入人群，比标新立异更好。"

李红梅也因此对自己和童慧在一起的生活心满意足，她觉得和童慧走在街上，人们看她们的目光更多的是隐隐的羡慕，"你说多少夫妻能做到像我们这样，都不说那些过不到头的，大家过孽的、离婚的、感情冷淡的有多少？"

但李红梅不清楚的是，新街菜市场那头住着个男人，大家至今都叫不上他的名字，他喜欢穿女装，红色的、绿色的、露肩膀的，也经常和大家一起打麻将，人们都说他出过车祸，脑子不对劲。那也不妨碍他们在背后对他嘲笑讥讽，并把他的钱都赢在手头。镇上的人没有她想得那么淳朴，也没有她想得那么善良。某种程度上也许是她的圈子和职业保护了她。

8

2000 年的 5 月，李红梅家出现了一件怪事：睡到半夜，感觉有什么东西咬了一下脚趾头就消失了……侦察了几天才发现是一只硕大的耗子，体型像一只刚生下来的小猫，眼睛贼溜溜的，一开灯就躲，一关灯就出没，根本就逮不到，也找不到它的窝巢。

某天晚上大耗子得意忘形，把红梅儿子的头给咬破了，急忙送去打了狂犬疫苗。之后红梅实在没辙，请来了庙里的和尚作法，也请了仙婆，下阴的时候仙婆说是红梅故去的爸爸回来了，要烧纸钱慰藉一下。

画完符烧完纸钱，大耗子还是神出鬼没地作案，李家一到晚上就惴惴不安，红梅楼下的退休老太太听说了此事，"我还不信邪了"，于是她操起一根大火钳，把红梅家的人请出去，大门一关，在屋里一阵"叮里咣当"。十分钟之后，老太太推开大门，得意扬扬地钳起奄奄一息的死老鼠，才终于消灭了李家的噩梦。

李红梅天不怕地不怕，唯一就怕这种啮齿动物，它们逮住机会就会蚕食一切，她的生活经不起这个。

2022 年 3 月，本来是讨论一个养老问题，最终却演变成了童慧和李红梅的一场大的争吵。

"你们都说我有儿子，可是从小到大，除了过节，我什么时候见过他？"李红梅说。

"你还管得少啊？他工作、结婚，哪样你没有出力？"童慧忍不住打断她，"你为啥就那么看不惯我给屋头的人做事？"

"那是因为你对你屋头的人和对我娃儿太不相同了。你也就是这几年态度才开始变化的。从他结婚开始，你咋子骂的？'球钱没得，还又结婚又买房子。'他当兵回来五千块钱放在我这里，我给他买个一万块钱的戒指不该吗？你姐姐娃儿的车是不是你掏钱买的？我儿子的房子还至少是自己在供贷款……"

"你就是太计较钱了……童慧！你最大的问题就是自私自利。"红梅的嗓门大了起来，和童慧不同的是，她即使生气，说话也能保持一定的条理性。

"我太自私了，你咋子不把心子掏出来？你儿子的房子钱是咋子拿的？首付七万，我借了五万，后来要在成都买房子，把幸福家园的房子卖给我，换成你儿子去成都付的首付……钱不够，我妈还借了的。"

李红梅又说："上次儿子带娃儿回来，我让他去看你妈，跟他说每年都要去外婆那儿，拿四百块钱，这是长久的。但是我们去，你当时的表情，好像我们是带着娃儿去要过年钱的。你姐的孙儿、孙女我每个都拿了的……即使你姐也给了我孙女，你那种眼神，伤人一辈子。以前我家庭条件不是很好，但是父母教的，礼尚往来是起码的。真的你的眼神……我当时发毒誓，以后不要再去你家了。"

李红梅接着说："其实这都是些小事，但是这种伤人的事太多。我检讨了我自己，张燕说，人家童慧没结婚，但我投入的是两个人的命。我亏欠我的儿。"

童慧说："你都带着这种亏欠的心理，你还会对我好吗？你亏欠是你的事，不要在我身上找补。"

李红梅又说:"所以我说,离了婚带着娃儿的一定要慎重,要不然就永远都不要找。"

"说得对!"童慧回道。

"我对我儿子管了好多?"

"该不该管,该管。问题是咋子管。我们要进入老年生活,你已经尽了最大的努力了。买房子是理所当然,我也帮了的。买个房子三四十万,你出了多少?车位也是你买的……这样出下去,有没有个头?你自己还要不要养老?生疮害病咋子办?"

说到最后,两个人都泪眼婆娑,而这不是第一次"世界大战"了,早从 2016 年李红梅的儿子结婚开始,两个人就产生了矛盾。

对于李红梅来说,是这几年,看到童慧姐姐哥哥如何对他们的孩子,反观自己,就发现她对自己的儿子有多不好。"我们之间的矛盾也就是从 2016 年娃儿结婚的时候开始的。她那时就每天骂,儿媳妇生娃儿后,她又骂。问题是你跟我在一起之前,我已经有了这个娃儿,而且因为她说过,如果我离婚,她就和我在一起,我才下定决心离的婚。"

她一直都记得,那些年她对儿子的忽略:"现在想来娃儿的性格有缺陷,不善于沟通,很有可能就是他小的时候我总不在家,把他留给我妈妈带,我妈有时候也不在家,比如他打呼噜,就一直不出气,呼吸猝停,多半是晚上受了惊吓。"

李红梅的儿子成年之后,买房子、买车、结婚、买车库,所有的钱都是李红梅在出,她钱不够,就找童慧借给他们。

她俩之间经济独立,也不像异性恋那样可以通过法律来确定彼此的责任和义务。李红梅花钱大手大脚，童慧擅长存钱，但她觉得即使红梅把钱存着，以后也是给她儿子，她可一分钱都不会要她的。童慧说她也永远忘不了，前年李红梅动手术的时候，卡里连几千块钱需要垫付的手术费都掏不出来。

李红梅寒了心，童慧没了安全感，三十年以来，她俩之间的感情第一次出现大的危机。

两个人在一起这么久的时间，尽管红梅儿子过来做客的时间屈指可数，童慧也不知道怎么去招呼应酬，于是只要他来家里住，童慧就早出晚归，而这无疑也让红梅心生嫌隙。

童慧最后泪水涟涟地总结说："如果有任何人想要听我的建议，我会说千万千万不要找同性，更重要的是，不要找一个离过婚有娃儿的，以后你就知道了，她会永远把娃儿看得比你更重。"

9

2016年，童慧和李红梅两个人凑齐了三十六万买下了一套位于镇上新街上的房子，从古镇的老街搬了过去。除了没有物管和电梯，这种房子和城市的商品房没有多大差别，她们对左邻右舍一无所知，每天关上门过着自己的小日子。此时的李红梅已经彻底变成了古镇上的"丈夫"之一，她上班，回家后等着童慧做饭，不累的时候帮一把忙，周末的时候照例去打麻将，抽烟的时候就躲到厨房去抽，偶尔应酬喝多了，也都是童慧把她扶回来，给她洗脸，扶她上床睡觉。

知道她有低血糖，童慧每天会特地给她煮上一盒甑子饭，大火煮开后转中小火煮八分钟左右，米汤黏稠、米粒变白时关火把米饭盛出来，将甑子放入一个大一点的碗，将蒸锅里的米和米汤全部倒入甑子，静置一会儿，当米汤基本沥干，甑子放在蒸锅的蒸格上，盖上甑子配套的木头盖，大火烧开后，中小火蒸15到20分钟。

这样的做法可以降低糖尿病患者的血糖——童慧的细心温柔也越发像这镇上大多数的贤妻良母。

两个人的性格如此不同：一个大大咧咧，一个小心翼翼；一个好交朋友，一个遗世独立；一个随心所欲，一个有洁癖强迫症……她们生活中的大部分矛盾其实都来自于细枝末节的小摩擦，比如童慧抱怨李红梅地拖得不够干净，碗洗得不够干净，拿的东西不放回原处，等等。

2012年，两个人在香格里拉旅游时，朋友建议她们收养一个孩子，被童慧谢绝了。前两年，李红梅想申请去藏区支教，正好带着童慧去过几年避世的日子，也被童慧给否决了。

她们就像真正的夫妻，日子平平淡淡，但也变成了真正的相濡以沫，成为至亲好友眼中"羡慕的一对"。

2010年两个人跟团去贵州旅游，因为下午要爬山，童慧劝李红梅不要喝酒，李红梅就开始对童慧破口大骂："你凭啥子管我喝酒？我喝点酒咋子了嘛？"童慧气得走了出来，站在餐馆门口掉眼泪。导游溜出来劝她，一起来玩的朋友张燕则跟李红梅说："你们要过就好生过，不要来不来就发浪大的脾气，别个童慧是哪点对不起你了嘛？你不想过的话，童慧也不想跟你过了。"

2020 年的端午节，李红梅得了结肠炎，去四医院检查，童慧每天去医院照顾她，李红梅的儿子儿媳也回来了。"早上要查房，要赶在那之前到，两个年轻人都没有起床，赶到医院的时候已经八点多了，我确实心头有点不高兴，但是我发誓下车的时候关车门是不小心关重了。"李红梅晓得了这件事以后就各种骂，啥子我的病就是被你气出来的，你滚你趴，当着医生、护士、她儿子，所有人的面，骂得之难听……童慧说："我当时想算了她是个病人，也就忍了。"

出来之后，童慧跟李红梅的儿子打了个电话，说你来照顾你妈妈，就把手机关了。在四医院的外面，她和一个朋友打了一个多小时的电话，出来以后才买了一个包子吃，这也是她一天当中的第一顿。

她打了车，想到仙市这种小地方无处藏身，就去了还没开通的高铁站，找了块石头，一个人坐到天黑。她不知道自己可以去哪里，还可以找谁倾诉。几个小时之后她走出来，到车站路口，遇见一个同事，那人焦急地说："我们到处找你。"那人连忙给她姐姐打电话报平安，电话那头连侄女都担心地说："我们赶紧去看哈小孃……"

从来没有看到过那样的童慧，回忆起细节的她眼神里空荡荡的。感性的她并没有落泪，只是声音里有种说不出来的东西，如同我们去跑步的那一天，黑色的夜并不是一点点到来的，而是快速、垂直地跌落了下来。

她觉得和李红梅之间所有的感情都被这几年击败了，自己好累，"好的时候很好，不好的时候也很不好。"她最大的委屈就是付出了这么多，到头来却一无所有。

那次两人的争执过后，她发过一张照片给我，颈子上面有一道明显的伤痕。"你算没白来我家吧，我的生活并不是别人看到的那样，好像还可以，其实李红梅的性格很怪，我基本上是每年都要被她打的，这事你知道就行了，我家里人是不知道的，比如今年已被她打过了……她甚至当着她儿子的面给过我耳光……"她说自己不会反抗，也不会告诉任何人，她们的选择原本就比一般人要艰难许多。

两个人爆发大战的那个晚上，李红梅反而是一直在抹眼泪的那个，"我把话放在这里，就算退一万步我也不可能和我儿子过，这三十年的时间如果还不足以证明一段感情的话……我没话可说，我从没有过二心，不像有的人，估计已经有了其他想法……"

童慧对此没有辩解，但她后来在微信上对我说："别人到民政局就解脱了，我们反而是没有约束的约束。"

她们之间没有孩子，连一纸承诺都没有。大概最深的羁绊就是那三十年，这个时间足以把不羁的李红梅都变成另一个童慧。"我从前是个多么洒脱的人，说去哪里就去哪里，不管再远。朋友也特别多，现在也经常有人打电话过来，但我都不想出去吃饭了，就和童慧一样，越来越喜欢安静。"

她们都如此惧怕改变。周末的一天早上，李红梅又照常在家里抽烟，童慧给她发出最后通牒："你要再不戒烟，这暑假我就走了。""你去哪里？""你管我。"

她其实并没有地方可去，童慧第一次去成都，就被行人走路的节奏给吓着了。若干年前还有一次，童慧随李红梅一起去成都亲戚家，两个人在人民广场就迷了路，怎么都分不清东南西北，不知道几路公交车在哪里，朝哪个方向才是对的，最后只好站在原地，等人来接。

那一天开始，她俩都知道，这不是属于自己的地方，她们再也不想离开小镇。

在 2016 年搬到新街的房子之前，她在古镇老街住了四十几年，从那里往上沿着斜坡走，跨上台阶，穿过车站的十字路口，三分钟就能走到单位上班。她可以悠悠地走，比夏天上涨的河水速度还慢。

李红梅十年前已经彻底放弃"出去看看"的想法，她周围的好朋友至少都是"出去过"的，但她心甘情愿守护着童慧，在这个方圆不到两公里的地方，就是她们狭窄而又宽广的全部。

10

清明的头几天，童慧梦见妈妈回来了，说我有个很宝贵的东西要给你，你等着。第二天又梦见她回来了，还是在家里到处找那东西，还是没找到。"我问她啥东西，拿给我一个人不行，这么多哥哥姐姐要分，她就说我是给你一个人的。"

然后，还没有等到那个礼物的出现，童慧就醒了。

闹钟设定在了清晨的七点，七点半她收拾好出门，五分钟之后就可以出现在单位的大门口。"但是妈妈到底要给我什么礼物呢？"她一直在想这个问题。

童慧根本都意识不到自己的年龄，完全没有觉得自己老了。前些年有人问她多少岁，她说自己 1970 年生的，说出口的瞬间才意识到自己这么大岁数了。"我感觉自己还很小很年轻。出去总会有人问你孩子多大。只要一说出没有结婚的时候，对方的表情总是会很震惊：'真的？你咋子还没有结婚？'"

妈妈走了以后，她才感觉到自己曾经被保护得有多好。

爸爸最后走的时候，要打开棺材给大家看最后一眼，她就不看。妈妈走的时候，最后那一眼，她也不想看。家里人把妈妈的遗像也都收起来，有次姐姐不小心翻出来，一看到照片，两姐妹就号啕大哭。

亲人的离开，仿佛撤去了她与死亡之间的隔断。童慧的妈妈信仰佛教，金桥寺门口那尊弥勒佛就是她捐赠的，她也信因果报应。受妈妈的影响，童慧逢佛、菩萨的大日子也会去寺庙烧香，但她不希望有来生。"生离死别的滋味太难受，家里的大姐也老了，大概这后五十年就是不断地告别，我受不了。"

关于妈妈的细节、李红梅、对面的邻居、视频里的一条狗，都能让童慧瞬间掉入情绪之中，她的感性里面总透露出一种不属于这个年龄的天真。

我问过她俩同样一个问题：在这样的小镇待着，会不会觉得孤独？她俩都摇了头。

自从妈妈去世之后，这两年童家事情不断，某个哥哥得了癌症，某个姐姐出了车祸，每次遇到类似的事情，都是靠童慧一个人撑起来，她帮忙做饭、打理家务，忙前忙后。作为家里年龄最小的孩子，她却是最能干、最愿意牺牲自己的那个，也是当之无愧的家的核心。

李红梅心疼童慧，觉得只要家里来一个人在古镇的老家居住，童慧就要跟过去照顾，"不应该"。有次两个人闹起来，她干脆拿了个小板凳，守在卧室门口不让童慧走。童慧又急又气，而李红梅却说："她每次累了以后就容易感冒，一感冒神经性耳鸣就再犯，为了家人，她真的是一点都不晓得爱惜自己……"

若干次去她们的家，两个人从未依偎在一起，李红梅殷勤地洗水果、剥果皮，拿着牙签递给童慧时，她也显得不冷不热。李红梅如果挨着客人坐这头，童慧必定坐在沙发的另一头，仿佛也有意识地要以肉体的距离表达她潜意识的感受。

到了52岁这一年，和许多人相比，童慧承认自己之前从未过得艰难，但还是要经历生离死别以及感情的困扰。童慧说："她总觉得当初为了我离婚，一个人多造孽，但我都到这个年纪了，人生还能有什么改变？"她说的这一句话，和她认识但是完全不熟悉的那些镇上的女人，已经相差无几。

童慧最深爱的妈妈选择的是土葬，但她从来都不相信人有来世。在这样的地方长大，她并没有看到多少的家庭幸福。"我觉得别人的家庭很艰难。有一个娃，他很小的时候肚子痛不会说，你也不晓得，稍微大了一点又有学习压力，读书、成家、生儿育女，好累哦，人的一生真的是……一言难尽。"

童慧觉得，如果真的有来生，她不想变成人，她想变成水，很清澈很安静的那种，就算没有意识但也对这个世界无所谓。

2004年，李红梅的妈妈得了食道癌，屋里姐妹有人说做手术，有人说不做，最后家人的选择是相信科学，然而手术并没有延长老人的性命，她妈妈有隐性糖尿病，几天之后创口发生感染，伤口不愈合，就走了。因为和妈妈住了一辈子，她已经习惯了妈妈在的日子，有的时候下了班，她在家里做饭，妈妈卡着点打完麻将后上楼，敞开的大门永远会传来妈妈远远又清晰的一句："梅啊……"

从此李红梅对"将来"这种事反而有些不以为然，她觉得童慧太过于胆小，对死亡，还有不可知的事情看得太重，"她永远焦虑特别遥远的事情，我就不是那样，你说我有没有担忧，肯定有，但我首先过好当下，那么远的事情想它做什么？"

妈妈的事却对李红梅的弟弟产生了很大的冲击，他从 2004 年开始戒掉荤腥，吃素吃了七年。有一次他在朋友圈发了一首《大悲咒》，童慧就顺手收藏了起来，每天睡觉之前放一下，她心里面就会变得很安静，而这件事情也成了她生活中唯一的秘密。

童慧好像放弃了对生活所有的抵抗了，她是如此平静、如此顺从，遇到不顺心的事，她会在临睡前放着《大悲咒》，一遍又一遍，祈请菩萨慈悲化解。

然而生活中似乎也并没有什么大的烦忧，除了年过五十之后，童慧和李红梅一样，都因为胆结石摘除了胆——釜溪河这条自贡人的母亲河，养育了这里的人，也由于当年的三线建设，来自上游化工厂的污染，使得整座城市成为肝胆病高发的地方。直到 2022 年 4 月，四川省生态环境厅通报的全省地表水质量排名，地表水环境质量较差的后三名还有自贡市。

不过经过那次吵架，他们关系也缓和很多，至少李红梅说："我发誓以后绝对不会再对你说伤人的话。"她们仿佛又回到了原来的生活轨道，正常上班、下班，一前一后地穿过古街，在夜晚时分，缓步地走到河坝上，静静地看着黑洞洞的河水。

到了雨季的时候，河水很高，漫上河边的台阶。夜色中的釜溪河水流速加快，大段的树枝拦阻起雪白的浪花，就像有什么闪亮的东西泼溅出来了似的。童慧又看见黑色的脊背翻腾着，正在逆流而上。她指给李红梅看，李红梅盯着河水半晌也看不太清楚。有个搞渔业的朋友曾经说过，有些淡水鱼每年产卵的时候也会洄流，但是像鲑鱼这样的海洋生物，绝对不会在自贡出现。童慧没有说话，脑海里却不由自主出现了一句普通话字幕的话外音，像是当初看电视的时候被按下了静音键——"釜溪河为什么就不能有鲑鱼呢？"

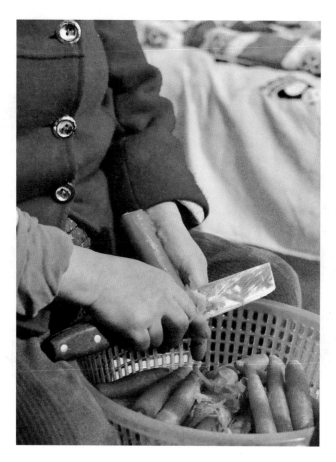

镇上几乎每个女人，不管做不做生意，打不打麻将，都一定会做
家务事，会做饭，要洗全家人的衣服，还要照顾孩子。

每逢赶场的时候，车站上面的几个茶馆就会挤得满满当当，除了来买卖一些东西，这也是附近乡镇人聚会社交的时刻。

仙市古镇每逢农历的三、六、九号就有赶场，那天除了正常的菜市场，还有各种奇怪的生意，附近乡镇的居民都会赶过来。图为"野生"的拔火罐。

古镇正街的一家店。这个场景是小镇特别常见的一幕，一个老人带着几个孩子，他们的爸妈多半外出打工去了。村镇里多的是这样的"留守儿童"。

说来也奇怪，这么小的镇，日子过得并不富裕，许多条件都比不上城市，高龄的老人却也不少。

每年观世音菩萨的生日，也是镇上孃孃们的大日子。她们拜的却不是街上大殿里的菩萨，而是河边的不知道哪位善男信女多年前请的一尊菩萨像。这是她们生活中的重大仪式，也许也是苦涩生活中的一点点盼望。

白鹭飞走了

1

1995 年的秋天，黄茜第一次离开仙市古镇。先搭半个小时中巴摇到自贡长途汽车站，再坐四个小时的大巴车，那时候高速尚未完全开通，要走一半的土路。晕得天旋地转的时候，车子进入隧道，噪音陡然隐匿，光线昏暗，洞穴一茬接一茬，就像俯着身子干活久了起猛的瞬间，引发不辨方向的眩晕。

常跑这条线的人都知道，这是进入重庆的标志。等到父亲黄忠林拍醒她，窗外已经是通往南坪的长江大桥。货船，渡轮，雾霭中若隐若现的山，半空中俯视江水的高楼……她这才笃定，自己终于远离那个小地方了。

到了四川税务学校重庆分校没几天，新奇的感觉褪去，黄茜却遭受当头一棒：这所学校原来只是个民办，毕业还要自己择业。学费早已缴完，她只能硬着头皮读下去。

从那一年至今，黄茜觉得自己的人生一直处于不由自主的迷茫之中，和她最近练车的感觉一样——开着开着，不知道怎么就卡在了山路上，底盘打滑，听得到哗哗的水流湍急，悬崖近在咫尺，手搭在方向盘上，却不知道该往哪边转向前行。

十几年过去了，黄茜再次回到仙市古镇，窗前的釜溪河还是那么窄，大芭蕉树也还在。1997年发大水的时候大芭蕉树差点被连根拔起，来年春天又发了星点小芽，家里装修曾经嫌它碍事，差点就砍了去。去年霜冻，旁边的桂圆树本已奄奄一息，今年它又摇曳着叶子，重现生机。

然而，其他的一切终究还是都变了。金桥寺的戏台彻底荒废，下面的茶馆变作了寺庙的一部分。农贸市场面积扩大，可是搬到了更远的地方。小的时候从河边去往粮站的必经之路上，大人都会说，这是土地菩萨，要拜一下，但那时候是刻在壁上的雕塑菩萨，这些年多了个瓷器的观音菩萨，香火也变得特别旺盛。附近许多的良田、树木都被推倒，古镇经历了繁华景象和疫情下的冷淡。一起长大的邻居小伙伴，有去成都定居的，也有去自贡定居的，再也没有人回来。

2021年7月，黄茜在家尝试过卖药、摆摊之后，去重庆的慕思床垫做了三个月的销售，原本以为借此机会可以和老公顺理成章地分开，但疫情导致生意不好，她又一次回到了仙市。

在过往所有的讲述中，都从来没有看到黄茜停下来哭过，她总是穿着一条裤腿挽得很高的裤子，微眯着眼睛，站在家门口向我挥手。她个头不高，像极了一只细脚伶仃的白鹭，仿佛总想要穿越这条陈旧、顽固、使人伤心的釜溪河，最后却又总是无可奈何地回到无趣、无聊和忧愁的原地。

2

已经很少有人敢说自己是土生土长的古镇人了，镇上的人就像蒲公英，被吹得七零八落。大概也很少有这样的小镇，连册地方志都没有留下，问及老人们的族谱，摇头，古镇开发之前的旧照片，摇头。

据《富顺县地方概况》和《沿滩年鉴》记载：

> 该地 1912 年（民国元年），1933 年（民国二十二年）为仙市团；1934 年（民国二十三年）改仙市镇；到 1953 年，仙市、水口、十里、洞山四乡合并成立仙市乡，同年成立仙市公社；1961 年为仙市、姚坝两个公社，隶属瓦市区；1984 年改公社为乡；2005 年 8 月行政区划调整为自贡市沿滩区仙市镇。

仙市唯一出过的名人是清朝的宋育仁，他是中国早期资产阶级改良主义思想家，策划过维新大计，提倡民主共和——但这些对于镇上的人来说太过遥远，能把他名字说全的，也就只有一些受过高等教育的年轻人了。

1981 年，黄茜在最老的一条街——新河街出生，老街属于古镇的一部分，有点类似于上海的"法租界"，某种程度上是仙市镇当地人身份的一种象征。当你说出"住在老街（gai）上"的时候，当地人或多或少都能领会到那种矜持的味道。尤其是当年读书的时候，黄茜发现那些住在姚坝村、芭茅村的同学每天往返都要步行几个小时，自己穿得也比她们更讲究，她甚至还看见过那些同学的头发里还有虱子在爬，这些更明确了她住在老街上的优越感。

在黄茜长大的80年代，古镇是一个混合居住的区域，住满了底层的个体户经营者。陈家祠堂还没有被评定成四川省文物保护单位，里面住得满满当当，和巷道两边的人家一样。大门两边则分别是粮油店和茶馆。

附近乡村的农民赶着船，从码头上岸，老街两边挤满了摆摊的小贩。这里是天然的市场。

自贡话里把"热闹"倒过来说成"闹热"，十几年前从市里"搬迁"过来的沈嬢嬢至今都念念不忘从前赶场的场面。门口的小码头边上，各种小船一字排开，远近的农民把需要销售的东西放在船上，大家就这样隔船交易。

黄家世代都居住在这里，是镇上历史最悠久的一户人家，开过栈房、酒馆、染店，能做出一种如同鸡肉一般拉出丝的豆腐干，只有同一条街的老瞎子有口福试过，那种手艺早已失传。老街上三四个门面都是黄家的，把里面设计成栈房，外面是酒馆，新河街的豆腐干熏好了就送过去给酒客们下酒。

黄茜的阿婆（奶奶）生了大女儿后，太婆（爸爸的奶奶）不让她停下纺线去喂奶，于是只能把娃儿丢进椅九儿（婴儿椅）里面，任由婴儿自生自灭。有时放得时间太久了，娃儿饿急了都抓屎吃过。

阿公早年供职供销社，同在那里工作的另外几个人想搞钱，他不愿意同流合污，那几个人就诬陷他摸了某个女同事的胸，把他押送去了牢房。

家里人没法去探望，阿公一直被关在牢房里生死不明，黄茜的姑婆是宜宾川剧院的，连夜赶回，有点社会地位的她打通关系去看他的亲哥，一见之下大哭起来，因为阿公被打得浑身是血，面目全非了。

黄家从那个时候开始就明白，他们无权无势，只是底层被随意践踏的老百姓。

"我们家里的人历来和那些当官的离得很远，从来不打交道，冤枉只有冤枉了，但历来也最恨那些当官的。"

阿公出来后只能去拾荒，养活三个子女和一大家子人。

过了些年，太公走了之后，那边刚刚送他的灵柩上山，幺外婆就第一时间找人抬石头把天井和大门封了，想着独自霸占所有的房产。幸亏阿公回来以后另外开了一个门，所以至今为止现在的家对面，一间房子是黄茜家的，一间是幺外公的（他留给了两个女儿）。而其他的产业都被幺外公败光了。

1979 年，当黄茜的妈妈谢贻会（邻居都称呼"谢大姐"）从九洪乡嫁过来，才发现黄家虽然在镇上，但生活质量还赶不上乡下，她妈妈每月都要给她一些钱补助家里。后来她的妹妹也把两个孩子托付到她家，于是两口子省吃俭用地养着四个孩子。

做了十几年知青，回来替街道餐馆炒菜的黄忠林一个月才挣三十几块，谢大姐去卖菜都能赚到一百多，于是她劝说丈夫辞职，和她一起卖腌腊制品。后来他们又从街道办事处那里租下正街最好的位置，也就是现在孙弹匠的棉花铺那个位置，那时候门口过路的人流如梭。他们后来也尝试过卖包子、馒头，卖茶叶，养猪、养羊甚至养猫卖猫等等，一切可以赚钱的生意。如果不是后来决定去重庆，他们不会把房子退了，让出来这么一个黄金档位。

由于被请来的道士坑骗，黄茜祖母的坟没找好，位于河对面的下风位，不得不接受污浊河水的冲刷，那几年家里人屡屡发病，犹如被诅咒。

黄茜的妹妹（大家都称呼黄二妹）才一岁多的时候，全身出现红点点，被妇幼保健院确诊为白血病，换了几个医院检查，粗长的管子伸进体内抽出脊髓检查。虽然自贡市第一人民医院最终判断是误诊，此后妹妹的体质也一直赶不上姐姐，个子也跟不上同龄人，父母因此更稀罕她也就无可厚非。

谢赊会和黄忠林没什么文化，一辈子只会苦干。对教育之类的事情毫无办法。但他们有着底层老百姓对孩子表达情感的最质朴方式，就是再穷也不能穷孩子的教育。多年以后黄茜才得知那些年父母为了她们读书借过多少次钱。

他们也有着严厉的家教：做人要诚实，要信守一定的传统，比如吃饭的时候只能夹自己面前的，不能去夹别人那头的菜，不能跷二郎腿，不能说脏话。

但是他们从没给过孩子们明确的信号，指引他们一定要接受高等教育，这并不是他们的错，整个镇上也都没有这样的氛围。没有书店，没有图书馆，古镇入口的那栋"古镇党群服务中心"的楼后面有个"社区图书室"，门常年紧闭。半边街上倒是有个旧书摊，上面摆放的是《毛泽东选集》《农村百事通》和《电影故事》。

根据常井项《县城中学的衰败：1998—2018》里面给的高中升学率的数据，省会直辖市的总体升学比例有 76.3%，地级市、县级市及以下的总体升学比例只有 50% 多。仙市中学也不例外。仙市中学是镇上唯一的中学，近五年以来，它的普通高中升学率为 51%，如果包括上职业高中的，则有 98%。

四个孩子里面，只有黄二妹能静下心好好读书。

在黄茜印象中，在她很小的时候，家里就开了餐馆，爸爸妈妈忙着做生意，她是四个孩子中的老大，因为妹妹身体不好，而且她又没有妹妹能说会道，所以家里所有的家务活儿都落在黄茜一个人肩上，尤其周六周日，别人都在玩，她需要背着一大桶衣服去洗。如果去得太早，天没亮透，或是天微微黑，她还要抓上一把铁渣渣辟邪。

彼时的黄茜充满恨意，也很叛逆，时常和妈妈顶嘴，把谢大姐惹急了，不管有多少人在眼前，都会让她跪下，把她打得身上全是一条一条的瘀青。

于是，她就很喜欢去住在自贡市区的大姑家，待着就不走了。她总是偷偷从仙市出发，搭乘那种顶上有个大包包的天然气公交车，颠个四十几分钟就能抵达。

从小学到初中，黄茜从未因为学习得到过任何赞扬或是鼓励，全班四十几个人，她一般都排在倒数十几名。别人不见得比她更努力，她也整天浑浑噩噩，完全没有过什么学习目标。即使她对棋牌游戏不感兴趣，但宁可放学看别人打拖拉机看一下午，也不想多翻开一页课本。

然而只要放了学，妹妹都可以和人家玩一会纸牌，她却立马就会被揪回家做永远干不完的家务活儿。她最害怕的一件事情就是妈妈去参加家长会，因为回来以后，她必定又会挨一顿打。爸爸也试着鼓励她们好好努力，但是她从不曾看见未来生活的美好画面，身边也没有什么榜样可以借鉴，像大多数镇上的普通女孩一样，梦游般地结束了九年义务教育。

她只是一直都盼望将来走得远远的，"只要不留在这里，不天天干活，去哪里都行。"

1997 年，黄二妹的初中毕业考试考砸了，英语竟然得了零分，这对于黄家人来说是不可能的事情，因为就在不久前自贡的英语比赛中，她还得了三等奖。好心人透露这是被市里某位有权势的公子换走了考卷。黄忠林去政府大闹了一番，奈何家里无权无势也没有文化，都不知道要跟谁以及如何投诉。"老百姓要想翻案不晓得好难。"黄二妹本来报考的是自贡最好的一所中学，后来被校方拉到一旁说承认她的学籍，但直到去学校报名才得知对方是按照"议价生"来招生的（所谓议价生是指学校招收的落选学生，学费面议），学费比公费要多出九千六百块钱。

那九千六百块钱对于黄家来说是不可承受之重，从此黄茜更是对地方政府、权势人物特别淡漠。黄茜的姑爷在自贡市鸿化厂，提出让黄二妹去顶替上班，黄二妹打死不干，从此更加发奋读书，考上了西南农业大学，后来去了北京工作。

姐姐和妹妹的人生似乎从此就有了分野，职高三年，黄茜除了学得一口并不完美的重庆话，忽而卷舌、忽而翘舌，其他一无所获。彼时她也并不清楚，所谓的学历和文化能够带给自己什么。

3

2021年的夏天，黄茜家的餐馆生意时好时坏，一旦穿上围裙，她脸部线条就能松弛下来，步履也显得轻盈。可惜这条街的餐馆生意渐渐如同逆风行走。整个古镇也被灼热的阳光烤得奄奄一息。往古镇东边走，路边有座废弃的建筑，那是曾经的蚕茧厂，和90年代就倒闭的磷肥厂一样，是被时代抛弃的两具残肢。这是一个没有任何支柱产业的小镇，如今除了有大一点的超市，说不出来和大的乡村有什么区别。

她选择外出摆摊，卖邻居曾庆梅拿到的T恤工厂货，两人一个乡镇一个乡镇地去赶场。二十五块钱一件，需要精准地甄别人群中的目光，抵抗无情的烈日、成群结队的蚊子和苍蝇，还得有足够的体力在原地支撑一天。

自贡的冬天酷寒，夏天暴热。这一年的七八月温度创了新高，在太阳的凶猛追逐之下，人体的一部分好像也在慢慢融化，远处看过去基本的平衡都没了，总是歪着斜着的。没有经历过此地的夏天，很难体会到"空气如同鼻涕"这样的说法，你和万物的联系都是黏糊糊的，坐久了起身，似乎都能感受到屁股的肌肤和凳子之间的粘连感。

仙市镇逢农历的三、六、九赶场（也就是北方所称的"赶集"）。地点就在仙市的菜市场周围一圈，从凌晨五六点开始，这里就人满为患。住在周围乡村的农民天不亮就要从家中出发，带上自己要售卖的农产品，沿着乡间小路赶过来。尤其是婆婆嬢嬢们，翻箱倒柜收拾好自己，使得女性的单品内卷激烈，比如这一季以大花、扎染、"莫奈风"完胜过往几季的小碎花系列……也不排除个别孃孃在大花当中"反向思维"，花中带花，大胆自信地诠释着身上的熊熊烈火，对当下所谓的潮流无丝毫的献媚和讨好。

各种各样的小推车、货三轮、小货车摆得哪里都是，汽车愤怒地以疯狂的喇叭声挤出一条容身之道。除了比平时更丰富便宜的水果、食物，也会出现一些只存在于记忆中的小贩。治疗脚气的、拔牙的、拔火罐的游医，还有的摊位上会出现中国历任领导人的画像，毛泽东、周恩来、邓小平、胡锦涛、习近平都有。但显然毛泽东的画像是卖得最好的，大概是由于在民间有个传说，毛泽东的画像可以辟邪。

农村的中老年人是如此热爱赶场，他们常穿蓝色上衣灰色长裤，裤腿沾有尘土，满是泥泞的胶鞋，沿着指甲的缝隙是一圈长年干活的灰黑的痕迹。他们基本使用现金，掏钱的时候需要翻出里面的裤子，荷包往往藏在贴近皮肤之处，像翻出第二层皮肤一样艰难。他们往往背着个装货的竹筐大背篓，经年累月，背篓的竹青色被侵蚀得通体泛黄。东看看西看看，他们最关心的无非只有一件事，能不能再便宜点？

"黄茜。"庆梅喊她，"我跟你说，你用心观察一哈，你看那种打个空手，手机也没得钱包也没得的，肯定是问起耍的，你就不用浪费时间了。"

"哦哦晓得了，反正闲着也是闲着。"黄茜说，一边笑嘻嘻地依旧招呼着所有人。

黄茜和庆梅两家中间只隔了一户人家，两人的性格不太一样，但她们都是丘陵山区磨砺出来的女孩，她们经历过相似的天灾人祸，仿佛彼此的镜像，包括水灾、火灾、冰雹、猪肉价格下跌、疫情……像她们的母亲甚至祖母一样，她们受教育程度不高，骨子里还保留着农村人的那种淳朴，也慢慢学会（只能）用直觉察觉周遭的一切，不管抓不抓得住。

　　随着集市从高潮归于平淡，随便走来一个人，黄茜的目光依旧热烈，事无巨细、赔着笑脸回答对方有一搭没一搭的询问。

　　问她为啥这么拼命，黄茜说她没有办法，都 40 岁出头，才发现自己一无所有。她没有属于自己的房子，没有车，就连存款，也只是老公在浙江那点拆迁安置补偿费，一共二十万，还都借给了妹妹装修房子。

　　再过两个月，黄茜的儿子就要去重庆读初中，一学期一万六的学费，一个月最少需要两千到三千的生活费，也就意味着她要找一个月薪至少五六千的工作。

　　1997 年，古镇外面的新街慢慢开始开发，房价从三百六十元一平方米涨到三千八百元一平方米，这是黄茜一家不可企及的数字，如今的黄茜只能和父母住在新河街的老屋，楼下是餐厅"轩然居"，楼上就是一家大小住的地方。但这套房子也是公房，每月需缴纳八十元的租金。巷子对面有一套她家的老房子，没钱装修，还是明清时期那种穿斗式木构架，用编竹夹泥墙进行空间分隔，推开灰白破旧的木门，破烂开裂的泥地上，有一群臭烘烘的鸡在昂首挺胸地漫步。

　　吃了中午饭，正街、新街子、新河街，所有敞开门的地方似乎都传来阵阵麻将声。老的少的男的女的都汇聚在一起，街上碰到，寒暄语并不是"吃了吗"而是"昨天赢了多少"。

他们会把舍不得买闲七闲八的东西的钱，投入到这唯一的娱乐活动中去。

黄茜并不喜欢参与这个镇上的大小事务，她说："自己的事都忙不过来。"不打麻将，不和任何孃孃说闲话、拉家常，她只把视线放在比较近的地方。有一次问她白鹭叫起来是什么声音——那些白色的大鸟每天都会飞过她家的窗前——她摇了摇头，迟疑地说："反正不是清脆的。"

她喜欢看一些抖音上的励志语录。类似于这一段："独来独往的女人内心有多强大，你根本想象不到，她有独立的判断能力，这种能力不会受到任何外界的影响。"她想尽一切办法赚钱，除了开饭店、摆摊，她还接了市里的一个活儿，挨家挨户地去药店看看缺什么货，老板需不需要补货。她一股脑交了两万多的押金，只有把药都分销出去，才能把本钱拿回来，然而断断续续半年的时间，她皮肤晒得黢黑，也未能赚到什么钱。

7月中旬的时候，新的一轮疫情还没有爆发，但整个古镇也没几个游客。"轩然居"的位置不在人流量最大的正街。那一周黄茜只开了两次门，接待了三桌客人。其中有一桌成都的游客很晚才跨进门，几个男人吵吵嚷嚷地闹了一晚上，酒还是自己去隔壁酒厂打的。直到深夜十二点，整个镇子早都昏昏欲睡，沈孃孃家那两条敏感的狗都不叫了，他们喊一直打瞌睡的黄茜结账。这个时候她仔细算了算，才赚了一百多。

摆摊也好不了多少，从隔壁的瓦市镇到沿滩区中心到自贡市体育场，有一次她们整整一天才卖出去四件衣服，而这就是她整天看上去都焦躁不安的原因。

她倒也没有时间抱怨，有段时间她报了一个理财的线上课程，想弄明白自己为什么会越来越穷。"你不理钱，钱不理你。"她说这辈子连一万块钱的现金都没有见过，气泡水都不舍得喝一瓶。她都不敢去参加同学聚会，"想当年就我家是在这街上的，条件比别人都好，现在为啥子混成了这样？"

4

屋前的那棵芭蕉，叶子轻轻摇曳，时不时就能听见苍蝇、蚊子、蜻蜓嗡嗡作响的声音。黄茜已经起床干活了，衣服泡在水池里，菜也买好了，她站在窗户面前，地平线被乌黑的云团压得越来越低，似乎预示着大雨将至。

这里的土地似乎总是敞开着怀抱，如同窗户前的这几棵植物，只是当初随随便便滚进泥土的种子，任何预期都没有，在污浊的雨水、暴虐的天气中，也能无声无息地活下来。

当年在职高攻读文秘专业两年半，她除了双抠（纸牌的一种玩法）的团队作战秘诀，什么实际的东西都没有学到，连基本的待人接物都不懂，也不知道如何为自己的前途打算。

1998 年的重庆，好一点的单位都需要本地四区两县的户口，黄茜不想回自贡，也不知道自己的去处，就跟着同学去了要求最低的卫生部招待所金卫宾馆。第一个月实习结束，拿到二百五十块钱的她失声痛哭，经理听闻连忙把她找过去，自掏腰包补了一百块钱，劝慰她继续留下。

黄茜对所谓的前途没有一点概念，她只是贪恋宾馆所在的位置，在重庆的市中心，隔壁就是大礼堂。拖地、洗床单、洗茶杯，下班之后昏昏欲睡，有时候约着同事逛学田湾夜市，隔壁大礼堂广场里面坝坝舞的音乐一响起来，混进各个年龄的行列中比画几下，会有种错觉，仿佛她也就是这个大城市的一员。她还年轻，那里仿佛代表了一个和从前不同的世界，没有庸俗的婆婆嬢嬢，道路也不狭窄，过了晚上七八点，四处依然灯火通明。

两年多之后，因为受不了领班的挑剔，她跳槽去劲力酒店待了几个月，发觉不习惯，又重新回金卫宾馆待了一年。

黄茜和职高的同班同学一起进的宾馆。她为人踏实、做事勤快但却爱憎分明，对那些偷懒的人特别看不上，当下就恨不得把"讨厌"两个大字写在脸上。一同去的同学人际关系却处得比她好，提干也占了先手。黄茜频繁跳槽的那段时间，恰逢宾馆办了一个医生护士的考点，宾馆原本就属于卫生局直属，有正式员工的编制，同学抓住了机会，作为优秀员工直接提过去转了正。

同学在里面干了十几年，越干越好。漂来漂去的黄茜眼睁睁看着同学月薪涨到现在三万多，年终奖都是十几万。同学之前交往过一个湖北的男朋友，还倒贴钱给他用，最终惨烈分手，但很快就在 QQ 上聊天认识了一个男孩，两个人在一起，恋爱结婚。男孩后来开了个财务公司，两人至今在重庆买了六套房子。说到底，别人就是比她更有勇气尝试，"我就是不懂得，当初选择太少了。"

2004年黄茜又回自贡卖了一年的手机，然后再回到重庆，去王府井卖莱尔斯丹的鞋子。

虽然穷，黄茜说自己从来没有遇到过挫折，这使得她对于卖鞋的经历刻骨铭心。一个也就十七八岁的店长，数落黄茜"拉客"的时候吆喝的声音不够大。因为自尊心，黄茜当场就热泪滂沱。

那个时候已经23岁了。她对太多东西一无所知，不管是书本上的还是人情世故。刚到学校的时候，父母叮嘱她说带过去的冷吃兔自己留着吃，不要分给大家，而她在很久之后才琢磨出来，这就是同学们不喜欢和她玩的原因。

黄茜也用了相当长一段时间克服内心的自卑感。开学第一天，她的自贡口音就被人取笑，那些分不清平舌翘舌发音的同学对着她说："我是（zhi）贡的～。"她的口音在不知不觉变化。到后来调岗到卫生服务中心的时候，她想去找领导说自己想去，但怕领导说自己学历低，会被拒绝，于是错过了机会。

1999年，隔壁班美术专业的同学来宾馆探望黄茜，她是宜宾的，紧挨着自贡。黄茜喜出望外，中午带她去吃食堂，一路叽叽喳喳各种叙旧。

"那个，黄茜你能借给我五十块钱吗？我找工作没有钱，过两天就还你……"

"啊？那你够不够，我多拿五十给你吧，万一不够怎么办？"黄茜给了同学一百块钱，她自己那时候工资也才六百多一个月，没有手机没有电话，同学从此消失于茫茫人海之中。

所有来自小镇的人生经验到重庆都被打碎，然而新的经验教训并没有灌输进来。黄茜不算爱看书的人，镇上曾经有过的书店三五年就倒闭了，从前那种口述耳传的思维不管用，于是她就只能闭着眼，平静地接受命运的安排。

宾馆有年被台湾重庆同乡会包了下来，有个70多岁的老爷子住了一个多星期，走的时候找到四层的服务员，给了一个大姐和黄茜各一百块钱的小费，他退房的时候黄茜正好休息，就让大姐转交。次日上班的时候，大姐只给了黄茜五十块，她还满心欢喜地放进荷包。

再过了一个月，老爷子又来重庆，黄茜去和他打了个招呼。他就问："给你的小费收到了没有？""谢谢，收到了。"他又多问了一句："你收到了多少？"黄茜回答："五十。"他说："不对啊，我明明给的是一人一百，一共两百。你等着，我去问她。"黄茜连忙阻止："算了千万不要，那样子会影响我们之间的友情。"

老爷子姓余，是泸州人，当年抓壮丁去的台湾。他是医生，大儿子在美国，一个女儿是远东集团的CEO，还有一个女儿也在台北上班。他的弟弟是泸州老窖酒厂的厂长。

老爷子要送黄茜衣服表示感谢，黄茜坚决不要。"你这个哈儿（傻子）。"他就没有见过这么单纯的人。就这样，"余伯伯"对她很好，像对女儿那样关心黄茜，从台湾给她带那种长得像打火机的防身武器，用来喷辣椒水的，还去见过她父母。老爷子也时常送她小礼物、教给她人生道理，让她睁大眼睛，帮她辨别追求者的好坏……后来黄茜干脆就拜了他做干爹。

"其实一开始也有过疑问，这个世界上怎么会有人平白无故对你好？"那年的黄茜19岁。

一年多以后，老爷子在台湾，很少过来了，黄茜没有手机，只有传呼机，也打过几次电话过去询问他的近况。一次打过去，他大概病重，嗓音像是生锈了似的，"咿咿呀呀"听得费劲。最后一次打过去，是干妈接的，她说："他已经过世了。"

　　生活便又如故。每年的一二月份，河对岸的小斜坡，油菜花开得一片金黄，七八月份，甜蜜多汁的甘蔗成熟、收割。从轩然居的窗户望出去，四季井然有序，坐久了也会听见白鹭的声音，风会吹过它们的羽毛，它们也会周而复始地俯冲、捕食，发出并不清脆的叫声。年年如此，人生似乎落入到一种毫无新意的秩序之中。黄茜从那时开始，再也不会做那些无意义的梦，她觉得自己但凡动了一点点"贪念"，哪怕对当天的工作提成有了预期，也总是事与愿违。

　　后来有同事跳到商场，黄茜也跟着去做了名牌包包的销售。那两年月工资勉强也能拿到四五千。

　　做销售除了辛苦，似乎也没有什么烦心事：上班时间是从商场开门起，也就是从早上十点开始，忙到晚上十点。没有沙发或者椅子，就那样干站着，微笑、解说、卖东西，工作就是这样平淡，然而回忆起来却是实实在在单纯的快乐。

　　"现在才知道单身有多好，每个月的工资除了房租，想吃啥就吃啥，都是花光了的。"

　　那几年的单纯快乐是和婚姻的强烈对比所得出的结论。黄茜读书的时候也看过琼瑶小说，憧憬过未来的恋爱，她不知道"他"具体什么模样，但至少应该是不抽烟、不喝酒，有上进心，有一定的工作能力，再有点文化，和她互补一下……她觉得自己一定会是个贤惠的妻子，把家里照顾得无微不至。

那时候她主要负责宾馆的四楼，尽头是个会议室。有天发现某单位租下了会议室搞电脑培训，那是"全民普及电脑办公"的一年，培训老师有时候停下脚步，和黄茜摆几句龙门阵。

黄茜偶尔也会懵懂地想想，自己要是会用电脑，将来会不会也用得上。没想到却是培训老师主动问她："要不要学一下 word 办公系统？"她摇头："我这点工资，哪里付得起学费？""不用不用，我免费教你。"培训老师说。

重庆的黄昏，日头藏在雾气中，像个污浊的咸蛋黄，每天下班之后，黄茜都随着培训老师一起学习，把手指按在键盘上，听那种"哒哒哒哒"的敲打声。

两周后的一个晚上，培训老师问她："你要不要考虑和我在一起？我们公司要派我去南京，我可以为你留下，或者你陪我一起？"

黄茜脸部微微发烫，她对这套程序太陌生了，对眼前这个大她六岁的男人也太陌生了，这应该就是生命中收到的第一份正式的表白……她沉默着，在这令人心神不宁的灯光中，她只是仙市镇上的那个自卑懦弱的黄茜呀……

5

几年过去，不知不觉，黄茜就 27 岁了，周围没有一个人是单身的，此刻她才发现之前想的那些标准有多么不现实。

单身这件事情，只要不回到镇上，其实不算问题。家里的亲戚给她介绍过好几个，最后姨爹给她介绍了一个在鱼洞街上补轮胎的浙江人张水宝，比她大五岁，单身。对方的中间人说："将来他家里要拆迁，而且人家有手艺。"

两人介绍见面之后却再没有联系。黄茜去姨爹家吃饭，姨爹追问她两个人处得怎么样，黄茜说没有联系，姨爹又去问了浙江人的哥哥，两个人这才又开始见面。

张水宝不修边幅，头发很长，邋里邋遢，瘦且高，T恤长过了腰，晃来晃去像个牵线木偶。

黄茜完全不懂什么是爱，也不懂女人应该怎么选择……过去像一本空白的教科书，将来其实也还是。"从来没有人教过我，直到现在都觉得自己是一只（做）梦（的）虫子。"

黄茜陪着妈妈去检查身体，接到张水宝电话："你在哪儿？""你在哪儿？""我在医院，被车撞了。"她怒吼："你遭车撞了？我还在医院呢！"挂了。

第二天又接到他的电话："你在哪里嘛？"反问回去，还是那句："我在医院。"黄茜意识到这不是玩笑话。

原来张水宝在街上走路，被一辆疾驶的长安车撞到飞起，甩了很远，软组织受伤。他开始频繁给黄茜拨打电话，就好像他挺不过第二天。

黄茜买了点水果去看他，两个人默默地坐了一会儿。

走的时候他一瘸一拐，把她送到了车站，因为伤口疼痛的原因，双手还环抱在胸口，她说，你赶紧回去不要送我。

车站需要跨越一条公路，黄茜过到对面，走了一段路，从车站回头望过去，那个环抱胸口的男人还在远远望着她。

黄茜心里一动。

2008 年，两人结婚了。没办酒席，没有蜜月，没拍婚纱照，连个结婚戒指都没有买，婆家给了一个一千两百块钱的红包。

有手艺傍身的张水宝没什么积蓄，黄茜倒不觉得意外，因为谈恋爱的过程中，她意识到这个男人似乎缺乏改变生活所需的勤劳和坚韧。补胎的生意很好，铺面里堆满了待补的轮胎。但因为是技术活，没人能帮上忙，一个人从早到晚最多可以补十二条，每条东风车轮胎能赚一百块钱，收入除去成本，大概做两天能赚六百块。轮胎补完一批结了钱，客户才会给下一批活儿。然而他也就慢慢悠悠做，倘若客户不催，就歇两天；客户催促紧了，再继续慢慢做。

让黄茜不满的除了"不求上进"，还有他的"没素质，满嘴脏话"。从谈恋爱的时候他就最喜欢说"鸡巴"，她皱着眉头威胁他说，再这样就和你分开。这个毛病后来倒是改掉了。但其实从那个时候开始，她心里就隐约明白，这个男人不是自己想要的。

但是她太随遇而安了，不懂得一个选择就可以让命运拐个弯。

周围的人开始你一嘴我一句地劝她："男人有了孩子以后，就会有责任感，有上进心了。"她没有避孕，果不其然很快也就怀上了。

黄茜从没因为怀孕得到过更好的优待，刚刚怀上的时候，两个人在租来的房子你一句我一句，越说越动气，张水宝也完全没有退让的意思。她嗓门大、语速快，被惹急的张水宝"哐当"一下把开水瓶的内胆扔了过来。"还好没有砸到其他人。"

两个人租住在重庆南山附近的一套房子里。张水宝不舍得买洗衣机，他的理由是"买了以后就相当于白白送给房东了"。张水宝会帮黄茜洗洗衣服，除此之外，黄茜如果夜里想喝点水，他都会嫌麻烦，不愿意伸手帮忙。黄茜发现自己身体最大的变化是半夜那些突如其来的饥饿感，她不敢指望男人，于是给自己买了一袋无糖的黑芝麻糊，饿的时候给自己调上一碗，坐在黑暗的客厅里，一勺勺慢慢吃完。

　　怀孕到第四个月，他们还是摩擦不断。有天和张水宝吵了架，黄茜索性跑到妈妈那里去，妈妈让她留下，给她做饭，四处淘换补身体的土鸡，一直照顾她到出月子。

　　生孩子的时候，黄茜去西南医院待产，痛到下半身失去知觉，医生问她要不要选择无痛分娩，一听说麻药要花一千多，黄茜心里盘算了一下，摇摇头。

　　儿子生下来没多久，在抚育孩子的过程中，她都是夜半三更独自一人应付，后来又是妈妈帮忙。刚刚生完不到一周，因为太辛苦，妈妈甚至还得了急性尿结石，痛苦不堪。而她既没有感受过张水宝的协助，也没有得到过他经济上的支援。黄茜第一次认真地考虑离婚。

　　男人的那种"得过且过"，把温水变成了冰水。两个人也完全无法沟通，她试过，但不管说啥子，说多少，甚至大吵大闹，都像扔了块石头到河里。张水宝的惯常回应就是不看她，不说话，连他身体里那个人还在不在面前都不能确定。

　　结婚没多久，张水宝预估她一定回自贡过年，就提前回来。结果黄茜初二回来，初四就走了，一句话都没和他说。就连父母亲都看出来了他们之间的冷淡，问她怎么回事。然后不出所料，相信"命"的妈妈劝她打消离婚的念头。那也是黄茜第一次因为婚姻的问题抱怨："都是因为你，当初为啥子不拦着我，我又不懂！"

儿子快要上小学之前，张水宝在重庆赚不到钱也不想去赚钱。他每天天亮就去茶馆，坐到中午才回来，掐的点刚刚好，都是黄茜把饭做好了，他就迈进了家门。2015 年，黄茜下定决心在外面租了个房子，和房东谈好一千五一个月，一点点把家里的东西搬过去之后，她终于敞开了和他谈。

"老张，求求你，我们两个离婚吧，和你看不到希望，外面房子都租起了，嫁汉嫁汉，穿衣吃饭，你给我买过啥子？就连娃儿的衣服都是我买的，生活费都是我在出，一直都是我自己养自己，我何必跟着你在这卡卡角角（旮旯儿）。"

黄茜建议，让张水宝把儿子带回浙江，她每个月付生活费。结果他说："那我过完年回仙市和你爸做餐馆生意吧。"

最大的一次危机就这样暂时解除了。

那个时候她并没有想到，回来以后，做了两年稍微顺利的生意后，一切又开始直线下降。张水宝遇到事情不知道处理，只知道流眼泪。这点让她打心眼里瞧不起，"有时候一个家做一个决定，也不知道是对还是错，总需要有人和我一起商量呀。"

儿子需要读书，需要生活费，需要从初中一直读下去，而不能像她一样没什么学历，所以她哪有什么时间去伤心？争分夺秒地赚点钱不好吗——这大概也就是过去三十年来，黄茜解决问题的方式。

黄茜和张水宝如今过得就像同一屋檐下的两个陌生人。她没有时间和精力再去和他沟通。现在两个人吵架都懒得再吵了，虽然长年累月在一张床上，但都是各睡一头，各盖上各自的被子，比拼床的室友好不了多少。

偶尔有朋友在她家坐坐，张水宝也不吭声，埋着头，刷着手机里的快手视频，插不进话的时候，也就说一句："我去河边走走。"黄茜觉得，他之所以在这里也交不到朋友，连麻将都很少打，就是因为心高气傲，觉得自己是浙江人。

小镇太小了，就是中国那种最普通的镇，商品房最高也就修到六层，还没有电梯。古镇也无非就三条半街（古镇外面的新街都是1997年扩建的），镇上每个人都认识每个人，每个人都知道另外一家的风吹草动——压在玻璃框里的照片、偷偷约会的对象、热在锅里的剩菜——一阵风就足以把隐私传遍镇上的犄角旮旯。

2022年，黄茜已经结婚14年了，儿子13岁。在黄茜在镇上长大的年代，发生在女人身上的一切都有可能会被各种指指点点。"不想待在镇上，就是因为周围的人太喜欢说人的是非了。"

她肯定没有比父母在乎所谓的"名声"。按照谢大姐以前的说法，"只要不离婚，啥子都可以解决。"她的整个大家族中，从来不曾有人离婚，她身边唯一一个离婚的朋友，是因为人长得太胖了，个人卫生习惯特别不好。"从认识她的第一天，她就大大咧咧、不拘小节，吃什么东西都会吃得油汤滴水（四处洒）。衣服上永远是油渍，而她老公提出离婚的理由是她生不出来孩子。"

最近一次提离婚，张水宝要求把他拆迁得来的二十万归还给他，而那个钱基本就是孩子读书的钱。也许这就是他拒绝离婚的一种托词，但黄茜的经济尚未独立，两个人之间永远缺乏那个成熟的时机。

有一天黄茜把衣服放进洗衣机，突然想起 20 岁的那一年，她在商场卖包包，当着所谓的"柜姐"，她每天上班都爱穿一件平整的衬衫，晚上回去，衬衫会单独清洗，而现在的洗衣机里——外套、上衣、内衣、裤子、袜子全都混在一起，也不分颜色和种类——从精致到混乱，这个细节带来的幻灭感无疑让她感怀自己被婚姻毁灭的生活，思忖至此，黄茜不由得悲从中来。

6

按照通行的城市规模划分标准来衡量，自贡显然只是个五线城市。仙市古镇离自贡市区有十一公里，常驻户籍人口四万一千多。

1992 年，仙市镇被省政府批准为四川省历史文化名镇，仙市小学的校长李毅至今还记得 2001 年的"古镇第一届风情节"，那也是小镇热闹起来的肇始。2018 年 3 月，自贡市仙市古镇景区正式晋升为国家 4A 级旅游景区。但它的名气大多流传于四川境内，远远够不上自贡的灯会和恐龙化石的级别。

自贡开往成都的高铁在 2021 年的 6 月 28 日开通。高铁站就在仙市镇的蕉湾村，离镇上仅五六分钟，一年的时间，到发的旅客人数达到近 190 万人。黄茜和镇上其他做餐饮的人一样，对高铁的开通抱有过不少的期望。在接踵而来的"五一"和"十一"假期，确实也有过那么一小段的"回光返照"，但是把这两个假期赚来的钱分摊进全年惨淡的营业额里，连一小块薄饼的皮子都不够。

在黄茜回到镇上做餐饮生意之前，她离开小镇有二十年之久。她带回来了老公、七岁的儿子，一家人才重新做起了餐饮生意。

也不是没有过几次"赚钱"的机会：一是1997年涨大水，把镇上的房子淹过之后，政府询问大家要不要把住的公房买下来，"也就一千块钱左右，那时候哪有这个意识"。然后就是做服务员的时候，有上海的客人撺掇她跟着去学糕点制作，但因为年纪小，不敢相信陌生人，不敢跟着外地人走。最近的一次就是她老公因为浙江的房子被占拿到的补偿款，但她把钱借给了妹妹装修房子，收回来的一部分钱给儿子付了外地转校费和其他各种费用，另外一部分在一个新开的小超市占了一点点股份。

黄家似乎陷入了"赚钱—没钱"的旋涡，有时候吃苦是仙市人生活中最不重要的一部分，就像隔几年就会偷袭四川的地震，跌宕起伏的生活反而真实。

2007年，黄家一家人都在重庆，黄二叔给亲戚帮忙做饭，谢大姐独自一人在空港开一个小卖铺，眼看着小卖铺的生意蒸蒸日上。有天晚上谢大姐进了两万多块钱的烟，次日一早，有人敲门让送两箱矿泉水到路口，谢大姐很高兴，锁好了门"哼哧哼哧"搬过去。回来的路上走到一半，远远就发现卷帘门透出一条缝隙，她心想大事不妙，冲回去一看，楼下的烟都被搬走了，抽屉里的两千多块现金也不翼而飞。

2016年，黄家回到仙市，一开始生意不太好，"五一"没找到钱——隔壁两家餐馆纯利润超过五千元，比黄茜家的营业额都高，全家商量了一下，觉得可能是因为店面设施过于陈旧，于是咬牙借了十几万，重新装修了一下房子。那年的"十一"，他们总算赚到了一点钱，又恰逢儿子上小学，因为是浙江户口，择校费花了一万二，找关系又花了八千。

儿子十岁的时候，黄茜才第一次随张水宝回了趟浙江老家。来回又花了一两万。黄茜并不是一个对生活充满野心的人，只希望张水宝能对家庭多承担一点点责任。

当初别人都需要出去四处收轮胎拿回来做，只有他的生意好到轮胎堆到房间里，可他永远都被客户推着走，也不懂未雨绸缪。后来片石厂不让开采，而且不让超载，只拉半车，轮胎不容易坏，生意就开始一落千丈。

黄茜怀孕之后三年没上班，过的都是紧巴巴的日子，每次交房租的时候，张水宝就补几个轮胎出来交房租。他从来都没有过生活压力，整天泡在茶馆，和老头老太太打一块钱的麻将，并且乐在其中。

黄茜对于钱最大的想象，就是能够有一笔五十万的存款供孩子读到大学。其他的自己足够生活就行了。她像许多生活中的"失败者"，因为遇到过太多失望，连许愿都不敢。"大概就是那句话，贫穷限制了我的想象。"

贫穷也让生活失去了所有的质感：偶尔游客多的时候，黄茜也困惑于他们的一惊一乍，尤其那些举起单反相机的人，感觉他们对什么都充满了好奇，拍台阶、拍昙花、拍猫狗，黄茜可以长久地坐在木板凳上，一动不动地看着手机，谁也不知道她在想些什么。

1998 年，收拾客房的时候，黄茜捡到过一包美金，一百一张的，那是捏在手中的最沉甸甸的实物了，数数怎么也好几万吧，她也没想那么多，把钱上交给了经理。

就连想象中的奖励都没有，失主也毫无表示。换来的更多是同事们的嘀咕："也没人知道，把那钱一卷，辞职了不就行了？"她听见她们在背后指指戳戳。

"是不是傻？"

7

最近这两年，黄茜的脑海更加频繁地浮现出"离婚"两个字：黄茜去跑药店，张水宝在睡觉；黄茜摆摊，张水宝在钓鱼；黄茜在家做生意，张水宝在河边散步……这个家里，张水宝好像总是缺乏存在感。

当年刚刚办完结婚证，盖了章，从婚姻登记处的二楼下到一楼，黄茜就被张水宝一句话气得跳脚，拉住他：走，去离婚。

有一年的清明节，张水宝因为和黄茜怄气，在床上待了一整天，什么事都不做，也不去厨房给客人做菜，到了晚上还是隔壁的张三孃把他叫起来帮忙的。

两个人之间似乎被磨得连亲情都稀薄了，张水宝去重庆打工三个月，两人之间一个电话都没有。唯一的交流就是在微信上说过一句"娃儿打疫苗"。还有就是他在超市上班很累，不想干了，然后老板说要给他加工资。

有一次他不知道用啥技术——那时候黄茜用的还是苹果手机——就查到黄茜的定位在华商（自贡最繁华的商场）旁边的酒店。

"其实当时我是和同学吃饭吃了很久，结果我回来，他就和我大吵一架，非说我去开房了，冷战了好多天。"

2019年，谢大姐去了北京给黄二妹带孩子，张水宝对黄二叔有时候连个招呼都不愿意敷衍。一次也是张三孃过来坐，黄茜和她闲聊，提了几句家里的事情，觉得张水宝对黄二叔不够好。张水宝在隔壁屋听见了，冲了过来。黄茜没反应过来，就被高出自己一个头的男人掐住脖子按到靠窗户的板凳上，那一瞬间她反抗不了，整个身体倒在半空，呼吸不了，只有一个想法："从窗户那里跳下去，干脆摔个瘫痪算了，必须让他敷汤药（负责任），反正这一辈子也没过真正的快乐。"男人稍微手松一点，黄茜一起身，打算拿一个凳子砸过去，男人又死死掐住了她的脖子。

这事之后，黄二叔破天荒地问黄茜："你俩是咋子打算的，如果还打算在一起，就好生点过。"

黄二叔是这镇上难得的好男人：不抽烟不喝酒，不喜欢打麻将，也从不家暴，甚至还有点"耙耳朵"。他和谢大姐也偶尔吵架，但几乎可以说是模范夫妻。

多年以后当黄茜一次次抱怨父母从未给过自己任何人生建议，也没能在自己无助的时候支撑着自己时，谢大姐十分委屈。他们那个年代基本都是父母之命，媒妁之言，一辈子方圆几公里的范围生活，他们也不知道如何去帮助女儿经营自己的婚姻。

张水宝偷偷记下了黄茜的手机密码，有天晚上，妹妹突然问她和姐夫咋子了，她这才发现张水宝发了个截图在整个家庭的微信群里，那是一段对话截图，有个暗恋她很久的人向她表白，而她婉言谢绝了，

"我们都是有家庭的人，这样不太合适。"然而截图恰恰是对方表白的那一部分。

黄茜一生中从来都不曾体会过爱情的甘美，她就像那个时代大部分的中国女性，一经得到他人的赞美就连忙摆手，只要有一点点善意，她就能感受到很多的照拂。那个表白的男人从小就认识她，知道她回了古镇，见过一面，了解她的勤劳和善良，偶尔也向她倾诉一下生活中的点点滴滴。

一切也就到此为止了。黄茜是在闭塞的传统教育中长大的一代，夏天的时候连吊带裙都从未出现在她身上，她从未想过用"这种方式"来改变自己的生活。

谢大姐也见到过女儿身上被打得黢青的样子，所幸后来张水宝搬来和他们同住，他毕竟"寄人篱下"，再也不敢动手。而他们似乎也就对此安之若素。

2022年春季的一天，不知道为了什么，张水宝又和黄茜吵了起来，他始终怀疑黄茜在背着他和别的男人勾搭，而他所有的疑心和委屈都变成了他的一顿没有任何证据的指责，他使用了最低俗的语言，形容自己的老婆被别的男人搞了……古镇的老房子不隔音，走人户的黄茜爸妈回家的时候，脸色气得铁青。

那也是近年以来黄茜和丈夫冷战时间最长的一次。然而两个月过去了，张水宝即使想方设法和她拉拉家常，缓和一下两人的关系，也仍然不为自己的信口开河、胡说八道而道歉。

黄茜其实只剩下最现实的考虑：养育孩子的成本。但现在每次去市区找工作，所有的招聘广告都要求25到40岁。她从小接受的就是那种"棒喝式"教育，从来不奢望从父母那里得到任何鼓励，谢大姐的口头禅就是："你咋子啥子都不得行?！"她也一直都觉得"自己就是个普通的农村妇女"。

一个从来没有得到过鼓励的小孩，就算曾经在自家的茶馆被人夸，也都会觉得是客套话。在她眼中，那些真正长得漂亮的，不仅在班上老师更喜欢、更占优势，工作都好找得多。她一度以为自己长得很丑，这段婚姻给她的打击更是加深了这种自我暗示。最近去参加一次同学聚会，有个同学跟她说以前把她当"班花"，"我都说天啦，简直是乱说!"

她完全不化妆，甚至可能连防晒霜也没有涂抹，没有涂指甲油，也没有现在时髦一点的女孩都会接的假睫毛，大部分时候她就任由疏淡的眉毛留在脸上，连补全它的欲望都没有，仅有手腕上戴了一个特别简单的银镯子，那是她在广西旅游的时候顺手买的。

以前重庆的职高有个同学，毕业的时候一起去应聘。"我们这种长相普通的就只能做服务员，她长得漂亮，去做了前台，工作轻松，认识的人还多，找了个公安局的人结婚生了孩子，后来给她找关系调到招商银行。虽然她现在离婚了，但是有个好工作养活自己，又认识那么多客户，想和谁在一起就和谁在一起。"她觉得，"这样的生活方式挺好的，女人就应该这样活着。"

"其实这么多年我很清楚，自己不是能力不行，我骨子里面一直不服输，和那些大学生一起做培训的时候，我也不输给她们，只有英语比不上。"黄茜说，"我一直都觉得，我真的就是缺一个引路人。"

黄茜一点都不担心她独自生活的能力。每年临近春节的时候，她都会动手做一些香肠，她会特意去菜市场买猪前腿（肥瘦根据个人口味），将猪肉切成长肉条。猪肉里调入油、盐、糖、味精、白酒、花椒粉、辣椒粉。将猪肉同调料搅拌均匀，腌制2个小时左右。把猪的小肠衣用适量盐、料酒抓匀，腌制片刻。清洗两次过后，把肠衣灌在灌肠器上，然后往灌肠器入口里灌猪肉。灌好的香肠静置，腌制24小时左右。用温热水将香肠冲洗几秒钟，立即挂在通风处晒太阳。一般需要十几天，晒至八成干即可放冰箱冷冻室。晾晒干的香肠，洗净，蒸熟。蒸熟的香肠切片即可食用。

做这些四川的地道香肠，对黄茜来说是再轻松不过的事情，顾客都说她的香肠麻、辣、甜、香，几片就能配上一碗米饭。面对赞美，她都是摇摇头："勒个好简单哦，镇上哪个女的不会做嘛？"

那天她接待完一桌熟客，一个每月都过来吃一次饭的朋友结账的时候轻声地说："学聪明点啊……"她想了很久都不知道啥意思。等下次客人再来的时候，黄茜追问他，客人喝了几杯烧酒，这才解释说："学聪明点，要想过得好，该离就离啊。"

8

黄茜见证过2016—2018年仙市古镇的热闹。镇里数量最多的就是餐馆，黄茜的"轩然居"也是其中一家，生意最好的时候，比起几家大餐馆（尤其是镇上的"五星级酒店"盐帮客栈）不算什么，但也实实在在感受过赚钱的快乐——那时整条街热浪滚滚、人头攒动，就好像是金钱响动的声音。

"有选择就好了，这是一个人的命。"

她信命吗？从她家往边上走二十步，就是香火鼎盛的金桥寺，镇上的人总说是因为这个寺庙保佑了他们，1997 年自贡遇到五十年一遇的大水时，古镇才不至于灭顶。

而黄茜从来没有去拜过，她不敢许愿，她说自己"没有那个习惯"，她也可能只是单纯地不相信自己的生活中会发生任何的奇迹。

80 年代末期，镇上就有年轻人陆陆续续外出打工，回来在家里上班的比较少。只要留在这里的，上到 80 岁，下到 20 岁，个个都勤劳能干，做饭、洗衣服、带娃、打扫卫生，甚至是帮娃带娃、下田，都不在话下——对于绝大多数出生底层的人来说，日常生活中的陷阱，已经比其他什么都更艰难了。

在 41 岁这一年，黄茜已经觉得自己"完全不年轻了"，却依旧一无所有。有个重庆的朋友告诉黄茜说："慕思床垫的销售，起码有五千底薪，还加提成。"她念叨着："那样子租房子加生活如果我花个两千多，剩下就可以给儿子攒起来了。"

在她一遍遍考虑要不要换个城市、换个工作的时候，赚钱计划里面完全没有她的男人。

8 月 16 日，黄茜拎着行李箱，陪儿子出发去重庆读初中，原本是 9 月 1 日开学。由于疫情的蔓延，学校规定学生本人和陪同家长出示核酸检测之前，还需要在当地居住十四天以上。

她生命中唯一的亮光只剩下这个儿子了。还记得那一年生产之后，她完全没有意识到自己已然成为母亲。护士把孩子抱过来的时候，只觉得陌生、茫然。如今孩子叫一声妈，她生命都可以交付。儿子的教育就是生活中最大的事，每当看到老公只知道骂脏话和棍棒伺候的时候，她觉得儿子就像她自己一个人的。

待了一天，朋友给黄茜介绍了几个商场的销售工作。她一一面试，和慕思在重庆的分部谈妥待遇，便以最快的速度租下了附近的一套房子，开始"上班—下班—周末看孩子"的固定生活。

年底的时候，也就是仅仅三个月之后，她又不得不回来，再好的品牌，也禁不住疫情这座大山的压迫，实体店的生意堪忧，新开的大商场门可罗雀，从前做这个品牌的销售，月收入轻松上万，而这一年她们同一批招进去的销售，因为拿不到提成，赚不到钱，统统都撤了。

在慕思三个月，每月的收入分别是：1100元，3500元，1700元。

再次回小镇的时候，她脸上倒也没有想象中的沮丧，反正一直处于生活的低谷，已经习惯了。横亘在她面前的，依然是半年前她整天焦虑的两个问题——没钱、想离婚。

那些一同长大的小伙伴，王丽在自贡帮忙卖电器，因为妈妈卖饲料，很能赚钱，倒也衣食无忧；表叔的女儿婷婷，被做厂长的爸爸一路"安排"，读了川师大，现在在新津县政府里面做管理；瞎子的女儿，在镇上唯一一家服装厂上班；还有张娟，在车站榨油（把菜籽榨成菜油）减轻她妈妈卖凉水、冰粉的负担；掰着手指头算来算去，只有开婚纱影楼的秋子成了女强人，但她经常凌晨起床半夜回家，把自己累得像只丧家之犬，还要被她那个从没有家庭责任感的老公拖累……

想了半天，班上的同学里面，唯一一个走得远的，只有中学的班长，他妈妈是姚坝中学的老师，他读了个什么专业学校，毕业后分到锦州的铁路部门，现在调到沈阳去了。

"都是关系当道，我们（和我年龄相当的）这批人（十几个）没有哪个家里条件有多好，也没有哪个好有出息的，或者说婚姻家庭都不好的比比皆是……"

来找我诉苦的那天，我的视线碰巧越过她的肩膀，看见对面做道士的韩三爷拿起叉棍，把一只猫从房间里赶出去。

"畜生！"他咒骂了一句脏话，"滚出去。"

那只猫看来吓得不轻，背脊弓起，毛乄起来像个刺猬。想起黄茜第一次和我聊天时就表达过对猫的不以为然，这也是相当一部分当地人对动物的态度。谢大姐有次提起过曾经靠养猫、卖猫赚钱养家，母猫生下的小猫拉得家里到处都是。我当时略有触动，终于明白为什么她一直认为猫很脏。

那只猫跳上一个高处，然后像个热水袋一样"啪"的掉落下来，在地上翻滚了一圈，一瘸一拐就逃之夭夭。这个时候我才注意到那是只橘猫，和隔壁徐九孃家里丢了很久的那只猫长得大同小异。

"我们这里对待它们（猫）的好，和你们的标准不一样的。"黄茜回过头来微笑着说。

这里并没有人会把猫当作宠物乃至家庭成员，也没有人会寻找一只走失的猫。在她们眼中，大概那也只是一只畜牲吧。

前段时间在包三婆膝下的小狸花猫不见了，换成了一只整天"嗷嗷"的橘猫，一问才知道原来那只小花狸猫被定义成挠家具、上房揭

186

瓦的坏猫，于是被拿一个麻袋装上，走到很远的地方连麻袋带猫给扔了。"这已经很仁慈了，没弄死它，放了它一条生路。"

这个镇上有那么多巷道、河流、台阶，他们想当然地认为，生命都自会有它们的出路。

到河的对岸去

1

冬天的早上，乌云蔽日，混杂着牲畜粪便、潮湿的泥巴、雾霾堵住嗓子眼儿的混合味道，两只加起来五百来斤的大肥猪不太配合，船头的甲板晃晃悠悠，身高不到一米五，体重五十斤的曾庆梅"哇"的一声就哭出来了，她此前没有赶过猪，不知道怎么让它们乘船过河，把它们送到河的对岸去，安全地交到爸爸手头。

那种腥臊的臭味很难从记忆里消失。直到今天庆梅都记得那一天，1998 年，她上初一。仙市镇上的人刚刚从 1997 年的大水中恢复过来，庆梅家又遭受劫难——妈妈被抓去了看守所，爸爸还是戒不掉酒和赌博。

似乎家家户户都拥有贫穷或者劫难这两样"传家宝"，大家习以为常了。1982 年嫁到镇上的杨瞎子说，这条街上的人每年都会因为发大水搬一到两次家。1983 年就搬了两次家，水刚到脚踝的时候转身去高处找人，二十分钟不到水位就淹到了一人高。

二十年后的庆梅定居在自贡市区，贷款供了一套当地数一数二的商品房，和丈夫一起在市区开了一家"光大烧牛肉馆"，唯一的女儿是个重点中学的体育特长生，算得上是家庭和睦、衣食无忧。她时常从市区回到镇上，驾车三十到四十分钟去探望父母，就好像从没离开过一样。

最近一次回家的路上，她遇到了箭口村的陈二娃，此人长得像一坨鼻涕，但她还是主动招呼了他一声。陈二娃迟疑了一下，嘟哝了两句。她没有低头去看他的脚，这一带的女人都知道，他专偷女人的内衣和丝袜，还把丝袜穿在腿上，大大咧咧露出来一截，大家都把他当"哈（傻）儿"看，他平时靠帮忙搬运东西赚点小钱，养活自己。庆梅不知道，她现在是这镇上少有的理会陈二娃，并且和他正式打招呼的人。

庆梅在镇上长到 16 岁才离开。她的整个童年时期，镇上的几条街道都被大片的农田包围，道路并不清晰。夏天太阳的位置升得最高的中午，她不穿鞋子，就得像青蛙一样在滚烫的泥地上面蹦蹦跳跳，在上面留下歪歪扭扭的脚印。炊烟缭绕、天光渐黑的傍晚，她和邻居小伙伴们如果还在外面疯跑，就会听见家里传来遥远的叫骂："曾庆梅，屙痢啦（脏话，回家吃饭）！"

成年之前，曾庆梅的时间概念都是以农作物的成熟划分的，比如又吃了一次甘蔗，又摘了一次柚子，又收了一次油菜花……很多年以后，那种召唤着她的粗野的声音，和有关乡野的一切，都变成了难以消解的记忆。

2

出生于付家村的曾锡州从小就不受父母的待见，和石塔村的钟传芳结婚后，在1985年生下了曾庆梅。因为之前大哥已经生了一个女儿，这次他又得了一个女儿，曾锡州的父母在儿子家门口转身就走了。

不过也没有关系，曾庆梅从小就活泼外向，虽然个头娇小，却有股子蛮力。她面相憨厚，下巴微翘，是赶场时算命先生说的那种"兜财下巴"，说话的时候，她还毫不避讳地抬起下巴，扬短避长，这种下巴应该足以兜起半个仙市的财政。

大概还只有两岁的时候，庆梅被妈妈背上山，路过了坟墓，回来就一直啼哭。外婆赶紧让妈妈"立筷子"，用三根筷子打湿水在灶口或菜板或水缸上，边立边说："是×××怪倒病人，筷子就立起哈……"若念到某一去世的人时，筷子立起了，就证明是有死去的亲人想念活着的亲人，那就要一边泼米饭，一边祷告让那个亲人离开，例如："太婆婆你走嘛，你要放走病人哈，不然就不给你烧纸钱或者用桐油淋你的坟……不要来找庆梅，你请走。"而立着的筷子倒得越快，病人就好得越快。

1987年，曾家又有了第二个女儿曾庆秀，曾锡州继续在村里种菜过活，他被公认是农田的一把好手，又勤快能干，即使1992年百年难遇的大雪让许多农民遭受劫难，庄稼在他的庇护下依然生机勃勃。

1990年，因为曾庆秀感冒，去医院打针，遇到医疗事故，针断在屁股里，需要动手术，曾锡州四处求医，没法全身心投入田里，就辗转改行做了一些生意。

曾锡州的大哥是屠夫，曾锡州就跟着出来杀猪，那一年曾庆梅六岁，还在读幼儿园，曾锡州举家搬迁到了镇上的新河街，自此定居下来。

猪肉生意是个辛苦活儿：每天凌晨三四点开始（过年时一两点），宰杀到早晨四五点。接下来上午卖猪肉，下午去买猪。那时候要去农村买猪来杀，杀了再卖。（现在不一样，杀猪匠有专门的杀房，批发别人买下的猪，宰杀后交到冻库。）在这个过程中，曾锡州和其他杀猪匠结成了联盟，也养成大口喝酒、疯狂打牌赌钱的毛病。

曾锡州的大哥伙上其他人撺掇曾锡州赌，他们打"闷鸡"（四川扑克游戏的一种），比如曾锡州一出三个K，别人就能三个A通杀……一车猪价格大概是几千块钱，曾锡州不过是过一个河去打牌，都会输三千块钱。"三千块钱很多钱，想想那时候叫万元户是啥子感觉？"

2021年的小暑过后，我在新河街见到了庆梅，她家和黄茜家都毗邻釜溪河那一面，她家窗户更狭窄，大片的芭蕉叶挡住了河边的风景，远处的几小朵铅灰色的云就能把天空拉得很低，水里一圈圈的涟漪，不知道是什么鱼吐出来的沫沫，抑或是雨水的降落，荡开去，就足够打乱河对岸的那倒影。

如此好看的河景，一楼便用来开茶馆，家里人住在楼上。那段时间她没上班，也就待在家帮妈妈打理茶馆。和镇上的大部分茶馆一样，这里免费提供茶水，有人打麻将或者纸牌，就从赢家那里抽一点成。

茶馆生意不错，都是熟客，从早上一睁眼，到天黑之前，里面都坐得满满当当。镇上的茶馆开得实在太多，基本都得靠老板的人际关系网罗住熟客。

庆梅坐在那里，笑声就能传出去很远，她的性格随妈妈，一看就是个能走街串巷的高手。她天生吸引各种年龄段的人类，大人打麻将时无处寄放的小孩，很快就能成为庆梅的"跟班狗"，就连安置在空麻将桌上的小婴儿，也能被她哄得很快就沉沉睡去。

庆梅是典型的四川式的大嗓门，镇上只有韩三婆说话的音量能与她较量。这世上所有的闲事她都恨不得过问，连过路的蚂蚁打架也想规劝两句。她和钟传芳，两人就能撑起一个独立的舞台。而曾锡州沉默寡言，身形干瘪，皮肤黑黄，外表特征会让人想起一根被香烟熏黄的手指。

退回到曾锡州沉溺打牌的时候，他没完没了地输钱。有一次"走人户"（出门做客），那时候随礼都是一百块钱，但他们不仅拿不出随礼的钱，连买菜的钱也没有，就找对面的婆婆借了一百块钱买菜。庆梅说："那时候我老汉兜里会有个块块钱（一块两块），最后喊我拿一块钱去买藤藤菜，也太凄凉了。"

庆梅小学五年级的时候，爷爷去世，钟传芳找曾锡州的五弟借了三千块，爷爷丧事刚刚办完，对方就连忙让钟传芳还他钱，总共借了十来天。后来想想，大概是因为那个时候曾锡州欠了太多钱的缘故。他历来在外面信誉很好，却从未得到过父母兄弟的帮助，就连妈妈从宜宾回来，路过新河街，都过门不入。

过年的时候，大人们给小孩子们拿钱买鞭炮，每个小孩都能拿到五十、一百，曾锡州摸了半天只拿得出二十，庆梅和妹妹一人十块。

当着大家的面，不仅仅小孩子觉得没面子，钟传芳也忍不住和他大吵了一架，气得回了家。

还有一次，庆梅爸妈都去富顺做生意了，外公从农村搬过来给两姐妹做饭，老人没那么多讲究，也没钱，有啥吃啥，她至今都记得偶尔也会吃曾锡州卖剩下的肉。"有一次看着都生蛆了……没有吃的，就洗吧洗吧烧来吃。"外公每天从农村背柴过来烧，外公有肺结核，家里的烟囱又不像农村那种，烧柴时咳得不得了。"我每一次听到外公咳，心里都难过。"庆梅回忆说。

有段时间曾锡州和钟传芳实在没钱，连菜钱都没给，外公一气之下就跑回去了。留在家里的曾庆梅和妹妹早上喝稀饭，就一点酸菜，中午喝稀饭，就一点酸菜，喝了两个星期的稀饭，也吃了两个星期的酸菜。直到斜对面一个阿婆死了，才拯救了姐妹俩。"我就拿一截布过去赶礼，蹭着吃了两天大荤，但是我外公还没回来，然后斜对面的阿公也死了，又蹭了两天饭。"

外婆就骂外公，说他对两个外孙女太残忍了。外公抱怨说，谁让钟传芳不拿钱回家。"但其实是因为没有钱，我老汉又赌又欠账。我妈那两年都在外面做生意，一回去姚坝、贡井赶场，被债主遇到，满背篼的腌腊制品通通都拿走。"

钟传芳年轻的时候很勤快，曾锡州杀猪卖肉，她就在外面卖香肠等烟腊制品。家里买不起摩托车，得坐最早的班车去拿货，背回来卖。一背篼牛肉粑儿（自贡毛牛肉）、香肠能卖三百多块钱。庆梅从十一二岁试过帮钟传芳背货，盘回来、盘回去，有时候一背篼七八十斤，凌晨就得出发，钱特别不好挣——曾锡州已经赌钱上瘾，挣再多也填不上无底洞。

两个人开始了漫长的战争。曾锡州和钟传芳是镇上闻名的"战斗夫妻",激烈程度在新河街排名第一,超过孙弹匠和王大孃。"他们是'打架',那一个(王大孃)是'被打',这里面是有本质区别的。"庆梅纠正说。

钟传芳脾气火爆,三两句话之后,有时候还都是她先动手,但是他俩节俭持家,最多发生肢体冲突,从来不打砸贵重物品。庆梅印象中打得最凶的一次,是因为又欠了钱。曾锡州在茶馆打牌,钟传芳气得去找他,两人扭打起来,从茶馆里面一直打到门口,外面有一个水管,旧龙头落了,剩下一个突起的零件,他们也不知道,曾锡州拿着水管打着打着,突然看到钟传芳脑门上流血,流到全身都是,他给吓坏了,赶紧停下来查看。

"其实女人天生力气就小,我妈之所以能打赢,肯定还是老汉让了的。"

3

曾锡州只是镇上的芸芸酒徒之一。本地的气候条件孕育了优质的糯高粱,那也是酿酒最好的原料。富顺县是四川省酿酒原料的主要产区之一,早在明朝万历四十四年,即公元 1616 年,酒类产品就远销省外。

新街子上就有一家酒厂,采用古法酿造白酒,半个古镇都能闻到酒酿的味道。酒厂的老板、老板娘离婚分家，但其中一个女儿依然留在原址开厂，另外一个女儿则搬到老蛮桥也开了个酒厂。外面的人都称这家酒厂是仙市的"五粮液"。

2022 年，政府免费给农民发放高粱的种子，于是也有很多人家开始自己用高粱来酿酒。他们还喜欢用枸杞、红枣来泡酒。镇上并没有专门的酒吧，但是几条街上的餐饮生意都少不了酒，当地的男人似乎也在酒里找到了另外一个世界：这是他们的社交媒介，也是他们得以放松的途径。新街上有整天喝了酒就骂人的，箭口村有喝了酒提刀杀人的，新河街则有曾锡州。

整个镇子都记得曾锡州把酒当作水的画面：面前永远摆着一瓶酒，吃饭的时候也喝，半夜起来也喝。仙市当地对这种好酒的人有个形容，叫作"酒病"。

曾锡州没读过什么书，大部分时间不是在和猪肉打交道就是种菜，即使后来搬到镇上，他也时常会步行半小时，回到老家的田里种菜。他不怕苦也不怕累，特别擅长去农田里捉泥鳅、黄鳝，毫不介意分享给友邻。他不太计较利益得失，卖猪肉的时候，总是先把肉好的部分卖给顾客，留下不好的部分，因此做人的口碑很好，即使当年欠债最多的时候，债主们也不会对他赶尽杀绝。

曾锡州对子女教育一窍不通，庆梅的教育基本上来自于钟传芳。钟传芳是如此"封建"，庆梅和庆秀都不能跟男性关系密切。读初中的时候，有个男同学有头皮屑，有个同学出主意说，用猪苦胆可以洗掉头皮屑，他们知道庆梅家是卖猪肉的，就让她给留着，放学以后一起去她家里拿。曾锡州也知道这事。但钟传芳回家的路上，街上的老太婆就跟她说："曾庆梅喊了两个男同学到屋头去耍哦。"钟传芳不由分说就把庆梅打了一顿，等到曾锡州卖完猪肉回来，才知道自己冤枉了女儿。

如今庆梅住在檀木林大街上的小区，电梯房，出入都有微笑的保安殷勤服务，没有门禁卡就刷不进来，对面的邻居素不相识，望出去的天空被防盗窗隔成无数个碎片。

而她多少年以来都习惯了亲密到没有隐私的生活：她爸爸妈妈打架，邻居会来劝来拉；少点油盐酱醋邻居就直接给你；如果年轻姑娘穿了吊带，裙子穿得短一点，邻居大嬢也会当面数落"妖精妖怪"……这里，没人把自己当外人。

社会学家费孝通在《乡土中国》里说，乡土社会是"礼治"的社会。这个"礼"未必指的都是彬彬有礼的东西，而是一种当地的传统。耳濡目染，这些才是在镇上生存的准则。而庆梅最怀念的就是小时候邻居之间的友爱和相互帮助。

曾家斜对面有一位钟阿婆，寡言少语，从不闲话他人，对左邻右舍关爱有加。曾家最困难的时候，钟阿婆总是默默帮助他们，打理家务，帮忙煮饭。父母出去干活没给庆梅留钥匙，就喊庆梅来自己家吃。庆梅长到21岁，钟阿婆胰腺炎做手术，之后瘫在床上几个月。庆梅晚上也不上楼睡觉，就躺在一楼茶馆的沙发上。钟阿婆有什么动静马上飞奔过去照顾，"就当是在近距离守护她"。钟阿婆去世的时候，人们都主动来帮忙做买菜、搭棚、记账这些事情，几乎所有人都到场。"一条街的人。"庆梅强调说，"说实话哪怕是（镇上的）老师也没什么值得尊敬的，我觉得也只有她值得我尊敬。"

当地的习俗就是重大事件就会杀一头猪，有家人婚宴，请曾锡州去帮着杀猪，四五个男人把猪摁在院坝，放了血，都丢进锅里烫好了，猪竟然又站起来了……后来没过多久那个新娘子就被淹死了。

他们笃信着这些乡下的习俗，并把它们当作镇上生活的空气，这传统、这流言、这俚语、这迷信，这里的一切，就是庆梅的人生私塾。

对庆梅影响最大的自然也是钟传芳。尽管在阴暗潮湿的堂屋，大嗓门的孃孃和散发着烟臭的老头是舞台上的主角，人们还是一眼就能把钟传芳从人群里辨别出来：她一头短发，苹果型身材，面部线条比较硬朗，这使得她还没有说话，脸上似乎就写满了某种不好惹的气质。

庆梅读小学三年级的时候，每周都要拎着桶去学校打扫卫生，一个男同学过来抢桶，两个人争执起来，把桶摔坏了，庆梅哭着回来找妈妈告状。第二天下午，钟传芳去学校，在门口等着小男孩，把他一通怒骂，不解气又去找了他的家长，直到他给庆梅道歉。

镇上的人从此都了解钟传芳是个"孵娃儿"（护犊子）的人，没人再敢随便欺负庆梅，而庆梅也从妈妈那里获得了巨大的安全感。

钟传芳很多次想离婚，都去过了法院，又反悔了。小学的时候，她也偷偷把两个女儿拉到身边，问过她们："如果离婚，你们愿意跟着谁？""哪个都不跟！"庆梅虽然还没有懂事，但她坚定地回答说。初中以后，她更是干脆主动和爸妈说："你们一天到晚打架，不如离了算了，不要让我们跟着遭罪。"钟传芳此时反而沉默了，有一次法院把开庭的传票递给了双方，她左思右想，为了曾庆梅两姐妹，还是让步了。

镇上的人把离婚看得很重，彪悍如钟传芳也不例外，她不认识几个字，去银行都需要庆梅作陪，但她骨子里却有着那个年代的人特有的关于家庭的保守主义。她曾经回忆童年的时候说过："我妈老汉也要打架，老汉有三个妹妹，在旁边挑唆。老汉就听她们的，每次也都是帮妹妹的忙。农村干仗的很多，我记得有一次老汉用锄头把妈妈的脚上弄得全是大口子，医了很多钱。"

结婚之前，庆梅叛逆的那段时间，有次钟传芳和曾锡州吵架，她的嘴历来就比男人的要更快、更碎，连绵不绝、喋喋不休。庆梅听不下去了，忍不住也开始骂妈妈："念念念，骂骂骂，没完没了的，你到底有完没完？"她一个巴掌呼到了钟传芳脸上。钟传芳一愣，气得转头就跑到窗户，打算翻下去投河自尽，还是曾锡州把她给拉住了。钟传芳和庆梅都号啕大哭——那件事情庆梅一直觉得欠妈妈一个道歉。

多少年来，庆梅都觉得妈妈气势凌人，直到她结了婚，有了女儿，感受了生育巨大的肉体痛苦和它带给女人的变化，慢慢地才开始去了解、才意识到女人的不容易。她从小目睹外公打外婆，而外婆都默默忍受，妈妈就算再"恶"，每次回农村，都是融入干活的行列。在农村吃饭，他们总是分成两桌，男人们和贵客们一桌，喝酒划拳屁事不做，女人们和小孩子吃饭则在另外的小桌子，摆着比大桌子少一半的菜。

直至今日，依旧如此。

4

初一那年，曾庆梅13岁。有个和曾锡州关系很好的杀猪匠，住在金桥寺旁边一点，被他妈赶出来，曾家就在屋里腾出地方给他住了几个月，同住同喝酒，有时候喝了酒耍酒疯也由得他，直到后来他找到房子才搬走。

快过年了，钟传芳在农贸市场卖卤鸡爪。杀猪匠就和钟传芳开玩笑，嘻嘻哈哈的，不知道怎么越说越激动，两人就打了起来。越打越重，他一把抓住钟传芳的头发，当时钟传芳正在卤鸡脚，顺手便抄起漏瓢打了他的头，血一下子涌出来。两人都去医院，但男人伤势严重，并缝了几针，要求钟传芳赔医药费。官司输了，钟传芳说那就赔吧。曾庆梅的叔爷说，不拿，如果有什么我替你负责。本来过年就没有钱，真的到了需要给钱的时候，这位叔爷不接电话了，后来还说什么，"天下事那么多，我管得完啊？"

然后钟传芳就失踪了。"很多天后，通过外婆的关系才找到我妈。"曾庆梅才知道，钟传芳因为拒绝赔偿，被派出所捉了去。她历来泼辣，又不服气，就吊在派出所的车上不下来，把车牌弄掉了，又添了个"袭警"的罪名，把她抓到了富顺看守所，没有人通知家人。

庆梅家腌腊品本来有两个摊子，庆梅看一个，亲戚帮忙看一个。妈妈没回来，只能关掉。过年的时候猪肉生意好，有天曾锡州说让庆梅帮忙去河对面赶猪，到时候让伯伯帮忙"吆喝"一下。回到文章开头那个记忆深刻、臭气熏天的日子，庆梅可怜巴巴地去求伯伯帮忙，他却说："我要去走人户，你屋头的事算个球，哪有工夫帮你赶猪？"

庆梅有点懵，之前年年都是曾锡州在帮他的女儿交学费，他现在却摆出一副事不关己的模样。"当时那滋味很难受，很无助又没人帮，我就哭了。"幸亏舅公来了，他帮着她一起把猪吆喝到船上，逮住（不然会掉进河里）。舅公还给了船夫一包烟，终于到达对岸，和曾锡州碰头，把猪交给了他。

　　钟传芳被抓进去了以后，刚开始还和看守所的人干架，终于等她打电话到邻居那里，庆梅一再叮嘱妈妈说要积极配合，也找外婆的关系和那边联系上，赔了钱。还有两天要过年了，腊月二十七那天，妈妈终于回来了，庆梅激动得含着眼泪，马上去给妈妈烧洗澡水。"那个年我过得最好。"往年一到年底拿不出钱，还差好多账，屋里都是吵吵闹闹的，那年居然没有吵架，就好像经历了事情，家人团聚一下就变得很难得。

　　自从钟传芳回来后，曾锡州变了，他并不是一下子改变，而是如同河面上的冰块一样，一点点融化，慢慢地就不打牌了，但酒还是要喝。

　　2021年的中秋节，我受庆梅的邀请去她家吃饭。曾家保持着看不出来装修的古朴风格：门面陈旧，光秃秃的水泥地透露着岁月的光亮，椅子上的半旧垫子，磨破边的桌子，保温的开水瓶，仿佛让人看到了十年前、二十年前的曾家。

　　仙市的人过中秋，一家大小要尽量聚在一起团圆，要吃柚子、鱼、月饼。家里有条件的还要自己打糍粑，把糯米浸泡后搁蒸笼里蒸熟，放进石臼中，用大木槌（仙市的人也喜欢用一根合适的甘蔗）用力捶捣，直到捣成泥。这个过程实在耗费人力和精力，时常需要半天才能完成。然后做成小团，放盘子里蘸白糖吃，味道香甜可口。

那一次中秋所有人都在举杯，曾锡州竟滴酒不沾。他喝了几十年，一直到2019年的一天，喝酒突然开始过敏，全身肿胀，输完液消完肿，一沾酒又肿，从此便告别酒界。

5

庆梅16岁初中毕业，仙市没什么合适的机会，亲戚给她介绍去了广州一个工厂。

她在塑料厂做衣服的标签吊牌，两个纸片有长有圆有方，用白色的天那水，加一点"料"，涂抹之后，拿笔去粘，把两边合起来。第一个月干了十七天，因为手快拿到了五百多块钱的高工资（2001年自贡的人均月收入大概是两百、两百五）。

庆梅很节省，住在厂里的宿舍，早饭吃一点点，中午、晚上跟别人搭伙吃一份，还没有到发工资的时候就借了钱给妈妈寄一千块钱回来（"那时候还欠债"）。工厂位于广州郊区的工业园区，邮局离得很远，有一次寄钱，一路担心不知道哪里会蹿出来野狗，因为慌慌张张，回来的时候不小心摔了一跤，她当时穿的短裤，腿上鲜血直流。

曾锡州也在变化，他不再和那些牌友伙在一起，而是和一个靠谱的好朋友（庆梅的干爹）一起杀猪，一个月能赚到两千多块，俩人搭伙赚到了几十万。再加上庆秀也初中毕业了，她正式工作之前，在家里帮着管钱，家里慢慢走上正轨。

庆梅也懵懵懂懂进入了青春期。她每天上班，有个斜对角的工友都凝视着她，那种感觉令人毛骨悚然。全厂的人都知道那个男孩暗恋庆梅。老板娘告诫那个人不要这样看着人家，庆梅年纪小会很害怕，庆梅的亲戚也跟他说明，庆梅不喜欢他，但是他就连庆梅上厕所都远远地跟着。有时候还在她宿舍门口走来走去，把庆梅吓得门都不出。那个人又托他姐跟庆梅转达他的爱意，还假装跟她偶遇。

庆梅刚开始很害怕，后来发现他会保持一定的距离，也就习惯了。直到庆梅其后交往的男朋友把他打了一顿，才摆脱了这种"纠缠"。

工业园区离市区较远，环境封闭，根本就感受不到大城市的繁华气息，有的时候庆梅怀疑自己只是从一个镇去了另一个镇而已。

两年过去了，同学给庆梅介绍了一个对象，来自何市农村的小野，在仙市镇上修摩托车，比庆梅大三岁。她邮寄了照片，两个人开始往来，第一年回家也见过双方的父母。在家待了一段时间庆梅就又出去打工，因为过年买不到车票，车票又贵，庆梅每年只中途回来，过年的时候也不想打扰亲戚，索性一个人在厂里吃泡面。小野经常让她回家，这个时候他说已经爱上她了。

曾锡州和钟传芳依旧每天吵架，庆梅不在家的时候，小野也每天去吃饭，就每天劝说，他常常轻声细语地说一些道理，"爸妈就真的不吵架了。所以我也很感谢他，他对我妈很好。（在这一点上）我现在还是很遗憾的。"

到19岁的时候，庆梅觉得累了，这三年也并没有见过什么世面，她想回家。

不知道是不是广州待得太久，庆梅发现自己似乎有了洁癖，开始厌恶小野身上的油污味道，坐在旁边只觉得恶心。"其实就是不喜欢。"

小野对她很好，如果想吃甘蔗，转遍仙市买不到，就会骑车去自贡买。庆梅 19 岁的生日，他买了一个金戒指，庆梅一拿到手就顺手扔在一边，钟传芳很生气。"她说是你自己找的男朋友，带回屋头来了，你又不喜欢？我就说，当时懂不起，我以为要朋友就是要要，没想到成了真。"

很多年以后庆梅才说，对于爱情，她真的不懂，也没有过心动的感觉，从小目睹爸爸妈妈打架，她也不知道男女之间如何相处。她唯一知道的是，不能找一个家暴男。

第二次回到镇上，小野要来家里接庆梅，她却只想跑得远远的。她带着干弟弟去牛佛表妹家玩，两人打算在那里住一晚上，小野就说她们必须回去，不可以在外面过夜。那天下着很大的雨，他骑摩托车来接她，庆梅厌烦这种大男子主义和控制欲，就一直和他吵。"他穿得很少，看我冷又把衣服给了我，我就一直骂他，他很气，故意开车朝着悬崖底下，结果撞到了树上。"

回家以后庆梅就哭着跟妈说小野要把她整死，结果钟传芳还是骂庆梅，庆梅就更恨小野。

预料到庆梅想跑，钟传芳把她的身份证藏起来，庆梅就拿水果刀割腕自杀。小野的妈妈得知了此事，就打电话跟小野说："算了，你不要把她逼死了。"

有天下午，乘着钟传芳在午睡，庆梅就把身份证偷了，又跑去广州待了一段时间。"后来想想，我妈肯定也是晓得的，她也怕我想不开，故意装作不晓得，让我拿走了身份证。"

从十几岁开始直到结婚前，庆梅变得很叛逆，钟传芳说好的，她坚决不愿意，钟传芳说不行的，她就说行。"我都不知道自己到底是怎么了。"那一次，小野追到火车站，跪下去，流着泪求她留下，她却想着："我一定要离开，一定要离开这里。"

在外地又待了大半年，庆梅回心转意，赶回家却发现小野已经和别的女孩结婚了。钟传芳又给她介绍了几个，她意兴索然，直到无意中和一个叫"胖儿"的加了QQ聊了起来。

"刚开始没什么感情，那时我对情情爱爱都没啥感觉，就想找一个我不喜欢也不讨厌的人结婚。我不要找一个我喜欢的人，因为我会处处迁就他，很吃亏。"

有一天又和钟传芳吵了架，庆梅越想越觉得委屈，就到网吧待着，坐在那里哭。正好小野打电话给她，说还对她念念不忘，让她一起私奔去广州，庆梅和他提起了胖儿。他问庆梅想不想和那个人在一起，庆梅说现在只想找个人踏踏实实地过一辈子，要说很爱他也不现实，才刚认识几天。小野就打胖儿电话，两个人约在一起坐着，交流了很久。"至今都不知道他两个说了些啥子。"

胖儿来自自贡市区，家里条件一般：13岁的时候爸爸出车祸成了残疾，不得已初中毕业就去读了技校，学习厨师专业。他脾气不太好，但把家人看得极重。

跟胖儿耍了两年，庆梅发现怀上了。刚开始庆梅说不要孩子，庆秀陪她去医院，也不知道流产挂什么科，就问别人。人家说挂妇科，医生问有没有结婚，如果没有的话，手续很麻烦。庆梅回去，哭着跟胖儿说，你看嘛，流产很麻烦。胖儿说，那我们就要嘛。

家里就讨论结婚，要问对方要彩礼，胖儿那边没钱，钟传芳就把庆梅喊了回来，说："对方咋个不懂事，这个婚不要结了。"庆梅在家里睡了三天，以绝食来反抗家里的决定。

　　没两天，胖儿跟他哥带了很多大包小裹的东西，到曾家提亲，也跟钟传芳道歉，说："不是我们不拿彩礼，是实在没有，你们说该咋个整就咋个整吧。"钟传芳就说："不是要彩礼，就是走个形式，表示一下诚意就可以。"胖儿包了1200块现金的红包，于是双方皆大欢喜。

6

　　也许是太年轻了，不只是谈恋爱，庆梅和胖儿两个人的婚姻也经历了相当多的磨合。

　　庆梅一直没停止工作，怀孕的时候还背着干货（花椒、八角）在街头摆摊，生完孩子后，才全身心在家带娃。胖儿在"龙抄手"做厨师长，五千多块钱一个月（那时候算很高的工资）。他每个月拿到工资，给庆梅两千多，比给他妈的多几百块钱，几乎相当于一人一半，但他只要没钱了，都是伸手朝庆梅索要。

　　庆梅就和他抱怨："你交给我的钱，除了生活费，娃娃还要吃奶，我又没有收入，远远不够。"胖儿就不高兴，两个人闹得很凶，庆梅觉得很心寒，他爸爸残疾，他妈妈也不帮忙带娃儿，天天出去玩。全部都是她自己一个人，做家务，辛辛苦苦盘娃儿。

　　庆梅气不过说离婚，钟传芳当然不赞同，然而很快，有一次庆梅不知道什么原因和胖儿起了冲突，胖儿打了她。虽然很轻，庆梅也立即还了手，之后还忍不住打电话跟妈妈告状。钟传芳第一时间带着庆秀赶到庆梅家。"庆梅长这么大，我都没打过她，你怎么敢动手？"胖儿从此再也不敢了。

庆梅做过很多份工作，从计件工到服务员，从收银员到餐馆老板娘。她对朋友出手阔绰，因此除了开餐馆的时候，一分钱也没有攒下。

2013到2017年，她和胖儿在理工学院开了第二家餐馆。每天客来客往，学生花钱不心疼，又好说话，只要记住熟客的爱好，生意就能好起来。但庆梅也是从这里开始，才发现生意有多难做，"餐饮这种服务行业，绷紧了也不敢保证没有纰漏，我们又不是西餐馆，你不敢说百分百保证一根头发丝都没有。"

有次一桌坐着两男一女，看上去就是混社会的，一会进来，一会又出去，鬼鬼祟祟的样子，果然过一会他们就拍着桌子说菜里有蜘蛛，那个女的还说肚子疼。庆梅说："去医院吧。我们后厨很干净，不可能有蜘蛛，要不然打12315，找专业人员来检测，也能查出来是当时煮的时候在里面的，还是过后进去的。"胖儿想发火，庆梅劝住了他，打了电话给他表哥过来，双方经过简单的沟通，最后他们拿五百块钱把那几个年轻人打发走了。

庆梅之所以那么有底气，是因为她考虑得很清楚，遇到这种事情首先不能慌，不能吵架，先要平复客人的情绪。"刚开始遇到这种事情肯定还是害怕，后来我想其实没啥子，他只是为了敲诈你钱。我说没关系，如果查我的卫生，我什么都干干净净的。我觉得我还是比较讲究的，厨房看不到什么灰尘。"

小日子在慢慢地变好，更大的危机却来了。

婆婆在婚前对庆梅很好，等真正结婚住在一起，那两年却遇到了她的更年期。有天婆婆早上交了燃气费，就到店里来，让庆梅把钱补给她。庆梅每周都要去银行存一定的钱，所以手头暂时没有，就没给。"我不是不拿给你，身上没钱，晚点会还给你。"婆婆就在胖儿面前念叨，回来又在店里发飙骂脏话，庆梅本来就是"你不惹我，我就不惹你，但你最好不要欺负到我头上"的性格，忍不住跟着骂回去。说急了婆婆就来动手，当着饭店很多人的面，胖儿听到动静，从厨房里冲出来，就看到庆梅被打后还手的一幕。

那是庆梅和婆婆之间第一次也是唯一一次吵架，胖儿看到庆梅和他妈拉扯在一起，他就拉着庆梅，胖儿的舅公看到，也出来拉庆梅，局势一度混乱不堪。"就相当于最后大家都拉着我，让他妈打我，他妈比我高点，就打到我脑壳。那个时候我才心寒，我说你们完全是在拉偏架，有些就拉着我，有些就来打。你们一家人都欺负我！"

一气之下，庆梅搬去七天酒店住着，就连女儿给她打电话也不接，一心只想要离婚。胖儿的姐姐打电话来劝她，钟传芳劝她，家里所有人都劝她好好考虑，毕竟两人有了个女儿。

胖儿打电话给岳母告状，他在电话那头生气地说："你教的啥子女儿哦，还打老人！"说完就挂了。钟传芳就打电话问庆梅："你打没打人家？""你觉得我打没打？""你不会动手打她，除非她先打你。""是啊，她妈妈先动手的，而且说得之难听，啥子还没结婚，我就爬到他儿子床上去，还有各种我都说不出口的脏话……"

庆梅还是叮嘱钟传芳不要到家里来，她希望两人和平解决。但她住在酒店越想越憋屈，这么多年，胖儿母子还是把庆梅当作了外人。

钟传芳拨通了胖儿的电话："我问了曾庆梅，是你妈打的她，不是她打了你妈妈。"她接着就问他："庆梅是死懒好吃吗？是不勤快、不做家务吗？是出去偷人了吗？"胖儿就说："我懒得跟你说，你上来说吧。"这个时候女儿告诉胖儿："是奶奶打了妈妈，妈妈没有打奶奶。"胖儿才知道是他错怪了庆梅。

钟传芳赶到了庆梅家，一进门，胖儿妈妈还拉着她亲热地招呼："亲家你来了？我马上帮你把空调打开哈……"钟传芳一提起两人起争执的事情，她就跪下了，说是我不对。庆梅终于爆发了："你不只是骂婊子之类难听的话，而且是当着所有人的面。这叫不叫人说的话？你们还伙在一起打我，我在家里啥子都做，煮饭、打扫卫生，哪点对不起你屋头？我坐过半月月子，你问都没问我一句。这几年你们是咋子对我的？"

钟传芳接着话头："整个仙市哪个不说我庆梅性格很好，又不是好吃懒做。里里外外地忙，怀孕都没有休息过，一心为这个家，你们是咋子对她的？她月子里的病就不说了，都没人照顾过她……但凡庆梅有一点做得不是，我这个当妈的都会教育她，一个女儿交到你们手头，你们就这样对她？哪个做母亲的会不心疼？"

钟传芳越说越伤心，庆梅站在旁边，婆婆跪着，胖儿一句话都没说。

接下来整整一年，庆梅都没有和婆婆说过一句话，她依旧起早贪黑地在饭店忙着，还攒钱买下了檀木林的一套房子，因为首付钱不够，钟传芳也给了她几万。

几年以后，有次胖儿住院，庆梅每天去照顾他，两个人也因此有了一次完全不被打扰的长聊。庆梅跟他说："这件事我一辈子都不会忘记，你们一家人打我一个人，这件事说出去怎么都是你们的错，我永远过不去这个坎儿。如果你想我很维护这个家庭，我也不可能。每个人心里都有个伤。"

听着妻子倾吐的委屈，胖儿也流下了眼泪。他第一次从心底觉得对不起自己的老婆。从那以后他就变了，不再是之前那个动辄发火、砸东西的人，所有赚来的钱都一分不留地交给庆梅。

庆梅从未和妈妈谈论过爱，两个人之间的事情不应该都告诉妈妈，但她还是感激她。她永远都记得钟传芳嘶哑的声音，和挡在她前面那胖胖的身躯。

幼小的时候，庆梅曾见证过外公把外婆打得满头是包的样子，直到外婆后来瘫痪在床上，这种家暴才结束。至于当年爸妈之间的争执，"换成任何一个女人都不能容忍"，她终于知道两个人的婚姻或多或少都可能演变成一场战争，也知道钟传芳的强势在她自己的婚姻中或多或少起到了保护的作用。

7

2021 年，自家的茶馆生意不太好，曾庆秀一个同学的阿公想租下房子来做生意。庆梅说不能租，因为这是公房。对方就说那就改成租设备（桌子、椅子等），然后就把设备租给了他。因此前后签了两份合同，第一份作废的租房合同庆秀撕了，留了最后一份租下设备的合同。不料那个人的那一份合同没撕，后来疫情影响，生意清淡，那份合同里写着对方已经一次性交清了五年的房租，对方就想使手段让钟传芳把租金退回来。在完全没有沟通的情况下，对方就直接把第一份合同拿给了房管所。工商局因此找到钟传芳，让她退租金。

钟传芳给庆梅打电话，说政府部门的来威胁她云云。庆梅问："为什么要退，跟别人搭伙做生意都不可以吗？我们是出租设备的。"房管所的人说，他拿的不是这个租设备的合同。"我说我不知道那个合同，我只有这个合同，我不知道他那个合同哪来的。"他手里那份合同没有签字，是不识字的钟传芳盖的手印。后来房管所一个姓黄的工作人员接手了此事，一直和钟传芳联系，又开始威胁她说："如果这个问题不解决，会影响祖孙三代。"

庆梅哑然失笑，直接开车找去了房管所，找到了那位工作人员："我说你咋子威胁我妈，还说什么影响祖孙三代，她犯了什么错？做个生意还影响三代？而且我那个房子出租的是设备，有合同的。现在街上还有人把房子租给别人，你都不管，你还管我这种。你是吃粮不多管事多。"他回说我是为老百姓干事。"我就说，你为老百姓干啥子事，干的实事吗？还是干的蠢事？一天到晚就干点屁事，我妈现在被吓得在医院住起了……"庆梅嗓门大，语速也快，当着那么多人的面在房管所大吵大闹，姓黄的同志根本接不了招。

"我说你有啥子事你就直接给我打电话，然后我就留了电话。"姓黄的同志就去喊所长，一直跟庆梅讲道理，说这一切都是为了老百姓，庆梅说哪一点看得出来，你是为了老百姓。他说这种事我们都没办法的，庆梅说什么叫没有办法，现在公房都有人出租的。所长说，人家那是不收钱的。庆梅说："不收钱他是哈批吗？做善事吗？那天下没有流浪汉了。还有流浪的人，喊他把房子给流浪的人、乞丐住嘛。我说你不要欺人不懂法，尽是欺负不懂法的人，欺负不认识字的老年人。"对方就沉默了。

"他就想吃那个钱，他想写好多就写好多，他肯定是想吃那个钱。不然他找不到事干才想喊我妈把那个钱退给房管所。说是退给国家，他退不退给国家，我哪知道，不可能嘛。"庆梅和黄茜一样，有着底层人民对权势的痛恨，她们统称政府部门的人"当官的"，并且对他们没有一点信任。

"我说你不要再说了，你再说的话我这就去告你。我妈、老汉第一不懂法，第二不认识字，随便哪个人都可以骗她盖手印。而且我不是跟那个人签的，也不是这个合同。我问跟我签合同那个，他说没有拿给你，到底是谁拿给你的，我要告你房管所。"

庆梅回家去，下午在打麻将的时候，姓黄的给她打电话，喊她上去，庆梅说自己没有时间的。"我说有什么事你直接说，他就说要走司法程序。我说要走啥子司法程序，他就吓我，我说你要对你自己说的话负责，我也会对自己说的话负责，我录了音的，你有啥子你就说。"姓黄的马上把电话给挂了不敢说了，从此再也没有找过钟传芳，也没有找过庆梅。

8

这是一座孤零零的房子，门前一条泥泞的土路，两边的野菜和野草开得热热闹闹。2021年夏季的一天，庆梅回付家村摘菜，从镇上步行半小时左右，抵达那个人烟稀少的村子，村道上布满了大小不一的碎石，经过身旁的电瓶车颠得像被闪电击中。柚子沉甸甸地挂在低垂的枝头，还有的熟透了就掉落在地上，豆粉蝶在孔雀菊丛中上上下下，带有黑色边缘的翅膀颤动不已。

庆梅家的老宅孤独地杵在村庄最边缘的位置，因为长期没人居住，门前都是杂草，门窗都被人偷走了，后来索性换了个防盗门，在破败的土墙中格外显眼。

房子前边是个倾斜下去的小山坡，屋后的农田广袤，树木茂密。茄子、豇豆、丝瓜、红苕颠、南瓜、豌豆颠，等等，全是自己种植的，一直绵延到很远的地方。道路消失在一长排的蓝花楹中，树木高大的身影遮住了若隐若现的地平线。

村里的老人们最向往的去处是镇上，掰着手指头数着赶场的时间，虽然镇上的日子和村里一样慢，如今也基本没有了年轻人——他们一旦有更好的出路，都不会再回来。

老人们喜欢坐在屋前，他们大多不是庆梅的亲戚，就是多年的老邻居，有人招呼庆梅一同坐下，聊一阵天，或者干脆就不说话，听知了叫一整天，风把河里的湿气吹到脸上，叶子也在头上"哗哗"响。

庆梅并不像王大孃、黄二姐她们那些孃孃一样玩抖音，但她是镇上少有的关注电影、流行音乐的人，对时事热点也都了如指掌，另一方面她对农作物的熟悉也让人吃惊。"地木耳、苟叶菹、红生、野红海椒……"她几乎能说出路边每一棵植物和野菜的名字，动不动她就会突然消失在一块地里，过会再怀抱一堆野菜出现。如果不去城里定居，她想必也能成为农田里的一把好手。

庆梅有着最朴实的人生哲学：哪怕是外出打麻将，也不能像黄茜那样没有任何爱好或者兴趣。她不像镇上的绝大部分人，因为贫穷而把钱看得很重，她也不喜欢"虚度"自己的时间，她打麻将、唱歌、摘野菜、在田里捉鱼，人生中最享受的就是"在地里摘菜"。

在菜场，只要看到卖菜的是老人家，觉得人家不容易，她出多少钱也愿意把人家的菜买下来。前不久下雨，看到一个老头还在摆摊，两块五一斤的菜头，她掏出十块钱全部买下来，回家才发现里面是一包烂菜。

那天摘完菜，庆梅带着我沿着马路往镇上赶，直走到夜幕低垂，前面突然有警车的车灯在闪烁，庆梅迅速地就蹿到前面去了，一群人吵吵嚷嚷，派出所民警在调停，听了一阵才知道是一对年轻夫妻闹离婚。男人天天在外面打游戏不回家，突然回家抢孩子，被丈母娘报了警。

年轻女人怀里的孩子看上去只有两三岁，"哇哇"地在哭，丈母娘模样的女人、亲戚模样的人七嘴八舌，年轻男人一副不服气的样子，大家吵成了一锅粥。

"我该不该看我的儿子？这个是我的亲生儿子哒！"他梗着脖子说，想用手把小孩子拽过来。

"你咋子恁不要脸！我给你打过多少次电话？你摁了，发短信发微信也不回！"年轻女人抱着孩子上半身不撒手。

"幺弟，我跟你说，一个家屋头不容易啊。"庆梅走上前去，抱着孩子向上轻轻一腾，抱给了孩子外婆模样的人，也顺势把差点动手的两人隔开。"你看看你老婆这么漂亮，还愿意在家给你带孩子，说实话她哪点不好找？再看家你娃儿，恁个乖，一家人和睦不好吗？"她苦口婆心地劝他俩。

"我都喜欢打游戏，打游戏没得啥子，但是你仔细想想，打游戏能比你的崽重要吗？男人还是应该承担一定的家庭责任……"派出所的年轻民警也站出来了，指了指年轻女人，问："你是她家亲戚？"庆梅摇头："我们只是路人，就说两句公道话。"

两个民警分别拉开男人和女人谈话去了，庆梅又去安抚女人的妈妈，一直宽慰她，还掏出兜里的糖，把小孩子也逗得开始"咯咯"地笑。

路边警车的灯一闪一闪，借着那微弱的灯，我才发现王大孃也在旁边加入了劝和的队伍。

回去的路上，庆梅又开始絮叨着小时候的时光，父母打架留下的童年阴影，她一直记得自己有多痛恨那种场景，所以从此见不得别人吵架，每每见到都会下意识就去劝和。有一年打工回来了，半夜在楼上还听到动静，她问妹妹，妹妹说都习惯了，管他们的，但她还是毫不犹豫冲下了楼。那大概是成年以后，庆梅对父母最凶的一次，她大声指责他们："我都这么大了，你们还在打！"

生平第一次，她的嗓门比钟传芳还大。

古镇宣传手册上所谓的"四街"其实一共就三条半街：正街、新街子、新河街和半边街。庆梅一向以"新河街热闹、人情浓"为傲。

古镇里面一直保持着 20 世纪七八十年代自贡的旧貌，青瓦和石阶，家家户户间壁相邻，除非外出，都是敞开门窗，显示出一副"路不拾遗，夜不闭户"的古风。

但是小镇里也有不一样的人生：跟庆梅年纪差不多，高一个年级的两个男生，有一个贩毒，有一个还杀死了人，虽然是无意中杀死的。算起来镇上进监狱的人也不少，但这就是中国最普通的世道——有人情的淳朴，也会有底层的阴暗。

十几岁的孩子像一棵太早就从家庭脱离的树苗，遇到什么样的土壤就有可能长成什么样的树。

她念念不忘一个长得很漂亮的女同学，人又高，只是很叛逆，因为和一个吸毒的伙在一起，她妈就把她锁在屋里面，用了几把锁。她用钱诱惑她妹去偷钥匙，骗她给她开门之后就跑了。每次被抓回来她就想方设法跑，再抓回来又跑了。虽然她自己不吸毒，但就要跟那个吸毒的纠缠不清。

庆梅出去打工的那两年，也不知道她怎样。她跟的那个男人是一家土菜馆的老板，很年轻，没什么钱，长得也一般。但大概吸毒的人社会关系也深，不知道怎么就被人砍死了。

那个男的死了之后，女同学就又跑了，后来去上海打工的时候被别人包养了，因为她长得很漂亮。那个包养她的人对她也很好：给她爸爸买了一辆几十万的大货车，又给她在自贡的"人人乐"后面买了一套新房子。他俩一起很多年。

庆梅每次从外面打工回来，她都喊着她一起耍，两个人关系很好，都是一条街上长大的。不过庆梅每次跟她一起出去耍，却感觉她根本都不把钱当钱用。那时候街上那些混社会的、吸粉的，知道她有钱，就来骗她的钱。她每次回来用很多钱，被她爸爸各种骂。

后来不知道为啥，她又回来定居了，这次又跟了个沿滩吸毒的，她跟那个男的生了好多个孩子，其中有个女儿丢给了成都红十字医院，又生了一个娃给她妈带着，然后在那个男的屋里还生了一个还是两个。"光我知道的就有很多个，还有我不知道的，比方说送人的、丢掉的，那估计就多了。"那个男的最后因为吸毒死了，她就又失踪了。她爸妈搬去了自贡市里，没人打听得到她，据说她后来终于也开始跟那个男的一起吸毒，还到处借钱，"相当于这辈子就毁了。"

庆梅记得，偶尔和她结伴而行的时候，镇上的人脸上那种鄙夷的表情，庆梅偶尔会忍不住幻想自己万一走错了路会怎么样。那个女同学的爸妈都出去乱来，爸爸出去嫖，妈妈偷人，她觉得她走上歪路的原因，基因可能占一两成，"但是没有那个基因的话，不懂事的时候别人稍微带一下，也有可能会容易走上歪路。"

说到这里的时候，她想起当年钟传芳不允许她和那个女同学一块玩，虽然她无法判断妈妈的教育方式对不对，却第一次对妈妈给她的基因心存感激。

9

年复一年，庆梅也过了而立之年，镇上的人认为这个年纪不再有什么前途。由于得过荨麻疹吃了激素，她胖了二十斤，生过孩子的小腹微微隆起，她也从不化妆，皮肤的颜色由于不讲究的缘故和城里的姑娘泾渭分明，但她还抱有那种原始的生活方式，就算不觉得前程远大，但也活得有声有色。

现在庆梅的房子还在贷款，女儿也面临读书的学费，她却总给人一种很有底气的感觉，手头一有钱就借出去，被朋友数落"给钱给慢点"。她并不是把钱看得不重，只是觉得亲情才是生命中最重要的东西。而她和胖儿，如今也过成了亲情。

庆梅一直记得，胖儿从前没那么大的责任感，对她也没那么好。她想也许是因为那次的"医院长谈"之中还有一句话深深地击中了胖儿："我们两个千辛万苦走到今天，虽然日子不是特别好，但也算是将就。以后不要做让我很讨厌的事，如果我讨厌你的话，一定会离婚。"那之后他才开始过得小心翼翼。

胖儿变成了一个很有责任感的男人：到哪儿都会给庆梅打电话，干什么都会提前说一声。轮到他休息的时候，庆梅想去哪里玩，他一定带着去，想吃什么，他一定会带庆梅去吃，无论要买什么他也一定会买。两人还会因为买东西、买衣服吵架，因为庆梅总想着买便宜的，穿一下就换，胖儿则一定要她买贵的，两人为这个事情吵过很多次……跟他吃饭，他也知道庆梅喜欢吃什么菜，还会给庆梅夹菜，"我周围的朋友里，他是唯一一个会夹菜的男人。"

回到村里，树枝上的果实茂盛了起来，曾锡州又开始了四处奔波采摘的生活，他早上卖完猪肉，直到晚上天黑才回家，不去打牌也不闲逛，而总会带着一竹筐的野菜、葛根、桃子、青蛙等各种猎物回来。他现在负责干活，而不参与任何决策性的事务。钟传芳更没有什么可抱怨的事情。

这样的日子对于曾家也就足够满足了。

庆梅依旧过着"自贡—仙市"的同城两地生活，就如同她在现代和传统之间游走一样。大概多数镇上的年轻人一心只想要迈进新天地，只要指甲不再乌黑，皮肤不再晒伤，而对于庆梅来说，隔着高层玻璃看到的土地，和用手触摸到的，就是不一样。

只有一件事情，就那一件事情，会使庆梅觉得自己不太像那片土地长大的人。

2019年，她和胖儿开过一家羊肉汤馆，需要去菜市场批发整头的山羊，它们大多颜色漆黑，在那里的屠宰场悄无声息地杀了，才把肉运回来，极其个别的时候，才会牵回到后院，让客人看到它们是最新鲜的肉。但她从来都拒绝到后院去看宰杀活羊。"基本上（宰杀）我都不看的，但是没想到那一次阴差阳错看到了那只羊。"她顿了顿，"它长方形的瞳孔，装满了人一样的恐惧，四肢挣扎、乱踢乱动，不仅仅会惨叫，还流下来人一样的眼泪。"那一刻她突然也理解了当年放下屠刀就拿起酒杯的父亲，说不上是为什么。

从河的对面，油菜花地里看过去，可以望得见古镇靠河的这一边，那里有黄苗家的窗户、庆梅家的窗户。她们世世代代都居住在这幅画里，用自己的艰苦劳作构成了这幅画的一部分，然而我怀疑她们从来都没有时间和心情像我一样欣赏过自己的家园。

新河街一角。在古镇居住的老年人偏多，年轻人出门打工，或者搬走了。而这些老年人大多都很自立，带大了孩子和孩子的孩子，老了以后大多数时间也独自居住。

镇上的人有种庆祝方式，不限于婚宴，会在自家院坝上摆上几十桌，连吃几天流水席，不需要特意通知，镇上知道的人都可以参加。当地称为"坝坝宴"。

梁晓清在陈家祠门口

张开是指头，攥紧是拳头

1

2005年靠近年关的时候，梁晓清冲进医院，看到一个陌生人躺在那里，头发被剃光，眼睛充血，眼眶肿胀得像个紫鸡蛋，脑壳、脸稀巴烂。她喊了两声也没有反应，如同那只是个软绵绵的物体，而不是曾经高大魁梧的爸爸，她"哇"的一下哭了出来。

哭了那么一小会儿，她看到也哭成一团的妈妈，就掏出一张草纸，擤一把鼻涕，做了一个深呼吸，收住了。

那是梁晓清家里的一个重要节点，在那之前，爸爸霸道强势，大到家庭教育小到一分钱的去处，都得由他做主。那个冬天，他早上骑着自行车去上班，一辆三轮车逆行占道，把他给撞倒在地，迅速跑了。他后来被鉴定为智力残疾。

梁晓清那年18岁，在自贡市里的一家饭店做服务员，每天要上班，要赶着给医院的爸爸做饭，要把妈妈换下来的衣服提回家去洗，下面还有一个十岁的弟弟等着她回家给他准备吃的，她妈又不认识几个字，不会签字，所以她还要跑交警队……这个女孩的生活一夜之间被撕开了无数个口子。

多年以后梁晓清在仙市镇上定居，提起这段往事，关于童年、老房子，还有坳电村的回忆就会一同而来。位于坳电村的老家左边有座小山坡，小巧却神秘，山的一边是高约二三十米的悬崖，能望见青幽幽的梯田，崖壁上被树和乱石覆盖，一片杂草，里头经常有窸窸窣窣的蛇出没。

总有这样的时刻，当她觉得不堪重负，就爬上去坐在悬崖边，像是无所事事一样，看着老鹰在天空一闪而过，去了她无法想象的地方。

她家在这个村好几代人了，世代务农。家门口不远处有祖先的坟堆，据说是全村风水最好的地方，那里有一个藏得很深的古坟，历经风雨，很多盗墓的来都没有找到过。她爷爷几次三番在半夜都见到过祖宗的影子，从头到脚都是白色的、飘忽的，看不清五官，着一身旧式的长衫。

好多次天色未亮，为了赶时间，梁晓清都得从坟堆路过，她一点都不怕——可以想象，和压迫于头上的生活相比，鬼魂要遥远得多。

2

直到 1987 年梁晓清出生的时候，梁家依然处于"重男轻女"的旧思想氛围里。阿公被人称为"九阿公""九老伯"。他们那一辈，梁家急需劳动力，生第一胎、第二胎都是女儿，第三个还是女儿的时候，九老伯沉不住气了，一直大骂自己的老婆，女人气得用手勒住女婴的脖子，直到眼睛泛白。一个远房亲戚刚好推门进来，连忙把她拉开，才算救下了孩子。

九老伯一共生了八个孩子，其中四个儿子，梁晓清的爸爸梁茂华排行第六，人称梁六儿。他们遭遇过天灾人祸的饥荒年，梁六儿大概因此特别能吃。乡下人家从不知道如何爱和教育。一次大女儿烧火做饭，年代久远原因不详，九老伯猛地操起一把火钳打向她的头，大女儿当时就被打晕在地，一个人倒在了厨房灶台面前的地上，过了好一会儿才悠悠醒过来，并没有任何人敢扶她一把。

　　儿子的待遇也好不到哪里去，梁六儿有一次贪玩，没帮家里干活，跑去河里钓鱼，被九老伯拿着扁担追着打，直打到全身乌紫，也不罢手。

　　梁六儿是全家最不受喜爱的一个，尽管好和不好之间差别不大。他们不太理会他的感受，小时候留饭也好，长大了分房也罢，都是决定了才通知他。不知道是不是这方面的原因，他的感情阈值非常低，爱与恨都稀少得可怜。

　　没有文化的梁六儿一无所长，他体型魁梧，小腿上的汗毛如同钢针一样又粗又密，大概因为口吃，他寡言少语，沉迷于中医和钓鱼，依靠走街串巷给人理发来赚取一些微薄的收入。

　　大家公认他不傻，但他天生不擅长和动手相关的一切事情：家里的房子是最陋烂的，地是收成最少的，他完全不懂怎么持家。

　　21岁那年，因为父母之命媒妁之言，梁六儿娶了余群玲（因为在家排行第五，别人都叫她余五姐）。两人被安排见了面，又被安排很快结婚。余五姐是被家里人强迫的，梁六儿也不是不知道这一点，但他似乎对此毫无感觉。

　　那种年代理发是一个村、一个村地承包，一般来说，走村串户肯定见多识广，梁六儿应该借此成为全村最有见识的人，事实却截然相反，梁六儿一生都没有结交到任何朋友，没有去过比自贡更大的城市，也不曾被邀请到任何一个饭桌前把酒叙旧，就连至亲的妻儿也不曾为生活中的任何困惑向他请教。

梁六儿家是整个村最穷的一家，房子是竹编的土墙，多年以来都没有维修过。卧室的床上方有个阁楼，在房间的任何视角，都能看见上面突兀地堆满了柴。从门到床之间狭小的过道上，还挖了个大坑，用来放红薯。

一天三顿都是红苕稀饭，永远搭配一碟咸菜，梁六儿的上进心全用在钓鱼上面了，他觉得自己吃得饱、穿得暖，婆娘和孩子都活着，这日子就交代得过去了。

90年代的时候，余五姐的妹妹跟几个朋友去深圳闯，在那里学习了理发，做个造型都需要十几块钱，和内地的价格差异很大，于是写来好几封信："五姐，你喊六哥过来，这边的行情很好，以他的基础再学习一下，到时候如果他能做得好，就可以把娃儿一起接过来。"

梁六儿打死也不出远门，他对自己的那个小堰塘心满意足。

九老伯是远近闻名的风水师，村民们对于所谓的"吉日吉时"特别迷信，比如村里有个不讲究这一套的人猪圈想翻修，人被打伤了，狗都死了。大家都议论纷纷说是冲了煞，所以经常有人来请教九老伯"干净"的时间。

有次九老伯勘察完房屋，回家的路上，一个村民在自家门口招呼了一声，他身后的房子是新修的。九老伯看着那个门，问："你的房子修了多久？""一个多月。""你这个门开得不好，是个'医院门'。""咋子说？""医院门的意思就是家里人会生病。"村民连忙请阿公坐下，斟茶。"自从修了这个房子，老妈生病、老婆生病，娃儿生病……背时（倒霉）得很！"于是九老伯给他开了个整改风水的单子：哪天哪个时刻，把门的方向改一下，稍微斜一点点。据说自此这家再无事端。

小学刚念了一学期，梁六儿很认真地跟梁晓清说让她休学，因为九老伯给自家看过了风水："梁家注定一个读书人都出不了，就不要浪费那个钱了。"晓清年龄太小，早就被阿公的"风水说"唬住了，也还理解不了读书的重要性，爸爸继续诓她："如果你不去读书，就用那个钱给你买好大好大的花来戴。"

晓清并没有哭。这个家里一切都是梁六儿说了算，而他似乎生活在与家里人完全不同的世界里。他不抽烟不喝酒，不嫖也不赌博，偶尔去钓鱼，或者捧着本中医的书研究，看上去和村里的其他父亲不太相同，但却又没什么本质的不同。

从此以后，梁家除了"风水""理发"之外，又多了一个标志——"不上学那个女娃儿"。

学校往往是下午五点左右放学，梁家的土房在半山腰的一个小坡坡上，门口的路能连接到学校，每到这个时候，梁晓清就站在门口，看那些跳动的身影，听学生呼啸而过的笑声，一看就是一个小时。

梁晓清反复回忆当年的那些场景，有的时候她像一个陌生人，看着当年那个瘦弱的小女孩——当你对命运的神秘懵懂无知的时候，你不会知道事情会怎么发生、为什么发生。

2019年疫情过后，梁晓清开了家美甲店，成为仙市镇最受欢迎的店铺。她的脸部线条柔和，皮肤紧致光滑，除了那双关节粗大的手，已经很难分辨出她是个在田里靠天生、靠天养长大的人了。

她不太会对自己的客人说一个"不"字，对待她们就像是对待城里那些高级餐厅的菜单，只默默阅读，从不亲自下单。但是她有双杏仁形状的眼睛，如同小鹿一样，里面不时掠过一丝警觉、机智的光亮。注意过她的眼神，就能意识到她表面的不动声色，只不过是修饰过后的待人接物。

关于不能读书这件事，她的脑海里有无数幕妈妈伤心的脸，她在那里无声无息地哭泣，担心晓清长了会埋怨她，说她没有能力。

晓清从没为此哭过，实际上在她的人生中，眼泪稀少而珍贵。梁六儿丢给她一本新华字典，余五姐也会给她买一些故事书，她一个字、一个字地认过去，像认识附近山里的那些小动物：花脸獐、地滚滚、黄鼠狼……

2012 年的某天，晓清在驾校遇到个村里的姑娘，那人很惊讶地问她，你来这里做什么？她说来考驾照。姑娘一脸羡慕，当年村里面只有她和这个姑娘没读过书。这姑娘的爸爸是单身汉，穷得娶不起老婆，收养了她，因为不识字，所以她没有办法通过交规考试。

回到当年，"没有读书"的侮辱曾经无处不在。四处都埋藏着流言蜚语，别人打招呼的声音里都仿佛有只巴掌伸过来打在她脸上"啪啪"作响。"这个娃儿没读书的。""哦，就是那家的娃儿啊。"她还记得有一次门口响起了自行车的铃声，那是邮递员到来的声音。晓清走出门，那个男人费力睁开骰子般大小的眼睛，举起手里的几封信晃一下，举高，又晃一下，"你居然还有信？你认不认得出来哪封是你的哦？"

她白了一眼对方，从里面抽出写有自己名字的信，话都不说就转身，"砰"的一下关上了门。

3

在家自学的日子一点都不清闲。梁六儿性格固执多疑，人情世故淡漠，大概由于说话轻微结巴，轻易不开口，余五姐则活泼外向，待人友善真诚，两人靠近一米之内，必定像雷暴后的空气，紧张干燥、一点即着。

余五姐一生当中都未品尝过爱情的甘美，她和梁六儿是一个村里的，家里人觉得她人太矮小（一米四六，不到九十斤），而梁六儿个子高大（身高超过一米七），能干力气活儿，就非要他们在一起。余五姐家规很严，她不愿意，妈妈就说："小心你老汉要去吃药（耗子药）。"

余五姐有见过父母恩爱的场景吗？她说，印象中他们一辈子都在干活。而她自己呢？很多年以后，晓清问梁六儿："爸爸你以后赚到钱给妈妈买个礼物，戒指什么的吧？"他回答说："整勒些干啥子哦，扯根草草环起就可以了。"

梁晓清印象中第一次看到妈妈挨打，是八九岁的时候。有一年打完谷子，天刚擦黑，他俩吵着吵着就动手了。人高马大的梁六儿轻而易举就把余五姐掼在了地上打，一拳又一拳。隔壁的邻居就喊她："晓清你赶紧把你老汉拖开啊。"

"我自己都是个小孩呀，我根本拖不动，他是个大人，他为什么不帮着拖？"晓清就在那里尖叫，嗓子都喊哑了也无济于事。

从那个时候开始，晓清就觉得妈妈太过可怜。她每天都在琢磨，如果妈妈回来看见家里面脏，心里会烦躁，爸爸听不惯就要吵架，吵凶了就要动手，所以她从撒谷子、栽、管理（扯草草）到收谷子、晒谷子，全程参与。除了挑粪桶和挑谷子实在干不动，什么都干，大人只需要忙外面，而家里全被晓清承包了。

余五姐回来以后，看到地上扫得干干净净，桌子也很干净，柜子底下也很干净，就连要洗的衣服也都泡好了，还是按颜色分好来泡的，就很欣慰。

讨好妈妈，成为晓清一生的使命。六岁就开始在小锅中熬稀饭，七岁的时候，妈妈去田里，她学着在蜂窝煤上炒藤藤菜。

梁晓清也会对农村中女人的地位有过疑问：堂哥上学去了，家里还要给他留菜，本来一共就没有多少菜，大部分精华都给他夹到碗里了。看见晓清在面前，阿公有时候还要故意叨叨说："哎呀给我家梁超留点，他是儿娃子，以后要是挑个水喊他都会跑得更快。"晓清并不抬头，慢悠悠地说："那我就等着看他给你挑水，看他给你挑几挑水。"

村里有个神奇的女人。他们在背后叫她"坐台女"，她也就二十几岁，晓清总是看见婆婆嬢嬢们动不动就在后面指着她的脊背，用各种鄙夷的语气嘲笑她在外面卖。

农忙季节到了，那个女人开始忙里忙外，她独自一人，下种子、挑粪、收谷子，干着最脏最累的活儿。她的男人就像是把土地包租出去的大地主，非但一次都没有在地里出现过，还时常抄着手，叼根烟，像个二流子一样从村里这头晃到那头。

晓清看到过这女人光洁的妆容，也看到过她蓬头垢面下田劳作的样子。那个女人家里修了湾子里最好的一栋房子，不用猜都知道是女人寄过来的钱，还买了立体声的音响，男人专挑深夜显摆，破锣嗓子传到很远——有钱真是好啊，尽管那种嗓音让她想起杀猪。

后来那个女人又出钱开店，两人经营了一阵子，店子倒闭，便又以女人继续外出打工结束。

他用那些钱用得理所应当，她那么辛苦，他却那么安逸，而且他还要打她，打完之后她还继续赚钱给他花……晓清就在想："为什么，凭什么？"那大概就是晓清最早对男女不平等的疑问。她不懂男女之间的关系，如同她也不懂，"妈妈为什么不能离开家里那个姓梁的。"

1994年，余五姐不小心又怀上了，计划生育抓得最严的年代，被逮住了，就会强行引产。余五姐躲去了外地。

整整三个月，没有了妈妈，家里安静得如同地狱：梁六儿每天早出晚归，就像躲着她，回到家也好不到哪里去。幽暗的堂屋，隔着吱吱嘎嘎的饭桌，都能闻到梁六儿身上的汗臭味，还能听见自己肠胃咕咕的声音。饭菜还得自己来做，不只是给自己，还要给那个老汉。

梁六儿回到家，总是往那里一坐，等着晓清给他煮饭，煮完后得给他放在桌子上让他吃。夜深了晓清把水烧好在那儿洗脚，他也跟着来洗脚。

阿公和两个儿子是邻居，但隔壁阿婆偶尔想起来了，才会问一下晓清吃了没，说没有才说让她去吃饭。住在另外一头的叔娘，从来没有叫过晓清吃一次饭。

"没有妈妈的日子太可怕了。"人生中晓清单独和梁六儿相处的这一次，深切地体会到了自己对妈妈的依赖，也第一次体会了所谓的人情冷暖。

弟弟生下来，七岁多的梁晓清成了全职保姆。弟弟满月之后，她就把弟弟放进背篼里，一路带大。有时候和小伙伴一起玩，弟弟尿湿了，就带他回家洗，再折返回去继续玩。

过了三年，也才十岁，她突然发现自己的想法变了。从前她不明白，为啥子大家都嫌弃她，就因为她没读书？她以为对所有人都顺从，就能换回别人对她的喜欢，然而许多事情告诉她并不是如此。她开始变得"叛逆"，时常一个人坐在堂屋的门槛上想事情，让思绪在脑子里碰撞，也去尝试不再顺从每个人。

有一天梁六儿又跟余五姐打了起来，晓清根本拉不住，情急之下扔了一个凳子过去，接下来一次打架，她扔过去一把手电筒，准确无误地把梁六儿的头砸出了一个包，鲜血汩汩地流出来。梁六儿的脸垂下来，怒不可遏地冲了过来想打晓清，妈妈一把抱住晓清，用背挡着梁六儿，伤心地哭了。

若干年以后，当晓清刚刚成年，在富顺的一个厂工作，听说可以申请一家人住的宿舍时，晓清小跑回家，开心地让妈妈收拾东西跟她走。但是妈妈又哭了，她说这样子走了，两姐弟还会吃苦。

晓清知道，妈妈那个年纪的人经历过很多，从懂事开始，每次看到妈妈和爸爸吵架、打架，她就劝妈妈离婚。但是妈妈生病特别严重的时候，梁六儿也会背着她去医院。两个人又好像不能分开。

对于余五姐来说，她的世界也并不宽广，那个年代没有人离婚，村里只有一对离婚的夫妻，男的和她差不多年纪，女的略小几岁。女的很能出去找钱，队里的人就说闲话，说那个女的是干啥子的……她觉得自己承受不起这样的流言蜚语。"人家会笑你，这一嫁都没有嫁好，下一嫁会嫁好啊？那个时候的女的背的罪更多。"

还好她还有晓清。而晓清说她再也不愿意离开家，她怕离远了妈妈就会受委屈，不能让妈妈一个人在家，既然让她离开这个家她也不愿意，那么就让她来一直陪伴她、守护她。

2014年的一天，晓清回到家，平时余五姐都会很开心地和她打招呼，那次她只顾埋着头切菜，都没抬头看她一眼，晓清转了一圈，余五姐还是没理她，就问："妈妈你咋了？"余五姐的眼泪一下就滚出来："你爸爸又打了我。"

晓清把手里的东西一掼，冲到梁六儿的房间。

"你啥子意思？你打我妈咋子？"

梁六儿不以为然："以我以前的脾气，都不知道把她打成啥样了，哼！"

晓清说："就算她有一万个不对，你都不该动手，你动手就是你的错。娃儿这么大了，你不要再做这种事，有什么你好好地说，这是最后一次，当然我也不会对你做啥子，因为你不值得。这是最后一次跟你说：要是再敢对妈做点啥，我就把妈妈接走，再也不会管你了。"

那是晓清成年后对梁六儿最凶的一次，此后梁六儿再也没敢动手。

4

那年夏天，阴雨绵绵，有天晓清和弟弟看到梁六儿端个碗在家门口望，眼睛直勾勾地，饭都忘了吃，也走到门口看过去。

晓清阿公、爸爸，还有幺叔三家的房子挨在一起，梁六儿看去的那个方向是他家房子和隔壁阿公房子的交界处，坝子边缘有个堡坎，坎下面有几级梯梯，可以走到猪圈。阿公可能从那里滑倒了，上半身在坎坎上，下半身在梯子上。他想抓住个东西，借个力起来，起不来，手在那里无助地抓挠。

看到阿公摔在那里，晓清反应过来："你端个碗望那边干啥子？赶紧把他牵起来。"梁六儿头都不回："我就想看他自己起来得到不？""我说好，以后等你哪天摔斗了，我也望斗你，等你自己爬起来。"晓清边说边赶忙去扶阿公，梁六儿这才也跟着一起去扶阿公。

晓清觉得自己一辈子都不了解梁六儿是个什么样的人。他们之间彼此生疏，互相直呼其名，连动物之间基本的假温都没有。

小学一年级退学时，梁六儿曾煞有介事地跟她说："不读书的话，给你买一朵很大的花戴，还给你买漂亮的衣服。"然而她从未穿过合身的衣服，换季的时候，实在要买，也总是很长很大的衣服，为的是长高不用再买，结果不但衣服永远不合身，长高了以后那衣服也过时了。

买鞋也是如此，鞋底比脚还要长出去一截，边上的鞋襻扣不住，就用针线把它缝死。穿的时候很痛，所以晓清宁愿打光脚。有一次踩到了刺，梁六儿就用力地一把捏住脚，生生把刺拔出来。

为了鞋的事，余五姐和梁六儿吵了起来，结果又导致了余五姐被打。没办法，别人家是靠努力赚钱生活，梁六儿是靠把现有的钱节省下来过活。他把钱死死捏在手上，每一分每一毫都要有出处。他不信任银行，觉得所有银行都会倒闭，一张张破旧的票子就用一个塑料袋包起来，偷偷藏在装米的缸子里。

梁六儿倒是也相信因果报应：最早房子修起来的时候顶上只盖了

薄薄的一层瓦，有次梁六儿夏天睡在那里，感觉肚子上一沉，睁眼一看，一条硕大的菜花蛇，大概是从房顶的哪个缝儿掉下来的，他也不打也不杀，就顺手一扔。家里不得已让他杀鸡杀鸭的时候，他也会念念有词："下辈子你不要变畜生了，你跟阎王说一声，如果要报仇，也不要找我。"他不祭祖却只是因为舍不得鞭炮、蜡烛那点钱，阿公偶尔一次也会心疼这个儿子，说："我买了多的火炮、纸钱、蜡烛，你拿去烧吧。"梁六儿这才破天荒地去祭一次祖。

他有他自己的价值观和人生理论，"晓、晓、晓清……"，晓清知道他也不是要和人辩论，他没有那个能力，他只是以一己之力反对，再固执地坚持下去。

梁六儿一辈子以"自己不花钱，家里人更不许花钱"为人生准则，为了省钱，把热水开关拧到最紧，让它一滴一滴地滴下来，以为这样电表和水表就可以不走字，结果烧坏了两个热水器。

有一次有个孃孃到晓清店里来，说村里有个老人要走（死）了，让梁六儿赶紧去理个发。晓清连忙打电话，把位置告诉了梁六儿。过了好一会儿，孃孃急着去店里，发现晓清不在，就让店里帮忙的小幺妹短信转告晓清，梁六儿怎么还没到，就怕对方等得都要断气了。

晓清心知肚明是咋回事，马上拨通梁六儿的电话："你是不是在路上？""是啊是啊……""你是不是还在慢慢走路？""是啊是啊……"从这里走到姚坝下面的村并不近，她马上命令梁六儿："你赶紧找一个中巴车赶过去，不然以后人家到我店里问起，我再也不会帮你传了！"

晓清老公尝试过和老丈人沟通："爸爸你作为一个男人，儿子还这么小，还是应该适当负起家庭的责任。"

梁六儿冷冷地回答:"和你比,至少我没有欠债。"

"他一直以来的理论都觉得自己不偷不抢,还给家里修了个房子,已经很好了。"

刚刚懂事一点的时候,晓清有一次问梁六儿:"你这样的人为啥子要结婚?"她又接着说:"你就应该像村里的那些老单身汉一样的,哪有人结了婚,却对婆娘、娃儿一点都不负责任的?"

5

14岁那年,梁六儿觉得对晓清的"义务教育"已经结束,由着她在家里做家务活打发时间。在这种乡下地方,人和人的去向大同小异,晓清隐隐约约感受到,如果一个不慎,她的人生就有可能从不知道什么地方滑落下去。

2001年,在深圳的一个远房亲戚,说招理发店的学徒。晓清很奇怪,为啥招学徒要来老家找?她还说要找自己屋头的人才信得过。晓清又想:"为啥只有屋头的人才信得过?"不过她没有问出口,反正梁六儿也不让她去,就翻篇了。

亲戚其后撺掇了另外一个阿公的孙女,那个晓清叫作堂妹的小姑娘跟着走了。几年过去了,传言说那位姐姐和姐夫开的店有点不对劲,来来往往只有成年男人,据说还让那个堂妹提供所谓的特殊服务。

后来某日,余五姐和堂妹的妈妈聊天,她这才说:"你以为那个远房亲戚是个好人啊,把我家幺妹喊过去,逼她接客,一开头不愿意,后来没有钱租房啥的，也不得不从。"余五姐听得后背出汗。堂妹在发廊认识了一个老男人，很快结了婚生了孩子，又迅速离了以后，孩子送给了别人，也找不到什么好工作，生活得十分艰难。

晓清长大的村落，只有过一个同龄的女孩不用做家务，不用受苦，那是她的远房侄女，两个人一块长大，又都是性格直率、有一说一的人，所以一向聊得来。

侄女的爸爸对她无比溺爱，做了错事也不舍得动她一个指头，妈妈有时候觉得她不对，要打的时候，她爸爸就在旁边维护。

她家条件一向都比晓清家更好，最让晓清羡慕的就是，侄女跟她爸爸要钱，都是四五十地给她。

她长得像洋娃娃一样，眼睛很大，睫毛也长。像这种长得漂亮的女生，很多小男生整天围着她转悠，从初中开始，她就不想读书，整天跟那些男生到处晃荡，有时候晚上还赶到自贡去通宵玩，第二天凌晨才赶车子（公共汽车）回来读书。

有一次她问晓清："长大了有啥子理想，想去上啥子班？"问这个问题的时候，她们都只有十二三岁，晓清才生平第一次考虑这个问题。"我说我不晓得，我说我以后长大点才晓得嘛。我说你有啥子理想啊？难道都想好去上啥子班吗？"她回答说想到迪吧去上班。迪吧？晓清偶尔看电影电视也看到过，那是一个小女孩想都没敢想的地方，"为啥子喜欢在迪吧去上班呢？"她就说："那里的服务员穿的衣服很好看。"

小侄女实在太贪玩了，天天去市里玩，仙市有条中巴车路线是到市里的，车上的售票员对她印象深刻，因为她太引人注目了。"玩了通宵，早晨（从自贡下来的）车都到了仙市，她不晓得下车，还在蒙头睡觉。"婆婆嬢嬢在背后传得啧啧有声。

后来小侄女又和理发店的几个混社会的伙在一起，那些人私下商量要把她弄去卖，她被蒙在鼓里，以为是去上班。万幸她爸爸知道后，第一时间报了警，和警察一路追到了云南，差点儿出境了。

回家之后，才发现她已经沾上了毒品。她爸爸把她留在家，她妈过来喊晓清陪她玩，其实两人长大了，大家的爱好、接触的人都不一样，日渐疏远。晓清没有找到她，原来就趁她妈出来的这一会儿工夫，她跟奶奶说，想吃甘蔗，出去就上了马路，钻进早就停着的一辆车子，又跑到自贡去和那些狐朋狗友玩在了一起。

再后来，她在自贡的某个酒吧坐台，然后又听说，她被送去了戒毒所戒毒。很久之后晓清见到过她一次，她变得很瘦，打了个招呼，聊天话题已经不多，两人尴尬地坐了一会，从此以后再也没有见过面。

到现在，和晓清同龄的她依然没结婚，最后一次听说她的消息是在卖房子做销售，似乎过着一种居无定所的生活，之后就再也不知道了。

晓清觉得无比可惜，这是她生命中最好看的一个女孩，人很聪明，正常学习、长大，在这样一个靠脸吃饭的社会，不至于像现在这样，无声无息、无着无落。

那时候梁晓清不知道多么羡慕侄女有那样的爸爸和家庭。环顾四周，梁家的这个房子，五十几平方米的总面积，堂屋就占了一大半。一个四四方方的小窗户，是她人生中见过的最小尺寸的窗户，框住了全部的外部风景。如果想要拥有一点能见度就需要开灯，但为了省电，卧室里的灯泡只有 15 瓦，堂屋里的瓦数也才 25 瓦。

那点朦朦胧胧的光，在晓清头顶盘旋了很多年。

不读书的日子，晓清生活得十分充实：凌晨六点起床，随便喝口稀饭，就得去附近的水井挑水，一天要挑七八担，挑到家里储备着；挑完水有时候紧接着就背蜂窝煤，一个蜂窝煤五斤，从二十个慢慢加码到后来的四十个。这还是在她年仅十一二岁的时候，她的身高仅有一米三，十几分钟的路程，要走半个小时。

晓清六岁学会煮饭，七岁炒菜，十三岁就能搞定两桌人的菜，梁六儿后来不让她读书，她连和小伙伴玩，背篓里都背着一个弟弟，然后煮饭、洗衣服，负责力气活之外的所有活。

每天干完活，就是最期盼的时间了：晓清会自己在本子上乱画，看到一个卡通很好看，头身比有多大，就照着那个比例临摹下来。她可以半天时间都待在家里，直到把那幅画画好。

晓清最喜欢雨天，因为不用做什么家务事，只需要坐在那里画画。妈妈愧疚女儿没读到什么书，特别支持她画画，什么水彩她都会买来。

晓清画好了以后就贴在墙上，亲戚朋友过来都能看到，边看边称赞。梁六儿时常连那盏昏昏欲睡的灯都不愿意开，房间太暗了，晓清记得她要抬起头，屋顶上有两块玻璃瓦，只有那里能透出一丁点光线来。

退学之后，梁六儿买了毕业生的语文、数学课本，教晓清学，她觉得那些例题看完，一下子就能领会同类型的题。

有次学到减法里面的借位，因为一遍没学会，还被暴怒的梁六儿打了一顿，没两遍她立刻就掌握了要领。有时候去找同年龄的小伙伴玩，看他们写作业，遇到不会的题，晓清都会。

还有一次，闲得无聊跟着小伙伴去三年级的教室玩，老师也没赶她走，还当众问了她一道加减乘除，其他同学还没算出来，她就答对了。过了几天老师去晓清家做家访，劝她妈妈让她读书，"妈妈可能为了这件事，背地里哭了很多场。"

妈妈只能哭，一说到读书需要学费，梁六儿就一直摇头。

十四五岁，梁晓清又发现了一个好去处，跳上为郊区开辟的公交车，半个小时的摇摇晃晃就能抵达自贡图书馆。那里面有各种各样的书，类似《十万个为什么》《99个生活小窍门》《植物大全》等，有许多做人的道理和生活中的一些难题的解答，她好像进入了一个小天地，从前梁六儿所不愿意给予的，余五姐没有能力给予的，那里应有尽有。

让晓清在图书馆流连忘返的还有那里的冷气，有次不知不觉看到四五点，出门的时候在袭来的热浪里差点晕厥。多年以后晓清都对其中一个故事念念不忘，至今依然能够复述出来每个细节，故事叫作《没有伞的孩子，必须努力奔跑》。

故事讲的是一个孩子家庭条件很差，很努力地考上了高中，为了读书，他爸爸东家借、西家借，交完学费就没剩下几毛钱，只够一两个月的生活费，只能吃咸菜、馒头。不过他并没有坐以待毙，而是努力想办法，比如帮同学代买东西，赚点零钱。他随后很有魄力地用这点钱买了个手机，在学校的布告栏发了个广告，说可以承接各种单子，生意越来越好，还结交了和他经济状况差不多的同学，并且组建成了一个团队，一直做到他大学毕业的时候。他不仅顺利完成学业，还赚了相当一部分钱。

"当时没大看懂。"梁晓清说，"但就是一直念念不忘，感觉很有启发。"

6

18岁那年,梁晓清已经换过了两个工作,她去五星街的"粗茶淡饭"做服务员,慢慢跟着年长的同事学习待人处事。

有天晚上小灵通没电,她早早入睡,次日清晨一开机,几十条信息涌了过来。正打算看,堂哥打进来电话:"你不要急,跟你说个事,你老汉被车撞了,现在四医院抢救。"

冲到了医院,从二楼电梯口一出来,就看见一间大的病房,门口写着颅脑科的重症监护室。一个房间十个病人。晓清进去又差点出来,左边第二个病床,一个男人躺在那里,紫色的眼睛肿得很大,如果不是旁边站的余五姐,她几乎认不出来这是谁。他旁边的机器"嘀嘀嗒嗒"响,测试着心率和血压。

一开始虽然昏迷,但梁六儿总是迷迷糊糊说要起来,不停反抗挣扎,要把身上的管子挣脱,想用手来扯,被护士铐住了,两边的手都绑在病床上。以为他能安分了,说个话的工夫,他又在那里嘀咕,就像在跟自己喊加油,"一、二、三",一下子又把所有管子全部扯断了。

晓清不由自主和妈妈哭成了一团。

"幺妹你不要哭,你不要哭,你要是哭的话我也想哭,还有这么多的事情要处理。"

听妈妈这么说,晓清做了一个深呼吸,把眼泪憋回去。她让自己冷静了下来,接下来就问怎么出的车祸,现在什么情况,有没有报警,车主在哪里。

整整半个月,梁六儿都处于昏迷状态,即使之后醒来都不知道是咋回事，整个人是懵的。

晓清要上班，要照顾医院的爸爸妈妈，要处理交警队的事情。虽然她从来没有在妈妈面前表露出来，但她其实非常焦虑。即使爸爸对家里再怎么不好，但是经济来源都是他，万一爸爸不在了，晓清就是家里的老大，那么除了现在的工作做着，还需要再找一个兼职，得多赚点钱来维持家里的生活——她左思右想，食不下咽，没几天瘦到了九十多斤。

过了些日子，医生告知，梁六儿颅脑受了伤，脑花有个肿胀的过程，头盖骨一直压着，血管容易破裂，一旦破裂就会有死亡的风险。所以要么就把一块骨头取下来，等那个肿胀消下去，再拿一个进口的钛合金脑壳给他盖回去……但是只要涉及动手术，也有风险下不了手术台。

余五姐听着，紧张到手一直在抖，晓清就问医生说："我可不可以签字？"他问你多少岁，晓清回说18岁。他说可以，把关系写清楚就行。

看着余五姐失魂落魄的样子，晓清把妈妈拉到一旁："你想救他就救他，救他就签字，不想救他就这样。你要这样子想，你尽力就行了，只能交给老天，而且，退一万步说，你们的婚姻本来就不幸福……"

这段话似乎并没有安慰到余五姐，医生跟她们解释说，肿胀能自己消下去是最好的，也可以不做手术，再观察多半个小时，如果指数往上涨就动手术。

余五姐手足无措，眼泪汪汪，一句话也说不出来。

晓清很冷静，一字一句跟妈妈说："妈，我知道你在担心啥，你不要怕，就算是欠了别人的钱，我会去找钱，我会负责把这些钱还回去，你别怕。"

出生之后，这是妈妈第一次在大事上依靠晓清。还好手术很成功。那一年全家是在医院过的年。

另外一边，交警部门觉得肇事逃逸很严重，跟着排查下去，发现是个三轮车。晓清的远房哥哥也帮着找了《自贡日报》的人。虽然报纸只是用下面最小的一个小角落刊登了这个新闻，但那时候的报纸影响力很大，是城市所有机关单位唯一指定订阅的。晓清很快就收到消息：那个三轮车车主自首了。

梁六儿在鸿化厂上班，每天骑自行车，对方是三轮车，本来应该走另一边，但路有点烂，他就逆行占道，把梁六儿给撞到地上，然后就跑了。梁六儿挣扎了很久，不然的话伤势不会那么重。

她也曾经对外界有过期盼，在她奔波于医院和饭店，梁六儿在床上生死未卜的时候，后来的老公、当时的男朋友接到了她的电话，静静听完她的哭诉，他只是不知所云地说了一句："外面好冷啊……"

这件事情处理结束之后，晓清觉得家里变了，她自己也变得不一样了。她意识到，要摆脱梁六儿的"影响"和对别人的依赖，必须要靠自己。

从医院回去，餐馆的经理觉得晓清变得更加沉稳了，想升她做领班，但那却已经不是晓清想做的了。她一直酝酿着想学点技术，只是那时候结婚了，又花了几年的时间去生育孩子。

梁六儿出车祸以后，在晓清的鼓励下，余五姐去砖厂上班，她手脚麻利又肯吃苦，一个月能赚到一千多块钱，经济独立了。

梁六儿正式离开对家庭控制的舞台，他的时代宣告结束。

7

梁晓清家里曾经养过鸡，院坝门口总是散养着母鸡和她的小鸡崽，天空上方飞过一只鹞子，经过她家平房的时候，看见了鸡群，就低空飞行，来回在屋顶转圈。一旦人们不够警觉，隔得老远，鹞子就俯冲下来叼走一只小鸡。有一次一只鹞子冲了下来，母鸡猛烈起跳，狠狠地啄了一下鹞子，那是唯一一次她看见过的成功反抗，也有的时候梁晓清会亲自把小鸡放在母鸡身下。"但是大自然的事，你没有办法。"

2012年，阿公走后，78岁的阿婆身体依旧硬朗，就和大家商量决定，她每个月支付一定的费用，把养老生活平均分配给三个儿子。

她先去大儿子家，才待了一个多星期，但不知道怎么摔到了地上，嘴里吐出泡沫。大儿媳把她扶到家里的一个椅子上躺好，又去洗东西去了，过了一会又听见"砰"的一声，再出来客厅，老人家已经断气了。大儿媳哭得不行，说咋办啊，她在我这里走了，以后大家都会指责我没有照顾好啊……

家里人把阿婆抬到木板上，把下葬的衣服穿好，天渐渐黑了，家里人来来去去准备后事，守在一旁的晓清表弟听见阿婆的喉咙里发出一声长长的"咯儿"声，这才咽了气——也就意味着，之前的一天时间里，或许都错过了送到医院的抢救时间。

此后的那两年，晓清总梦到阿婆来找她，面容凄凉，说自己不该死，让她把自己救活，也只有她才能救活她……一次是谁在家门口过生日，晓清看到阿婆在小山坡上招手，她问遍了周围的人，发现只有她一个人能看得到阿婆。阿婆又在说要活过来，你要给我想办法。晓清说，我也没有办法，你都已经埋了、下葬了呀。阿婆就生气了，一把抓住她，骨瘦如柴的手臂却把晓清的手捏得生疼，你一定得给我想想办法。晓清就找了个道士，说是因为坟上破了个洞，需要做法，得找块红布，包一张符，把红布塞进去，用一个簸箕盖住，再找几个人按住。晓清就去找到家里的叔娘，依样画葫芦照做了一遍，还留了个心眼，把坟上的洞留给了对阿婆最不好的叔娘……

醒来后，晓清还能隐约地感受到手臂被捏过之后清晰的痛感，她自诩算不上是个迷信的人，做事从来都百无禁忌，但这件事让她困惑了很久。

很多年以后她搬到仙市的镇上居住，在去美甲店和回家的途中会经过一个十字路口，从那里也可以去瓦市、何市的方向。镇上有个传说，清晨六点之前经过那里的司机，很容易就会遇到"鬼打墙"，就那么几步的距离，转来转去都找不到方向。

对于身边所有的事情，晓清都尝试去理解。终其一生，她都对外面的世界充满好奇。结婚、生子，一直拖到2014年，晓清终于可以去自贡学习绣眉毛、做指甲、文身等项目了。"也不一定非要通过这个赚钱，哪怕能够改变自己也行。"这也是晓清长这么大，终于可以第一次为自己交学费了。

第一天去上课，老师要求在纸上学画眉毛，画完之后老师看了她一眼，就叫所有人围过来，说："你们看看，这可是人家第一天就画出来的眉毛，你们好生学习一下……"从那天开始晓清在培训学校有了一个外号叫"学霸"。她也开始慢慢适应那些友善的奚落："哎呀，学霸在我面前我都有压力，坐得离我远点儿。"

晓清第一次做眉毛是替其他学员做的，她画好样式，独立完成了。从头到尾老师也就看了两下，纠正了一下手式，居然就做得很成功了。

培训学校的结业考试，是把平时的表现和第一次操作，还有理论考试题做个总结。专门从湖南过来考核的老师最后咨询了一下同学，你们认不认可梁晓清是第一，大家都说认可。晓清站在讲台上，拿着几百块钱的奖励，人生中第一次知道了为自己骄傲是种什么体验。

第一年快学完的时候，晓清回来仙市，她观察到一个中心位置的药店，里面就有椅子，总有很多人在那里乘凉，她也每天去那里玩，随身带着修眉刀和眉笔，一来二去，晓清就试着问和她闲聊的人："你要不要来画眉毛、修眉毛？不要钱。"

她们显然都对效果很满意，晓清说，每天来这里玩都行，我每天都给你画。

因为画了眉毛以后的效果很好，传来传去大家就知道她在做，她们就说这个这么好看，就是回去洗了以后会掉，第二天就没有了，她们开始问半永久多少钱……到这个程度的时候，晓清知道，她的生意已经开始默默地播下第一批种子了。

直到现在，晓清也都时常免费为客户修修这个、剪剪那个，她家从未有过经商的人，但她专业过硬、做事靠谱、待人和气，很容易就留住了越来越多的客户。

结婚的头几年，晓清随老公住在乡下，和他爸妈同住。有一次晓清有一个朋友来找她玩，浓妆艳抹就来了，用的还是当时流行的死亡眼线。

朋友走了之后，公公就问："你那个同事，是城市人还是农村人？"

"是农村的，家在贡井那边的。"

他就说："哦？农村人嘛，还是应该有农村人的样子。"然后意味深长地看她一眼。

晓清回想起来每次化妆的时候，端坐于窗户面前，眼角的余光都能瞥见公公那种不舒服的样子。

她知道，他所谓的"农村人"的样子大概指的就是像婆婆那样，素面朝天，只干活不打扮，甚至这一辈子连裙子都没有穿过。"做婆婆这样的女人就太不值当了。"她长相平平，短头发，身材虚胖，长年穿着不辨性别的长裤，直到有了两个媳妇以后才生平第一次穿裙子，就因为她觉得穿裙子别人会笑话她。更重要的是像她公公那样的人，和这边普遍的男人一样，就觉得你女人就应该怎么怎么样，而婆婆果然就变成了什么什么样的女人。

"怎么怎么样"形成了家里的氛围，即使大肚子的时候，晓清也要做家务事，不能无所事事地闲逛。2007 年生完大儿子之后，老公从工厂离职出来，他白天经营修车店，晚上就和朋友去捉黄鳝、泥鳅，放狗追山兔。生完孩子后，晓清有几年赋闲在家，某天中午妈妈打电话约她去逛街，她穿了个外套，和外屋的老公打招呼："我去自贡一下。"结果老公看了她一眼，骂了一句："不出去耍，你会死啊？"

女人什么样，虽然在晓清心里也只是模模糊糊的影子，但她有一种类似于"自省"的东西。她没有上班的时候，觉得自己花老公的钱很心虚，孩子热了冷了，换季了穿什么衣服、配什么鞋子，老公有没有记得吃早饭，今天的情绪够不够好，这些都是她的职责所在。两个人的婚姻中，她曾经是更小心翼翼的那一个。他说得也很直白，给自己留了一手。当她试图索取家里的财政管理权的时候，也被她老公拒绝了："我一辈子都不可能是那种（交出经济大权的）人。"

她的店铺斜对角，有个服装店，女老板离了婚，独自抚养两个孩子，她每天都把自己收拾得很精致。然而有时候她一把大门锁上离开，隔壁的孃孃们就会嘴一撇："那个婆娘，又拿斗钱去嫖男人。"

美甲店里能听到这镇上最丰富的流言蜚语，和那些对于女性的诋毁中伤，晓清总是会保持有思考的缄默，她有自己的看法，也会希望通过自己来影响身边的人。

2013 年，晓清考到了驾照，买了台长安车，开车回老家的路上看到邻居，就很热心地带了她一段，邻居回村里到处夸赞她："那会说人家晓清不认识字啥的，你看人家现在驾照考了，车也买了。"

"这话传到我妈耳朵里，她就特别自豪。总觉得自己的女儿从小不认字，整天被人看不起，现在终于扬眉吐气，特别欣慰。"

8

在晓清的人生记忆中，爸爸对她好的事情似乎一件都没有，她时常觉得"爸爸"只是个称呼。只是基于血缘，让她做不到不管他。她有时候也会想，是不是因为妈妈从来没有感受过男人对她的关心，所以她当初对晓清老公的要求就是，只要你拿钱给她花，只要你不打她。

而就因为妈妈要求低，她才那么匆忙就和老公在一起，没有要求过一分钱彩礼，也几乎没享受过爱情里面被"追求"的滋味。当时几乎立即，妈妈就喜滋滋地同意了，19 岁，她就成了别人的老婆。"晓清至今都埋怨我，当初应该挡她一下，替她把一下关。"余五姐说。

在这仙市镇上，晓清和老公已经算是看上去关系很稳定的那种了。至少在余五姐眼中，这个女婿不打老婆，也不在外面乱来。

晓清从早到晚泡在美甲店，一个指甲、一个指甲、一根睫毛、一根睫毛地赚钱，不打麻将，不外出应酬，每天下午五点，女儿从隔壁小学放学来坐一下，晚上七八点老公来坐坐看看，偶尔也等到再晚一点和她一起步行回家。

但是，有的时候，夜深人静，家里人都睡着了，她一个人躺在那里，也会想：这就是我的生活吗？

2018 年，晓清在自贡学习结束之后，跟着老师学员一起去北京参加过一次大型美妆会。为了省钱，买了硬座票，从重庆到北京十几个小时，那也是她第一次出去见"世面"。

场面很热闹，全国各地的人都有，还有一些美妆界有名的人，曹国栋、辛丹妮等十几个老师，他们在现场就随机找人进行表演。

曹国栋现场抓了一个模特，她是单眼皮内双，看上去化妆难度比较大。一会工夫，他让模特在两千多人的会场走了一圈，远远地隔着大屏幕看着，那个模特妆后判若两人，晓清当下就热血沸腾，恨不得立马报名去他的学校。

那一年每个区域的人都会做一个造型送上去参赛，因为晓清的老师没有经验，造型没有其他人大手笔，没有夸张的服饰、过度渲染的舞台效果，结果第一轮就被刷下来了。

晓清并不在乎结果，那是她生平第一次察觉到这个世界的大，和自己所在地方的小。

那次的大会上她遇到了各种各样的人，其中有一个北京来的理发师，他说："如果你遇到一个人，他身上有你没有的东西，不管是技术也好，眼界也好，只要你能从他身上学到东西，就可以多跟他接触。"

晓清特别喜欢这句话，也特别喜欢在那个大会上见识到的一切。有时候她也会想象，外面的世界会是啥样。

离开北京的时候，老师说，你就留在这里发展吧，不要回到小镇去，那里没什么发展。这句话让晓清心动了很久。

从此以后，晓清几乎每隔个几年，总会想办法去外地学习一下，也渐渐喜欢上了和不同的人打交道的过程。

她也不是没有遇到过困难。刚出道没多久时，有客人问她使用的是什么化妆品，因她使用的是化妆品专线品牌，就顺口说了一句，在网上买的，化妆师都会用的。

客人当即就不悦了："你网上买的也敢用在我脸上？"

那位客人在牛佛政府工作，五官长得比较成熟，发量很多，人很瘦，又是冬瓜脸型，晓清给她设计了温婉一点的造型，但她不喜欢，一心想要很"空气"的造型，再加上之前的那段对话，两人之间的气氛变得很尴尬。

凑巧晓清那天没带合适的头纱，客人的头发即使收得紧了看上去都特别大一蓬，晓清让她有什么不满意就跟她说，客户没吭声，她还以为这个话题应该差不多了。隔了几天，婚庆公司找到工作室的人说新娘不满意，想换化妆师。

晓清为此自责了很久，直到工作室的姐姐跟她说，做造型化妆，要让客人满意，专业的技术还占不到一半的比重，沟通技巧要占很大一部分。

所有的经历晓清都会放在心里一遍遍咀嚼、反思。就靠着这样的磕磕碰碰，边做边学，她的事业一直在往前走，朋友也越来越多。更难得的是，她有一种镇上人都不具有的专业素养，说过的话一定会做到，约定的时间一定要遵守，尽管这个习惯常常让她受伤。

到现在，她小小的工作室几乎承包了所有和"美"相关的业务：美甲、美睫、化妆、造型、文眉、文身……客人们一个个涌进她的店里，心甘情愿等上一个小时、几个小时。她们不仅仅把自己变得更精致，也乘机倾吐着各种情绪和故事，就好像这里也成了小镇上女人们的心理诊所。

梁晓清对婚姻并没有太高的期许，老公就是极其普通的男人。他人才（颜值）没有多好，家里的条件也没有多好，最重要的是他们之间的沟通从未达到她想要的地步——她自然有自己的标准，而这些标准不仅仅是和镇上的人比较。

她也一直都记得，她去学习化妆的时候，老公一边鼓励她："去学嘛，没得事的，该花钱就花。"另外一边他又在跟朋友说："管她嘞，估计都搞不到事。"她老公其实从来没看好过她的工作，直到现在。

美甲店开业之后，远在浙江的远房姐姐来看她，只待了一天就和她说："晓清，你一直在向前跑，但是你老公在原地踏步，如果你们不能统一节奏，迟早有一天会分开。"

这段话让晓清想了很久，从前她怀二胎的时候，老公也照常晚晚都出去游玩、喝酒、打牌，沟通过无数次都无果，但自从她决定要靠自己赚钱的那天起，她已经无所谓了。

在梁六儿对妈妈那样的阴影下长大，晓清从来没有想过要把百分百的安全感放到婚姻中去。

9

钻进人群就会发现，这里的女性十分强悍，无论高矮，都能肩负重物，从不假手于人。大概生活中总是危机四伏，不使出全身力气，轻则鲜血淋漓，重则粉身碎骨。

晓清接待过一个北方女人，说话声音偏中性，外表粗犷，个子又高。刚开始还挺高傲的那种，坐到店子里面来，就说："啊，这些东西我都懂。"晓清也不生气，和颜悦色和她慢慢聊天，不知不觉，她就讲起了家里的事。

她和现任都是二婚，虽然这边的条件不是很好，还是为了爱情义无反顾嫁了过来。男方家拆迁了以后有个几十万，没想到她的婆婆就因此怀疑她看中了他家那点钱，又觉得她是外地媳妇，钱也不愿意交给她，担心她随时都会跑，连生活费都不愿意掏一分钱。

女人有一天跟她说，今年过了，就会和她老公离婚，待在这里没有意思，她的朋友都在外地。"我既不图你的人，也不图你的家庭条件，两个人合得来就在一起，合不来就算了。都没想到二婚会找到这样的家庭。"她的话说得特别直白，"连这么点对我好的要求都做不到，我何必要跟你在一起？"

晓清很同情这个北方女人，也莫名有种惭愧，"我们这地方不但对一个外地人不热情，还能这样对人家。"但她大概是女人身边唯一一个对她离婚一事不发表任何意见的人。

这镇上有着各色各样的婚姻形态，但就是容忍不了单身的女人、离婚的女人、出轨的女人。

晓清一个朋友实在忍受不了老公毫无上进心，和她不同频，提出了离婚。周围的朋友七嘴八舌都在谴责女方，觉得没有大的原则问题没必要。晓清把这个问题抛给老公："如果有一天出现一个比你优秀得多的男人，你会极力挽留我，还是愤而离婚？"

老公回答说："我会把那个男的砍了。"

晓清说不清楚自己是什么时候改变的，她不但对婚姻不抱有任何过高的期望，也慢慢意识到，在这个镇上，无人可倾诉，她和老公之间的鸿沟越来越大，两个人的对话仿佛是两个世界的人在自说自话。她会看手机、学英语，虚心向人请教，而老公除了修车，对这个世界的许多知识都懵懂无知，也根本不具有起码的好奇心。

晓清希望自己的儿子和女儿不是这样，虽然无法辅导他们的作业，但她竭尽全力提供他们一切的学习条件。两个孩子一个即将读初三，一个小学三年级，有一天小女儿拉着她的手，问她："为啥你的那个漂亮的朋友要找一个不好看还老的男朋友？"晓清被女儿的早熟震惊了，她也很认真地回答说："两个人之间的爱情是由很多因素决定的，你觉得叔叔长得不帅，但是阿姨多半因为别的因素选择了他。"女儿半懂不懂地点点头，晓清特意又加了一句："你将来长大了也会面临选择，无论如何都不要太早做决定、太早结婚。"

上个月老公找她谈了一次话，要把家里的经济大权都交给她，反省这么多年对她关心得不够，尤其是以前辜负了她太多的牺牲。这让她感到很意外。

前些日子，晓清照常起床后去了厕所，回来的时候，看见老公迅速把她的手机扔在床上，屏幕还亮着，拿起来的时候，停留在她和某个朋友聊天的页面。

她这才想起来，最近几次三番，老公都在用各种方式来浏览偷窥她的手机。而她出于无愧于心的想法，密码都是告诉过他的。

她从来都没有想过，她的老公有一天会变成梁六儿失散多年的兄弟。从老公当初那句"随便她去学，学不到啥子"，到外人的"你老婆又漂亮又能干，一心赚钱连麻将都不打，你还不看紧点"，像是很短的路，又像是走了三十五年才走到这里。

10

2010年春节的那天，一个肌肉比较发达的姑娘在五星街上横冲直撞，估计有急事，要走成螃蟹步了。梁晓清也在那条路上，她和嫂子到市里买年货，买了很多东西，穿得也厚，天气不错，很久没有这么逛了。

不料那个姑娘走到她俩身后，没有一声借过，就对挡在她面前等车的姑嫂极其不耐烦，念叨着什么"好狗不挡道"之类的话。

"你要咋子嘛？"

晓清这才看清她是自贡话说的那种"假小子"，其实到最后她都没有弄清对方的性别。对方除了身板比她宽，脏话也特别溜。对方估计也没想到，当她一拳头甩到晓清嫂子肩膀上时，晓清也一拳头还了回去。

那个人一把薅住晓清的头发，嫂子急忙扔下手头的东西也一把抓住那人，女人们的打架最后变成一场拉扯。

这一架到最后谁都没赢。

自贡人生性直率，粗声大嗓，三杯火酒下去，动辄性命直见，但他们的怒火来去都快。

看热闹的人把她们围得水泄不通，还拿着手机各种拍摄。

晓清肯定不是仙市古镇见识最多的那个人，但生活的历练让她如今对任何事都泰然自若、游刃有余。

她也不是没有见识过大大小小的摩擦意外：仙市最繁华的十字路口，争地盘的小贩，推搡得满地都是冰粉；亲兄弟争吵的，到最后脸上都是血。有的时候连本地人都很难讲清那条底线到底在哪里，然而无论如何不能示弱，弱就表示会被别人一辈子欺负。

截止到2022年，梁晓清家为了等待卫康院的安置房，已经在仙市古镇安居了三年。她家花了三十万左右，买下了一套一百二十平方米左右的房子，她和老公一间，妈妈带着两个孩子一间，弟弟一间，梁六儿宁可打地铺挤在冰冷的客厅睡，也不愿意按照晓清的建议搬出去一个人住得宽敞点。

余五姐像晓清一样越变越精致。孙子孙女和她很亲，这个大家庭也事事都尊重她的意见。梁六儿曾经很得意地说："你现在离不脱我了，我是个残疾。"当年车祸之后，他可能才意识到，倒下去之后，只能依靠家里人，他自此脾气大变，同时也变得更自私了，一副"我是个得了病的人”的样子。

从客厅的窗户望出去，是这个小镇边缘的几户平房，青瓦白墙，有点像晓清家老房子的格局。他们被几块稀薄的田地包围，居高临下地俯瞰，几个农民顶着烈日在耕种、施肥。再远一点就是已经开通了一年的高铁，可以想象车上的人们或许正满脸向往地去向远方，呼啸的声音有时候会如同水流般绵延到窗前。

偶尔晓清才会扫一眼呆坐在角落的梁六儿，他脑袋上留下了动完手术后“C”字形的疤，后来有一次癫痫发作导致门牙摔断，外貌已经产生了很大的变化。一家大小热热闹闹的时候，他蜷缩在客厅的角落就像隐形了似的，小时候那个耀武扬威的男人再也不见了，他的领地只剩下自己屁股坐着的那一小块。

晓清提醒自己，任何时候都不要成为梁六儿那种疯狂急躁的人，说起前几年的打架事件，晓清都觉得自己汗流浃背、羞愧难当。

“你不惹我没事，你要惹我，我一点都不让。”

这句当地人的实用哲学其实一辈子都存在于梁晓清的血液里。《圣经》里面有一句话“要救自己，如鹿脱离猎户的手，如鸟脱离捕鸟人的手”，她只是不清楚如何准确地表达：那双手摊开的时候是柔软的指头，攥紧的时候，就是一双拳头。

这里没有我的母亲

1

2005年决定从广州退学的那一年，陈秀娥从电子厂领到了一千五百块钱的工资，半旧不新的现钞，很有质感的一叠，回去以后躲在被窝里又数了两遍。她之前就在半工半读。那个周末约着工友，和同样在半工半读的同学一起去逛商场。

那是秀娥第一次挣到工资，她在卖电器的地方左挑右选，买了部联想手机，犹犹豫豫地数出去六百块钱。然后几个人又开始东看西看，这时同学路过一个摊子，见很多人围着，就钻进去看。过了一会儿秀娥发现，怎么喊她都喊不走，她脸上的表情接近于痴狂，呆在原地，就像中蛊了一样，拖都拖不走。其他人就说算了，咱们先走吧。走出去两步，回头望去，同学的脑袋淹没在一群人中。秀娥隐隐地总觉得哪里不对，就带着另外一个工友折回去，还好同学还在那堆人的包围里，她一把抓起同学的胳膊，一个字都不说，也不听那些人的吵嚷，强行把她拖走了。离开了好一会儿，同学像是突然醒过来，嘟哝着说自己受骗了。秀娥问她损失了多少钱，她说五百多，是她兜里全部的钱。

那之后没两年，带着大学一年级的肄业证，秀娥就和网上认识的男朋友结了婚，嫁去了宜宾，生了两个孩子。2016 年从宜宾回来，离了婚，从此带着孩子回到家乡仙市定居，成为一个单亲妈妈。

一晃六年过去了，秀娥彻底缩回到了自己小小的世界里，在这里她有年过六十的父亲，十三岁的女儿和六岁的儿子，还有一条狗和一群家畜。

秀娥喜欢拿着锄头刨地的感觉，她个头不高，皮肤黝黑，毛孔粗大，两只脚孔武有力地支撑着她敦实的身材，一看就是长年在田里下力的人。虽然年纪尚轻，脸上鱼尾纹、法令纹，一个不少，她总是扎着一根长长的马尾，笑起来的时候，突出的牙龈能毫不掩饰地吸引别人全部的注意力。

前些日子走在街上，一个陌生人和她打招呼，说是她的高中同学，但她完全不记得了。"一个人怎么连同班同学都想不起来了呢？"她嗟叹道，许多事情莫名其妙就从她记忆里消失了，但她唯独念念不忘当年的那个骗局。"外面的世界太可怕了。"她说，"太可怕了。"

陈秀娥是从不相信所谓"冥冥之中注定"等怪力乱神的东西的。如今她总是依靠一种本能来保护自己和自己的家人，即使老人们说，杀掉家里的喜蛛恐有祸事降临，但为了两个孩子不受到一点惊扰，她也会毫不犹豫地拿起拖鞋就把它砸个稀巴烂。

2

1987 年，陈秀娥出生于仙市下面的箭口村。从仙市镇的仙盐街一路向南，骑着电瓶车仅需几分钟，道路越来越狭窄，尘土飞扬中，各种半新不旧的土砖房、浑浊的鱼塘开始出现在路的两旁。天空中的云朵乏善可陈，透过光秃秃的玉米地、大片的芭蕉叶和藤蔓上蔫巴的丝瓜，能看到永远向外敞开的大门，几乎家家户户都养着一条瘦削而结实的看家狗。农民只要探出脑袋，看看天空，就能说出什么"冻桐梓花（'倒春寒'的民间说法）以后，就开始闷热"，什么"立秋的那天如果大太阳，接下来慢慢就凉快了，如果下雨，就叫作返秋，接下来24天都很热"之类的谚语——他们看重节气，一切都是看天过日子。

陈秀娥的爸爸陈二家里世代都务农，妈妈李娟是远近闻名的裁缝。生活艰难，这里的人大多信奉孩子"天生天养"。锄地下田的时候，把小孩子放进竹编的鸡笼，用石板压住，不到处爬就好。往往太阳落山回家，发现小孩子浑身滚满屎尿，就捞出来，用井水冲一下就是。

秀娥家的那一排，隔壁还有两家人，中间那户是男孩子，家里经常给他们买各种新式玩具，而秀娥家里的玩具都是自己做的，一个竹子编的蜻蜓就能打发整个童年。

秀娥很小就开始帮忙做家务，切菜、割猪草之类，时常会把手割破，老年人传下来的土办法，要么就是马上找墙壁上的蜘蛛网，要么就是用烧柴的灰，抹在伤口，用了果然就能止血。

十岁的时候，有次也是受了伤，秀娥去隔壁家，客厅的电视上还在播放《新白娘子传奇》，隔壁婆婆拿出一瓶黄色的塑料瓶，那是她第一次见到这种红的药水，婆婆说叫作"碘伏"，用它喷一下伤口就好了，用起来一点都不痛。"我记得那种感觉，记得那个瓶子，世界上怎么会有这么神奇的东西？"那也是秀娥第一次隐隐约约感觉到"外面"和她所在的地方可能有点不一样。

那时候爸爸、妈妈和妹妹就是秀娥的全部世界：父母之间感情很好，陈二常年五点起床，冬天煮红薯稀饭，夏天煮菜叶，煮好了之后李娟才起床，跟着喊两个孩子起床。他俩对孩子的教育观念不太一样，一个是严母，一个是慈父，有时候李娟一生气，陈二马上就插科打诨，但他俩从未到动手的地步。

只是记忆里，秀娥和妈妈之间的温馨交流，都变得很模糊。秀娥记得自己从小到大几乎没有吃过零食，小时候就特别盼望妈妈去赶场，因为她回来总会带一种简单包装的夹心饼干，中间夹着奶油，可以舔一口奶油，和着一口饼干，也可以把带有奶香味的饼干一起嚼着下肚。那是秀娥人生中的第一口美味，只有吃这个的时候妈妈从不会规定量，秀娥想吃多少就吃多少，但她知道"那是珍贵的东西"。

2004年，李娟在医院做完检查，第二天闲不住，照样去山上找柴。村里人有个习惯：为了怕有柴堆的地方可能会有蛇，烧柴之前，会拿一根柴棍去摇柴，以这种方式"惊蛇"，把蛇惊跑……那天李娟把所有的柴禾堆在了后院，摇了摇之后就拿了一部分回厨房，烧好了一顿饭。

后院那块地方有一个坑，是和邻居共同用来堆动物粪便的。次日早上邻居去舀一点粪来淋菜，却一勺舀起来几条蛇的尸体，一勺又舀起来几条蛇，最后舀起来四五十条蛇——那是整整一个蛇窝啊，全部都被李娟抱了回来，再惊到掉进去淹死了。两家人一起拿火钳把蛇的尸体全部捞起来，挖了一个很大的坑，埋起来了。

后来秀娥生活的箭口村随着仙市古镇的开发而变化，小山坡被推倒，农田被夷平，面前的土地变成了养殖的鱼塘……她再也不曾有过如此惨烈而震撼的记忆。那如同一个莫名其妙的征兆，那之后很快，医院工作的表哥就打电话来说，秀娥的妈妈是肝癌晚期，大概还能活十个月左右的时间。

3

陈秀娥在富顺二中上高一，平常住校，检查报告出来之后，李娟依然每个周末坚持送她去车站。从家里走到车站需要五到十分钟，那时候的乡村小道还没有铺上沥青，路面布满裂痕和坑洞，两母女慢慢踱过去，等女儿上了车，车子开走，她才慢慢走回来。

李娟从来没有当秀娥的面哭过，只是脸颊越来越凹陷，那一年她也才三十几岁，一个女人正好的年纪，秀娥的爸爸陈二也已经出去打工，生活本应该初露光线。"她有没有在夜深人静的时候恐惧过？有没有看着大女儿的背影心碎得一塌糊涂？"秀娥从来都没敢问这些。

秀娥记得，妈妈敏感而内敛，从来不倾诉，她嘴一闭，眉头一皱，什么话都默默藏在心里，自己一个人消化。她看到过妈妈背着背篼消失在后山的身影，多年以后当她自己也为人母，遇到困难解决不了，孩子不听话，又无人可倾诉，也只能拿起镰刀去屋后的树上一顿乱砍……恐怕只有这个时候，她觉得自己和母亲的灵魂连接起来了。

秀娥正在分文理班，学校要求家长去开家长会，家里没有座机，附近的商店有一个公用电话，出钱可以打电话。她一般找爸爸妈妈接电话，提前说好啥时候打过来。

她经常打电话回来询问妈妈的情况，那天下了晚自习也一样，她估计爸妈都应该在屋头，但接电话的是邻居，回应说："你老汉把你妈妈送到医院去了，120弄走的，你妈妈快不行了。"

那个年头只有最严重的情况才会叫120，她挂完电话，不知道怎么走回去的，宿舍的同学连夜帮忙她打包所有的衣服，塞进行李箱，又给她打了个车。

等秀娥赶回了家，家里一个人都没有，土墙内外都空落落的，房间里充满了黄黑色的光线，无数的蚂蚁沿着门槛爬向饭桌底下，正在竭力地搬动早已干巴了的几颗饭粒。等到第二天早上，陈二回来，问了她一个问题："你表哥说可以用人参来吊气，如果不吊气，就是一两天（就走了）的事，吊了的话还可以再坚持一个月，你觉得呢？"

表哥解释说，吊气对李娟来说肯定是很痛苦的事情，她当时已经陷入了昏迷与半昏迷的状态，但她趁着心里还有点清醒，还可以说话的时候，用仅有的力气说："想再陪陪孩子。"

于是就吊了气，那一支人参针剂价值一千多块钱，或许那一针真的起了作用，把妈妈在这房子里多留了一个月。

秀娥一直陪着妈妈，前半个月还能聊天，后半个月洗澡都得由她抱下来洗，上厕所也是她抱下来的。妈妈越来越轻，越来越轻，最多只有六七十斤，一眼望过去，只剩下一个长着肿瘤的大肚皮。到最后秀娥感觉她的重量都不知道去哪里了，她抱着的只是"妈妈"这样一个轻飘飘的称呼……

最后的那一天，妈妈陷入了深度昏迷，唯独喊秀娥的名字："秀娥啊，我的女儿，秀娥……"她一句完整的话都说不出来了。

秀娥的妹妹秀清当时 15 岁了。妈妈曾经做了几十年的裁缝，在金桥寺外面摆过摊。秀娥读高中的时候，抱到宿舍去的铺盖、枕头、罩子、衣服都是她一手操办的。但秀清却没有这个机会了。

秀清说："妈妈你死了我都要恨你，为啥姐姐啥子都有，我啥子都没得！"

所有人都憋着，没人敢哭，但是这句话让秀娥哭得撕心裂肺。

秀娥满 17 周岁的那天，妈妈就在那一天闭上了眼睛。

从那之后秀娥再也没有过生日。

秀娥的舅舅也是肝癌过世的。他去世的时候，秀娥表弟才八岁，他俩偶尔聊天，他会说，你做梦都梦不到他一个清晰的轮廓，你知道那可能是自己的父亲，但就好像是一台黑白电视机，里面的影像都在，就是一点都不清晰。

奇怪的是，这些刻骨铭心的事，妈妈在脑海里的印象，最后也只剩下些模模糊糊的轮廓了。秀娥翻箱倒柜也只找出一张妈妈年轻时候的照片，根本看不清楚。前几年的时候，村里来了一个公益组织给满50 周岁的老年人照相，她才知道很多老年人一辈子都没有照过一次相，他们照相的时候特别羞涩，对着镜头不知道是该哭还是该笑。

秀娥总会在冬天想起妈妈，大概最冷的季节和死亡的滋味靠近。"我说不好，但死亡大概就是一种冷的感觉。"秀娥有一次说，"冷到你会忘记一切。"

妈妈养了一百多只兔子，都已经查出肝癌晚期，她还背着一个旧背篓到处去割兔草，肝癌晚期的时候肝腹水让肚皮变大，弯不下去腰，她就跪着割。秀娥隔着一个小小的山坳看着，一只鸟"呱"地叫了起来，无比地刺耳，她恨不得用手去捏住它的嗓子，让它不要惊扰了妈妈割草，四周静静的，眼看妈妈肩膀倾斜，就要转过头来，秀娥赶紧从草垛上站起来，却发现自己醒在了床上。

陈二有一次不知道怎么说起来，说李娟从没因为生病耽误过干活，临死的前几天还在割草。秀娥觉得她受了这句话的影响，才会有妈妈转头时的那个梦，而当有人问到她的妈妈时，她下意识就想回答："她割兔草去了。"

曾经有相当长的一段时间，秀娥觉得其实妈妈并没有离开她们，她只是不在此地。

4

妈妈过世之后的那些年，许多土地开始慢慢荒废了，秀娥的很多邻居纷纷外出打工，剩下的年长者只在地里种些稀疏的蔬菜，和一些足够自家人吃的粮食。年轻人最多只是在村里过渡一下，就奔向了外面的世界。

在秀娥的世界里，村里的邻居无非就是没钱和有钱的，没钱的种地打工，有钱的开工厂。她身边最繁华的世界就是古镇，以此为圆心，她周围的职业都是农民、道士、媒婆、铁匠、餐馆老板、仙婆、卖肉的……最初认识她的时候，她压根理解不了"作家"是个什么样的职业，这样的名词让她的眼睛里充满了疑惑。

但她也像这个年龄的大多数年轻人那样会使用各种软件，每天早上在群里帮同事们登记，然后去美团上买菜，统一放在某个超市。只是她在城市工作的时间太短，有限的见识使她看不了太遥远。"很多事情判断不好。"她们单位的黄师傅说，"住在镇上挺好的，什么东西都能买到。"她丝毫不觉得这句话哪里不对劲。

镇上的大小超市倒是有若干，口碑最好的"优选超市"是个浙江人开的。超市所有的货物感觉都只是为了应付最"实用"的生活需求：城市里卖无糖咖啡，这里只有三合一；城市能买到专门洗内衣的内衣净，这里洗衣服洗内裤可以统一在一块肥皂上；城市有定型发胶，这里只有啫喱水；著名的瑞士水果软糖 Sugus 在这里也变成了一种国产的山寨包装……当然，和从前的供销社相比，这样的超市就足够了。

秀娥的家坐落在一块杂草多过粮食的小坡上，屋后被四季常青的小叶杨包围，和马路之间隔了一座浑浊的鱼塘，屋子的一侧用铁丝网圈了一块地方出来，大鹅、公鸡、鸭子，应有尽有。她还养着兔子和荷兰鼠，全都是准备养来自家吃的。

一条黑色花纹偏多的小狗出来迎接主人，尾巴像根硬邦邦的烧火棍在摇动。秀娥花了两个小时的时间做了一桌子菜，我学着秀娥的孩子，把碗里吃剩的肉扔给桌下的黑狗，问他们如何称呼狗狗，他们笑了："一条狗，要啥子名字。"

此后去过两三次，黑狗半生不熟地吠叫过，欲拒还迎地看我们进屋，警惕地弓了一会儿身子，才放松下来，老老实实地继续倚着门框。

再下一次去的时候，除了给孩子们准备的零食包，想起那条忠心耿耿的狗，就给它也买了两根火腿肠。走进秀娥的家，急忙撕开口子，递给黑狗。

他却急得吠叫了起来，尾巴下垂，腿往后迈，一直缩到堂屋的一个高凳子下面，萎成一团，嘴里还不忘"呜呜"地叫唤着。

"它不应该是这样啊。"秀娥笑了，她说，"农村嘛，大概没有人对它这样好过。"

截止到 2022 年的年底，秀娥只做过两份正式职业，第一份是在宜宾的五粮液厂，第二份就是回到仙市之后的幼儿园老师。她 2015 年回来仙市，30 岁的那一年离了婚，独自抚养两个孩子。大女儿今年 13 岁，小儿子才 6 岁。

或许当初她的路不应该只能如此。

富顺二中是自贡市数一数二的好学校，秀娥初中时曾经因为"成绩好、又勤快"全校闻名。在高一进富顺二中的时候排名前一百，意味着大学本科都稳妥了。但自从母亲生病，她每天晚上睡不好，梦见各种死人。

妈妈去世之后，秀娥成绩一落千丈。在生活上，因为学校可以申请贫困学生免学费，又因为毛笔字写得好，课余的时间，她帮同学抄写学习资料，也能赚几百元钱一个月，"暂时没有吃到生活的苦。"

2005 年，她只考到了广州的电子科大，刚去就水土不服，过敏、失眠、整晚睡不着，完全没有办法学习。更让她困扰的就是开头提到的那事：那年暑假，她去电子厂勤工俭学，第一个月发完工资，同去打工的大学同学约着她和其他工友一起逛街，然后就魔怔般地站在原地，拉都拉不走。

据那位同学后来模糊的回忆，钱都是她自己主动掏出来给对方的，回到学校，大家都猜测她是被人下药了。从那以后，外面的世界再也没有看上去那样诱人，反而变成了一个陌生的陷阱。

她对广州再也没有留恋，多年以后她凌乱地说起这个原因，含糊其辞地提起自己的退学。她说从来没有去参加任何同学聚会，她也不进任何微信群，不和任何同学联系，也不知道当初的同学近况如何，过得好不好。

踩在土路上的秀娥可一点不像缺乏自信的样子。她家的前面是黑黝黝的鱼塘，后面保留了一片蔬菜地，远处是密密层层的谷子，头顶的天空滚烫到微微泛蓝，走在高耸的玉米秆和杂草的缝隙里，秀娥敏捷而灵活，她走路的姿势有点外八字，脚掌比脚尖先着地……那是一种安全感十足，甚至带有些侵略性的走路方式。

秀娥不算早熟，但是按照爸爸的话说，是个"恋爱脑"，大学只读了一期退了学，她网恋的男孩过来仙市看她，两个人就确定了终身大事，她毫不犹豫地跟他去了宜宾附近的一个小镇。

5

他们在 2008 年 6 月份办了结婚证，那一年是北京奥运会，秀娥沉浸在新婚的快乐中，某些瞬间倒是和电视里的喧嚣无比共情。一年以后她就生了大女儿。秀娥才 21 岁，没有度过蜜月，没有彩礼，没有婚纱照。陈二只简单地看了一眼，没有给过任何意见。

多年以后，秀娥想起妈妈就心疼，一个母亲可以告诉女儿的，比如怎么选择配偶，怎么对待异性，男女之间怎么回事，她妈妈再也没有机会教她了。

生完大女儿之后不久，秀娥去五粮液厂附近玩耍，正好看到了招聘信息，她考试之后顺利入厂，做仓库的调度，每天录入信息，一做就是四年。

和男人刚结婚三个月，他的父亲就得了脑溢血，瘫痪在床，医药费、家里所有开支都是他们来出，他的哥哥姐姐什么都不管，他们一直供养他爸爸到过世，一分钱没攒下来。

在宜宾的八年，秀娥也体会到了她在仙市的家里体会很少的"重男轻女"。女儿生下来，婆婆妈妈特别不以为意，聊天的时候当她面用当地话说"生了个将来被人骑的（大概的意思）"。

按照当地的习俗，女儿是外人，养老就应该由儿子负责，男人的哥哥嫂嫂不管事，秀娥就成了唯一的全权负责人。

男人是开吊车的，赚得挺多，多的时候一个月两三万都能拿到，但开支也很大。秀娥的银行账户就像坐过山车一样，一会出现男人给的两三万块钱，然后车子要维修保养，朋友要聚会，又从账上划出去，这种高低起伏好像从未顾及过孩子的生活费问题，秀娥和丈夫沟通过，却并没有什么改变。

到了月底细算下来，变成了都是秀娥的工资在养家，她没有用过男人一分钱，直到生了孩子也如此。

婆婆也和她相处得并不融洽，生了老大还在坐月子的时候，秀娥早上五点多还在睡觉，婆婆就开始用音响在堂屋里放山歌，秀娥不得已说了她两句，请她尊重，婆婆立即就去找女儿哭诉。

婆婆那里的生活习惯是喝冷茶，用山泉水把茶煮好了就放在那儿，一大锅舀着喝。婆婆帮忙带秀娥儿子那一年，她常常把孩子带到山沟里，随身携带十多个煮鸡蛋，一壶冷茶。孩子饿了就给他吃鸡蛋下冷茶。吃了之后孩子经常肠胃不适应，动不动就闹着说肚子疼。

这种事情还往往发生在半夜两三点，秀娥那时白班夜班连上，下班已经晚上十一点多了，常常是刚刚睡下，电话就来了，说孩子不好了，但是宜宾市区到老家两小时车程，又没有车，没办法过去，以至于她工作的时候整天都会揪着一颗心。

有次单位派秀娥去陕西一个酒厂送货，她必须同去押车，需要五天左右的时间，她想来想去，不得不从宜宾赶到自贡，把三岁的孩子丢给爸爸。看着陈二那么小心翼翼，坐着也抱着，站着也抱着，秀娥没来由觉得一阵心酸。

生了第二个孩子之后，是秀娥一生中最焦虑、最缺乏安全感的日子。有时候半夜三更会突然惊醒。他们住的是老房子，如果要修房子的话肯定要存钱。她焦虑男人的工作不稳定，因为他是开吊车的，又焦虑他的工作不安全，更多地，还是焦虑将来养两个娃咋办……

男人却从未体会过这种为人父母的痛苦，他一如既往经常出去打牌，没日没夜，每次都骗秀娥说是开工。吵完之后又去，两人之间变成"欺骗—反欺骗"的关系。

有天深夜男人大汗淋漓、垂头丧气地回家，秀娥一再追问，得知那晚上他一次性地输了十二万。那天晚上，秀娥绝望到想提刀砍人。

秀娥的大女儿唯一一次看见父母互吼，大概就是那天晚上。两个人都没能忍住怒火，秀娥扔了个凳子朝男人砸过去，"其实就是想阻挠他出门，吓唬一下他。"那是秀娥唯一一次当着女儿的面"动手"，她以为当时女儿年龄还小，没想到多年以后女儿都记得，而这也成为秀娥一直以来的愧疚。

在乡镇，不打牌的男人女人很难找。夏天的下午两点开始（赶场的时候甚至早上七八点开始），所有的茶馆就泡上了开水，男女老少纷纷涌入，麻将的声音就是这个地方的背景音乐，打麻将也是这个地方唯一的休闲娱乐和信仰。

而像秀娥这样看见牌桌就绕道走的人在镇上绝对算异数。

她决定，如果要再找个老公，她的底线就是，不能打牌，至少不能在没有她允许的情况下打牌。

6

在仙市镇管辖的几个村里，箭口村处于相当核心的位置。

2003 年，随着古镇的声名远扬，政府也开始在箭口村开发起了农家乐、旅游村和鱼塘，但是不知道什么原因，村子没有跟着繁荣起来，那三年过后原来开发的地方废了，老一辈的人不止一次在秀娥面前叨叨，很心疼从前的农田变成了荒地。

原来的村道依然是泥巴路，从小镇的边界线牌坊那里走到一个斗大的农家乐遗迹"杜甫渔庄",往前再走几步就是秀娥家。虽然也就是个普通的一层平房,青色的瓦,浅黄色的瓷砖铺满了房子的外立面,那也是早些年陈二外出打工,一分钱一分钱拿回来重新修的。

靠着厨房的一侧土地,秀娥搭建了一个一百平方米左右的鸡棚,零零落落地种了一些菜,唯一有些荒的地方,"你小心别踩到了",秀娥指了指,紧邻着鸡棚的路边——"那是我妈妈的坟。"小小的一个,不注意的话以为只是用锄头随便刨出来的一堆凸起的泥土,陈二本来想等着小女儿结婚以后立碑,结果小女儿一直连恋爱都没有谈,这事也就无限期搁置了。

后院传来了公鸡的鸣叫,秀娥新近买了十只大公鸡,准备养肥了过年送人的,根据这里的风俗,大年三十杀一只公鸡,预示着一年都可以"雄起"。但看来公鸡还不适应环境,没事就在秀娥卧室下方的后院乱叫着。

厨房和养兔子、公鸡的小院毗邻,用的还是农村那种典型的土灶,一堆柴火上面架着一口巨大的铁锅,在这样的铁锅里做菜需要一定的臂力。秀娥轻车熟路地拨弄着木柴,把过滤好的豆浆在大锅里熬煮着——她自己做豆花。这一道简单的菜是富顺最有名的特产,家家户户都会自己用卤水点豆花,需要一个多两个小时,许多人家怕麻烦也就随便找个饭馆端一碗回来,但是秀娥觉得自己动手做出来的食物才最放心。

经过鱼塘的时候,一条死鱼浮起来,秀娥说:"天气太热了。"完了又补充了一句:"应该捞起来喂猫吃,这条鱼应该刚死不久,颜色没变,而且没有肿。"走两步指着另外一条死鱼:"这条就是死了两天的。"

秀娥每天待在这一亩三分地，凌晨起床喂鸡、喂兔子，洗衣服、做早饭，然后步行去幼儿园上班，再回家做饭，辅导孩子做作业，直到躺下睡觉，这就是一个单亲妈妈简单的生活。她没什么时间看手机，微信常常几天才回复，她聊天的内容里几乎不会提到别人的名字，就好像除了学校的几个同事，她并没有任何朋友。

仙市镇今年最有名的一个案子，恐怕就是箭口村一个叫作罗宗林的男孩被找到了。"宝贝回家寻子网"上至今还能搜索到孩子当年走丢的信息：1995 年 8 月 6 日，在仙市古镇河边垃圾堆附近被拐卖。秀娥跟我嘟哝，举例说明她对八卦的不感兴趣，说她几乎是整个村里最后一个知道这件事的。当村里有人说那个当年被拐卖的孩子是叔娘弄去卖的，她还吼了一句："不要这样怀疑人家，如果真那样会弄去坐牢。"

所谓的时代变迁在这里放慢了速度。就像仙婆这样的职业不但没消亡，反而发展到每个村都有一个自己笃信的仙婆。在广州的时候，秀娥记得同学有疑问就找搜索引擎，而在这里一切疑难杂症都交给了村里的仙婆。

从广州回来之后，秀娥慢慢也就习惯了这种节奏，她再也不需要闹钟了：随着第一缕晨曦投射到薄薄的窗帘，那就是她起床的时候，随着天际线呈现出淡淡的粉色，她也该慢慢步行回家做饭。

妈妈去世后，陈二在她读高中的时候和妈妈的一个堂妹交往过，那个阿姨长得特别像李娟，也有两个孩子，儿子比秀娥小一岁。秀娥隐约记得爸爸和那个阿姨相处得不错，她们也都不反对，但后来阿姨的女儿在广州结婚了，她去广州照顾女儿的孩子去了，再也没有回来，两个人的感情也就无疾而终了。

秀娥一直都觉得爸爸妈妈之间的感情是教科书级别的，无人能及。陈二不如妈妈细心，有时候又没有什么主见，还喜欢抽烟喝酒，缺点不少，却是她在这世间唯一的依靠。

秀娥在宜宾的时候，陈二的电话总是打不通，她只能打电话找邻居或者打给镇上的亲戚，让他们帮忙去找一下，转告他给回个电话。陈二喜欢四处找活路干，干完活儿又喜欢喝酒，万一要是出现什么问题，妹妹也不在身边，宜宾离自贡又有三个小时的车程，从那时起她就总惦记着回家。尤其是在爸爸的感情无疾而终，他自己再也不上心了之后，秀娥更觉得应该多一点时间守着爸爸，毕竟他也老了。

那时候经常都是和丈夫吵完架，她就很失望地回家来。一开始，男人居然是高高兴兴送秀娥回来的，大概想着没人管他打牌了，但他绝不愿意跟着过来，因为过来之后就成了上门女婿。他历来都有男性的那种自尊心，觉得男的就应该主外，女性就应该主内。

2014 年，秀娥清明节回家给母亲上坟，丈夫没有跟着一起回来，也没有接送，秀娥刚刚一回来，男人的妈妈、哥哥全都打电话来说，他爸爸快不行了，言下之意是操办这件事的责任都落在他们头上。

看她带着两个孩子辛苦，陈二把她送到了车站，等她到了宜宾的那个小镇，男人也没有出现，是他姐夫来接的。车站到他家二十分钟，乡村的车程也没多远，他妈反复跟他打电话他也不回来，秀娥回来马上跟男人打电话，他竟然还在打牌。"我说，你爸爸真的不行了（还没落气，在吐血）。"秀娥气喘吁吁地说。

然后他说了一句话，到现在秀娥都忘不了，在牌桌上的男人应付似的问她："死没嘛？死没嘛？死了我就回来。"

"那是对他自己的亲生父亲呐。我当时就冲他喊：'这是你的亲爹！不是我的亲爹！'"

他爸爸在旁边屋头睡着，秀娥躲到很远给他打的电话："你爱回来不回来，你可以不管这事，但一旦这事我完全来整，很多事情肯定就不是那么好解决了。"

这件事是压垮秀娥和老公之间关系的最后一根稻草。两年以后，秀娥提出离婚，男人完全没有争取两个孩子的抚养权。当然他其后很快又再婚，生了个儿子，取了个和秀娥儿子的名字一模一样的名字。

7

镇上除了镇政府、小学、中学和几家幼儿园，拥有两个大超市，四到五家便利店似的小超市，一家卖床单被套的店，各种（五六家）药店、邮政、银行、小卖铺，一家无名化妆品店，一家丧葬用品店，一个美甲店，若干家饭店，若干家茶馆（麻将馆），几个快递店。还有三家理发店，一个从名字到菜单都很像"A货"肯德基的汉堡店，三家说是糖水饮料也可以的奶茶店，一个小麻雀似的诊所，还有一个大的卫生院。

镇上的梁孃孃形容："点一根火柴的工夫，就足以把这个镇逛一圈了。"

这镇上工作的人里面，秀娥这样的几乎就是最年轻的一批了。至今为止，秀娥最好的工作履历就是在宜宾的五粮液酒厂做过调度。主要就是收发货。有货过来，做资料：入了什么东西？入了多少件？入库之后，有谁要收那个酒，或者是卖出几样，从库房领出去，也需要登记。还有货物的储存，注意每样东西的保质期等等。

只是秀娥不是合同工也不算是临时工。合同工是买保险的，但公司从来没有给她买过保险。她有日班也有夜班，夜班要从下午五点多到第二天早上八点，辛苦不说，除了仓库的同事以外，她对别的地方的人都不熟悉，也没有精力去认识其他部门的人。

那个时候她每个月拿六七千，赚的都是辛苦钱，只是没想到那竟然已经是她收入的巅峰时期了。

接下来两年，国家明文规定禁止公费吃喝，像五粮液这种比较贵的酒就首当其冲，那一年开始酒厂销量直线下降，一共裁员了两千多人，秀娥这样的"临时工"自然是首批考虑对象，她当时还怀着孕，酒厂只给她补偿了两万多。

直到回来以后，秀娥才发现她的专业和工作经验完全没有用武之地，想陪伴爸爸，又要照顾年幼的孩子，在镇上只有两个选择：一个是在"盐帮客栈"做服务员，一个月三千多，从早上八点做到晚上七点半；另外一个就是现在的幼儿园，薪水低，但时间更自由。

秀娥刚刚回来的第一年没有工作，还欠了一万块钱的债，被幼儿园录取之后，她领到了第一个月的工资，只有八百，而第一年每个月到手的工资平均也只有一千块。

秀娥本来很希望能够考进编制内的小学，但她没有教师资格证，也没有本科学历，代课老师薪水不但没有正式的老师高，而且也没有（"需要自愿放弃"）保险。她就去读自考，有一个"3+2"，本来读专科需要八千多学费，本科需要八千多学费，这个"3+2"五年读下来一共才八千多的学费。到2021年，她就缺一个普通话证了，只需要一个面试，这些证件就都能拿到手。

仙市小学要新建一个幼儿园，幼儿园要从小学独立出来，秀娥希望将来可以用现在的工作经历，再加上她努力考取的资格证书去面试，如果成为正式员工，她会有保险，工资也会提到三四千。

或者她就想像妹妹那样外出打工。但是每次一提起这个话题，陈二就强烈反对，他认为这个工作已经很合适：稳定，还有周六周日的休息时间，可以随时照顾两个孩子。

周围的人更是理解不了秀娥的"想法"，和他们谈起职业规划的事情，他们只会敷衍两句。

秀娥记得，她读书时学得最好的是语文。小学作文就得过很多次满分，初中也很多，甚至高中也时常有满分作文。

她的作文曾经发表在《少年文艺》，还拿过几十块钱稿费，全家都为此骄傲。后来是有一个同学说，当作家、画家的都是些穷困潦倒的人，那个时候妈妈已经生了病，她也觉得如果连自己都养活不了，还怎么照顾家人，秀娥就这样轻易放弃了作家的梦想。

"妈妈你想拣回以前的兴趣吗？"她女儿有一次突然问她，秀娥没说话，也许是没想好怎么回答。在她家客厅的书架上摆着《余秋雨散文集》《郎咸平说全集》《货币的战争》《资本论》《山海经》，虽然已经沾上了灰尘，明显很久没有翻开过，但这已经是我拜访过的这么多家人里面，拥有书籍最多的一个家庭。而在她卧室的床头摆放的，全是和"幼儿教育"相关的专业书籍。

"小朋友长大了想要做什么？"我曾经就"梦想"这个话题问过仙市小学的语文老师古老师。

她说："小朋友们想当老师、厨师，想当兵去保卫国家……"一个班级三十个学生，能说出来二十八个"老师"这样的答案。

这个问题我也曾经问过仙市小学的校长李毅，他性格温和稳重，对待同事如春风般温暖，出生于牛佛古镇，却对仙市有着浓厚的感情。今年49岁的他说："如果不用考虑现实，我希望可以在大草原上策马扬鞭，每天都看看那种'风吹草低见牛羊'的场景。"

大概在这样的地方出生长大，耳濡目染，更多的也是考虑生活本身。秀娥说，她身边从来都没出现过一个让她觉得可以效仿的榜样。

秀娥也曾经以为生活中出现过机会。她先前收到过一条短信，是兼职帮忙刷单的消息，她点击进去先注册会员，需要两百元，刷了几单，每一单都显示有提成，就是少。对方就说如果要提高效率，要先升级成黄金会员，再交五百元。秀娥这时候察觉不对，但七百元钱已收不回来了。

秀娥这才发现，自己的那点人生经验对于干农活、做家务、带娃，或是在自己熟悉的这个地方生活还行，一旦想去接触社会，总是一次又一次被意外击中。

8

2021 年 7 月份的一天，秀娥晚上发短信给我，说王大孃一大早到她家里去，给她说了一个媒。

她们都称呼王大孃"媒婆"，这大概又是一个在中国消失了的职业。不同于大城市里的相亲网站和大数据，这里更多地依赖于某个穿针引线的人脑海中的"大数据"。在这里当"媒婆"有几个必要条件：必须是本地人，必须人头熟，必须能说会道。

去年王大孃介绍了一个男朋友，和秀娥谈了半年，因为秀娥有儿女，他当着面说不要紧，背着面又抱怨压力大，说秀娥的月工资太少了，还拖着两个孩子。"我就想算了。而且他的情况还没有我好，赚的钱没有我多，也没有存款，电瓶车都买不起一辆，还反过来嫌弃我。"秀娥说。

8 月 8 日早上，一大群人聚在王大孃的茶馆，秀娥带着儿子来了。男孩是由妈妈还有小姨陪着来的，她俩都长着细长的杏眼，个头瘦小，那位妈妈说话细声细气。

男孩看上去瘦得惊人，大概没结过婚的缘故，有点稚嫩，看上去就是一副不爱说话的"老实样子"。

待了一会儿男孩带着秀娥母子俩逛河坝，一堆人在王大孃的茶馆里叽叽喳喳，夸秀娥的勤快、能干。王大孃说："她家屋头里里外外都是她。"转身又说："那个男的家里房子刚被占了，政府要赔一百多万。"

过了一个小时左右，两个人一前一后转回到了茶馆，男的妈妈追上来，非要塞一个红包给秀娥的儿子。两个人在那里推三阻四。最后还是被秀娥拒绝了。

我问她如何，她说："那个男的看上去还挺老实的。"

她又接着说："钱不能收，不然性质就变了，不能被别人左右。"

我说："你走了大家都夸你勤快能干，我说你聪明，但也许聪明不是他们看重的。"

她说："是啊，他们不停说我勤快，可女人也不是天生为了伺候一家人的，现在的所谓能干还不是给逼出来的。"

尽管双方的家长都对那件亲事特别积极，可是过后每次问秀娥，她都一副不感兴趣的模样，有次她憋了很久，说："感觉很难再让一个人重新走进我心里面。"

和男孩在微信上拉拉扯扯了几次以后，秀娥就失去了任何继续下去的兴趣。这让介绍人很不满意。

有次我在大街上撞见了王大孃，也许她觉得我和秀娥看上去很熟，和我寒暄起来："因为她妈妈和我关系很熟，我帮她妈妈找了几个都嫌弃她，找了几个都不要她，后来才和陈二好了。结果她又早死，这种命……啧啧，我就觉得你离了婚，拖着两个娃儿，人家愿意帮你养就不错了。人家家里两套房子，也有八九十万。虽然和城里人没法比，在这地方很不错了已经，你还要咋子？"

男孩发短信约过她，说开车来等她下班，她谢绝了，后来她非常清醒地说："安置费一百多万？如果是赔房子，那也就是个住的地方，拿到手，也没多少可以用。听说他就是个理发师，将来没有什么长远的职业规划的话，养一个家，家里多半还是会很困难的。"

她觉得自己需要的是一个强有力的支持，那个人并不是他。"我已经上过一次当了，现在不得不更加谨慎了。"

她把男孩拒绝了的那天，陈二一直坐在堂屋里叹气，屋子里显露出一股不擅长收纳的狼藉，没扎上口袋的零食放在桌上，三三两两的蚂蚁也循迹而来。"我都不晓得她到底要找啥子样子的，她妈妈又走得早，你有空找她摆一哈。"趁秀娥走开，陈二对我说。他是远近闻名的老实人，不善言辞，说话的时候两只眼睛习惯性地眨个不停，抽的是很便宜的烟，自己用纸卷起来的那种，手指头被熏得焦黄，几个指甲盖呈铅灰色，手掌宽大，长得像一块粗糙的、充满纹路的木头。

说完之后他就拿着根卷烟，半蹲在门框上，望着夜色中的鱼塘。这是枝繁叶茂的季节，四处都能见到生命涌动的迹象：远处的狗吠、近处的鸡叫、不知名的鸟鸣，一大坨乌云慢慢地滚动过来，仿佛暴雨将至。

9

那一年秀娥还在宜宾的时候，有一次梦到陈二去世，醒来之后很焦虑。过了三十以后，她终于有些隐隐地感觉到：她不想再关心外部世界的任何东西，因为她什么都改变不了。

于是那段时间秀娥就各种跟她妹妹催婚："我这里还有两个娃，娃长大了，毕业还可以打工，你孤家寡人一个。我是失败的例子，你不要跟我学。"

当年妈妈去世后，秀娥申请到了减免学费，是因为她已经在学校读了一学期了，可是妹妹去申请却失败了。

妹妹也喜欢读书，不愿意就此退学，抹完眼泪还不愿意离开，就在校长办公室门口的花坛蹲着。陈二拉她都不走。这时有个学生家长经过，看到这个圆圆脸的小女孩，觉得她很可爱，但却不明白她为啥蹲在那里。闲聊了几句，在旁边的陈二就一五一十全盘托出。

妹妹听得很尴尬，她原本就只是希望争取一学期的学费减免，其他的靠自己去挣。听着爸爸说自家"穷"，就把自己的头埋了下去。

那位女士听完了之后马上就说："这样，我收你的女儿为干女儿，学费我来掏。"她在自贡电视台工作，家庭条件不错，因为儿子读书一般，想给钱来这读书，没想到遇到个想读书却读不了的孩子。

从此以后，从高中一年级到大学毕业，全是那位女士出的学费，陈二就只需要负担小女儿的生活费。

妹妹没有辜负救助她的人，大学毕业后成为一名注册会计师，年薪二三十万。唯独就是"都三十几岁了，现在还是单身"。

秀娥觉得在这一点上自己不能和妹妹比。妹妹能遇到贵人，而她的生活则一塌糊涂。

也就是在人生观变化的那一年，秀娥回到镇上，正好遇到古镇修排污管道，把河水都放掉了，那也是她仅有的一次看到裸露的河床、干涸的河道，有几处浅滩都可以直接踩过去——这大概也就是仙市从前一直被称为"仙滩"的由来吧。那是秀娥第一次意识到，身边的世界，自己都不一定清楚。

她只能做到营造好自己的小家。她从不要求妹妹补贴家里，对爸爸也是一样的，但她希望妹妹能有一套属于自己的房子，还能找到一个把她放在心上的人。"她也是受过情伤的人，在大学的时候要朋友，六七年之后被分手。"

当然，即使对于"看过外面世界"的秀娥来说，感情和婚姻也应该是人生中的头等大事。奶奶把这话灌输给她爸爸，她爸爸又把这话灌输给她，现在就该轮到她来传授给妹妹。

镇上的人都默认一种观念：衡量一个人成功与否，和有没有房和车有关，和有没有固定工资更相关；而衡量一个女人过得好不好，则是和她"有没有人要"相关。

她们话语中有些常用的词，比如"要"和"看起"，比如"人家都不要她""人家没看起她"。如果一个女人和一个男的好上了，就是男的"看上了她"。言语中透露出一种性别的卑微。

秀娥也不例外。

10

回来仙市八年了，因为需要前夫签字——他也还在给抚养费——两个孩子没能改成秀娥的姓，但两个娃想改名字。他们都不愿意跟亲生父亲通电话，尤其是大女儿连接电话都不愿意，小儿子偶尔还愿意说两句，也就问候吃饭没有、在做什么之类。

两个人还在一起的时候，前夫都没怎么照顾过女儿。女儿有次说，以前你去上班他带我要，结果他把我交给一个阿姨，自己就去打牌去了，那时候她只有四五岁，在读幼儿园，但她记得很清楚。所以女儿对自己的爸爸总是很不耐烦："怎么这么烦人，（电话）又来了。"

而儿子两三岁的时候，爸爸来过一次，当时是夏天很热的时候，他带来一个西瓜，小孩子就深深地记住了那个大西瓜。因为他个头很小，对比之下西瓜很大。女儿则不以为然地跟弟弟说："你妈妈哪里就给你买过一个西瓜？而你外公也买过很多很多西瓜！"

儿子从此再没提过西瓜的事情。有次秀娥跟他提了，他反而说："你没买过吗？你买了更多更多西瓜……"

秀娥最快乐的时光莫过于和两个孩子待在一起，最大的烦恼也是孩子带来的。尤其是女儿更小一点的时候，一旦两个孩子一起发烧，秀娥就只能守两个床，一会摸摸这个的额头，一会搓搓那个的脚丫。

但秀娥已经忘记眼泪的滋味了，只有一次，孩子犯了错，她打孩子的时候，打着打着就哭了起来。孩子看到妈妈哭了，赶忙上前认错，大家哭成一堆。

无论什么时候，她从没想过找朋友帮忙，有次看到网络上的流行词"社恐"，她觉得她现在就是这样，仅有的精力放在孩子身上，跟外面的世界完全失联。

秀娥现在的生活也过得紧紧巴巴，儿子在学校一天生活费就是八块，还报了个跆拳道班，一个月最少需要三百多；女儿则在学素描。家里养了鸡鸭鹅，吃蛋也吃肉，蔬菜自己也种了。除了每周需要再买点肉，其他则刚刚好自给自足。

平均下来，陈二每个月也有三四千收入，那都是他偶尔几个月外出接活儿的辛苦钱。秀娥不敢用他一分钱。"老年人害怕生大病，如果少于二十万的话，解决不了任何事。"她跟爸爸说："你有什么钱的话就存着。"秀娥还给他买了商业保险，交了"新农合"，给全家人买了意外保险，一共花了一万多块钱，而她的存款终于从一万变成了零。

秀娥的愿望是能够拥有十万块钱人民币的存款，只要有这个数字，就能够给她带来切切实实的安全感。

前些天半夜，儿子起完夜，秀娥习惯性地摸摸儿子的额头，只觉得滚烫，儿子却睡得特别沉。秀娥爬起来给儿子测体温，38度，赶紧用酒精搓他的手心脚心，两个小时后再测就不烧了。

幼儿园的工作平时相对宽松，她早上八点起来，就先带着儿子去医院看了看，当时也没什么事。但当天晚上半夜儿子又发烧了，到了39.8度。凌晨三四点，孩子睡不着，在床上踩来踩去，一边不停地叨叨很热。

"你们两母子在干啥子，大半夜吵成这样？"陈二被吵醒，觉得莫名其妙。

第二天是幼儿园打新冠疫苗的专场，特别需要人手。直到早上五点女儿起来吃早饭，儿子还没有退烧，秀娥带儿子去卫生院，一边给领导发了个短信请假。对方没回，打电话也没接，秀娥急得不行，她从来没有请过假，那一刻她想："就算这工作没了，也只能先顾我的儿子。"她背着儿子到医院输了三瓶液，又守了一天，直到下午体温还是39.5度。

秀娥迫不得已，破天荒地在朋友圈发了一张医院的照片，配文写道："又是一个不眠之夜。"

输液输得差不多的时候她再打电话给同事，搭档才告诉她，领导百忙之中还问起来她儿子咋样了，她这才算勉强放心。

11

2020 年，统计局公布的自贡人均可支配月收入为五千多。而秀娥每个月拿到手的只有两千多，还没有保险。

有段时间她也疯狂地想重新找个工作，让人把她拉进了一个叫作"自贡内才招聘"的微信群。群里面每天都有各种招聘信息，工资收入从两千到五千不等，各行各业都有，但基本没有大城市那种科技 IT 类的项目。举个例子，他们发布的最新一条招聘信息是这样的：

大安区鑫盛诊所

- 招聘岗位：护理
- 薪资待遇：3000~3500

自贡大安区

- 招聘岗位：护士
- 薪资待遇：3000~3500

自贡大安区

四川三阳企业管理有限公司

- 招聘岗位：申通快递兼职

- 薪资待遇：3500~4500

自贡自流井区

自贡市高新区福羊子餐饮店

- 招聘岗位：服务员
- 薪资待遇：2600 以上

包吃

自贡高新区

自贡市高新区绿洲茶香茶楼

- 招聘岗位：茶坊经理
- 薪资待遇：3500 以上

自贡自流井区

这个群的信息很多，招聘启事天花乱坠，甚至每五条招聘信息里就会很不专业地夹带一条相亲的信息，什么"相亲派对""相亲界的饕餮盛宴"……秀娥看到这些心里非常矛盾，她的要求不高，比现在的工资高一点，单位能帮她买保险就可以。然而每每到最后下决心的时候，都是陈二一句话就给她泄了气。

"万一遇到骗子怎么办？"

陈二之前都打的是短工，熟人介绍熟人的活儿，基本都是日结或者周结。有人说秀娥回来的那一年，他去打工，老板携款跑路，结果半路上被陈二遇到了，老板倒也不慌，跟他说，你等等，我去朋友家弄点钱先支付你。于是陈二规规矩矩地在街边等了半天，最后对方也没出现，他去问门口的保安，人家说："我们这个小区有三个门的。"

秀娥除了在五粮液的工作，在幼儿园一做就是这么多年，她和父亲一样不了解很多职业的工作流程怎么样，不懂得在城市其实老早就可以申请劳动仲裁，对用工单位借故不交保险的行为也可以抗争。她只是对外面的世界有种隐隐的担心，以至于有次一个朋友给她介绍了一个靠谱的在成都的工作，满足她的一切想法，最后她左思右想还是推掉了。

我认识秀娥没多久后，她就收到了来自领导和周围朋友的"质疑"：为什么她会和一个作家成为朋友？或许在她们的眼中，秀娥就是一个最普通不过的农村妇女罢了。

12

秀娥把她的远房亲戚介绍来给我打扫卫生。没多久她来做客，犹犹豫豫地表示亲戚干了两天，有点担心这个外来的人是不是骗子，就怕我会拖欠她一千块钱的工资。

那是我第一次意识到"信任"这个词在这种地方的底线有多么低。没有大规模的外来人口参与当地的经济生活，小镇本质上就还是农业社会。而农业社会的最大特征就是自给自足，以及熟人社会。他们大多是通过自己的生活经验来判断一个事物，一旦超出他们的认知，他们就无能为力。

这种"不信任"处处皆是，秀娥所在的幼儿园，这两年开始安装了监控，方便家长随时查看。秀娥觉得那是教育的失败，完全干扰老师的教学。虽然监控早就安装好了，但她所在的班是第一次有人开监控：全班 36 人，有 18 人交钱开通了监控权限。

前些天体检的时候，有个小男孩在秀娥面前测体温，她摸了摸他的额头没有发烧，没想到放学后上车的时候小男孩却突然发烧了。接送的老师看他脸很红、眼睛也很红，问他咋子了，他就说他发烧了。接着问他，幼儿园的老师晓得吗？孩子回答说，老师晓得。

重点来了，接送老师下车就跟家长说："孃孃你要带他去看下，你的宝贝放学了以后才开始发烧的哦。""那是很重要的一句话，我特别感谢。要是那句话没带到，我就遇到鬼啦！"秀娥想起来都无比后怕。

镇上几乎没有外来人口，从其他地方搬迁过来的也几乎都是附近村里的，大家相互之间知根知底。我曾经为了自己的"身份"问题烦恼过一段时间，对于大多数镇上的人来说，所谓的百度百科（上面有对我的介绍），我出过的书，和地摊上的连环画没什么不同。

村里生意最火的就是仙婆这个职业。他们尊敬仙婆，会在仙婆面前毫无保留地报出自己的生辰八字、隐私、疾病，并把仙婆念过咒语的鸡蛋奉若神明地拿回家吃掉。他们也习惯性地会让邻居亲戚评判那些出轨的、吵架的、忤逆的等各种家庭琐事——或许在他们眼中，村里有威望的长辈远远比看不着、摸不到的互联网，以及远在镇上的政府机构好使得多。

没过多久，河边开饭店的罗半儿弟弟罗老三回来的事情又传开了：

罗老三从前是贩卖香烟的，他三十多岁的时候，有天拿着几千块钱出去进货，再也没回来，因为他有妻子、女儿，别人以为他要么被谋财害命了，要么就是和谁私奔了。

二十年以后的某天，罗家老大的楼下来了一个人大喊大叫，喊了很久，老大的女儿下楼来，发现竟然是那个失踪的罗老三。

直到这个时候罗老三才知道爸爸妈妈去世了，他大哥也已经死了很久了。他回忆说自己被拉去做工，每天被三道大锁锁着，不见天日，没有电视、没有任何娱乐休闲，就是从早到晚干活。

衣衫褴褛的罗老三就像是从《聊斋志异》里面逃出来的人物，他所知道的、说出来的都是二十年前的事，看着罗半儿家后来修的房子，甚至对水泥地都稀奇得不得了。

原来是因为他得了重病（后来知道是得了癌症），那个老板才"良心发现"，根据他的口音随便给他买了张到内江的车票。其他同行去的不知道死了多少人。他摸爬滚打、千辛万苦从内江回到自贡，唯一记得的就是他哥哥自贡老房子的位置。

罗半儿知道他弟弟是被骗进了所谓"黑砖窑"，就想去告官，罗老三还拦着说："老板对我挺好的。"他心疼他弟弟，帮他安置下来，给他买了保险，但是那些年的生活太缺乏营养，不到一年，罗老三还是去世了。

还有新街美甲店梁晓清的一个远房姐姐，十来年前，经由朋友介绍，说是去深圳打工，她一路跟着南下，直到进入工厂才发现不对劲，那个工厂只发工作服，只管饭，其他什么都不给，一年365天大门紧锁，哪里都不让去……她也是百转千回，发现了厂里的一个熟人，一步步帮她，千辛万苦才回到了家乡，从此足不出户，对这段往事也缄默不语。

如果没有亲历过此处的冰雹，很难说出什么命运无情之类的话，王大嬢有句形象的描述："烟雾弥漫，整条街都烧起来了。"这种形容勉强能道出老天爷狂躁起来，让人身心灵都战栗的感觉。

罗半儿现在的家，也就是秀娥小时候喜欢过来玩耍的地方。那时候秀娥还天真外向，时常光着脚丫把泥巴路踩得"啪啪"作响。

秀娥最喜欢的休闲项目是有空的时候在镇上毫无目的地转悠。有一次她给我带路，七绕八绕到了镇的东边，隔着沟壑和新修的道路，一列高铁呼啸而过，像只在野外伏击的猛兽，秀娥一句话也没说，站在那里好一会儿。二十几年前，这里全是田地，秀娥的母亲一路寻摸着割草，她挥舞着镰刀，让一个农村女人的孤独、失意和说不出来的什么东西，一米一米地消失掉。

风远远地把尘土扑在了脸上，杂草全都站立起来，玉米地消失在钢筋水泥的高架桥下面。

没过多久，下着大雨的一个下午，秀娥找到了我，说她反悔了，犹犹豫豫地表示她这样的小人物没有任何写下来的必要，后来又改口说希望不要使用她的真实姓名。我尝试和她沟通，她用手捋了一下被雨滴凝在一起的一股头发，一边口不择言说出来："我这一辈子，吃过太多亏，受过太多骗了。"

我这才知道她一直以来是怎么看待一个外来人的。她把"骗子"这样的词用得过于得心应手。

"广州那次的事，我的婚姻，周围的惨痛教训，因为经历过太多，把我的信任一点点磨没了。"她结结巴巴地说，"你不知道，即使经过很长的时间，很熟的人，我都很难去相信。"

她说完之后，气氛很尴尬，她也并没有试图安慰我。想起之前网上搜索仙市古镇的时候，有个视频里的采访，一个当地人模样的人说这里的民风淳朴，相互之间和睦可亲，"吵架的几乎没有，连嘴巴上乱骂的都没有。"有一瞬间我试图说服她，想跟她阐述一些道理，一个人没有必要为她自己不需要的东西欺骗另外一个人，或者随便什么解释性的东西都可以。

但是一只从房梁上掉下来的大蜘蛛打断了我的思路，它有拳头那么大，脚特别修长，长得像只螃蟹，其实那是"白额高脚蛛"，又叫"白额巨蟹蛛"，对人无害，专治蟑螂。

我还没来得及说什么，秀娥闪电一般地弹起来，下意识就抄起倚在门把的扫帚，轻轻一扫，蜘蛛痛苦地缩成一团，再也不动。

窗外此刻天色阴沉，闪电中的陈家祠堂紧锁着大门，古镇变得昏黄而模糊。雨季悄然来临了，隔个十来步，不远处的码头又要慢慢积水了，一旦河水泛滥，那些渡船和驳船就会被冲到岸上来，连同淤泥、烂树叶和一些脏东西。此地的暴雨灾害经年都有，冲毁堤岸、淹没民房、扼杀田坎，看上去温柔的雨滴转眼就有可能演变成惊人的力量。秀娥说过，她家曾经就住在河边，被上涨的河水冲走过麦子、牛、被子……看风水的说"需要有靠山"，他们这才搬到地势更高一点的地方。

豆大的雨点骤然降临，屋顶的瓦显然还没有做好准备，缝隙里"滴滴答答"漏下来一些水，还有的干脆砸在了老旧的横梁木上。我们都僵在那里了，仿佛一同沉入了河底。门推开了半扇，光线深沉而黯淡，空气中飘来雨水夹杂着河水的腥臭味道，秀娥一边摇着头，一边往后退，整个肢体语言都写满了畏怯和怀疑，一道深长的抬头纹却出卖了她内心的凄苦。

放咸

1

2006 年 8 月 1 日，论农历应该是七月初八，詹小群还差三天就满十岁。阿婆（奶奶）把辣椒炒肉端上饭桌，堂屋里香辣气味氤氲，爸爸、妈妈、詹小群和弟弟挥舞着筷子大快朵颐。那个中午是她一生中无数次重复想起的阖家欢乐的场景。爸爸詹泽和每餐无酒不欢，初八这顿午饭却并未如平时般放量鲸饮，只喝了不到三两白酒。小群将肉夹到逐渐酡颜的爸爸碗中，詹泽和放下酒杯，撩肉大嚼，仿佛生平第一次知道这肉的美味。

詹小群吃完饭，蹦蹦跳跳出去和邻居小伙伴野炊，下午两点许，她跑回家找打火机。堂屋里寂静无声，詹泽和躺到床上和衣而卧。小群喊他不回应，就笑嘻嘻地去摸父亲手足，那间瓦市老房子白天照例不点灯，窗外光线暗淡，屋顶上仅有一两块玻璃的亮瓦，于是父亲脸上有一格的光亮，但他一动不动，口中欲说无言，只余眼神定定看向女儿，这一眼仿佛已耗尽平生气力。

这一眼或是之前喝下的劣质白酒，确实耗尽了詹泽和的所有气力——从突然发病失声失能，到一周后死去，詹泽和再也没有从床上起来，也没有再讲出只言片语。家里并无积蓄可送他去医院诊疗，便请得乡村医生胡乱打了几针。打到第三天，詹泽和臀部紧绷，肌肉下意识地躲避针头，阿婆喜滋滋跪谢神明："有反应啦，要好起来了，好起来了。"

然而死神一周后直接带走了詹家的最后一个男人，詹泽和死时年仅42岁，因未死在医院，故而死因不明，旁人猜测大概率是酗酒引发的脑出血。

家里连火化的钱都凑不出来，阿婆去求生产队，官家出面给火葬场打电话免了火化费。自然也没有钱买寿材或是骨灰盒。小群的姑妈姑父到很远处，花一百多块钱买了个装猪油的罐子，把火化后的骨殖放进去，再用一尺多的红布裹紧，外面再包上一层厚厚的衣服遮盖。因为怕车上旅客看到了是罐罐又是红布包着，还紧紧抱在怀里，怎么都能猜出几分，介意太晦气而不让他们上车，他们就一段路、一段公交车交替进行，上车，下车，几个人相互遮掩着骨灰坛，就好像悲伤也因此而分散了似的。

"我心里一直都有一根刺。"多年以后，小群表述这句话的时候语气平淡无奇，却无意中揭示了她前十六年的全部隐秘。

现年26岁的詹小群居住在仙市镇箭口村，此地经济没落，所幸乡野不算荒芜，一年四季都能看到有人漫山遍野采摘地木耳、鸡丝菇、竹笋。自贡盐业发达时期，当时被称为"仙滩"的仙市，中草药也非常出名。出仙滩东约一公里的地方，以金银山、狮子山、葛藤山为中心，避暑胜地倏洞的群山峡谷，以及清溪两岸，五皮风、车前草、马蹄草、华兜草、肺心草、响铃草、牛马藤、葛藤、白花铃（又名土地鱼）、五倍子、水蜡烛、蛇倒刺、菖蒲、陈艾等，漫山遍野都疯长着珍稀名贵草药，一望无际，连家门口都是草药树藤盘缠。当年从自贡市区、富顺县城、周边县区来挖草药的人，一年四季都不停息。

小群的家紧邻公路，立于门前便可望见几百米开外的小镇新街。她的家仅高于乡村公路50公分，狭窄的前院坝子青苔斑驳，是个一层的平房，从前野草丛生，泥巴和谷草碎混合成的这座夹壁房对大自然的侵袭没有多大抵抗力。2012年仙市一度成为旅游热点，他们才借机把整个房子重修一番，铺了水泥地，青瓦覆盖在刷过的白墙上面，遮掩了一切的旧日疤痕。

七月份的时候天气炎热，夜里大货车轮胎压过马路的声音，沉甸甸的，像压在心脏。小群有天被吵醒，见到一条头部三角的细蛇，沿着厨房窗户"嘶嘶"作响，赶了半天，妈妈把打牌的爸爸叫回来，寻了根棍子，三下两下把蛇干翻了。

小群现在称呼的"妈妈"是姑妈詹玉芬，"爸爸"其实是姑父卢天祥。

2

二十年前的箭口村，雷暴的那几天，罗家丢过一个儿子；十来年前的雷暴，樱花山庄附近的一棵巨大的树被劈掉一半；前年的雷暴，镇上的人能在光线照耀下看清盐帮客栈的凉亭被河水逐次淹没。生活在这片土地上的人，学会的是第一时间清点自己还剩下什么，除此之外没有什么可以抱怨的。

和其他人一样，沙坪詹氏村人詹玉芬对生活的艰辛早已经见惯不惊了。兄弟姐妹五个，她和排行倒数第二的弟弟詹泽和关系最好。家里只有一间房子，七个人挤在两张床上：爸爸和两个儿子睡一张床，妈妈和三个女儿睡另一张。

兄弟姐妹几个都只读到小学，詹玉芬到现在都听不懂"灾荒年"的意思，因为印象中她家每一年都吃不饱饭，她13岁的时候爸爸就死于哮喘，爸爸死后妈妈再嫁去了瓦市正街上，把詹家村的房子留给了詹泽和，他是做推石头的（砖瓦匠），到处帮人修房子为生。

30岁那年，经人介绍，詹泽和遇到了桂兰，多年以后詹玉芬都记得桂兰年轻时的俊俏，也记得弟弟对她小心翼翼的照顾。桂兰早在十几岁的时候嫁去过自贡荣县的山里面，生过一个女儿，然后跑回来了，和詹泽和在一起的时候，"她可能都三婚了"，但詹泽和仍想娶桂兰。桂兰的妈妈提出要两千块钱的彩礼钱。那是在20世纪90年代，詹泽和怎么可能拿得出来，但他俩除了没拥有过正式的结婚证书，和其他普通的夫妻并无二致。

詹泽和是个烂好人，哪家哪户有事喊他，他都去帮忙。他人又老实，连麻将都不怎么会打，一个么公的儿子半夜赌瘾犯了来敲门，詹泽和也睡眼惺忪地陪他，还输了很多钱给他。

只要詹玉芬回家去，再没有钱，詹泽和都要去赊钱买点猪肉包点抄手，炒个回锅肉，或者去生产队，弄条白鲢来煎。"每次我们走，他都眼泪汪汪的。算命先生早就说过，他就是眼睛下面那颗痣生（长）

坏了，所以哭得多。"詹玉芬说。

他也是个疼爱孩子的慈父，32岁才有了小群。大姐春节回来探望父母，逗弄小群，一抱她就哇哇大哭，而詹泽和只要看着孩子哭，也就跟着眼含热泪。

男式裤子有两个屁兜，詹泽和下工回来，屁兜里一定装瓶给孩子的可乐。每天一到晚上五六点，小群和弟弟就在屋前的坝子里张望："老汉回来没有？今天又会带啥子粑粑给我们吃嘛？"

詹玉芬说："我的这个兄弟一辈子只有两件事：喝酒、干活。"詹泽和体壮力大，别人为他取绰号'詹大汉'，因为长年在外从事体力劳动，酒精是他唯一的放松方式，他把所有打工的钱都交给妻子，一家人的生活过得平淡朴实。而一切的变故都是从他们夫妇两个外出打工开始的。"桂兰自从出去打工后就变了，花了心。"詹玉芬说起此事，颇为耿耿于怀。

两夫妇把孩子托给詹玉芬，一开始是在西藏打工，后来又辗转去了成都双流的一家香辣酱厂，是一家远亲开的，詹泽和做工人，桂兰在里面给工人煮饭。

有天晚上，香辣酱厂老板回到办公室，桂兰脱光了衣服睡在他的沙发上，说要和他老婆争他，桂兰还说她的老公应该是他。

老板很无奈，喊了一辆车把她送回自贡。

"我记得，那一次妈妈一回来就跑了，我在姚坝坐车的时候看见妈妈上了一个车子，应该是上自贡。我当时就跟爸爸说，他马上就去姚坝找她。我说我上车的时候看到的，隔了这么久，现在哪里可能还在原地？可是他不听，急匆匆地就跑出去了。"小群回忆。

多年以后，小群坚持说那是桂兰第一次犯病，桂兰后来一直从六医院（自贡精神病医院）开药。詹玉芬却不这么认为："她那个时候还没有犯那种病。应该就是出去和不晓得啥子男的伙在一起，吃了那种药。"她补充说："就是黄色录像里的那种药。"

没多久，小群的外公有天早上找到詹家，说（一直不回家的）桂兰发病后被火车撞了——左边手和大腿都撞断了。"她老汉说她被火车轧了，但后来人家服务员说，她被撞的时候身上什么都没穿……多半是出去出了事，别人把她扔到了铁路上，赖给铁路局。"詹玉芬如此揣测。

那是在2004年，小群家里依然属于赤贫的年代，詹泽和把桂兰送去自贡四医院，后来，肇事的铁路局又让转到内江铁路骨科医院，住院免费。詹玉芬把一年的谷子卖了，才凑齐了桂兰在医院的生活费。詹泽和在医院照顾桂兰，没有钱，晚上只能睡医院冰冷的走廊，听着病房内整夜传来的呻吟，身体蜷缩成一团也还是四面漏风。在又冷又气、又悲又愤之下，他每天都找机会往自己肚子里大量灌酒。小群一直觉得，爸爸的身体就是那个时候搞坏掉的。

3

桂兰出院后，直接回了糍粑坳的娘家。

"老汉就说那你先回，我明天来找你。他用矿泉水瓶子打了一点酒，倒出来喝了一点点，酒瓶子放到大衣口袋里。"他去的时候桂兰家在吃苞谷考考儿（玉米糊），詹泽和就说："妈，我也还没吃饭的。"桂兰妈妈"噌"一下从桌子边站起来，把苞谷考考儿泼到院子里："你吃！你吃狗鸡儿屎！"

桂兰也从桌子边站起来，用身体把男人拱到坝子上。那里有两级台阶，她们用树子棒棒敲他的头。这边敲出来包就又去敲另外一边。

"我妈还打电话报警，说是我老汉在她家杀人放火。生产队的人跑过去，我老汉躺在地上，旁边一摊血，她自己丝毫不损，哪里就是我老汉杀了人放了火？"小群回忆说。

詹玉芬的说法则更为惊心动魄："听说她们是准备好了麻袋，要把我兄弟打死的，因为小群舅妈吼了一声，才没打了。我兄弟头上那么多个鸡蛋大小的包，多半就是拿着棍子打额头，或是捂着额头就打脑袋那种打法才能打出来。至于现场有没有她（桂兰）以前的男人还是现在的这个男人帮忙一起打，只有在场的才晓得了……要不然两个女的打不了这么凶。"

每个周末詹泽和都会去探望母亲。但那个周末没有。阿婆说："长久（詹泽和的小名）咋子这么长时间都没来啊？"于是到家里一看，发现一个头上包着纱布、脸部变形的人躺在床上。"你是哪个？""妈，我是长久……"阿婆"哇"一下就哭出来了。

阿婆赶紧从斑鸠石过河来找女儿，詹玉芬连忙去借了三百块钱。"我们说去派出所，我幺弟不让去，说我们两口子在街上擦皮鞋，不要去惹事，让别人来跟我找事，他不说啊，他到临死都不说咋子回事。"

也是那个周末，小群回阿婆家的时候，阿婆问："你要不要去看你老汉，他被人打了。"

小群大吃一惊，匆匆从瓦市赶回詹氏村，看见爸妈都躺在床上，却各睡一头，爸爸头上缠着厚厚的纱布，身上全是被棒棒敲的印子，下巴、颈子上又都是被人咬出来的牙齿印。小群抱住爸爸，无比伤心地哭了起来。

然而对于这段往事，桂兰永远都在躲避。

"我跟小群她们两姐弟说过，将来有一天你们长大了，一定要跟你妈妈问出真相，现场还有谁？怎么打的？"詹玉芬说。

这一年的 6 月份，不冷不热的天气，詹泽和来看姐姐，詹玉芬就给他准备了二十斤米、两三斤油、一个南瓜。她这才发现，一直壮健如牛的弟弟就连杀猪房后面的小斜坡都走得费劲，走几步喘几步。詹玉芬想起两个月前他挨的打，心里一惊。临出门的时候，詹泽和转过头来说："姐，这回出门，我怕这辈子都再也来不了哦。"詹玉芬气得骂他："胡说八道些啥子。"她就和男人、小群一起，帮忙拎着东西送他到了车站，随后去摆摊子，他就上车去了。"没有想到，那真是见他（清醒时候）的最后一面。"

爸爸去世，小群才发现遗像很贵，她只好找到一张詹泽和的一寸照片去扩大，花了五十块钱，至今还保管在衣柜里面。那是詹玉芬和小群共同的血缘和纽带。

如今，谁也看不出来小群已经是两个孩子的妈妈了，她的外表实在像个未成年少女：身高不过 153cm，额头高得如同跳台，皮肤似乎还带着少女时期残留的胶原蛋白，一丝坑洼和纹路都没有，圆圆的眼睛黑白分明，笑起来的时候嘴角还挂着一丝娇憨，走路却如同一阵疾风，骑着电瓶车也跟驾驭一匹野马差不多，按几下喇叭，再按几下喇叭，就闪电般地卷起一堆灰尘，狂野地消失在巷子尽头。

打麻将的时候，她更是喜怒不形于色，眼神沉稳，嗓音压低，远看像个赌鬼。在王大嬢开的"牵手茶馆"，她受欢迎的程度远远大于詹玉芬，牌友们说她不计较，牌风也好。邻居们也说这个姑娘成熟。但是他们都不知道，无论任何时候跟她提到爸爸，都会像滑回时间轨道一般，那个十岁的女孩就会带着伤痛浮现出来。

"我恨我妈，我觉得老汉就是被她打死的。"

4

詹泽和死后，次年某日，小群和弟弟被妈妈带回娘家，这个名为"糍粑坳"的村子无疑是两个孩子的陌生之地。桂兰右手指向一个陌生男人，让小群和弟弟喊"老汉"，那一瞬间小群似乎才意识到，化为猪油罐中白色骨殖的父亲，至此已经永远离自己而去。她想起爸爸活着时总是教育她见人要有礼貌，"要懂得喊人"，于是下意识地张开嘴，讷讷半晌方才憋出一声"叔叔"，还有叔叔身边依次排开的"爷爷""奶奶"（继父的爸爸妈妈）。

桂兰正式"改嫁"，把小群姐弟俩接过去，住进"那个叔叔"家。当时詹小群读小学五年级，她并不记得当天到底是何月日，只记住了那天在新家吃的也是辣椒炒肉丝，岁次2007，詹泽和入土整一年。

小群此时已逾十岁，换了学校依旧每天正常上学，女孩向来早慧，与继父全家保持礼貌的疏远。弟弟小波却正是最调皮的时候。继父在糍粑坳熬废铁水为生，过年了才回来。那一次他让小波在坝子里看着腊肉，醒来发现坝子没有人，知道小波又出去伙着别的孩子玩去了，到了晚上等小波回家吃饭，刚走到家门口，继父就拖起一个棍子打到他的足踝骨，小波痛到哭都哭不出来，半个月走路都困难。

"继父老汉用那么粗的核桃棒棒打我幺弟哦，小波后来直到20岁还尿床，就是那时候给继父打到肾脏了。"小群回忆说。

詹小群对继父殊无好感，多年后在用手比画核桃棒棒的粗细时，依旧恨意难平。小波挨打，桂兰却只是斜眼观看，并不出面阻拦，嘴里还在数落："你们两个不听话的，该打。"一边数落，一边自顾自抠手指甲。数落几次之后声音渐弱，她把脸也别了过去。

有天晚上继父回家，枕头底下出现一条大腿粗的菜花蛇，桂兰睡觉的时候都没有。小群觉得是爸爸地下有知，现身来保护两姐弟的。"我老汉属蛇，而且他也不伤害我妈妈，就专门睡在继父枕头底下。后来是老头老太婆（继父的爸妈）烧香、烧钱纸，它才走的。"

因为这件事，死亡变得不那么可怕。小群笃定地认为人有灵魂，也有下辈子。她祈祷能梦见爸爸，可惜从未遂愿。老年人说是因为她懂事，可小群有那么多话想对爸爸倾诉啊……

磨难的日子还在继续，还有一次继父的妈妈去弄胡豆苗，小波不肯帮忙，老太婆抄起一把砍柴的镰刀砸在他腰上面。小波痛得在地上滚，爬都爬不起来，最后还是同学帮忙扶起来，在他家休息了很久。

寄人篱下的少年心性最是敏感，陌生无爱的新家庭，桂兰的刻意拒绝保护，都让姐弟俩对姑妈的家充满不可抑止的思念。更何况小群相当于从小就是在姑妈家"寄养"大的。继父家越是勒令不许和詹玉芬这边有任何联系，小群越会偷偷带着小波一次又一次地回家，回仙市。

有天早上小群又带着小波去姑妈家，下午回到继父家门口，踌躇不决，不敢进家门，怕挨骂，于是便又带着小波坐船过河，想再次回到姑妈家。

从继父到姑妈那里，直线距离便有二三十公里，平时坐车也需要小半天。姐弟俩千辛万苦到了仙市的箭口村，天都已经黑了，暮色中远远地看见詹玉芬的房子一片漆黑，她想着姑妈肯定睡下了，就不敢再进去。

仙市镇濒临釜溪河，冬日的严寒对于一无所有的人会变成一把闪着光芒的镰刀，脸、耳朵、手脚，只感觉处处被收割。小群拍掉羽绒服上的凝霜，搂着弟弟，两个人钻到了一间厕所里，只有这里是唯一可提供遮蔽的场所，冷就罢了，还臭。两个孩子坐在坚硬冰冷的地上，小群还好一点，穿了一件长袄子，小波只穿了一件短棉袄，她不由自主抱着弟弟，多年以后小群都能记得弟弟颤抖的声音："他就一直叫姐姐，我冷，我冷，我就让他把我抱紧一点……"

农村没有路灯，厕所里也没有灯，这里深夜的黑就像被人敲了一记闷棍。那天晚上村里的狗大概闻到了陌生的气息，来来回回在附近窜游，大着嗓门地嚎叫，能感知到危险，却又不知道危险具体在何方。终于守到天亮，小群心里依然抵触继父家，也没想着要回去上学，就依旧在街上来回游荡。

那天早上，箭口村的村民们发现两个孩子在漫无目的地闲逛，自然第一时间告诉了姑妈，他们被找到了，说清楚了情况，詹玉芬也就把两个孩子带回了家。

"什么感觉？我现在都想不起来，也说不出来那感觉了，反正就是黑，就是冷，冷的时候想的就是，回家，但又不敢，怕挨骂，所以就忍着。"

詹小群懂事早，八岁就学会帮大人干活。烧火、做饭、扫地、洗衣服，个头太小够不到就搭个板凳在灶面前。时至今日，冬天打盹儿的时候她偶尔还会突然惊醒，不知道炉火在哪里，不知道会不会又烧到手——童年的小群劳累愁苦之余，总会找个地方藏起来，大哭一阵，默默地想：

"快点长大吧！

长大就好了。

长大了，一切都会好起来的……"

5

天气热到极致的时候，光把眼睛刺得睁不开，空气像是一坨发烫的抹布，把人的毛孔捂得严丝合缝，就连鼻子也堵得严严实实。这天喂过了狗，小群打算回到厨房给家里人准备晚餐，才发现大女儿不知道跑去哪里疯去了，她扯着嗓子喊一句："曦曦，回家了！有抱娃儿的哦！"她喊一句，远处就回荡起一个重复的声音："抱娃儿的哦，抱娃儿的哦……"

她知道，是斜对面那家的疯婆娘。

疯婆娘总是弯着腰，慢吞吞地在自家院坝来回转悠。听到什么声音，就不知所谓地跟着重复，仿佛回声。

小群见过她外出打工的老公，一个老实巴交的男人。男人娶了疯婆娘，生了个傻儿子。农村的大门永远敞开，听说前不久某个白天，他临时有事中途回家，发现婆娘被附近卫生院的一个病人按在那里侵犯。报了案，没有人知道结果，据说那个病人也是个傻子。

要学会保护自己，这就是仙市的第一生存要则。

从初一下学期开始，小群在仙市镇如今的这个房子里已经住了整整十五年了。这些年，她总会想起爸爸死的时候，幺外公商量要把两姐弟送孤儿院，"我在旁边说，求求你不要送我俩去孤儿院，我们不读书了都行，我们可以去卖矿泉水瓶子。"

2007年那年，过完大年的第二天下午，回去糍粑坳，继父那边数落她："一天到黑都朝姑妈那边跑，有本事就不要回来了。"

小群扭头又去了箭口找姑妈。

过了半天，继父家的人找了过来，看见了小群晾在外面的一件衣服，就堵住詹玉芬跟她要人。詹玉芬想起小群曾经又哭又摇头地跟她说，继父对她打坏主意，她鼓起勇气告诉自己的妈妈，得到的却是怪罪："谁让你和他开玩笑没得分寸。"于是，詹玉芬就和他们吵了几句，并没有放人。

那晚詹玉芬一直都没有说话，她晓得男人不会同意。小群又困又累，早早就进卧室睡觉去了。

詹玉芬家只有两间房，里面一个卧室，外面就是堂屋，小群半夜起夜，听到两个人细细碎碎吵架的声音。

"老子这不是茶馆，想来就来，想走就走，喊她走，我们又不是她的亲生父母。"

"这是个女儿，跑出去被人糟蹋了咋办？"詹玉芬的声音高了起来，"如果你不同意，我们就离婚，我把她带到我姐姐那里去，租一间房子，我自己种蔬菜养她。"

男人没有再说话。小群就此成了姑妈和姑父的养女。但是詹玉芬也说得很清楚："以我的能力，你们两个（小群和小波）最多只能收一个，我真的没有办法了。"

詹玉芬还有一个大女儿。那是在她的第一段婚姻当中抱来的，她的那个老公外出打工才一个多月，遇到了塌方被压死了，36岁时詹玉芬才嫁给了卢天祥。

詹玉芬差点有自己的孩子——怀着第一胎时，还要去田里劳作，一次去地里扯花生，起来的时候一使力，胎儿就滑脱了；怀着第二个的时候又长了子宫肌瘤，孩子跟着肿瘤一起长，又只能流掉。

在这里，不能生儿子罪过很大，不能生育则简直罪不可恕，而且人们想当然就会怪罪到女人头上。村里的人吵架，手指"点点点"，近到都快靠近詹玉芬的鼻梁："哪家屋头养个母鸡不晓得下蛋哦？"

一年四季，詹玉芬和卢天祥永远都有干不完的活儿，种田之类的劳作不用多说。冬天最冷的时候，还要背着箱子去补鞋。他们在十字路口的车站旁支一个摊，风灌得哪里都是，詹玉芬裸露在外面的所有皮肤——脸、手、脚都长满了红通通的冻疮。鞋摊的收入微薄，补一双鞋一毛钱，擦一双鞋一毛钱，在情况最好的赶场天，他们一天能赚到二十几块，但大部分时候都只能赚到七八块，还要扣除卢大哥的四块钱烟钱，和家里的小菜钱。

詹玉芬说自己是个命苦的人，读书读到小学五年级，拿不出三块五一学期的学费就不读了，也天天和妈妈一起割草挣点工分。晚上背着背篼，去沿滩的甘蔗糖厂捡炭灰儿。

爸爸得了支气管炎，后来肺气肿转成肺结核，在他 50 岁走之前，一天到晚在家咳咳咳。而妈妈一辈子都被子宫脱落折磨，为了去割一点草赚一点工分，内裤上磨得血淋淋的，到临死的时候子宫才缩回去。

而这些，就是她的原生家庭，大概也就是她最初对生活、对吃苦这件事的全部理解。

詹玉芬就像许多田间的妇女一样，由于常年风吹日晒，毛孔粗大、肌肤增厚。她胖、长相平凡、性格暴躁、粗声大嗓，有天为了给我看她的"蛇缠腰"（带状疱疹），站在门框边，可以把衣服肆无忌惮地撩起来，露出来那已经被岁月磨损了的、失去弹性的一对乳房。但她平凡的胸腔里装着的却是一个母亲的最伟大的爱。

詹玉芬掰着指头说，她和丈夫真正同床的时间不会超过两年，家里窄，她和小群挤一张床，卢天祥就只能睡堂屋，她也特别懂得要避嫌，小群几岁大的时候，就不让卢天祥帮着洗澡了。

小群上学的地方远，每天早上六点，卢天祥准时起床，把她送到斑鸠石，看她坐上摆渡船去河对岸上学，下午四点，又在河边等着接她回来。后来她上了沙坪中学，寄宿生一周的生活费是六十块人民币，相当于姑姑姑父两个人一周赚到的所有钱。詹玉芬和卢大哥吃过一段时间低保，过年时政府送来的一桶清油，都能让家里人高兴很久。他们从来都不知道什么叫作"存款"，连"钱够花"三个字，都闻所未闻。

读到初三的时候，小群的一个额外的课本费，詹玉芬怎么凑也凑不出来，她就去找村里最有钱的人家借五十块钱，那个人就把五张十块钱，放到院坝的围墙上面，一张一张地放在那儿，风一吹，满地都是……詹玉芬一声不吭，只是一次又一次弯腰，一次又一次去捡。

小群回到学校，总想起姑妈弯腰捡钱的样子，她不想再继续读书了。退学那天，距离初三上学期结束还差两周。小群抱着被子走出学校大门，遇到了教导主任，主任拉住她，让她不要走，可是小群没有停住脚步。

她笑嘻嘻地走出了学校门口，就好像退学都是她的自主意愿。拍毕业照的时候老师同学喊她一起，她也没有回去。跟詹玉芬讲退学理由的时候，她也努力表现得毫不在乎："我学习成绩不上不下，也没什么意思，早点工作算了。"

其实，小群学习成绩挺好，常年保持在年级前十名。

读书的时候小群认认真真地读，去继父家也不和他起冲突，她谨小慎微，从十岁的时候就知道要察言观色，到了姑妈家以后更是感激涕零。

读学前班的时候，小群屁股长了个泡儿，晚上一点钟，姑妈掀开被子发现她在哭，问她咋回事，了解情况后当即就吼着姑父送她到接私诊的陈医生家。姑父困得睁不开眼睛，詹玉芬用薄被子把小群裹起来，往背篼里放，走几步，滑倒，又重新背上，已经走到门前的斜坡那里，姑父赶过来，把孩子接过背上。

2013 年，最疼爱小群的阿婆也老了，躺在成都女儿的家里奄奄一息，她说要回家来，于是回到了箭口村。阿婆睡在床铺上，临死之前喃喃地说："小群啊，姑妈拼了命养你，你一定要对你姑妈好哟，不然以后没得好下场啊。"

6

小群退学的时候才 16 岁，就是因为看到了一则招聘信息，仙市菜市场的一个店铺在招工，工作内容是测试耳机里面的喇叭，四十元一天，一周休息两天。

她不知道这个工作好不好，但那时候的仙市镇还没有发展起来，有个工作就不错了，每天她都举起一只手，不断地测试，测、测、测。

很多年以后她才明白，这种机械重复的高强度体力劳动会导致关节炎等后遗症，一到落雨天，她的肩膀就像有无数支针在扎。

那时候的她对未来并没有明确的想法，在小群的人生当中，从来没有过休息的时候，她去过韵达快递分站，还去过天猫超市，都属于临时工，不是按小时就是按天计算薪酬，苦而且累。

她也见缝插针干过小买卖，从成都姑妈的后院摘下桃子，自己开车运了五趟，新鲜的桃子大而且甜，卖给镇上人六块钱一斤，卖给外面的游客八块。一个来月赚了两千多。

其后她结婚生孩子，2016 年去了上海，在"巴适火锅店"打工，再后来，又换到音乐餐厅"胡桃里"。

如果不是为了回来装修刚刚到手的这套安置房，小群应该还在上海打工，只有在那里，她和管理后厨的老公能得到合心意的薪水。毕竟两个孩子、爸爸妈妈，一家六口都需要多赚些钱来供养。

和小群同一年毕业的同学，有考大学的，也有早早结婚生子的，大家的生活都差不多，过平淡无奇的日子，为房子贷款和孩子拼命。

从没有人问起过小群有什么心愿。

在学校的时候，小群当过文娱委员，身体柔软，匀称有力。自贡舞蹈团两次来学校选才，都挑中了她，但学费一年两万多，不是她这种家庭所能负担的。

"也不遗憾，各人有各人的缘分。"她说着这些的时候很淡然，过了一会儿却主动提起同一年入选去舞蹈学校的表舅的女儿："听说她现在在全国四处巡演。"

整个詹氏家族都没有出过一个高中生，真的全无遗憾吗？

那一年的冬天，上完体育课，黑板上写着一行打油诗，她至今都记得前面三句：

> 卢家生了高大千金
>
> 申公豹前来报到
>
> 慧眼看来是妖怪

这首拙劣的藏头诗，每句的首字凑起来就是妈妈再嫁后给她改的名字。她操起扫把跑了半个校园，追着那个男孩打——她不喜欢这个名字，一点都不喜欢。

7

小群的面相像个未成年少女，撩起袖子，露出来的肌肉却紧致结实，她会开车，会帮成都的姑妈打谷子，会组装简单的家具，会操起锅铲油火烹炒。但她做孩子的时间实在太短了。

小群 17 岁的时候去城里（自贡）的火锅店打工，年龄小，大家都喊她"幺妹"。火锅店厨房员工关系都很好，玩得来的年轻人中有个帮着做员工餐的小伙子，比小群大两岁，另外还有一个比小群大九岁、离过婚的男人，他们都追过小群，但是小群并没有答应。

2013 年 3 月的一天，火锅店的同事跟她说后厨新来了一个帅哥，但她见到之后特别失望："看上去像三十多岁，哪里是什么帅哥？"这是小群对李启最初的印象，她失望也不在意——不过是来了个新同事而已。

接下来有天晚上，小群接到一个陌生电话，电话那头一个男声很严肃地说："请问你是詹小群吗？我是李警官，你涉嫌和一起打架事件有关，请你明天早上八点到一对山派出所报到。"

小群懵了，正打算再追问一句，突然听到电话那头有笑声。

"你是哪个哈批哟，一天到晚吃多了，找不到鸡儿事干。"

第二天晚上，他又给小群打电话，然后就挂了。

第三天又打电话，小群说困了要早点睡觉，又挂了。

第四天他又打电话。

她就已经晓得李启有冒雀儿（幺蛾子）。

发工资那天出去吃饭，李启坐在小群旁边，小群喝酒利索，大家刚举杯她已经喝完了。等别人拿酒半天都没有来，小群就把空杯子举起来，老李见状，把自己的酒倒一半在小群杯子里。小群问他，啥意思嘛。同事们就开始起哄："一人一半，感情不断。一人一半，感情不断。"

第二天，李启来找小群聊天，说他也谈过几次恋爱，现在就想找一个本地的，以结婚为目的。两人从此心知肚明。

小群称呼李启为"老李"，其实他只比她大六岁，从此他每天给她打电话，虽然那时候穷，没有花前月下，承诺好的婚纱照也没有，但是他尊重她的意见，在一起后第一个月发工资，他就把钱都交给了小群管。

"就觉得他说话、做事特别成熟，我从小在这种家庭环境长大，另一半成不成熟特别重要。"小群看中的是李启的踏实和成熟。

没想到的是，詹玉芬并不同意小群和李启在一起。她希望小群能够找一个仙市附近的，最好就是这街上的。

"我就不高兴，小群说她搬家。我喊了个出租车，想着把她的东西全拿回来，喊她不要做了，继续做耳塞也行。我问她，她就说要耍，她就跟李启打电话说我不同意……"

那天晚上两母女背对背睡觉，这是小群成年以来第一次"忤逆"詹玉芬，她越想越顺不过气来，"你是不是非要喜欢，反正你长大了，我就当是养了个南瓜弄来耍了。"小群不吱声，又和她沟通了半个钟头，越说越气，詹玉芬一转身，把被子一股脑扯走了，过了一会儿小群觉得姑妈睡着了，就把被子的角角轻轻扯过去一点点。詹玉芬跳起来，把衣柜里所有小群的衣服扔到客厅里，把卢天祥也惊醒了，"她老汉说你不要把人家逼到绝路。就那一句话，我就（吓）醒了。"

第二天李启和他堂哥一起来了，詹玉芬还是很生气，不说话，喝了小半瓶火酒，出去转了一圈，回来以后还气，又拿起白酒瓶子咕咕灌了一大口，没多会儿就觉得视线模糊，身上也软了，都爬不到床上去。小群只好大声喊李启，他从詹玉芬的背后，夹住她的腋下，把她一下弄到床上。

不到一个小时，詹玉芬悠悠地醒过来。"当时小群在我床边哭，李启也哭，他讲他的经历，我就跟他说我和小群的经历，他听着也一直哭，我就心软了……"詹玉芬回忆说。

清明节的时候去扫墓，坐公交车，一个刹车，詹玉芬在车上没站稳差点摔下去，李启一下子把她捞起来，随后就一直稳稳地把她扶到终点，小群说这个动作最终收了詹玉芬的心。

18岁，小群结婚。詹玉芬给她做了十床被子，寓意"十全十美"。

确定婚期以后，她和李启带着糖、请帖，还有妈妈、继父一起，去外婆家。仙市当地的习俗是结婚要给外公外婆送三牲（一只鸡，一斤半猪肉，一条鱼，一百二十块钱）。

因为外婆参与了当年打爸爸的事情，小群也知道外婆一直瞧不上爸爸，和她的关系一直很僵。有一次外婆过来看她女儿，看到了小群在和桂兰顶嘴，就批评小群，小群说："我的事不关你的事，不要你过问。"

"你这个没良心的，信不信我一耳屎给你铲过来（给你一耳光）。"

"你敢！"

外婆一巴掌呼过来，小群一躲，只打到了头发上。她也顺手拿一个小板凳甩过去，（其实也是瞄准外婆走开了）才砸过去的。

她知道外婆历来爱现金，早早都把三牲折成了现钱，还特意叮嘱李启，如果外婆态度好就把准备好的钱给她。刚一进门，喊了一声外公、外婆，屁股都没坐热，老太婆就从里屋走了出来，斜着眼看了眼自己的女儿，又看了一眼小群。

"你就不该从你姑姑那里走，你不是有亲妈吗？"

"可以。"小群说，"反正彩礼（大衣柜、沙发、电脑）拿了两万多，就照着这个给我请客吧。那我就从你这走。"

屋子里一片沉寂，桂兰没吭声，就连外公和继父也把脸转向了别处。

李启想讲话，想起小群叮嘱过的，又咽了下去。

过了一会儿，外婆突然又大嗓门念："外孙结婚，外公、外婆还（应该）有三牲。"

"你这一辈子只晓得钱！"

"我还只晓得钱，你妈嫁给你老汉，这一辈子得到过啥？你老汉恁穷，别个的娃儿结个婚，起码可以拿几百上千万。"

继父正好站在小群身后，她指了指外婆，又转过头去说："你有几千几百万哦？"

其他人都沉默了，外婆一个人的声音回荡在堂屋，小群"噌"地站起来，指着她："你再说一遍，我老汉死都死了，还要惹着你。"

想起那些年的疑问，小群气得指着她，一边说一边靠近她，越说越大声，外婆以为小群要打她，吓得退回房间。

出来以后桂兰说："看我小群长到这么大，从来没有恁凶过。"

她们不知道，任何人都不能和她提爸爸，那是一把钻头，再厚重的外壳都没用，都能钻进去，把一切碎成粉末。

小群一直记得，弟弟小波小学一年级到五年级，成绩都是九十多。他被打得最厉害的那一次，也去找詹玉芬。那时候姑妈两口子在外面打工，他就把门口两扇门挪开，掰出一条小缝钻进去睡觉，屋子里啥吃的都没有，睡了一晚上就出去流浪，和别的男孩一起打游戏，再也没有回学校。派出所的人找到这个小孩，出于同情给他介绍了烧烤摊的工作，后来他又去帮人家洗车，一直在自贡打工，这一年才刚去江浙沪。他每次一赚到钱就拿去和朋友吃喝玩乐，一个钱都没攒下来，还时常打电话给小群要求"江湖救急"。

小群怀着大女儿的时候，有次小波来看她，走的时候问她要车钱。"你自己去拿，在上衣口袋！"小波就把她口袋里剩下的八十七块钱都拿走了。她说："你不给我留点钱买早餐吗？我可是个孕妇！"小波给她留了八块，就摆摆手，出门了。

小群看到他都总会说他："你都 24 岁的人了，像你这个年龄的同龄人都做爸爸了，你还在整天玩。"

没人知道弟弟在想什么，他是否也同样想念老汉？他对生活有过什么样的期望？他们擅长用粗声大气和咋咋呼呼来掩饰关切和体贴，彼此之间从不讨论具体的情感。

今年小波和女朋友分手，对方去医院做了流产，小群知道了消息，在家里哭了半天，也不敢让李启知道。

"如果不是我爸走得早，如果不是我妈不负责任，我兄弟不会这样，我苦不苦、穷不穷都无所谓，她害了我兄弟一辈子。"

8

日子总得继续下去，2016 年小群和李启去上海，看到"巴适火锅店"招人，董事长、总经理一点架子都没有，直觉告诉他们这是个不错的地方。

李启本来就是厨师出身，去了后厨做管理，小群就做服务员，老板觉得她比较稳重，情商也高，一直都比较器重她。她第一个月初级，第二个月就升了中级，第三个月跳过高级直接升了领班。

2016 年，火锅店搞大堂经理竞选，别人都准备了很漂亮的稿子，带小群的师父老蒋让她把稿子丢了临场发挥，四五十个领导在台下，她站在那里，一开始双腿抖如筛糠，舌头在嘴里不听使唤，但说起第一天入职如何如何，就慢慢气息均匀，越说越顺利，还把自己感动哭了。

虽然小群没有竞选上，但最后拿了第二名，那是她到大城市以后的第一次竞选，也是人生中第一次当众表达自己。"我人生中第一次对自己有了信心。"

第二次老蒋帮她一起想稿子，站在台上也不那么紧张了，她竞选上了虹桥店的大堂经理，先调去新店，再回去虹桥就做了店长，一下子管理二三十人。

从此她每天都要早早地去店里，检查东西是否损坏、能否正常使用，人员到齐没有，商场有没有活动，领导有没有安排，如果当天目标完不成，还要安排工作人员去商场发传单。她在 22 岁这一年就当上了店长，管理那些比她年龄还大的女孩。

也不知道从哪一天开始，小群发现，在自贡做配料和服务员的她，出去之前那个胆子很小的她，钱拿得越来越多，性格也发生了变化。

餐馆遇到过一次爆单，传菜口的菜都堆得满天飞。收银也忙到不可开交，小群亲自去帮忙上菜，有桌客人吵起来了，说菠菜和生菜没上，大声要求打折。

"我说要得，四百三十二，我只喊你拿四百，就当三十多妹妹补贴给你们的。"

那个人看上去有点喝醉了，也有可能是装醉，他就摸了一下小群的脸说："你好乖哦……"

小群既委屈也生气，按照她的脾气，很想给他一巴掌，但是看了看客人身边的女性朋友，就忍了。

没过多久，她们店新招了一个幺妹，比小群小两三岁，是个漂亮的大学生。她负责的那个包间来了一群搞工程的客人，小群从包间过，看见大学生在抹眼泪，就进去问："哥，有啥事我可以帮忙解决的？"

"我让她喝酒，她不喝，也太不给面子了。"

"小幺妹刚刚出来适应社会，不会喝酒。"小群说。

那个男的很不耐烦："她刚出来适应社会，不喝，你是当官的，那你来喝。"

那时候也不忙，小群就说："没事，只要您高兴。"就让大学生给开了一瓶啤酒倒在杯子里敬他。那人说："看你那么豪爽，用啥杯子，用瓶子噻。"小群扫了一眼包间，桌上有个装毛肚的大碗，倒一瓶刚刚够，于是她双手端起来大碗敬他。"我干了，你随意。"小群一仰脖，"咕嘟嘟"一口气干掉了，那人不吭声了，小群微微一笑，又接着以同样的方式一口气敬了三个人，一个人一大碗，整个房间鸦雀无声。

小群暗自想笑，每周一去总部开会，老板是个酒仙，喊大家一起吃饭喝酒，那个时候就可以喝四五瓶啤酒。

"这点酒，算啥子？"

喝醉的男人当即主动加了小群的微信，每次过来都联系小群预订，一次最少消费两千多。后来小群转去"胡桃里"上班，他也来消费过一次。

"他后来变成了我的忠实粉丝。"

那几年，小群在上海遇到过多少脸色，体验过多少辛酸，没有人知道。但她意识到了一个变化：长到 25 岁时，小群第一次发现，无论是姐姐、姑妈、姑父，家里的人遇到了任何困难，都会跟她说，让她帮忙解决。

甚至是她那个亲妈。

从 11 岁多被姑妈收养，再到 18 岁结婚，谁会想到这对亲生母女曾经长达七年多的时间没有联系过。

9

"就算老公赚很多钱，我也要上班，自己荷包里有才是真的有，人家的钱装在人家荷包里。要给你的话，他想骂你就骂你。我也是这样说我姐的。"

姐姐惠萍今年 36 岁，比小群大十岁。她从小就很老实，有一次两个小朋友在一起玩，姐姐拿个钳子，夹自己的手，夹得太痛了就开始哭，结果她反而自己夹得更凶，小群就哈哈哈大笑。詹玉芬以为小群欺负姐姐，冲出来骂她，小群笑得乐不可支："她好笨啊，越夹越痛还越夹。"

小群偶尔半夜饿了起来偷吃饼干，詹玉芬第二天发现了就问哪个偷吃的，她就说是姐姐。詹玉芬就把大女儿痛打一顿，有的时候惠萍也会反抗，但她不如小群伶牙俐齿，就只会冷嘲热讽地跟詹玉芬说："我晓得，小群和你才有血缘关系，我和你没得，所以你偏心她。"

惠萍小时候眼睛有点斜视，去学校被同学取笑，出于强烈的自尊，她再也不愿意踏进学校一步，那个时候也才小学三年级。

惠萍15岁出去打过一次工，被骗了以后回到家，18岁有人给介绍了个大她九岁的男人，谈恋爱的时候就打过她。两个人分手之后他又跑来跟她承诺，以后绝对不会再打她了，他们后来居然还是结了婚。

这是小群见到的又一个"婚姻不幸福"的例子。从六年前，惠萍就和她男人闹离婚。一切的起因都是因为姐姐生了两个女儿。

"妈妈不允许他们离，其实是担心姐姐再找一个也生不了。我都劝妈妈不要干涉，如果姐姐这么不开心，还不如分开算了。我姐夫都公然带着别的女人骑着两轮在街上耍了啊。"

惠萍刚生完第一胎，是剖腹产。八个月后又怀上了第二胎，大家劝她不要生，子宫薄得不行，但她想生儿子。姐夫也公开说过："如果生女儿，坐月子就吃一只肥母鸡，儿子的话，就吃十只肥母鸡。"

生了二胎以后见又是个女儿，婆婆只给她煎红油菜。虽然也许没有什么医学依据，但家人认为这是导致惠萍供血不足的原因。有天詹玉芬去看外孙女，洗澡的时候看到惠萍腿上有很大一块红色的，当时就觉得不对，带惠萍去医院一检查，发现得了红斑狼疮。

小群亲眼见证，姐姐大的那个娃儿一年级，小的还很小的时候，姐夫在外面打工，姐姐每次因为家用需要找姐夫拿钱，姐夫就"日妈日娘"地骂她。

等姐姐前几年终于去了深圳打工，姐夫现在反过来经常找她要钱，打的旗号都是两个女儿需要，然后拿着她的钱整天打牌，去和其他女人在一起。

有一次惠萍在深圳和同事唱完歌，发现身上还有头上又出现一排排红颗粒，打电话跟小群说，她想死的心都有了。

小群吓得在电话里安慰了姐姐半天，最后念着孩子，姐姐并没有死成，就继续打工赚钱，治病，被男人和两个女儿剥削。她去深圳三四年了，曾经也攒到过十四五万，小群劝她在自贡买个房子，那时候一个单身公寓也就十八九万。

但姐姐耳根子软，不断寄钱回来，红斑狼疮又花了很多钱，她再也没能攒下钱来。

小群说，从继父和姐姐的例子开始，她就知道永远都不能指望完全地依靠别人，哪怕是身边最近的人。她要学会保护自己。

10

贫困生活打下的烙印，让小群不吃零食，没有花钱的爱好，除了打麻将（但那毕竟也有赢有输）。她对生活索取得并不多，人生中给自己最昂贵的礼物就是一件两百八十块的衣服。她在商场看了好几次，走开了，后来还是詹玉芬力劝，她才狠下心回去买下。

她没有度过蜜月，没有婚纱照，因为男人觉得华而不实。去了上海以后，跟李启在同一个火锅集团工作，有天他开车过来巡店，让她去地下车库碰头。他走过来，掀开后备厢，很大一束鲜花——原来那天是他们的结婚纪念日。她大概永远都忘记不了那一刻的惊喜和意外。

其他所有时候，两口子在一起，说的都是孩子，鸡毛蒜皮，如何攒钱，毫无浪漫可言。

她曾经的人生愿望是 30 岁之前有车有房，现在因为安置房，25 岁就实现了。而这就是她回来仙市的原因，准备装修完房子再去上海继续打工。

小群算过一笔账，这些年打工是攒了一点钱，但是生一个孩子就损失一年，尤其生的那几天，加起来要花一万多。她还需要赚更多的钱，给爸妈养老，给孩子做教育基金。

打心底里，她并没有那么喜欢外面的大城市。那些都不是她的家呀。在上海的时候，和李启租一个房间，居然就需要 1200 一个月。在火锅店工作的时候偶尔会去外滩的总店开会，停车一小时 68 元，因此这个城市给她的感觉，就是"贵"的代名词。

尤其有一段时间她和李启并不在一个城市，她在上海，有时候下班早，同宿舍的姑娘都出去转商场吃饭了，她回去以后先和孩子视频聊天，然后又和李启打电话。两个人好不容易见面吃饭，人家吃一顿饭也许就好几百块钱，他俩只敢吃几十块钱的大排档，因为省下来的钱可以给孩子买几桶奶粉的了。

今年回来，小群一个幺公的儿子才刚准备去相亲，都是同龄人，她都已经有两娃了。偶尔她也会后悔生得这么早："这一辈子都怪她（亲生妈妈），如果不是她，老汉不会死这么早，那么我也可能不会为了减轻家庭负担这么早结婚。"

上海一起工作的同事，职高毕业的多，也很少有像小群这么早就结婚当妈的。

"就是有时候想想，很多东西没有见识到，还有很多东西没有学，这辈子不值当。"

2016 年，小群终于怀上了，詹玉芬和卢大哥把她当作皇后娘娘在伺候，她的反应很强烈，每天早上吐出一摊黄水。生孩子的时候痛得把李启的手臂都掐青了，开了宫口以后那两个小时，詹玉芬一边给她揉后腰，一边轻声安抚她。护士经过的时候白了她一眼："哪个女人不是这样痛的，有没得浪（那么）娇贵哦。"

生下大女儿曦曦后，也是詹玉芬帮着带，有次去王大嬢那里打牌，就牵到一个小女孩手里，让她们自己在边上耍。半个小时才发现娃儿找不到了。詹玉芬、王大嬢、孙弹匠，一茶馆的人都把麻将放斗帮着找，过路的游客都建议报警了。詹玉芬想起还有个陈家祠的祠堂里面没有找，就说不要慌，几个人走进去，发现在最高一层有个太师椅，两个小姑娘坐在那里，跷着二郎腿，在愉快地吃粑粑。

晚上詹玉芬给小群电话，正好李启在旁边听到了，他就说："妈，娃儿要是搞脱了嘛，把人的脑壳砍了都赔不起哦。"——他从来没有对丈母娘说过重话，那是唯一的一次。

大多数时间，小群对詹玉芬只有顺从和依赖。王大嬢不止一次见证过小群的委屈。2020 年小群出发去上海的前一天，晚上吃饭的时候，詹玉芬一直各种叮嘱："去上海好好干，不要和李启过羍……"小群就说，晓得了晓得了，你不要一直念。詹玉芬正好喝了两口烧酒，简直就是火上浇油。"你是不是嫌我屁话多？"小群一脸的委屈："我啥时候嫌弃过你？"詹玉芬筷子一摞："你现在开始学会顶嘴了？"外面下着瓢泼大雨，詹玉芬还是扭头就冲出了家门。

九点多吵完架，晚上都十二点过了，两个孩子都睡觉去了，詹玉芬还没回家。小群和爸爸四处寻找，街上、河坝、茶馆，都找到王大嬢那里去了，边喊边找，边找边哭，王大嬢都看得心疼。"那个娃儿后来嗓子都喊哑了。"王大嬢说，"小群她都快哭了。"

詹玉芬就是不接电话，他们找了整整一晚上，第二天才发现她躲去卫生院的病房住了一晚上。

找到她的时候，小群已经退了机票，她擦干了眼泪、低声下气跟詹玉芬赔礼道歉："我不去上班了要不要得嘛？就在自贡随便找个活路，陪你和娃儿……"

倒回去十年，安抚的角色都是詹玉芬在做。那一年詹泽和走了之后，小群总是嚷嚷害怕，点着灯的地方不怕，黑的地方统统都怕。"一般十二点她会起来上个厕所，我就看她起来的时候沿着衣柜、床边摸，也不去厕所，就那样躺下。我当时就觉得事情不对。"詹玉芬赶忙去请教仙婆，烧过了纸钱，一阵念念有词之后，仙婆躺下，魂灵上身。

"仙婆说是他老汉问她来要一套衣裳，一个桶，一个毛巾，我才想起他临死没有洗澡的……"詹玉芬去买了五颜六色的纸给弟弟裁成一件衣裳，又买了一条毛巾，一个桶，全都烧给了他。从此之后，小群果然就没事了。

小群长大以后，每当有人不理解小群为啥对这么强悍的妈妈还百依百顺时，小群只是笑笑。妈和妈大概还是不一样的，她从来没有从亲生妈妈那里得到的爱，詹玉芬都给予了她。

11

生了第一个娃之后刚出月子，小群意外地接到了桂兰的电话。

"你生的这个娃儿，户口准备上得哪里？"

"老李的娃儿，当然上在老李家。"

"李启家里在板桥，太偏了。你上在外公外婆那里嘛。"

小群再次见到了亲生妈妈，当年她被火车轧断的脚即使取出了钢板钢钉，走路并没有特别明显的一瘸一拐，但仔细看还是能察觉出来和正常人细微的区别。她知道自己和亲生妈妈长得很像，皮肤白净细腻，身材纤细，也不像姑妈那样脾气急躁。但她总是拒绝承认这一点。桂兰性格也相对内向，不像詹玉芬那样絮叨。去外婆家的路上，两母女一路无话。经过了一座坟堆，不知哪代人留下，坟前尚有纸钱花圈焚化的残痕。小群又不由自主想起，妈妈以及她的娘家人似乎从没为爸爸哭过，甚至没烧过一张纸钱。

果然一进去，站在冰冷的堂屋，外婆就开始拍着大腿哭喊起来："才没得良心哟，养恁大有个屁用，不认自己的外婆，来我这做啥子？"

小群没说话，尽管之前桂兰已经跟她打过预防针让她要忍耐，此刻她还是想转身就走，妈妈拦住了她，走过去站在了外婆面前，喊她拿户口本，两个人身高相等，外婆却一下子把妈妈搌到地上。

妈妈并没有起身，而是顺势挺直了腰杆，改坐为跪。

"你不让她孩子上户口，她咋办嘛？"

"拿，拿鸡儿屎，你帮她个屁。"

外婆蹿上前，弯腰捶了两下妈妈的背，咬牙切齿骂："你这个烂鸡儿屎，哈批，你欠她的啊，对她浪好咋子？"妈妈没有躲闪外婆的拳头和怒火，只是身体晃了晃，依然跪在那里。

李启终于说话了，他上前一步，对外婆说："事情办成之后，我们不会亏待您的。"

小群后来说，她觉得自己这些年的苦受过来，打工成家生子，心肠已经硬如钢铁……但是妈妈那一跪，她突然觉得自己整个人软了下来，头一次知道心真的会疼。

她还是没有机会问妈妈，到底是不是真的有病，有没有爱过爸爸。

后来，糍粑坳整体拆迁，政府按人头发放安置费和安置房，把孩子的户口上在外婆家，小群可以拿到两套安置房，实现了自己人生中的第一个理想。而这是小群印象中，唯一一次妈妈对她的好。

大概人生经历过太多的艰难困苦，小群慢慢学会把那些修饰和装饰统统扔掉，生活中只留下了实用的动词和名词，但她那点看上去坚硬的铠甲，里面全是柔软的血肉。

"所有人都排完了，才轮到我妈。"她曾经斩钉截铁地数着生命中重要的人。然而那一天，当她接到电话说妈妈在医院里没人管，她放下电话就哭了。她记得当年爸爸临死之前躺在床上的那一次，妈妈在门口假装晕倒，邻居们都在喊："小群、小波，快扶斗你妈，你妈妈晕过去咯。"

但是她和弟弟都没有动弹，都在回头看爸爸。

回到上海，桂兰有天给她打电话，说她和继父的妈妈打架，两个人平日里也会时不常就理嘴（拌嘴），那天她被惹急了，一下子从厨房出来把老太婆拱在地上，骑在她身上打了两下，老太婆就喊她滚出这个房子。

小群第一时间拨通了继父的电话："你啥子意思？喊我妈趴和滚？结婚了，给你生了个娃儿，就可以呼之即来，挥之即去了嗦？"

"哪里嘛，哪里会呼之即来，挥之即去？你妈如果实在要出去租房子，我就给她搞好，她要租房子，我们出去住。就不和你爷爷婆婆住了嘛。"

继父在电话那头唯唯诺诺。小群说最好是这样，你把这些都搞好，我不想听到我妈再给我打电话哭哭啼啼的。

放了电话，小群发现自己的手还在抖。去见外婆的那一次，是七年以来两母女离得最近的一次：去之前，她是杀父仇人；去之后，她是另一个母亲。

桂兰带她去上户口那一次，几年不见，妈妈说不上是胖了还是老了，总感觉哪里变了，但还是一如既往地不爱说话，或者说只是不习惯和女儿沟通。她走路比较慢，只顾着闷头往前走，突然打了个趔趄，小群伸出手去扶住她，两个人的肌肤联结在了一起。不堪回首的日子似乎在这个瞬间终于画上句号。

时隔十五年，或许小群一直就在等待这样一个机会，这机会是给她自己的，也是给母亲的，其实也不需要太多炽烈的情感，亲人的血脉相连处，但凡能拿出一点点的温情，为你做一点点事，就能从你的眼里萃取出大滴的眼泪。

这个感觉可以用自贡的一句俗话来形容，小群说："一颗盐巴就可以把一个人放咸。"

生意人

1

包厢门被推开，一个穿着背带牛仔裤，中学生模样的女孩走了进来。黄欣怡问她："那个客人还好应付吗？"女孩一脸紧张地点点头，黄欣怡又问："他没膘你吧？"女孩点点头又摇摇头（"膘"这个字在行话里表示"摸"的意思）。黄欣怡嗑着瓜子上下打量她，眼神中有一种很吓人的东西，女孩下意识地向后缩了缩。黄欣怡把几颗瓜子皮扔到桌面上，语声十分威严："别忘了尽快把'班钱'转过来。"

这是富顺县的一处商业广场，离最近的富世派出所400米，走路只需要六分钟。白天的时候这里看上去只是些毫不起眼的低矮建筑，一旦入夜，二三十家KTV的霓虹灯闪烁，那些穿着暴露的姑娘就能使这些歌厅增加一些俗气的吸引力。黄欣怡大摇大摆地穿行在KTV里面，短裤下的大腿像白蜡浇筑的假肢，把一双半高跟的短靴踩得像风火轮一样。

在自贡的这种场合，"幺妹"特指"坐台小姐"。这个晚上黄欣怡身边跟着两个长发幺妹，打扮入时、光彩照人，年轻的身体紧紧地裹在大露背的性感衣服里，她们都喜欢穿短裙或者短裤，在冬天的街头，她们犹如新鲜热辣的火锅，浓烟滚滚，想不注意都难。

其中一位幺妹刚刚走到大堂，就被熟客叫去了包房，另一位随她一起来到一个僻静的包房，他们都把屁股安置在沙发的前部，这样就可以仰躺下去，舒舒服服地把双脚跷在面前的茶几上。

黄欣怡的手机不时鸣响，她忙不迭地坐起来，一反平常的慵懒，眼神发亮——她脸上最突出的是眼睛，因为戴着美瞳，呈现出一种朦胧的膜状，有点像幼猫的眼睛，沉默的时候里面似乎还能流露出一种隐隐的天真，但是瞬间，比如她板起脸的此刻，就会突然瞳孔放大，那只掐掉的烟头犹如一记惊叹号，立即就间隔开那个未成年的少女和这个世故的成年人。

"满天星要三个幺妹！""三个幺妹，晓得，马上就到哈！"黄欣怡看着手机，开始认真地办公，微信显示出多个带红点的未读信息，突然她从座位上弹了起来，习惯性地用手去转动了一下戴在左手的银镯子，嘴里嘟哝了一句"妈卖批"，她转头跟我说："出了点麻烦，我得去处理一下哈。"

坐在黄欣怡身旁，留下来的那个幺妹叫"甜甜"，厚厚的粉底遮盖了脸部的细腻，平坦的腹部、微微隆起的胸部都说明她也尚未成年，这时候她俩交换了一个心领神会的眼神，就先后出门去了。

2

到2022年，17岁的黄欣怡做"这行"已经三年。基于过去的种种经历，在外面，黄欣怡能第一眼就判断出来对方是什么样的人。遇到不是很熟的人，她也不会用真名。而且，"干我们这行的，微信头像都用的是假的，别人的头像。"

她的微信朋友圈，发出来的全都是和现实生活毫不相干的呓语，那些没头没尾的句子连鸡汤都不是，大多是关于爱情的感慨，类似什么"酒桌上的通天神，感情里的下等人"，再比如"再后来啊 你把你所有的真心都给了那个女孩子 而我的话呢 又该跟谁说"。总是这些听上去毫无逻辑，和她自身都不相关的话，配上一张用手机挡住脸庞的自拍照。

仙市中学做过黄欣怡班主任的符老师关于黄欣怡的很多说法都和她说的不一样。符老师说黄欣怡的成绩一直很差，但是情商很高，她很会说话逗人开心，尤其在老师面前，就是管不住会满嘴脏话。她初一写作文说她家里喊她练钢琴，说她爷爷会弹钢琴，相当于是祖传的技能，"然后我就问她妈妈，她妈妈说哪里会弹钢琴，没得这种条件给她练钢琴的，所以她说的话 80% 都是假的，都有水分。"

此刻的 KTV 里面光线浑浊，只要从偶尔敞开的大门看过去——烟雾缭绕中，一个个中年男子搂着年轻貌美的小姑娘，背景音乐还是声嘶力竭的怒吼，或者那些不知所云的口水歌——这样的氛围难免让人昏昏欲睡，坐在那里的黄欣怡不间断地打着呵欠。我猜想在这样的环境做这样的职业，确实得费点力区分，哪部分是谎言，哪部分是真的。

2020 年的一天，甜甜刚刚分手的前前任男朋友二毛来职高找她求复合："走，我带你下去县里享福。"

快到富顺了，二毛突然跟甜甜说："你到时候和她们一路去上班噻。""上啥子班？""你到时候和她们一起去陪酒，一起去当幺妹噻。""我才不去呢，上这个班的女的都好那个……"甜甜不想去，他硬拉着甜甜，威逼利诱让甜甜去，甜甜胃痛，蹲在马路边哭，二毛说："你咋子恁麻烦，赶紧吃完药，好去上班。"甜甜哭着说不想去上班，他脸色一下就变了："哎呀算了，你明天就滚回去！"

第二天甜甜就回去了，二毛又打电话求她去富顺，"我爱你"，要死不活地纠缠她。

为了爱，甜甜回到了富顺。二毛给她安排了一个班，第一次走进去，她茫然地坐下，不知道该做些什么、说些什么。点她台的男人熟练地摸了她的胸，她大脑一片空白，除了男朋友没有人这样摸过她。当着男人的面，她的眼泪夺眶而出，挂在脸颊。

男人说："算了算了，幺妹你走吧，你这样子，我下不去那个手了。"出去以后，手头还捏着男人塞给她的两百块钱，甜甜感觉每个毛孔都难受，她就"哇啦哇啦"地哭了起来。

她出去继续哭。二毛冷冷地问她："你哭完没有？哭完了就回去继续上班！"

"有很多幺妹都是被男朋友骗来上班的，我那个男朋友就这样骗过两个。"甜甜说。

这也是KTV里幺妹的来源之一，在富顺，大部分的幺妹都是骗过来的——姐妹之间、闺蜜之间、同学之间，情侣之间，不一而足。

黄欣怡毕竟是新新一代，她有个不断更改ID的快手账号，不像大部分的网红或者想要成为网红的姑娘，她很少拍短视频，大部分时候都是一张显示身体局部位置的照片，配上一句不知所云的爱情鸡汤："所谓细节就是，站在你身后，看得一清二楚。""看清你得不到的人。""女人会撒娇，男人魂会飘。"

她的快手账号有 981 个粉丝，关注了 183 人，获得 5.1 万次点赞。点开每一条，评论点赞的百分百都是熟人，或者看上去像幺妹的姑娘，她们都称呼 17 岁的她为"欣姐"。而她注册的个人信息显示的是：32 岁，水瓶座。

"有些人一看就是做这行。"她点开视频示意给我看。那些女孩都长着一副网红模样，统一标配的锥子脸、大眼睛、长直发，最喜欢的自拍姿势就是把腰弯成一个弧度，对着镜子，肩线扭曲，眼神迷茫，在舒缓的流行音乐中，旁白往往都是些和黄欣怡类似的爱情感悟。黄欣怡会发私信询问对方："想不想做酒水推销啊小姐姐，提成很高的哦。"

这个行业有些细微的差别，比如黄欣怡男朋友管理的这个团队基本都属于"素台"，只陪客人喝酒，可以摸上半身，下半身则是触碰禁区。她嘀咕过好几回"带幺妹是犯法的"，她只是协助男朋友进行财务管理。

她也喜欢强调"我们从来不鼓励幺妹出台"，说这话的时候，甜甜问她："星星（背带裤幺妹）是不是看到我来了，晓得瞒不住才给你微信的？"黄欣怡点点头："他妈的想不到啊，表面上老实，这个月暗地里偷偷出台好几次了！"

说到底，"管理"最主要就是提成：黄欣怡的团队有九个幺妹，正常情况下，一个幺妹一个晚上多的时候可以上四个班，扣除班费以后还剩七百，一个月能净赚 18,200，和镇上人均两千左右的收入相比，简直就是暴利。但她需要居安思危：要开拓更多的幺妹资源，防止幺妹偷偷出台，抢来更好的幺妹，保护好幺妹的人身安全，和想逃单的客人开战。

而"出台"因为费用高，更是成为"管理费"中的重要收入来源。如果说出台费用是一晚上两千，按六四、七三抽成，黄欣怡也能赚不少。

黄欣怡和幺妹们有着十分相似的穿衣风格，她身材娇小，黑色的直发耷拉在脑袋两边，嘴边的那颗黑痣增加了面部的娇憨感，和身材高挑的甜甜相比，她不能算"好看"，却能凭借走路的姿态、娃娃脸上浓烈的眼影和超短的裙裤抓住中年男人的目光——大概那有一种少女非要待在成人世界的新奇感。

"我说，上回才搞笑。"甜甜提起她的前男友们，就像打开闸门的洪水，"他非要把我的手机抢过去，后来我看他笑得'稀里哗啦'，才发现他在故意逗人家，跟一个喜欢我的男的发了一串'么么哒'、'乖乖'……"

"后来呢？"

"那个男的本来就很喜欢我，就问我在哪里，明明我在理工学院，他就发信息说在牛佛。过了一会那个男的开车到了那里，在微信里说，你出来吧，我拢了。我男友就回说，你一点诚意都没得，出来咋子？人家就马上转了 520 元……男友后来还好意思让我把钱转给他。结果那个男的猛打我手机，我把手机抢过来说，我不在牛佛，对方就一直骂，说我浪喜欢你，你居然还骗我。"

"我还不是一样的啊。"像是不甘心一个话题被甜甜占据了，黄欣怡赶紧接上了话，"我一般就跟那些熟人发，'帅哥，我饿了'，'帅哥，我进医院了'，他们都会发红包过来……"

"你收过的最大的红包有多大？"

黄欣怡兴奋了起来，此时她已经把那双帅气的小靴子蹬掉了，两只脚收拢在沙发上，那是一种接近半蹲的姿势，应该很舒服。

"他们一般都不好意思不转，上回我说胃出血，那个姓欧的给转了五千二，是我得到过最大的一笔小费！"

两个女孩在言语中攀比着诓来的钱，一边发出来"咯咯"的笑声。突然，黄欣怡用后槽牙的劲儿嗑起瓜子。"妈的。"她说，"最羡慕的还是上回有个女的，在浙江一个 KTV 干活，来了个男的，灌了他一晚上的酒，结果那个男的给她转了十六万，啥都没做呀，大姐，摸都没摸一下。"

黄欣怡滔滔不绝的时候，甜甜发短信的手指也没闲着，那是双应该去弹钢琴的手，纤长、灵活，像只优雅的白鹤扑腾着。她 170cm 以上的身高，皮肤光滑得像个剥掉外壳的煮鸡蛋，脸上浓浓的妆只能给她带来疲惫感，也许是错觉，她时不时颤抖的睫毛在灯光下总有种薄如蝉翼的不安，只要她不说话，那双清澈透亮的大眼睛就让人不由自主地联想到某种小动物。

鉴于黄欣怡可以从头到尾自说自话不停顿，甜甜脸上偶尔也会闪过一种"我就静静地看着你"的表情。黄欣怡上洗手间的时候，她忍不住提起："我们这群（幺妹）都晓得，黄欣怡吹牛不打草稿，经常说一些特别夸张的话，我们经常就听她吹，也懒得拆穿她。"

后来我找机会和甜甜专门长聊了一次，发现"不要相信任何人"在那种地方是一种信条。黄欣怡还要更突出一些，因为她似乎完全生活在自己虚构的世界里，那个世界有时候和现实的世界重合，有时候也会脱离轨道，越滑越远。

在遇到现在的男朋友之前，黄欣怡只是一个喜欢打架的学生而已。

小学三年级的那年春天，她从跆拳道馆走出来的时候，有个姐妹问她："要不要帮个小忙？"她没太懂其中的深意，反正深圳的生活浅薄无聊，爸爸黄二哥和妈妈群芬常年在外做生意，工作繁忙起来就时不时把她扔在深圳的家里，让亲戚或者保姆代替他们的职责。他们彼此相爱，却也彼此陌生。

"我们这里已经叫了十几个人，对方估计也差不多。"那个姐妹自顾自地说，一边用询问的表情望着她。

黄欣怡认真考虑了一下，她喜欢别人和她说事的时候看着她，觉得她很重要的样子。

"我还没有打过架。"黄欣怡说，她记得黄二哥讲过的那些故事，"你妈妈年轻的时候，用刀追着对方几条街，把那个人的脚筋都挑断了。"黄二哥的语气里充满了骄傲，但自从黄欣怡出生，他却再也不打架了。

"要不要换身衣服，有可能会滚在地上。"姐妹问她。

"不怕。"黄欣怡点点头，"管他妈的。"

那天她们很快大胜而归，黄欣怡甚至有点意犹未尽的感觉：闪开、抓住对方的头发、把手臂抢过去，或者一个前蹬踹向对方的肚子……

仅仅只是回想一下，她的肾上腺素就立即飙升了起来。

那大概是一种前所未有的力量感。若干年以后，黄欣怡只有嗑药后才能勉强抓到那种感觉，这种体验让她的眼泪差点掉下来。

"你他妈的。"那个姐妹轻拍一下她的脸，"你是我们这里面打架最有天赋的人呐。"

3

2005年农历二月十一，黄欣怡出生在深圳，爸爸妈妈都是仙市镇的人，黄二哥的老家就在仙市下面的芭茅村。

黄欣怡说她的家族一直都不缺钱，阿公曾经是村里的大地主，也是村里第一个买得起电视的人。阿公生了三个儿子，黄欣怡的爸爸排行第二，因为整个大家族只有黄欣怡一个女孩（其他全都生的儿子），暴脾气的阿公只溺爱黄欣怡一个，一辈子攒的十几万也一定要留给她一个人。

黄欣怡记得很小的时候，爸爸、妈妈还有姑姑就长年组团在做带小姐的生意，并且从中赚到了第一桶金。黄二哥对她的要求是：不要吸毒、不要进夜场、不要怀孕。妈妈有的时候也会和她分享一根烟。她们如同姐妹，几乎无话不谈。直到2010年，黄二哥才上了岸，转型成为包工头。现在，他们一家都是生意人。

黄家的故事像极了香港的警匪片：多年以后阿公自杀身亡，大伯沉迷毒品，有段时间不仅仅吸食一种叫作"猪肉"的毒品，过年的时候还去赌场，先赢了一百多万，后来又输回去，再搭上了两套房子。黄二哥为了给他还债，给了他一千万，家里因此困难过一段时间。

后来大伯还试图在家里种了两亩曼陀罗，被人发现差点就进去了。黄二哥和大伯曾经帮一个叔叔砍人，到处躲，后来大伯为此去坐牢，黄二哥也躲了一段时间。

总之，在黄欣怡的讲述中，家族的每个人都仿佛有过一段不同寻常的故事。

90年代，黄二哥随着"打工热"去了深圳，通过带小姐赚到了第一桶金。那一年他30岁了，爸爸妈妈催他结婚，他为了孝顺父母，随便找了一个身边的女人，也就是黄欣怡的妈妈。

黄二哥说自从有了黄欣怡，他就再也不打架了。

做黄欣怡这行的，大多数都得不到家人的理解。一个朋友出来两三年了，转钱给她妈，她妈知道她干夜场，说我不要你的脏钱。她从不回家，生日、过年电话都不打。那个背带裤女孩有次回家，外婆当着她的面就说："卖批的回来了。"

黄欣怡丝毫没有这样的困扰，去年黄二哥的生日，她转了五千二的红包，并且告诉爸妈自己在一家美容公司工作，赚得多。

黄二哥百般溺爱黄欣怡，他们每天给黄欣怡一百块的零花钱。对于去工作这件事，黄二哥说是体验生活，群芬则说爸妈不可能养你一辈子。自从和男朋友在一起，黄欣怡大部分时间都定居富顺。偶尔一次回到仙市，黄二哥一听说，立马从自贡开车过来，专门折回家让她带走一大堆家里做的香肠腊肉。

黄二哥不仅是高富帅，还是一个好爸爸，甚至连酒量都冠绝天下。黄欣怡在朋友圈发过痛饮一扎啤酒的视频，说："喝酒这件事，还没虚（怕）过哪个。"她不无骄傲地说："我老汉能喝十斤白酒。"黄欣怡从没看过爸爸喝多，"只有一次和我妈吵架，他气得喝吐了，那是唯一一次。"

她的很多方面都随黄二哥，比如朋友很多，比如直率，比如脾气火爆喜欢打架，以至于从小到大，黄欣怡都不敢让他去参加家长会，因为不管老师说什么，他都会毫不犹豫地站在黄欣怡这边。

读书的时候，黄欣怡很多朋友的爸爸妈妈都离婚了，有天她敏感地发现黄二哥发的抖音视频，有个陌生女的在下面评论，黄欣怡赶紧追问黄二哥："这是哪个？"黄二哥回答："是（远房的）三孃。"

"我本来都准备骂她了。如果哪个女的敢勾引我老汉，我打不死她。"黄欣怡说。

2015 年，黄家为了拆迁补偿，让黄欣怡回到仙市，后来，她在仙市中学度过了一年平静的学校生活。班主任符老师是她喜欢的那种大人：教书方法很好，对黄欣怡也很好。"如果做错了事，从不会骂我们打我们，都是细心地和我们讲道理。"

初二下学期的时候，符老师生孩子请假，新来了一个代班主任，女老师 20 岁左右的样子，和黄欣怡差不多身高，她对待隔壁的快班和蔼可亲，对待慢班，动辄就用手或者教棍打人，或者让学生自己打自己。她还说自己是跆拳道黑带级别的老师，大家都不喜欢她。

那天黄欣怡感冒了，身上没有力气，心情很烦躁。踏进教室的时候，代班主任仿佛忘记了她请过假的事，一直骂她，她问黄欣怡："你进来咋子？"黄欣怡很奇怪："我不该进来呀？"代班主任歪着脸："跟你说个事。"她就把黄欣怡拉到走廊，让她写两千字的检讨。黄欣怡坚决不肯，说："我就不写，你要咋子？"代班主任问："你啥子意思？"黄欣怡又反问："你啥子意思？"

两个人你一句我一句，火花溅了起来。

代班主任伸出手来推了她一下，黄欣怡反应很迅速，反手一推，把她摔倒在地，还没等她爬起身，黄欣怡就抽她耳光，还用脚踢她。一边还骂她："日嘛！你还来教训我哦，是不是？"

代班主任想还击，捶到了黄欣怡的身上，仅此一下，但是压根打不过。黄欣怡笑着说，最后她的整张脸被打得像个猪头，上面还留下了被她手指甲划的稀巴烂的伤痕，代班主任趴在地上，一直在哭。

教室里的人跑出来围观两个人打架，黄欣怡边打边骂她："你不是说学过跆拳道，来对打啊，我还没有虚过哪个！"

黄欣怡的爸爸接到学校的通知，和女儿沟通，不要打老师。"我说她针对我，我妈老汉就去学校找那个代班主任，问她啥意思，她就杵我妈。"黄欣怡说。当时办公室在一班旁边，能听到动静，有同学跟黄欣怡说她妈妈和代班主任吵起来了，黄欣怡就冲过去骂她，然后冲去办公室接了一杯开水，不顾妈妈的劝阻，全部泼在了代班主任身上……

代班主任回去以后请了一周的假。黄欣怡说她舅舅是校长，摆得平这些事情，只是学校并没人知道这个秘密。

黄欣怡在描述打架的细节时表情会变得生动，脏话只是其中的间隔符号。她觉得这些都只是她打架生涯中微不足道的小事。后来带我去 KTV "见识"的那晚，我又一次强烈地感受到，她和甜甜都喜欢讲述自己"打架厉害"的故事。

甜甜说她认识黄欣怡，是通过仙市镇中学的易遥，她的哥哥就是赫赫有名混社会的易柯。这两个名字在镇上如雷贯耳，从仙市中学毕业，今年 18 岁的小胡也提到过被易遥霸凌的往事。

黄欣怡只要一出手，就都是对方吃亏，她打过同学、老师，男人、女人，也打过密室逃脱游戏里面的鬼，用啤酒瓶砸过别的幺妹的头，严重的时候还把职高女同学的子宫踢出了血。当然她也受过伤，但只是膝盖和手肘破了皮而已。最惊险的一次被对方拽住了长头发，动弹不得。"那你咋办？"我问。"我就反过去抓她的奶！"

大概打架这种事情和毒品一样会上瘾，妈妈因此去派出所接过黄欣怡十几次，爸爸去接过四五次。帮朋友出头之类的事情，黄二哥觉得很正常，因为他自己以前也是混社会的。去年，爸爸妈妈又生了个女儿，黄二哥打算让幺妹六岁以后也去学跆拳道。"如果你是一个男娃儿的话，我就从小培养你。"他对黄欣怡不无遗憾地说。

2021 年 6 月 1 日，前男友的表妹找到黄欣怡说："嫂嫂，我被欺负了，那个人骗我到富顺来当幺妹。"黄欣怡很生气，瞒着男朋友，找到那个女人，抽了她十几耳光，不料对方报警了。儿童节当天，富顺公安局到家里来找到黄欣怡，本来只需要拘留十天，罚款五百，但有人录了视频，板上钉钉了，那是黄欣怡第一次被立案，只因为她是未成年，就没有拘留。

黄二哥从自贡下来接黄欣怡，在派出所里面，他当着所有人的面说："黄欣怡，我求你了，不要再让我到公安局接你了。"

"因为我爸的这句话，除非触碰我的底线，我发誓再也不打架了。"

4

说起生意的时候，黄欣怡语调清晰，嗓音里有种不容置疑的东西。但她一旦称呼人，又能第一时间切换成婉转、亲切的腔调，比如她对着一位头发染成稻草色、叼着烟的女孩介绍我是她"姑妈"。有一瞬间我也几乎想要慈祥地搂着她的肩膀，带她去吃个麦当劳。

我曾问黄欣怡做这行的"商业机密"是什么，她没有理解这个问题。读到职高一年级就退学，并不只是因为通告里面的"抽烟、喝酒、打架、造成极其恶劣的环境影响"，也是因为她骗一个同班女同学去做幺妹。黄二哥对她大发雷霆，她觉得莫名其妙，并没有觉得自己做错了什么，"还不是因为那个女生单纯，好骗。"

这大概就是黄欣怡和其他女孩的区别。"主要为了赚钱。"为此无论做什么事情，丝毫没有负疚感。她当然不是没有是非观，也曾将手头的零钱全部送给街上的流浪汉，还念念不忘走丢的宠物。她觉得自己是个有善心的人，将来肯定可以上天堂。

她倒是很认真地透露过，比如抢幺妹，（背后的大哥）认得到的就不收，认不到的就收，大不了干一架，哪个打赢了就哪个收。"你出来混社会，都是靠你的脾气和实力，不然你就会被欺负。"

甜甜解释说，在富顺这边的这个圈子，靠的全部都是武力。"在自贡有关系就可以带。在富顺得认一个哥，大一点的。你去带幺妹，肯定会和对面的人发生冲突，赢了，对面的幺妹就变成你的。所有的幺妹都是打赢抢过来的。"

甜甜经常目睹许多人被打大打出手，伤得很重。他们一般用拳头、甩棍。有一次两个男的牙齿都打掉了，满嘴都是血还在打，"就为了抢一个幺妹。"

甚至丑的也可以弄起来卖，带一个幺妹一天一百块钱，一个月就是三千块钱。如果有一个新来的幺妹，马上就会有人去问她是哪个带的，"快点去抢，这是三千块钱哦。"

一个幺妹可以创造出很多幺妹，因为一个幺妹可以把她的闺蜜带过来，那就意味着更多收入。

都是为了钱，"富顺的人为了钱啥子都干得出来。"

前不久，黄欣怡难得回一趟镇上去拿衣服，走的时候黄欣怡的爸爸喊住她："你去我后备厢拿把刀走。"

"我拿那个干吗？"

"如果有人欺负你，你随时还击，有什么后果我来承担，你不用管。"

"神经病。"

黄二哥对自己的女儿几乎是百依百顺，就是坚决不同意黄欣怡交往这个男朋友。他的要求是，必须找一个做正经工作的，而她浑身文身的男友看上去就是一副混社会的样子。

2021 年 7 月份甜甜打了一个 KTV 老板的幺妹，就逃走了。对方一路追查，查到黄欣怡男朋友在"水云间"打牌，找过来逼他说出下落，不说就打。黄欣怡男朋友回头喊了二十几个人提刀过来反杀……这件事被定义为比较恶劣的案件，他直接被警方逮捕。

黄欣怡整整两周都躺在床上，不想吃也不想喝，眼泪不停从脸上滑落，直到男朋友从看守所寄过来第一封信：

亲爱的小欣：

　　当你看到这封信，也许我出来不到了。我也不知道我判多久。你在外面听话，我不知道你愿不愿意等我，我也不知道该说些什么。我对不起你，我欠你一个未来，这是我认真给你写的。幺儿，在外面听话，给你写这封信，我边写边哭，我希望你在外面听话。等我出来幺儿，我在里面很想你，每天晚上乱想。在外面注意安全，特别是我不在，没有人当你避风港。也许别人来代替我当避风港，我真的很爱你，我也希望你好好听话，乖乖地等我出来。我真的不知道你是否等我，你写封信来告诉我，我想知道你说的是真心话。疫情来了，你应该寄不进来，只能我给你写，但不管进不进来，还是寄封信给我，幺儿，一定要等我。

　　听见没，我想你了，也后悔了，以前的事，我真的对不起你。

　　这是我谢老三给你写的，要知道我谢老三很爱你。钱那些你存好，出来了我说过会像信里写的一样对你，要吃啥子就买，让之讷的、乘年的等我，你在外面的事伐都知道，还有听桃的话。如果彬彬不在，自己坚强一点遇见事情不要哭，也不要信别人的话，我也担心你，更何况我不在。最后，我手机卡每个月充值。我怕我以后出来了，你不在，我手机有你的照片和故事，我也不想我出来以后你不再是我的爱人了。我怕你爱上别人，听见没有黄欣怡，我想你一辈子都爱我，看到信回我。

不管等不等我，也要给我写信，我不想失去你，我爱你幺儿。

一定要等我 我爱你黄欣怡

要常给我写信 寄点照书进来（不能塑封）

8月3日

我8月底转仓

注意安全

疫情来了

回信

要乖乖的，我给你一个未来，你要乖乖地等我出来。

黄欣怡把男朋友的这封信反复读，每天晚上号啕大哭，夜不能寐。群芬知道她男朋友的事，一直在唠叨。黄欣怡有一天突然爆发了，她拿起菜刀，就砍向妈妈，"你再念你再念。"看到妈妈摸着自己的背，蹲在地上，黄欣怡才反应过来，赶紧送她去四医院，缝了五针。

那是黄欣怡人生中最后悔的一件事情。

去年赚到了钱之后，妈妈过生日的那天，黄欣怡在朋友圈发了张跟妈妈的对话截图："出生那天，我在天上挑妈妈，一眼就看中了现在这个妈妈。"给妈妈发了一个大大的生日红包。

几个月之后，她睡不着觉的状况演变到了更严重的地步。有一天在逛街的群芬接到通知，说女儿在32楼准备跳楼，她赶过去的时候，消防车、警车都在，而黄欣怡回忆说，她迷迷糊糊，自己都不知道怎么走到那里去的，也感受不到这个世界上还有什么高兴的事情。

黄欣怡在五医院住了两个多月。五医院是自贡当地的精神病医院，六楼和七楼专门治疗抑郁症患者，她就住在六楼。

群芬以为黄欣怡撞到了不干净的东西，她放学回来，在客厅里要手机，妈妈就莫名其妙在黄欣怡背上撒米。妈妈还让爷爷晚上八点在房子的北边烧纸，一路骂一路走回来。后来她才知道，妈妈去找了当地的仙婆，仙婆说黄欣怡是遇见了不干净的东西。

妈妈也带着黄欣怡去看心理医生，走遍了绵阳、泸州、成都。

黄欣怡以前以为，所谓催眠只是电视上的桥段，没想到却是真的。她隐约记得医生催眠前问她，你是不是有时候不正常？她就开始哭了起来……

醒来之后，绵阳的心理医生就判断说黄欣怡有双重人格，"对你不利的时候，第二人格就会出来。""什么是不利的时候？""比如打架的时候。"

这个论断把黄欣怡吓坏了。

其他地方的心理医生都说是抑郁症。她也不知道自己到底是怎么了，有时候有些事完全记不住。去年爷爷喝了百草枯，等到晚上没有等到黄欣怡，妈妈、舅舅，所有人轮番给她打电话，电话响了几十次，甜甜无论怎么喊她，她都像死去了一样醒不过来。之前也发生过睡觉前穿的是睡衣，而一觉醒来发现穿的是正常衣服的事情。唯一的印象是朋友打电话喊她去喝酒。看监控发现是凌晨。"那是第一次让我害怕的事情，我妈就给我药吃，说是维生素，其实是抑郁症的药。"

群芬从来没有因为被女儿伤害怪罪过她，也不曾因为女儿从职高退学骂她，她和女儿亲如姐妹，无话不谈。从医院回来，她哭了，黄欣怡听见她和黄二哥说："都不知道我们黄欣怡小小年纪，经历了些什么……"

5

大概黄二哥和群芬没有见识过黄欣怡在 KTV 的样子：到处都有人避免和黄欣怡迎面相遇，她和同伴一路大摇大摆，横冲直撞，身高不足一米六，她却能走出猎豹的咄咄逼人。

她从 14 岁就开始帮朋友带幺妹，通晓以武力解决一切问题。

那个给黄欣怡发来紧急短信，说自己被欺负的幺妹是在附近接的这个客人，她陪了客人整整六个小时，陪到妆都脱了，强撑着到天亮去吃宵夜，结果对方拍屁股走人，坚决不给钱。

黄欣怡下车之后，昂首阔步地走到男人面前，她决定先礼后兵，问那个男人："大哥，请问你是不是小佩刚才陪过的张总？"

那个人上下打量了一下黄欣怡，眼神里面就颇有些不屑一顾，"你要咋子嘛？"

"大哥，幺妹陪你那么久，给钱是应该的哈。"男人胳膊肘那里夹着个黑色的手包，鼓鼓囊囊的，看上去就很有钱的样子。

有个朋友站在阴影里，大概注意到了在黄欣怡身后靠近的男人们，扯了一下男人的衣袖，示意他赶紧走。

男人不为所动，站在原地等着。

黄欣怡没想到对方是这种态度，她微微一笑，照例回过头，当着男人的面，黄欣怡问小佩："他臊没臊你？""臊了的！"

黄欣怡一点都不着急了，又有一拨哥们赶到，她能感觉到身后的脚步声在增加。

"你说话不要恁杵。""杵了你又咋子嘛？"黄欣怡说，"你这种态度，是不是看斗我是个女的嘛？"

短短两分钟，那个男人发现黄欣怡身后不知不觉站了二十几条汉子，也不说话，黑压压地站着，形成一坨浓墨的阴影。男人显然也不是善茬，身后不一会儿也靠拢了十几个人。

对方问："你喊恁多人咋子？"

"你不是要欺负我嘛，你以为我是个女的就喊不到人是不是哦？！"

对方说："你以为我是个男的就喊不到人是不？"

那个男人以为他的回答很幽默，黄欣怡把手里的烟头一扔，那大概是打响战斗的一种信号，下一秒钟，身高不到一米六的黄欣怡一脚端到了男人身上。这个瘦小女孩的力气有些不可思议，他还来不及出手，黄欣怡身后那一坨阴影全从黑暗中冲过来了，他们分散在黄欣怡的两边，形成了巨大的威胁。

群架并没有打成，男人悻悻然离开，走之前当着黄欣怡的面给那个幺妹转了一千块钱。

"我们能在这种地方做生意，杀匠、大哥，各方的势力一个都不可能少的。"

这就是那天晚上，黄欣怡需要"处理"的生意，最近一次见我的时候，她不无得意地将此作为成功案例讲给我听。

然而风险在幺妹的生活中如同釜溪河中的暗礁。"后来那个不给钱的人又去商业广场耍，"找了我一个朋友，又是不给钱。只能算了。如果真的找警察，我们毕竟这种身份，也不占理，没办法，吃亏就吃亏咯。"

那天晚上八点，我跟着她们一路从大马路走向商业广场的KTV时，黄欣怡熟稔每一条捷径，和保洁、停车费管理员、KTV收银员、通往包厢路上歪七竖八坐着的小姐打招呼。小姐们不只是坐在KTV的大堂里，她们像不经意被打翻的种子，在整个商业中心四处可见，绕到商业中心出口的僻静小路，都还能看到浓妆艳抹的小姐伫立在路边抽烟，尿骚味十足的通道里撒满了烟头和啤酒瓶子。

商业广场的位置十分黄金，离富顺县人民政府直线距离仅仅为1.5公里，离最近的富世派出所只有400米。但派出所的警车出警的时候，根据这里车道的设计，警车必须绕一圈才能抵达KTV，这个时间足够门口的小贩、小吃店的老板、KTV门口的保安，第一时间在群里发警报，也足够黄欣怡手底下的幺妹迅速藏匿。

时间久了，她们便有了察言观色和看衣识人的本事。甜甜说她现在一眼就能分辨出便衣的样子：他们通常只换上衣，穿的裤子还是派出所的工作裤，基本穿皮鞋。"我们走路吊儿郎当，他们走路背都挺得很正。"

前段时间商业广场查得很严，"比如一个年轻幺妹和一个老头在一起（多半就是陪酒的），就会有个便衣突然冲出来，亮出证件，我是派出所的，跟着走一趟。问你在做什么，如果查出来是做小姐，就会让你家里人接你回去，还要告诉你家里你在做什么。

黄欣怡手底下有个幺妹被抓，在派出所说是来玩的，恰好她和陪酒的客人年龄差不多，派出所也不太好判断。她被抓的就偷偷发了个微信告诉黄欣怡："被抓了，在富顺派出所。"随后把整个微信 app 都删了。警察说，把你的微信打开，她说没有，我是耍 QQ 的。"不信你看嘛，阿 sir，我桌面上连个图标都没得。"

除了像上面提到的给幺妹做一定的职业培训、预警训练之外，给幺妹放哨，管理、保护幺妹，她们都有一整套严格的管理制度。比如幺妹想要跟着别的妈咪或者团队，那么两个大哥之间会谈好转会价格。而这是起码的尊重。

黄欣怡现在的朋友，基本全是幺妹，为了做生意，她必须和幺妹紧密相连。除了没有住在一起，她们有着千丝万缕的联系，比如带幺妹自己身上必须要有钱，如果幺妹困难了或者生病了，就需要垫钱，让她上班来补。

黄欣怡最喜欢重复的话题就是男朋友对她如何如何"好"，她的男朋友会给她做饭，把钱交给她管理，送她玫瑰花，对她千依百顺，然而他也曾经在她面前展露过"男子气"的一面。

有个幺妹瞒着出台，还因此把肚子搞大了，那是团队最不允许发生的事，男朋友拿着烟灰缸砸过去，扯着她的头发在墙上猛撞，还在马路中央死命揍她……这种时候大家都懂是"家事"，不会有任何人出头劝阻。

那是黄欣怡第一次看见男朋友打人，她也从此明白，男朋友可以有多狠。

"该狠的时候就得狠，这就是管理，也是生意的一部分。"黄欣怡若无其事地说。他们一点都不怕幺妹跑了，除非幺妹一辈子不再做这一行了，只要敢出现在自贡、富顺、成都，他们就有办法得到消息，"管理者"之间都有关系的。而做这一行的人之间，也相互之间都有这个默契。

那天凑巧是国庆长假期间，黄欣怡拿着遥控器，把电视从"唱歌模式"切换到了中央电视台，她每年都要看看国庆的直播，刷到阅兵和升国旗的视频，就觉得很欣慰，为自己的国家而自豪。毕竟黄欣怡小时候最大的理想就是去当兵，觉得威风凛凛，后来听妈妈说很苦才作罢的。

中国的性产业历来受到政府的全面禁止，但是政府部门多半不知道，他们严厉打压的这个"生意人"也是最彻底的爱国者。我第二次去富顺见她的时候，她欢天喜地地说有个"恭喜日本人火箭一秒落地"的视频，并因此笑得前仰后合。她生平最讨厌的也是日本人，因为"他们把中国人害得好惨。"

黄欣怡的一个嫂子是韩国人，她为此去过一次韩国，遇到新朋友问她："你是日本人？"她会大声驳斥："中国人！"她无比坚定地认为："中国是世界上最好的国家，在这里最有安全感。"

6

隔壁的包房嘶吼了一阵，画风一转，声线降低，音调也温柔起来，那是最近热门的《漠河舞厅》。据说有个男人三十年以来都喜欢在漠河舞厅独自跳舞。他的故事是这样的：1987 年，漠河大火，张德全（音）的爱妻康氏不幸丧生火海，往后他并未再娶，孤身一人形单影只。因为妻子生前喜爱跳舞，所以漠河舞厅里，便有了一人独舞的惆怅客。

　　我从没有见过极光出现的村落，也没有见过有人在深夜放烟火。晚星就像你的眼睛杀人又放火，你什么都没有说，野风惊扰我。

这种惆怅的歌词，和整个 KTV 闪烁的灯光完全不搭。甜甜安静下来听了一会歌，泪光似乎在眼眶里打转，和黄欣怡的大大咧咧不同，她一直觉得做幺妹这种事有点丢人。"那天上班的时候，想起我从前最看不起这种人，怎么我自己也变成这样了？"

2004 年出生的甜甜，因为成绩不好，职高的时候先是读了高铁专业，后来改成了幼教，她原生家庭关系和睦，父母都是工人，上班之后也只是有个朴素的小愿望——"赚点钱买辆车。"她做这行开始到现在，周围的人都觉得她像一股清流：不抽烟不喝酒，再多钱也不出台。

让甜甜陷入这种境地的，是所谓的爱情。

甜甜和二毛在一起时还不到十四岁，那也是她的初恋。大部分的幺妹，最难过的就是男朋友家里那一关，第一次去他家，为了给他爸妈留个好印象，特意选了长袖长裤，当时头发染了黄色，还特意染回了黑色。

下午还在睡觉，就听见二毛妈妈在客厅和他姨妈打电话说："这个女娃一看就不是什么好东西，还是当幺妹的，不知廉耻。"甜甜在房间里面一直哭一直哭，也没有把睡在身旁的二毛叫醒，就跟朋友发短信说想走了。"她就说你在哪里，我来接你。你为他付出了好多，都是为了他才去当幺妹的。"

两个人在一起一直不懂得避孕，甜甜有天跟二毛说，我例假没来，他说你咋子没来，是不是怀起了。甜甜说不想打，二毛一听，说我不想管，把门一甩就走了。

确定怀孕以后，那天中午甜甜在他家吃饭，刚吃到一半，二毛妈妈破天荒地给她夹了一点菜，就说："你打了娃儿后，你俩还是分了吧。"

"我把筷子一甩就走了。"

怀孕的事情不敢告诉家里，甜甜的爸爸脾气暴躁。女儿做错了事，他的拳头一点都不轻。二毛最怕的就是甜甜的爸爸。因为不到16岁，医院需要家长带着户口本、身份证、出生证明一起，二毛妈妈就找了一个在屋头接诊的私人医生。

医生检查后说娃儿有点大，就开了堕胎药。那天早上甜甜肚痛如绞，就喊快点，痛得不行了，快去找医生。二毛说不要慌，洗个澡。过了一会甜甜继续哀求他，他又说不要慌，洗个头。再求他时，他说不要慌，洗个脸。甜甜说求你了，我痛得受不了。

并没有麻醉药和止痛药，甜甜以为自己能忍，痛到后面，医生让二毛妈妈和二毛把她的两只脚按住。"求你们了，我不打了，求求你们了，我快死了！"四五十分钟像一辈子那样漫长，甜甜从来没有这么痛过。"娃儿下来时都这么大了，医生让我们看了一眼，就扔进垃圾桶了。我一想起娃儿被扔进垃圾桶的样子，到现在都心痛……"

甜甜并没有哭，声调里连点变化都没有。《漠河舞厅》的音乐太轻了，也有可能这并不是 KTV 里好驾驭的那种歌。黄欣怡就对甜甜的故事不以为意，她说她和男朋友肯定是真爱，男朋友和她早就约定好了，一到 18 岁就去拍婚纱照，到了法定年龄就结婚，而他随时等着她生孩子。

周围的幺妹在爱情上经常受骗，黄欣怡男朋友手底下有个幺妹，怀孕了两个多月，还来上班，喝了几杯酒，血沿着大腿根流下来，当场流产了，这件事情给黄欣怡留下了不小的阴影。

黄欣怡也怕男朋友背叛，而每次跟男朋友吵架，都是因为幺妹。因为他对幺妹很好。她和男朋友两人一起带幺妹，基本上都是他管，只有他不在的时候黄欣怡才管。他承诺过绝不会跟手下的幺妹在一起，但是来了新幺妹，他依然对她们好得让人妒忌。

这一行里面，好的结局并不多。黄欣怡说周围很多的幺妹都这样，十个有九个手腕上都有很多刀划开的印痕，无一例外是因为失恋。

黄欣怡的一个好朋友和男朋友分手的那天，她在外面打牌，回去喊了很久朋友才开门，神情绝望，手腕一直在滴血，房间里除了四五瓶啤酒，还有两瓶江小白的空瓶子，一把切水果的刀血迹斑斑地躺在那里。黄欣怡给吓哭了，连忙把她送去医院，路上偏巧下起了大雨，中间她还晕了过去。

朋友才 15 岁，为那个男的流过产，那个男的爱上了别人——这就是她割腕的原因。

甜甜的左手腕上有眉刀划过的一道道白色印子。她毫不避讳地展示给我看："那天割腕的时候，还一直用手去挤，把伤口扒开，喊说，你给我去死！为啥子还不死？！"

黄欣怡还给我看过几个快手账号，都是16岁左右就生了孩子做了妈妈的女孩。"这几天肚子隐隐作痛，总是想吐，会不会怀孕了？"她一遍遍地怀疑。

黄欣怡周围的这些少女妈妈也都是做幺妹的，男朋友也大多和这个行业有关，她们不懂避孕，年纪轻轻就未婚生娃。"给你看这个，她和我差不多大，16岁左右，男朋友进去三百多天了，判了三年。她每天发的视频，都艾特她男朋友。"

那个男孩开庭的时候，第一次见到自己的娃儿，在法庭上，女朋友把娃儿抱过去，差一点就摸到了，可法警就不让碰。

黄欣怡和男朋友可是一见钟情，她能感觉到男朋友像命一样对她。

那是在KTV，朋友拿来一罐像煤气一样的玩意，对她挤眉弄眼"试试"，很小一罐，有个很好听的名字"气球"。她经不住诱惑，试了。世界安然无恙，和喝醉酒一样，听到很嗨的音乐，她开始不由自主地跳了起来。

黄欣怡已经吸食两年了，她声称这种新型毒品不会上瘾，只是有次不小心被男朋友发现，两个人在大马路上拉扯起来。"我要跟妈打电话。""你搞清楚那是我妈。"黄欣怡把他的手机砸了，他拉扯着给了她几下，他让黄欣怡跪下。"我从来没有跪过，上跪天下跪地，中间跪父母。你今天把我打死也不可能给你跪。"

他咬牙切齿，青筋凸起，最后还是泄了气："老子真的拿你没得办法。"

对于毒品，黄欣怡呈现出来强烈的好奇心，她也曾经偷过大伯的麻果吸食。第一次吃的时候她一个星期没有睡，瘦了五斤。

黄欣怡皮肤透亮，神采奕奕，对于吸食毒品这件事情，我本来或多或少有过疑问，但她不太有正常的生活规律，偶尔会呈现出不属于一个少年人的昏沉状态，这些又似乎都和毒品息息相关。

她们都承认，对于KTV的幺妹，最值得炫耀攀比的事情就是"男朋友的爱"。然而后来甜甜说，不止一个人见过黄欣怡男朋友打她，用衣架子来铲，用数据线来铲，有一次把她打出了脑震荡，送到医院。"我看她发朋友圈在医院，问她咋子，她说刚刚照完片子，照出了脑震荡。"

那个男的在网吧里也曾经一巴掌就给黄欣怡铲过去，当着大家的面也不顾及。"她每次被打，都哭着来找我们。"

有一次黄欣怡在宾馆，甜甜等几个人去找她，黄欣怡的男朋友还说："这个女的我日都日够了。"

甜甜说："所以她说男朋友的时候，得看是说的哪一个。两个都是带幺妹的，但是两个都打她。"她叹了口气："她太小了，不懂事，心智不成熟。"

7

甜甜也曾经想过通过带幺妹赚点小钱，去年12月份，有几个同学看她每周找那么多钱，也想跟她一起去。"我还跟她们说，你们不要想着出去卖。"甜甜每天都接送她们去，再把她们送回来。

那时候甜甜还和二毛在一起，二毛的朋友让她介绍漂亮幺妹耍朋友，甜甜跟他们说："人家做幺妹，就是来赚钱的。"那天一群人在一起，甜甜因为跟二毛吵了一架，气得提前走了，二毛的朋友直接把几个幺妹带去开房了。"我有个朋友看着不对，狂给我打电话，我喝多了睡着了。等我赶过去的时候，男的衣服都脱完了，幺妹的胸罩也给脱了，气不过就和他们打起来。"

　　甜甜最后两面不是人，气得把幺妹让给别人带了，"太复杂了，那次是我彻底想脱离这个圈子。"

　　黄欣怡说她的幺妹朋友们性格各异，然而基本都不怎么会理财，唯一一个会攒钱的，20岁左右在富顺首付了一套房子，做起了小面生意，而这几乎是黄欣怡想得起来的唯一一个有人生计划的人。

　　富顺这边的妈咪之间也有恶性竞争：如果有个很能赚钱的漂亮幺妹，大家会去争抢，即使黄欣怡说她不是妈咪，作为管理者，黄欣怡也必须比狠、比假话、比面不改色。她虽然协助男朋友收钱、帮着打架、协调生意、管理幺妹，但"我可不是妈咪"，黄欣怡煞有介事地强调。

　　而甜甜在遇到我的那天，不止一次感叹道："黄欣怡变了。"她回忆说："当初刚认识她的时候，多么单纯，也就是有点喜欢打架，她现在完全变了一个人。"

　　黄欣怡不会知道闺蜜的这些感叹，看上去，她对自己的人生从来都是"无怨无悔"的——除了，可怕的18岁即将来临，那时候就不再会是"做啥子事都不用付出代价"的年龄了。那个晚上大概聊嗨了，回忆起第一次坐台的事情，那些打架的过往，即使提起曾经掉过的眼泪，黄欣怡也一直都在哈哈大笑。这个行业经常都需要坐着、等待，且日夜颠倒，笑话还真的不多。

2021 年 9 月 26 日，第一次约她在富顺面聊，她答应之后当天晚上发来微信："姐姐，对不起，我去阿坝州了，我小外婆去世，我和我爸爸在高速路上。"

那天过后的第二天我发现，她发了一条貌似和男朋友一起的朋友圈，配文说："来一场想走就走的旅行。"

我猜她大概忘记了屏蔽我，没两天她果然屏蔽了我，过了好几天，当我问到她时才又再打开。

国庆长假之后的几天，有天她突然在微信上问我在不在。

"你能借我五百吗？房东在催房租，我烦死了，我明天晚上还你。"

紧接着她又发过来说"房东都在我屋头了"，配了一个秃头的中年男子坐在客厅的照片，佐证有人在催账。

接着她信誓旦旦地说："我明天就能还你。"又在后面写道："我说了给我就会。"

她一直没有还这个钱，也没有对此有任何的解释，甜甜很后来才告诉我说黄欣怡总在"缺钱—找人借钱—借钱不还"的循环中，以至于她在幺妹中失去了信用。

过了差不多一周我问到她，她回我说："放心，不会不还你的。"她回复的速度之快、语气之真诚，仿佛都可以看见她平时和我聊天的时候，用一根吸管吸着奶茶里的珍珠，眼睛"扑灵扑灵"的样子。

"我对那个室友真的无语了。"她说，"我是没有问题，可是她哎，真的无语了。"她连续打了好多句解释，最后她说："整得我还不好得，你对我的看法还变成这样，唉……"

在黄欣怡的狡辩下，有一瞬间我真的以为她有一个从中作梗的室友，然而转瞬我就明白这些不过都是她顺嘴流淌的谎言。

2021 年年底，靠近春节的时候，渐渐淡出的甜甜去富顺玩，带她的人是黄欣怡认过的一个哥哥，但是甜甜已经不再想交任何班钱了。"我就想不通你们啥子都没做，为啥我辛辛苦苦赚的钱要分给你？"

黄欣怡知道甜甜来了，但只知道她在一个 KTV 里面，没有具体的位置。"黄欣怡问我在哪里，说我分手了，好难过好伤心。万一被人发现肯定要找我要班钱，但我为了安慰她还是跑出来。我刚刚找到她，屁股都没坐热，五六个男人把我围住。"

黄欣怡的男朋友就是为首的，他问甜甜："你是哪个带的？从今天开始跟我。"甜甜说："那我不想上班了，要得不嘛？"他说："要得，你要么以后跟我，要么以后不要在商业广场出现……"

甜甜说她对黄欣怡无比地失望："黄欣怡把我骗出来之后，看到她的男人没收到我，一分钟就走了。我旁边的朋友都说，一看就是她在整我的。"

从那天以后，甜甜就回去了自贡。"这行赚到过很多钱，但最终都没存下。做这种事情也终究不是长久之计。"她告别了那个江湖，找了一份收银的工作，和以前的行业和黄欣怡都再无瓜葛。

半年过去了，黄欣怡也离开了"找不到钱"的富顺，不知所踪。但是毫无疑问，此后她再也没有提到过那五百块钱的事，朋友圈也照常会晒出和男男女女们聚餐、在酒吧那种地方嗨的照片，那种酒气和香水混杂的味道几乎劈头盖脸从照片里面溢出来。还有一次她晒了一段短视频，她抱着一个水桶一样的啤酒瓶，一口气喝干了里面的酒，视频里立刻响起来了叫好声和鼓掌的声音。我很久以后才想到，她当初那么痛快地愿意接受采访，也未必是想好了要骗我什么。自贡当地有句俗语："文钱不落虚空。"她是个彻头彻尾的生意人，一旦看到和钱相关的机会，就会想要牢牢把握住，哪怕只是五百块钱。

（为保护未成年人，本章人物均使用化名。）

后记

2021 年 7 月，我对一位远方的朋友讲述自己初到仙市镇的见闻："没想到都已经这个年代了，还有这样的女人，全镇的人都知道或者目睹过她遭遇家暴，但是大家似乎都习以为常，而她自己也完全没有想过摆脱这种生活。"我接着发了第二条："但你想不到吧，她同时也是镇上最受欢迎的媒婆。"

朋友说："记录下来吧，这就是你的米格尔街。"

我的"米格尔街"就是这个釜溪河边因盐而设的小小古镇，一整年时间，我租住在古镇渡口石阶上的一所房子里。那所平房只有一个简单的门闩，看上去弱不禁风，抬手就能推开。隔壁的陈家祠无论昼夜都寂静阴森，没有人走动的时候，有一只手掌大的蜘蛛经常在墙角一动不动地望着我，背部花纹仿佛涂鸦彩绘的骷髅。朋友说那是传说中的网红——白额高脚蜘蛛，叫我不用害怕。"有这种花纹的应该是个小伙子。"

夏天的雨延绵骤密，河水频频越过警戒线，生平第一次住在河边，起初一个月，我几乎没有睡过囫囵觉。因为既不认识周围的邻居，也不知道河水会不会在某一刻突然越过堤坝——鉴于古镇有过数次被河水淹没的历史，我在雨季到来的时候不断在凌晨两三点醒来，走出门观察河水又漫过了几个台阶。

后来有一天我突然意识到，这种无处不在的危机感，或者说生活从不曾放松的感觉是对小镇生活的女性的一种寓意。

这本书里的人物各有自己的故事，然而或强或弱的关联也无处不在。若于限定时空内观察群际关系，可以看到其中的脉络：镇上人人都认识开茶馆的媒婆王大孃，住在箭口村的詹五姐经常在她的"牵手茶馆"打牌，因而王大孃也是看着詹小群长大的；同样居住在箭口村的陈秀娥和詹小群是远亲，但她们彼此间基本没什么走动；新河街的黄茜和曾庆梅算得上是发小，但幼时两人母亲交恶，成年之后才建立"邦交"；曾庆梅妈妈也开了间茶馆，某种程度上和王大孃的茶馆是竞争关系；杨瞎子和王大孃曾经是邻居，当年古镇那场著名的火灾，就是她们在内的五家人的房子被烧了个精光；童慧和上述这些人都相识，住所也只有几步路的距离，却从来没有交往；陈婆婆住在偏僻的新街子街，对于年轻一点的黄茜、曾庆梅听都没有听说过；黄欣怡算是梁晓清的客户，她们都住在后来新建的新街上半部，和古镇属于两个系统；黄茜和梁晓清店铺隔壁的超市老板娘是好友，从而也和梁晓清成为点头之交……

盐镇的女人们彼此认识，却又相对陌生，大概每个人身上都压着沉重的生活，顾不上抬头张望他人。我在选取样本的时候，有意地选择了90岁的陈婆婆（1932年）、63岁的王大孃（1959年）、59岁的钟传英（1963年）、52岁的童慧（1970年）、41岁的黄茜（1981年）、37岁的曾庆梅（1985年）、35岁的梁晓清（1987年）、35岁的陈秀娥（1987

年）、26 岁的詹小群（1996 年）、17 岁的黄欣怡（2005 年），几乎涵盖了各个年龄段的女性。也特意把年龄最大、人生阅历最丰富的陈婆婆放在第一个故事，17 岁的黄欣怡放在最后一个故事，以年龄串联则为降序，以时代更新则是升序。

她们的生活细节几乎涵盖了几十年以来整个小镇的历史，女性的故事从来都不仅仅只是女性本身的故事，这也是一本"乡下人的哀歌"。

对陌生人打开心扉并不容易，尤其是在自我讲述的故事中，往往会涉及生活中关系紧密的熟人或者亲人。当然为了不引起不必要的麻烦，我基本上都采用了化名。书中部分真实姓名也征得了当事人的同意。我尽可能将听到的故事和镇上多位邻居、朋友、同事进行印证，但我并不能保证我所听到的全部都是事实真相，只是在我的判断里，我信任她们，希望她们的故事被看到。

陈婆婆算是小镇名人，只是人们一提起她的名字，就显得神神秘秘。陈婆婆一开始并没有和我聊得那么深，有的时候问她问题，她一律摆摆手，或者自顾自说自己的。三个多月里我坚持每天去探望她，有一天她摸摸索索拖出来一个木箱子，跟我念叨半天，心疼地说那里面有她做生意收到的一些硬币，她的儿女不愿意去银行给她换，我帮她把那一大堆黏黏糊糊的硬币擦拭干净，一个一个地数出来，给了她五十块钱，告诉她第二天我去银行排队。那天下午她跟我聊了很多，我才恍然，原来那些"听不见""听不清"不过是她九十年练就的生存智慧。那天，应该就是她"咔嗒"一下对我打开那个开关的时刻。

对我来说 2021 年最幸运的事情就是认识了小镇的这些朋友，无论男女，他们都对我十分友善，知无不言。这些女人和我说着同样的方言，她们无一不是勤劳善良（几乎每个人都做得一手好菜），收拾一下都算得上面容姣好。但是她们的命运却和城市出生的我，天然就有了鸿沟。

单亲妈妈陈秀娥算是我在镇上最早的朋友，我花了半年时间跟她聊天，给她孩子发红包买礼物，整理了数万字资料，有一天她却突然反悔了，觉得自己是个小人物没什么可写，话里话外都觉得我这个"作家"是个骗子的包装而已。又说自己的表达乱七八糟，也许认识一辈子的人都不愿意相信。

最后应她要求，我用匿名写出了她的故事。作为非虚构作品，能用真实身份是最优选择，但是尊重他人也是新闻伦理的一部分。我也更加明确了自己坚持的工作习惯多么正确：被采记者的几乎所有讲述我都有录音或者记录，就是为了争取做到"无一事无来处"。

我第一次遇到如此多疑的采访对象，当然秀娥并不是最多疑的那个，另一个女人，因为遭人冤枉，听说我是作家，便主动上门让我写她的冤屈。但是当我整理出来之后，她却要求我不写她的故事，在我答应之后，又找到我要求出具保证书，保证绝对不会泄漏关于她的半个字。

我曾经一度想放弃秀娥的故事，但后来想这种安全感缺失的表现，反而让她的故事拥有了不一样的质感。

最终写秀娥的那一章，我用了《这里没有我的母亲》作为标题，这句话来自博尔赫斯的诗歌。陈秀娥在高中的时候失去了母亲，标题的"母亲"具有双重含义，既蕴含着她过早失去了个人的亲生母亲，也比拟这里的土地从未给予她母亲般的关怀——而这两个深层次的原因，造成了学习很有天赋的她，生活被改变，让她变成了和其他人一样学历不高，没有见识的人。这些全部都是她没有安全感，不信任他人的深层次原因。父权和男权当道的乡村，"母亲"形象的缺失，也正是大多数小镇女性的困境——她们从未被这片土地庇护，她们在这里一无所有。

写作的时候，我一度设想过把这本书写成《儒林外史》那样，从一个人套到另一个，后来发现，她们其实彼此也是孤岛。离婚、家暴、背叛、霸凌、贫穷、绝望、麻木、赌博、嫖娼、同性恋、卖淫……那些只有在电影里发生的元素在这里集中降临，借用一句话"生命中并不存在随机的痛苦"，每一个人的故事里或多或少都会闪过其他人的影子，那大概就是命运重压之下的必然性。就像《暴雨将至》那部电影，她们的故事各自独立，却终将套成一个莫名的圆环。

17岁的姑娘黄欣怡带了好几个么妹，她所从事的是一个"必须说谎"的灰色产业，对家人、对朋友都不能说真话，同时这个行业也极度虚荣，女孩公开炫耀攀比最浅薄的物质。但令我动容的是，她们大多数都在期待那种纯洁的、白马王子式的爱情。那是一种巨大的天真，和她们从事的职业形成鲜明的反差。所以某种程度上黄欣怡炫耀男朋友如何爱她（被闺蜜揭穿说其实男朋友经常揍她），也就有了让人鼻子为之一酸的合理性。

同时，和陈婆婆出于生活所迫，在古镇开"猫儿店"完全不同的是，这个17岁的少女正处于对人生和未来等一切都不确定的大好年龄，但我选择把这事当成真正的生意来写，会有一种特别的荒谬感。

看上去那么普通的这些人，听完每个人的故事，我都能感受到剧烈的断裂似的变幻和无常。直到今天，那些记录下来的文字似乎还在我耳边嗡嗡作响，我只是不想用理论阐述得那么直白，纯粹的展现有时候足以说明一切。90 岁的白发老妪和 17 岁的花季少女，做的是同样的皮条生意，也有种同样的悲伤的宿命感。

盐镇的生活是一道道细碎的裂口，女人拼命止血，而男人们在撒盐。定稿之后回头再看时，我还能一遍遍地感受到被命运"放咸"的惊心动魄。这里也是我的盐镇：我们说着同样的语言，感受着同样的天气变化，看到过相同的标语，被同样的历史洗涤，我当然懂她们，某种程度上她们就是我自己。或许这本书的故事也只是重复地发生在了一个人身上而已。

这本书背后自然有着"我们"：一开始陪我去镇上考察的人当中，有我在自贡市一中的初中班主任熊成凯，他因为不放心我一个人去乡下，陪我去过好几趟。然而他在 2022 年的 5 月 13 日凌晨因病去世，未能看到本书付梓。熊老师曾经说过，一定要等着我的书出来，所以这本书，我第一个就想致谢他，感谢他在我的少女时代，给过我写作的光。还有从一开始就和我讨论这本书，为我指引过大方向的郝老师，帮我做编辑校对、给出过无数宝贵意见的董啸，提供过方言顾问的张方来，无怨无悔在家的"大后方"默默等着我、包容我的父母。还要感谢张敞、杨宏坤、何影秋、小窗，你们的鼓励和帮助。

离开上海的一年半里，我把父母从重庆接到成都暂住，这样我就可以大部分时间待在乡下，一两个月的某个周末回到成都，陪父亲去医院动眼睛手术，和母亲过一下生日。等到这本书出来的时候，离我当初离开上海应该也有两年了。作为一个喜欢热闹和朋友、留恋上海生活的人，拿出了两年的时间（一年多的时间在镇上，半年在成都完成写作），没有收入和社交，不算易事，但我终于还是把它变成了"易"事，只是为了自己在这个时代的一点奢侈的理想。

一年半时间，两千多公里的距离，从地球最大的都市回到故乡的小镇，这个跨度看似巨大，事实上我在地图上比量良久，盐镇和我生长的自贡市区相距不过十几公里，很难想象，此前数十年，它是我对中国一无所知的那部分。

图书在版编目（CIP）数据

盐镇 / 易小荷著 . -- 北京 ：新星出版社，2023.2(2023.3重印)
ISBN 978-7-5133-5120-1

Ⅰ . ①盐… Ⅱ . ①易… Ⅲ . ①纪实文学－中国－当代

Ⅳ . ① I25

中国版本图书馆 CIP 数据核字 (2022) 第 257000 号

盐镇

易小荷 著

责任编辑 汪　欣
特约编辑 赵慧莹
封面设计 韩　笑
内文制作 张　典
责任印制 李珊珊　史广宜

出　　版 新星出版社　www.newstarpress.com
出 版 人 马汝军
社　　址 北京市西城区车公庄大街丙 3 号楼　　邮编　100044
　　　　　　电话（010）88310888　　传真（010）65270449
发　　行 新经典发行有限公司
　　　　　　电话（010）68423599　　邮箱 editor@readinglife.com
法律顾问 北京市岳成律师事务所

印　　刷 北京盛通印刷股份有限公司
开　　本 880mm×1230mm　1/32
印　　张 12
字　　数 264千字
版　　次 2023年2月第一版　　2023年3月第四次印刷
书　　号 ISBN 978-7-5133-5120-1
定　　价 69.00元